ELAINE COFFMAN

Herzen im Duell

Buch

Susannah Dowell kennt nur eines – ein mühevolles Leben mit harter Arbeit in der staubigen Weite von Texas. Sie weiß auch, daß sie dieses Leben verdient hat, denn sie hütet voller Scham das Geheimnis ihrer dunklen Vergangenheit. Nie wird sie lieben, nie heiraten und nie eigene Kinder in die Arme schließen. Sie hat sich damit abgefunden, ihr Dasein irgendwann als traurige alte Jungfer zu beschließen. Doch da trifft sie Reed Garrett, einen Mann, der ebenfalls ein finsteres Geheimnis birgt. Jeder erkennt in dem anderen die verlorene Seele, und ganz behutsam nähern sie sich einander an: in unverbindlicher, aber herzlicher Freundschaft. Bis sie schüchtern und atemlos ihre Gefühle füreinander entdecken. Doch können sie der Macht der Liebe trauen? Werden die Dämonen der Vergangenheit das zarte Pflänzchen der Hoffnung gedeihen lassen?

Autorin

Elaine Coffman hat sich mit ihren höchst erfolgreichen Romanen eine riesige, treue Fangemeinde erobert. Ihre romantischen Liebesgeschichten sind stets mit prickelnder Sinnlichkeit gewürzt. Von Geburt Texanerin, lebt Elaine Coffman heute mit Mann und Kindern in Washington, D. C.

Von Elaine Coffman sind bereits erschienen:

An den Ufern der Leidenschaft (41583)
Dornen der Erinnerung (43467)
Ein Mann wie Samt und Seide (42214)
Geliebte Wildkatze (42977)
Geliebter Schuft (41073)
Goldstaub auf zarter Haut (41367)
Zärtlicher Rebell (41115)
Wildes Land der Sehnsucht (35039)

ELAINE COFFMAN

Herzen im Duell

Roman

Deutsch von Sabine Ivanovas

BLANVALET

Die amerikanische Originalausgabe erschien unter dem Titel
»Someone Like You« bei Ballantine Books, New York.

Für Filiberto Signore

Umwelthinweis:
Alle bedruckten Materialien dieses Taschenbuches
sind chlorfrei und umweltschonend.
Das Papier enthält Recycling-Anteile.

Blanvalet Taschenbücher erscheinen im Goldmann Verlag,
einem Unternehmen der Verlagsgruppe Bertelsmann

Deutsche Erstveröffentlichung Juni 1999

Umschlaggestaltung: Design Team München
Umschlagillustration: Schlück/Case
Satz: Uhl + Massopust, Aalen
Druck: Elsnerdruck, Berlin
Verlagsnummer: 35090
Lektorat: SK
Redaktion: Barbara Gernet
Herstellung: Heidrun Nawrot
Made in Germany
ISBN 3-442-35090-5

1 3 5 7 9 10 8 6 4 2

Prolog

Beacon Hill, Boston
Winter 1871

Der Kristallkelch war in seiner Hand zersplittert. Ohne ersichtlichen Grund. Ganz plötzlich. Umgehend kam Reed Garrett der Gedanke, daß seine Reflexe perfekt waren – denn er hatte schnell und kräftig die Finger um die glitzernden Scherben geschlossen; trotzdem fing sein Blut an, auf die makellosen Küchenfliesen zu tropfen.

Er machte sich im Grunde keine Sorgen. Der Schnitt tat zwar teuflisch weh, schien aber nicht allzu tief zu sein, und die Sehne war sicher nicht verletzt. Für seine Mutter sah das allerdings anders aus. Schlimm sogar. Als eines der Hausmädchen beim Anblick seines Blutes laut aufgeschrien hatte, war die Lady hereingerannt gekommen – und beinah in Ohnmacht gefallen. Dann hatte sie jedoch schnell gehandelt, zuerst den Butler, darauf die Köchin und zuletzt abwechselnd zwei verschiedene Hausmädchen losgeschickt, um den Arzt zu holen – einen guten Freund der Familie, der gleich nebenan in einer der ihren ganz ähnlichen Villa wohnte.

Inmitten der ganzen Hektik besorgte sich Reed ruhig eine Schüssel mit Wasser und Eis. Gerade hatte er seine Hand in die Schüssel getaucht, da wurde schon Dr. John Joseph Ledbetter in die Küche geleitet, der in der einen Hand seine Arzttasche und in der anderen ein Fläschchen Riechsalz hielt.

»Ich erinnere mich noch gut, wie du auf den Anblick von Blut reagierst, meine Liebe«, sagte er, blinzelte Reed zu und schwenkte das Riechsalz unter Leonoras schmaler Nase.

»Es handelt sich hier nicht um Blut allgemein, sondern um das Blut meines *Sohnes*«, fuhr Leonora auf, schob seine Hand zur Seite und legte die ihre auf Reeds tintenschwarzes Haar. »Und jetzt kümmere dich um den Schnitt, bevor mein Junge verblutet und ich seinem Vater erklären muß, wie sein bester Freund das geschehen lassen konnte.«

John lächelte. »In dem Wasser da ist eine Menge Blut, Leonora, aber dein Sohn wird definitiv nicht verbluten.« Er hob Reeds Hand vorsichtig aus der Schüssel und untersuchte sie sorgfältig. »Es ist ein häßlicher Schnitt, aber nichts Ernstes.«

Über den tiefen Seufzer seiner Mutter hinweg fragte Reed mit amüsiertem Glitzern in seinen grauen Augen: »Wie wäre es mit drei Stichen, Sir?«

»Würde ich auch sagen.« John schaute über den Rand seiner Brille. »Wie bist du zu diesem Schluß gekommen?«

Reed zuckte nur mit seinen breiten Schultern. Und John wandte sich seiner Tasche zu, aus der er zunächst ein sauberes Leintuch holte, auf das er ein paar Gegenstände legte. Dann tupfte er vorsichtig die Wunde ab und begann, sie zu nähen.

Leonora trocknete sich die Augen und zuckte zusammen, als die Nadel die Haut ihres teuren Nachwuchses durchstach; aber Reed sah fasziniert zu, als wäre er selbst gar nicht betroffen. Die Dienstboten standen zunächst ganz im Banne des Dramas, in das ihr hochgewachsener, gutaussehender »Master Reed« geraten war; doch jetzt wandten sie sich alle wieder ihrer Arbeit zu.

Und sie hatten eine Menge zu tun, denn in kaum mehr als einer Stunde wurde eine ganze Reihe der Honoratioren Bostons zu einer der eleganten Dinnerpartys erwartet, die Leonora Garrett zu geben pflegte. Es würde Lachs in Mayonnaise au Gridoni gereicht werden, Blätterteigpasteten, Steinbutt und Seezunge, Täubchen mit Pilzen, Hummersalat, Lammrücken und Rippchen. Viele Gänge. Und dazu Beilagen nach Wahl, Weine, zum Schluß zartes Kleingebäck, Früchte, kandierte Nüsse. Ein wahrhaft königliches Mahl, wie die Köchin ihnen bei jeder dieser Gelegenheiten klarmachte.

»So, das wär's«, erklärte John. »Gut vernäht und hübsch verbunden, sage ich. Gewöhnlich überlasse ich das Verbinden ja einer der Krankenschwestern, die können das alle viel besser, wißt ihr.« Er lachte leise. »Nun, ich gehe jetzt wohl besser, wenn ich mich noch rechtzeitig für euren Empfang umziehen will.« Leonora, die ein prächtiges gelbes Seidenkeid trug, erhielt einen offenen bewundernden Blick. »Besonders, wenn es mir irgendwie gelingen soll, dich zufriedenzustellen, meine Liebe.«

Leonora lächelte zurück. »Ist Reed soweit in Ordnung?« fragte sie, als wäre ihr fast erwachsener Sohn gar nicht da. »Kein bleibender Schaden?«

»Keinen, über den man sich den Kopf zerbrechen müßte.« Er sah Reed an. »Sorge dafür, daß die Wunde sauber bleibt und sich nicht infiziert, Junge, dann bist du in zwei Wochen wieder völlig in Ordnung.«

Reed stand auf und bedankte sich; dann blickte er seiner Mutter nach, die den Doktor durch den riesigen Speiseraum mit dem bereits für vierundzwanzig Personen gedeckten Mahagonitisch hinausführte. Er seufzte. Seine Kleider waren mit Blut verschmiert, und ohne Hilfe würde es sicher schwierig werden, sich für den Abend zurechtzumachen, also mußte er sich beeilen.

Seine Mutter, deren Collier aus weißen und gelben Diamanten jeden Lichtstrahl einzufangen und glitzernd zu reflektieren schien, hielt ihn auf, als er die Treppe erreichte.

»Geht es dir wirklich gut, Junge?« hakte sie nach, stellte sich auf die Zehenspitzen und küßte ihn auf die Wange.

Er grinste. »Ich werde es überleben, Mutter.« Dann wurde sein Gesichtsausdruck wieder ernst. »Hast du Vater erklärt, daß ich mich gegen Jura entschieden habe?«

»Nein. Ich hatte gehofft, es würde nicht nötig sein… hatte gehofft, du würdest es dir noch mal überlegen.«

»Mein Entschluß steht absolut fest.« Begütigend verzog er seine Miene, um seine Worte weniger hart erscheinen zu lassen.

»Du kannst die Welt nicht retten, Reed, so sehr es dich auch dazu drängt.«

Unnachgiebig sah er ihr in die Augen. »Ich muß es versuchen. Das weißt du doch. Es ist mein wichtigstes Anliegen, Mutter!«

Basin Street, New Orleans
Herbst 1871

Es wurde dunkel über der Stadt. Gelbe Lampen spiegelten sich in den Gassen der nassen Straße, während die Kutsche langsam durch den dichten, undurchschaubaren Nebel rollte. Im Wageninneren fiel es Violette Wakefield bei diesem Dämmerlicht ziemlich schwer, die Zeitung zu lesen; aber sie war gerade mitten in einem interessanten Artikel und wollte nicht darauf verzichten, auch das Ende zu erfahren. Violette war eine energische Person, und so drehte sie sich zur Seite und hielt die Zeitung näher ans Fenster. Ihr gegenüber saß ihre Schwester Dahlia ganz vorn auf der Kante des glatten Lederpolsters und hatte die *Daily Picayune* auf dem Schoß ausgebreitet.

Beide Schwestern trugen dunkle, perfekt sitzende Hirschlederhandschuhe, um ihre Finger vor der Druckerschwärze zu schützen, und beide waren völlig in ihre Lektüre vertieft.

»Öffentliches Ärgernis... Sünde... Schande«, las Violette vor und blätterte eilig die Seite des *Daily Southern Star* um, damit sie weiterlesen konnte. »Eine üble Lasterhöhle in der Rampart Street Nr. 135... böse Folgen... abscheuliche Unzucht...!« Plötzlich rang sie entsetzt nach Luft.

Dahlia schaute auf und sah ihre Schwester streng an, um ihr klarzumachen, daß sie sich eigentlich gestört fühlte.

Die Tatsache, daß Dahlia sich über so etwas ärgerte, hätte niemanden gewundert, der sie und Violette kannte. Bei ihnen zu Hause in Texas wußte jeder, daß die Schwestern kaum je einer Meinung waren und einander ständig auf die Nerven gingen. Doch diesmal zeigte sich Dahlia auf einmal doch interessiert, und sie faltete ihre Zeitung zusammen, legte sie ordentlich neben sich und gab sich keinerlei Mühe, ihre Neugier zu verbergen. »Was ist los?« wollte sie wissen.

»Hör dir das hier an«, sagte Violette und begann vorzulesen:

»Eine umenschliche Mutter läßt zu, daß ihre Tochter ein Leben in Schande führt.

Es erscheint recht unglaubwürdig, daß eine Mutter daran beteiligt sein könnte, ihr eigenes Fleisch und Blut zu verkaufen, und doch – zur Schande der menschlichen Spezies gibt es solche Mütter. In der Conti Street 91 im zweiten Stock haben Mrs. Harris und ihre beiden Töchter ihren Wohnsitz. Die eine Tochter, sie heißt Hattie, ist zwölf, die andere, Lucy, gerade zehn Jahre alt. Schon seit einigen Monaten lebt Hattie in Schande, wobei ihre Mutter sie unterstützt und Helfershelferin ist... Vor zwei Tagen wurde auch Lucy in den Kreis der unmoralischen Sünderinnen aufgenommen ... Mehrere Personen beobachteten durch das Fenster, wie die beiden Mädchen sich im Evakostüm zusammen mit vier jungen Männern in gleichem Aufzug dem Laster hingaben ... Wenn man sie nicht von ihrer Mutter entfernt und in einer Besserungsanstalt unterbringt, werden sie für immer an Körper und Seele ruiniert sein ... Es ist offensichtlich, daß Kinder, die den niederträchtigen Alltag in einem Bordell miterleben, schlecht beeinflußt werden und mit der Zeit verwahrlosen. Unbedingt müssen Schritte unternommen werden, um zu unterbinden, daß Minderjährige sich in solchen öffentlichen Häusern aufhalten dürfen.

Allerdings«, bekräftigte Violette und schloß die Zeitung mit einem angewiderten Seufzer.

Dahlia öffnete ihren Fächer und begann, sich heftig zuzufächeln, als könnte sie damit die häßlichen Tatsachen entfernen, die ihre Schwester vorgelesen hatte. »Es mag keines großen Aufwandes bedürfen, um die Saat lüsternen Begehrens zu säen; aber ich würde sagen, daß die Sünde hier in voller Blüte zu stehen scheint – und alle scheinen es in Ordnung zu finden!«

»Es sieht ganz so aus.«

»Ich vermute, daß Hitze und Feuchtigkeit dafür verantwortlich sind. Hier gedeihen nicht nur Kakerlaken gut, wenn du mich fragst.« Dahlias Fächer schwirrte wie die Flügel eines Kolibris durch die Luft. »Ich weiß nicht, wie es dir geht, Schwester, aber ich werde froh sein, diese verdorbene Stadt wieder zu verlassen.«

»Die Sünde hat immer eine große und treue Gefolgschaft, allerdings ist sie wohl in New Orleans noch größer und treuer als anderswo. Schon seit wir hier sind, bete ich im stillen, daß unser Aufenthalt nur von kurzer Dauer sein wird.«

»Meiner Ansicht nach sollten wir Rachel sofort, wenn wir sie gefunden haben, dazu bringen, mitzukommen. Sie hat wirklich an einem so abscheulichen Ort nichts verloren. Und wenn man sich vorstellt, daß sie ihre Tochter hier aufwachsen läßt! Schon der Gedanke läßt mich schaudern.« Dahlia sah aus dem Fenster. »Oh, ich wünschte wirklich, der Kutscher würde sich beeilen. Ich möchte nichts lieber als dieser Stadt den Rücken kehren, bevor etwas von all dieser Niedertracht mich beschmutzt.«

»Ich glaube, du bist stark genug ausgestattet, um das zu verhindern«, sagte Violette amüsiert.

»Zwar besitze ich eine kräftige Konstitution, möchte aber doch das Schicksal nicht herausfordern.«

Violette und Dahlia waren erst an diesem Nachmittag angekommen. Doch bereits nach fünf Minuten stellten sie schon fest, daß man New Orleans einfach nach dem verderbten französischen Regenten, dem Herzog von Orléans, benennen mußte. Wie Dahlia bemerkte: »Die Stadt verdient unbedingt ihren Ruf der Dekadenz, der Schande und Sünde. Hattest du eine Ahnung, wie lasterhaft es hier zugeht? Und die Prostitution ist legal! Wußtest du das?«

Zur Antwort nickte Violette lediglich heftig. Sie hätte sich solch ausgefallene Schändlichkeiten und heruntergekommene Moral, wie sie sich hier öffentlich auf den Straßen präsentierte, niemals vorstellen können. Was mochte sich ihre Nichte nur dabei gedacht haben, als sie sich an diesem Ort des Glückspiels, der Duelle, des Voodoo und der Bordelle niederließ?

Die Kutsche hielt an, und der Mann rief vom Bock: »Basin Street Nummer 21. Sind die Damen wirklich sicher, daß sie diese Adresse meinen?«

Die Basin Street Nummer 21 war eher bekannt unter dem Namen Madame Broussards Pariser Club. Diese Art von Etablissement suchten respektable Frauen niemals auf; doch das konnten die beiden Schwestern natürlich nicht wissen. Allerdings bemerkten sie auf den ersten Blick, daß das Haus – genaugenommen der ganze Häuserblock – absolut unsittlich aussah.

Violette öffnete ihre Handtasche und betrachtete die Adresse auf dem Brief. »Jawohl, die Adresse stimmt.« Sie wandte sich Dahlia zu und stieß einen erneuten Seufzer aus. »Komm, Schwester, wir wollen uns beeilen und uns nach Rachel umsehen.«

Dahlia zögerte und betrachtete aus dem Kutschenfenster die Männer, die auf dem abgetretenen Bürgersteig herumlungerten. Sie schauderte. »Vielleicht kann uns das arme Kind erklären, warum sie sich für ein solches Sodom und Gomorrah entschieden hat. Es wundert mich kaum, daß sie hier krank geworden ist. Hoffentlich zeigt sie sich einsichtig genug, möglichst schnell mit uns zurück nach Texas zu reisen.«

Aus einem Fenster im dritten Stock der Basin Street 21 schaute ein Mädchen durch die Spitzengardinen hinunter und sah zu, wie zwei Damen in grauer Seide aus einer Kutsche stiegen. Das Mädchen hieß Susannah. Ihre Mutter Rachel lag schon seit drei Tagen wächsern und bleich in einer Gruft des St. Louis Friedhofs. Susannah Jane Dowell war neun Jahre alt. Sie kannte nur die Welt der Sünde.

1

Die Lust, sagt man, wäre auf den Weiden geboren,
beim Vieh und ungezähmten Stuten.
Tibull, Elegien

Bluebonnet, Texas, 1887

Die Welt war voller Fruchtbarkeit.

Alles drehte sich um Vermehrung – das meiste, was Susannah hörte, was immer sie sah –, selbst ihre Gedanken blieben nicht verschont.

Am Sonntag sprach Reverend Pettigrew in seiner Predigt über die Worte »Seid fruchtbar und mehret euch«. Am Montag begannen die Hennen, ihre Eier auszubrüten. Am Dienstag wurde die Scheunenkatze stolze Mutter von sechs blinden Nachkommen. Am Mittwoch standen vier neugeborene Kälber auf der Weide. Und an diesem Morgen hatte der Hengst seinen Weidezaun eingetreten, um zu Susannahs Stute zu gelangen.

Es erschütterte sie, daß die Fortpflanzung – beziehungsweise deren Mangel in ihrem persönlichen Leben – sich sogar in ihre Gedanken drängte. Sie war zu allen Jahreszeiten mit ihrem Leben zufrieden, nur jetzt nicht. Der Frühling. Das Versprechen Frühling. Das Versprechen, daß alles auch anders sein könnte.

»Pah!« schnaubte sie. Sie war wohl nicht mehr ganz richtig

im Kopf oder einfach dumm. Der Frühling erschien ihr närrisch und unpraktisch wie ein Paar Tanzschuhe aus Satin. Armer, törichter Frühling! Er glich den jungen Mädchen in der Stadt mit ihrem Hälse-Recken und Flanieren, die sich mehr Sorgen darum machten, wie es um ihr Äußeres bestellt war als um ihr Inneres. All ihre Gedanken konzentrierten sich darauf, einen Ehemann zu finden. Was taten sie also? Sie verschwendeten ihre Zeit, indem sie endlos vor dem Spiegel standen, um dann durch hohlköpfiges Schwatzen und Flirten die Aufmerksamkeit irgendeines lüsternen Kerls auf sich zu ziehen. Der Frühling brachte so manches – aber das Wichtigste war doch, daß es wieder Arbeit gab, und davon hatten sie auf diesem Hof wahrlich genug. Der Mais stand schon fast einen halben Meter hoch, und das Unkraut gedieh beinah gleich üppig.

Sie nahm ihre Haube und wollte gerade in die Küche eilen, da hörte sie das fröhliche Zwitschern eines Vogels. Draußen vor dem Fenster saß eine Spottdrossel auf dem Zaun und sang aus voller Kehle. Der Frühling war wie dieser Vogel, dachte sie. Fröhlich und singend mit dem Bau eines Nestes beschäftigt, um es mit Hoffnung und Zukunftsgedanken zu füllen, ganz ähnlich, wie auch sie es in der Vergangenheit gehalten hatte. Doch das Kapitel interessierte sie nicht mehr, sie hatte inzwischen ihr fünfundzwanzigstes Lebensjahr erreicht – und ein deutliches Mehr an Erfahrung. Sie wußte, daß in den Nestern vom letzten Jahr nie Vögel brüteten.

Draußen auf dem Acker hackte Susanna auf die Unkräuter ein, als wären sie die Phantasien, die sie plagten. Gleichzeitig versuchte sie, sich mit der Vorfreude auf den Sommer zu trösten. Wenn erst das Jahr anstieg, würden ihre Gedanken sich mit etwas Nützlicherem als der Fortpflanzung beschäftigen.

Ein dumpfes Ziehen im Rücken ließ sie eine kurze Pause

machen. Sie nahm ihre Haube ab, band die Bänder neu und schlang sie um ihren Ellenbogen. Auf den Stiel der Hacke gelehnt, spähte sie in die Prärie hinaus. In der Ferne sog ein kleiner Luftwirbel Staubwölkchen aus dem Boden. Sie sah, wie er langsam auf sie zukam, sich schlängelnd durch das Maisfeld bewegte und dabei die grünen Blätter zum Rascheln brachte. Schließlich fegte er um sie herum, lockerte den Zopf, der über ihrem Rücken baumelte, und pustete ihr Staub ins Gesicht.

Susannah blinzelte, um wieder einen klaren Blick zu bekommen. Der Wirbel schoß vorüber – und ließ etwas zurück.

Einen Mann.

Bestimmt täuschten ihre Augen sich. Sie kniff sie zusammen. Keine Täuschung. So ein Mann war noch nie diese Straße entlanggeritten, und er saß auf dem mächtigsten Falben, den Susannah je erblickt hatte.

Die Sonne beschien ihn von rechts oben und warf seinen schmalen Schatten, hoch wie eine Pappel, weit voraus über die staubige Straße. Seine lässige Art, das Pferd zu beherrschen, der selbstbewußt zur Seite geneigte Kopf, die Sicherheit seiner ganzen Erscheinung ließen Susannah argwöhnen, daß er nach Leibeskräften mit ihr zu flirten gedachte. Wenn sie sich überhaupt mit etwas auskannte, dann waren es die Männer. Die Männer mit ihren süßen Lockworten und ewigen Schmeicheleien, deren Gedanken nur auf ein einziges Ziel gerichtet waren: Lust.

Sie hatte wirklich Glück, daß sie darüber Bescheid wußte, was es mit der Lust auf sich hatte: Sie war wie ein eiserner Schürhaken, der leicht eine Glut entfachen konnte.

Als könnte er ihre Gedanken lesen, hielt er ein paar Meter von ihr jenseits des Zauns an. Da thronte er nun, mitten auf der Straße, als gehöre sie ihm allein. Er sagte nichts, starrte sie allerdings direkt an.

Und sie starrte unverhohlen zurück.

Seine Kleider waren mit einer Schicht pudrigen Staubs bedeckt, doch auch das konnte nicht die Tatsache leugnen, daß er wohl kaum aus dieser Gegend stammte. Susannah brauchte ihn nur anzusehen, um an die feineren Dinge des Lebens erinnert zu werden: Bürsten mit silbernem Rücken, diamantbesetzte Anstecknadeln und Schuhe aus exquisitem Leder – denn es konnte nichts anderes als angeborene Klasse sein, daß er seine Kleider so lässig trug und mit solch ungekünstelter Grazie seine außergewöhnliche Körpergröße im Sattel hielt. Letzterer mochte abgewetzt sein, aber er war handgenäht und mit großer Sorgfalt gearbeitet. Der Falbe, auf dem er ritt und die Grauschimmelstute, die er als Packpferd mitführte, gehörten einer edleren Rasse an, als jeder Gaul in ganz Westtexas. Es hätte sie auch nicht mehr überrascht, wenn er im Abendanzug und mit schwarzem Seidenhut über einen roten Samtteppich auf sie zugeritten wäre. Noch nie hatte sie so ein Exemplar von Mann in dieser Region angetroffen. Sicher war er irgendwo falsch abgebogen, dachte sie und unterdrückte ein Grinsen.

Er fiel auf wie ein bunter Hund, daran gab es nichts zu rütteln.

Da sie sich in keiner Weise von ihm in Verlegenheit bringen lassen wollte, trat sie aus seinem Schatten und in die Helle des vollen Sonnenlichts. Wenn sie dreister gewesen wäre, hätte sie ihn vielleicht noch ein wenig länger angestarrt. Doch eigentlich entsprach es auch jetzt schon nicht mehr der Schicklichkeit. Er sah wirklich teuflisch gut aus, das mußte sie zugeben.

Da sie niemals Zeit zu verschwenden pflegte, setzte sie ihre Haube auf und machte sich wieder ans Hacken. Ein normaler Mann würde sicher weiterreiten, wenn man ihn so behandelte; doch wie sie schon vermutet hatte, war er kein normaler Mann.

Eine Weile flogen die Erdklumpen, während sie sich deutlich bewußt war, daß er sich nicht von der Stelle gerührt hatte. Eifrig hackte sie weiter, bis sie spürte, daß sie an der Handfläche eine Blase bekam. Wie viele Blasen lang würde sie wohl weitermachen müssen, bis der Mann das Interesse verlor und sich trollte?

Sie wagte nicht aufzusehen, wußte aber genau, in welchem Augenblick er sein Pferd losrücken ließ, um durch das offene Tor auf ihr Land zu reiten. Jetzt hielt sie inne und sah ihn hart und unfreundlich an.

Da ihn das nicht weiter zu beeindrucken schien, machte sie sich erneut an die Arbeit. Eine Sekunde später zügelte er sein Roß und blieb direkt vor ihr stehen. So wahr ihr der Himmel helfe, aber sie mußte ihn einfach anblicken.

Er lächelte, tippte sich kurz und sehr höflich an den Hut und sagte: »Guten Morgen.«

Sie wandte ihm den Rücken zu.

»Guten Morgen«, wiederholte er etwas lauter.

»Morgen«, nuschelte sie und sah flüchtig hoch.

Offenbar wollte er dort sitzen bleiben, bis er sich in Stein verwandelte. Da es ihr nicht gelungen war, ihn abzuschrecken, blieb ihr nichts anderes übrig, als selbst das Weite zu suchen. Sie drehte sich um und machte sich zwischen den Maispflanzen hindurch auf den Weg.

Sofort hörte sie das laute Schnauben des Pferdes hinter ihrem Rücken. Gerade als sie sich entschlossen hatte zu rennen, bauten sich Pferd und Reiter unüberwindlich vor ihr auf.

»Nur einen Augenblick bitte«, sagte er in einem Ton, der nicht nur sehr klar, sondern auch sehr ungewöhnlich klang.

Sie stand da, blinzelte gegen die Sonne und fixierte ihn, als könnte sie auf diese Art etwas über ihn oder den Grund seines Hierseins erfahren. Er hatte einen schwarzen, flachkrempigen Hut auf dem Kopf und trug ein Hemd ohne Kragen, das den

Hals eng umschloß. Jetzt, wo er sich nah genug vor ihr befand, erkannte sie, daß seine Jacke aus feinstem Wollstoff geschneidert war. Seine Hosen, ebenfalls schwarz, lagen fast faltenlos an seinen Beinen.

Tapfer erwiderte sie seinen Blick. Der Himmel schien in diesem Gesicht abgebildet, aber sie unterdrückte ihre Erregung. Er war auch nur ein Mann, und in der Stadt gab es eine Menge von dieser Sorte. Doch während sie diesen Gedanken hegte, klopfte ihr Herz laut, als wollten sich ihm ganz andere Worte entringen: Aber keiner so wie du, Liebster! Keiner wie du!

Ihr Gesicht glühte, und sie schwitzte. Der Staubwirbel hatte ihr Haar wild und wirr auf ihren Rücken geweht. Eine Wolke von Mücken umschwirrte ihren Kopf. Das Kleid, das sie trug, war alt und formlos. Nicht daß ihr das etwas ausmachte, denn Susannah mochte noch jung sein und ihr Körper unverbraucht, aber sie kannte die Männer. Egal wer oder wo – Männer waren immer gleich. Das würde weder die Entfernung noch die Zeit ändern.

»Sie befinden sich auf fremdem Grund und Boden«, zischte sie.

Er kreuzte die Arme über dem Sattelknauf und beugte sich zu ihr herüber. Tief atmete er die Frische des Maisfeldes ein. »›Mit Duft sie nun das ganze Feld erfüllt‹«, sagte er, und ein spöttisches Lächeln spielte um seinen Mund.

Der geht wirklich ganz schön ran, dachte sie. Trotzdem verschwendete er seine und ihre Zeit, und sie war entschlossen, ihm das klarzumachen. »Sie wollen mir doch wohl nicht das Märchen auftischen, daß Sie den ganzen Ritt gemacht haben, um hier Gedichte zu rezitieren.« Ihre Stimme klang ausdruckslos.

»Mögen Sie Gedichte nicht?«

»Ich habe wenig Zeit für Unsinn, und noch weniger für

Leute, die nichts Besseres zu tun haben, als mich zu langweilen.«

Eine Brise kam auf und blies eine lange Strähne über ihr Gesicht. Sie lehnte die Hacke an ihre Hüfte, faßte ihr Haar mit einem Griff zusammen und zog es über die Schulter nach vorn. Hastig begann sie, es wieder zum Zopf zu flechten.

»›Amarantha, so süß und schön, laß nicht zuviel von deiner Haarpracht mich sehn.‹«

Allein der Klang seiner Stimme reichte aus, ihr Herz zum Schwingen zu bringen wie die gezupfte Saite eines Banjos, und das ärgerte sie. Sie wollte unpersönlich und uninteressiert bleiben, auf keinen Fall etwas empfinden. Nicht für diesen Mann. Überhaupt für keinen Mann! Schon seine Gegenwart reichte aus, um ihr zu viele Dinge in Erinnerung zu rufen, Dinge, die sie lieber vergessen wollte – ein warmer, schwüler Abend, das Aroma einer Opiumpfeife; das weiche, kehlige Lachen einer Frau; das tiefe Grunzen eines Mannes in Leidenschaft; echte Seidenstrümpfe und Federboas; die aromatischen Düfte der kreolischen Küche; und die Scham, zuviel zu wissen.

Verschwinde und laß mich in Frieden.

Wie sie es schon vor langer Zeit gelernt hatte, verbannte sie die unwillkommenen Gedanken und flocht hastig ihr Haar fertig. »Was sind Sie, ein reisender Poet?« fragte sie und warf den dicken Zopf nach hinten.

Er lachte leise. »Wohl kaum.«

Trotz seines Lächelns blieb sie ungerührt. »Was wollen Sie?«

Nun nahm er den Hut ab und wischte sich den Schweiß von der Stirn. Sein Haar war genauso schwarz wie seine Kleider, aber seine Augen schimmerten grau wie Gänsedaunen. »Wie ich schon sagte, nur einen Augenblick Ihrer Zeit bitte, sonst nichts!«

»Sie haben jetzt schon mehr als nur einen Augenblick meiner Zeit in Anspruch genommen.«

Er wußte es natürlich nicht, aber Susannah war eine Frau, die sich weder durch Gedichte noch durch jetschwarzes Haar und gänsegraue Augen beeinflussen lassen wollte – wie weich auch immer sie dreinschauen mochten. Ohne jede Spur von Freundlichkeit in der Stimme sagte sie: »Ich habe zu tun, also raus damit: Was wollen Sie, und warum gehen Sie nicht?«

Er nickte und setzte seinen Hut wieder auf. »Kurz und bündig und direkt. Also gut. Wie weit ist es bis zur Stadt?«

»Sie sind doch gerade an einem Schild vorbeigekommen, auf dem das steht.«

Der Mann hob die Augenbrauen. »Das muß ich wohl übersehen haben. Was ist los? Wissen Sie denn nicht, wie weit es ist?«

Susannah schürzte die Lippen. »Fünf Meilen.« Als er keine Anstalten machte, sich in Bewegung zu setzen, fügte sie hinzu: »Geradeaus die Straße hinab.« Sie zeigte in die angegebene Richtung, um keinen Zweifel aufkommen zu lassen.

Unschuldig blickte er nach dort, wo sie hinwies, blieb aber an Ort und Stelle. »Ich suche Arbeit.«

»Vielleicht finden Sie in der Stadt etwas …«

»Ich hatte gehofft, auf einer Farm Arbeit zu finden.«

»Fragen Sie den Sheriff. Er weiß gewöhnlich, wer in der Gegend Leute einstellt.«

»Eigentlich würde es mir auf *dieser* Farm gefallen.«

Ihr Herz klopfte heftig, ihre Handflächen wurden feucht. Sie legte beide Hände um den Stiel der Hacke – nur für alle Fälle –, dann blickte sie ihm forschend in die Augen. »Und warum auf *dieser* Farm?«

Er lächelte, als kenne er jeden einzelnen Gedanken, den sie dachte. »Mir ist aufgefallen, daß Ihr Zaun schadhaft ist und die

Weiden auch einiger Pflege bedürfen. Sieht so aus, als gäbe es hier allerhand zu tun. Und ich bin sicher, eine Frau, die allein lebt, kann einen Mann zum Arbeiten gebrauchen.«

Ihr Herzschlag wurde heftiger. Sie hielt den Hackengriff noch fester. Sei vorsichtig, warnte eine innere Stimme sie. »Wie kommen Sie darauf, daß ich allein lebe?«

»Sie tragen keinen Ehering.«

»Viele Leute können sich keinen Ring leisten.«

»Ein Mann, der eine Frau hätte, die so aussieht wie Sie, würde schon irgendwie einen Ring beschaffen.«

Sie entschied sich, dazu nichts zu sagen, lockerte aber den Griff um den Hackenstiel. »Wir brauchen keine Hilfe, und selbst wenn es der Fall wäre, würde ich Sie nicht nehmen. Wir stellen keine Landstreicher ein.« Aus reinem Trotz fügte sie noch dazu: »Und auch keine Troubadoure, Schauspieler und Dichter.«

Seine Miene blieb vollkommen entspannt: »Nun, wenn Sie mir Arbeit geben würden, wäre ich immerhin kein Landstreicher mehr, oder?«

»Nein, das vielleicht nicht, aber Sie wären immer noch ein Troubadour, und plötzlich sind mir Troubadoure zuwider. Also, warum setzen Sie Ihren Charme nicht einfach woanders ein, bei jemandem, der vielleicht interessiert ist oder sich geschmeichelt fühlt?«

Er legte den Kopf schief und sah sie seltsam an. »Ich frage mich wirklich«, sagte er gedehnt, »ob sich Ihre so spontane Abneigung gegen Dichter oder eher gegen Männer überhaupt richtet.«

Das saß, aber sie wollte ihn das auf keinen Fall bemerken lassen. Wortlos drehte sie sich um und ging davon. Mochte er ruhig hinter ihr herkommen! Es war ihr gleichgültig, selbst wenn er diesmal versuchte, sie zu überrennen.

Aber sie hörte nichts, also verlangsamte sie nach ein paar Minuten ihre Schritte, ohne indessen stehenzubleiben. Sie würde einfach bis ans andere Ende des Maisfeldes gehen. Wenn sie dort ankam, war er bestimmt weg.

Reed Garrett sah sie davonstampfen, ohne ihre Feindseligkeit zu verstehen – und doch war da etwas an ihr, das er bewunderte – vielleicht ihre offene Ehrlichkeit... sie machte sich nichts aus ihm, und sie tat ihr Bestes, das auch zu zeigen.

Er nahm die Zügel auf. Nun ja, es gab immer ein nächstes Mal.

Beim Wenden seines Pferdes blickte er nochmals zurück zu der Frau und zuckte mit den Schultern. *Warum nicht?* fragte er sich, und ohne zu begreifen, was ihn dazubrachte, ritt er quer über das Feld bis zu der Stelle, wo sie wieder begonnen hatte, Unkraut zu hacken.

Überrascht sah sie auf. Sie war eine natürliche Schönheit, blühend in schmuckloser Gesundheit, dachte Reed. In anderen Kleidern könnte man sie für eine Tochter der Götter halten, denn sie war himmlisch gewachsen und hatte klare Züge.

»Warum starren Sie mich so an? Haben Sie nichts Besseres zu tun?«

Reed runzelte die Stirn. Sie war viel zu jung und hübsch, um schon so bitter zu sein. Ihr Verhalten – eigentlich alles an ihr – berührte ihn auf ungewohnte Weise. Wie seltsam, daß er ihr gerade erst begegnet war und doch das Gefühl hatte, als sei er imstande, in ihrem Gesicht zu lesen – oder wenn nicht in ihrem Gesicht, dann allemal in ihrer Stimme.

»Ich dachte...«

Ungeduldig unterbrach sie ihn. »Verschwinden Sie und denken Sie woanders, Troubadour!«

Reed fragte sich, wie es möglich war, daß eine solche Schönheit so unnahbar sein konnte. Nun, weder ein Job noch eine

Frau würden ihn dazu bringen, um Arbeit zu betteln. Wie sie selbst vorgeschlagen hatte, ritt er einfach weiter und versuchte es woanders. Eine Frau, die sich solche Mühe gab, unfreundlich zu sein, sollte man besser in Ruhe lassen.

Er nickte ihr kurz zu und hob die Hand an seine Hutkrempe. »Dann also guten Tag!«

Gemächlich nahm er den gleichen Weg zurück, dann galoppierte er an und ließ die Farm und diese Giftnatter hinter sich. Mit der Sonne im Rücken ritt er Richtung Westen, auf die Stadt Bluebonnet zu. Überall um ihn her roch es nach üppigem Leben, denn die Felder und die Raine standen in voller Blüte. Es störte ihn nicht, daß es hier kaum mehr als Feigenkakteen, Kreuzkraut und Nachtkerzen gab; um so herrlicher leuchteten die Kornblumen, deren Blau bis an den Horizont reichte. Er war hier in einer flachen, trockenen Gegend, die er zuerst für ziemlich trist gehalten hatte; doch man brauchte nur genauer hinzuschauen, um ihre wahre Schönheit zu erkennen.

Wieder ging ihm die Frau durch den Sinn, deren Namen er nicht einmal kannte.

Reed kam an ein paar Männern vorbei, die mit ihrem Vieh beschäftigt waren. Sie sagten nichts, sahen ihm nur nach.

Nachdem er ungefähr eine Meile geritten war, überquerte er einen schmalen Bach. Gleich jenseits davon fielen vier oder fünf wilde und laute Cowboys über ihn her, die wohl eine Abwechslung brauchten – und die schien er ihnen zu bieten. Er erkannte sie als die Kerle, an denen er vorher vorbeigeritten war.

Noch bevor er Zeit hatte zu reagieren, warf einer von ihnen ein Lasso über ihn und riß ihn vom Pferd. Sie schleppten ihn eine Weile durchs Wasser und dann erst an Land. Reed war sich nicht sicher, ob sie vorhatten, ihn zu ertränken oder zu erhängen.

Als Reed wieder Boden unter den Füßen spürte, kam er mühsam auf die Beine. Er sah, daß es ingesamt fünf Gesellen waren und erkannte mühelos den Anführer. Der Fuchs, auf dem der Cowboy ritt, war groß und etwas dünnbeinig; aber er sah gut und zuverlässig aus. Sein Sattel war vielleicht nicht ganz so edel wie Reeds McLellan, aber doch würde jeder ihn gern besitzen.

Drei von ihnen stellten ihre Pferde neben den Anführer, als wären sie seine Adjutanten. Die Herren interessierten Reed nicht besonders, während der Anführer ihm schon eher Sorgen bereitete mit seinem dunklen, boshaft starren Blick. Der fünfte Mann hielt das Seil. Er hielt es straff gespannt und ritt bis zum Rand des Baches.

»Holt seine Pferde«, befahl der Anführer, und einer der drei faßte Reeds Tiere ins Auge. Er fing sie ein und brachte sie zu den anderen zurück.

Der Anführer betrachtete den Falben und die graue Stute. »Haben Sie diese Gäule gestohlen?«

»Ich habe sie gekauft.«

»So feines Pferdefleisch kriegen wir hier nicht oft zu sehen.«

»Sie stammen nicht von hier.«

»Woher denn dann?«

»Aus Maryland.«

»Sind Sie Yankee?«

»Ich bin zu jung, um im Krieg dabeigewesen zu sein.«

»Sind Sie aus dem Norden?«

Reed nickte.

»Von wo?«

»Boston.«

Der Anführer sah den Mann mit dem Seil an. »Er ist ein Yankee, und diese Viecher sind gestohlen. Fessele ihn!« Er wandte sein Pferd und setzte sich in Bewegung, wobei er den anderen zurief, Reeds Pferde mitzubringen.

Reed wand sich in dem Lasso, während er zusah, wie die Kerle alles mitnahmen, was er besaß: seine Pferde, seinen McLellan-Sattel, seinen Colt und sein Jagdgewehr, ein poliertes Sharps Creedmore, das eine Stange Geld gekostet hatte.

Als der mit dem Seil nach Reeds Hut griff, war es ihm schließlich zuviel, und Reed holte aus, um ihn zu schlagen. In diesem Augenblick zog der Kerl an dem Seil, und er wurde zu Boden gerissen, sein Körper über die Erde geschleift. Er versuchte, den Schmerz zu ignorieren und fragte sich, ob sie ihn hinter dem Pferd herzerren würden, bis er tot war.

Einen Augenblick später krachte sein Kopf auf einen Stein, und die Welt versank in Kälte und Schwärze.

2

Etwas flatterte an seinem Kopf vorüber, und Reed öffnete die Augen. Eine Amsel flog davon.

Es war früher Morgen, und der Himmel begann gerade in zartem Rosa und blassem Gelb zu dämmern. Von irgendwoher vernahm er den klagenden Ruf einer Taube, der vom schrillen Pfeifen eines Zuges in der Ferne übertönt wurde. Sein Kopf fühlte sich an, als hätte man ihn mit einem Beil gespalten. Sein Magen zog sich zusammen, und er hatte das Gefühl, gleich erbrechen zu müssen. Er schloß die Augen.

Als er sie wieder aufschlug, spielten bereits vor seinem Blick die Sonnenstrahlen auf dem Boden. Große weiße Wolkenkissen zogen am Himmel dahin, und er dachte an seine Kindheit, als die Hausmädchen an einem Tag wie diesem die Wäsche auf die Leine im Garten hängten. Aber diese Helligkeit blendete ihn, und so senkte er die Lider.

Reed erwachte erneut. Ein scharfer Schmerz schoß durch seinen Schädel, und er hatte wieder das Gefühl, als würden seine Augen nach außen gedrückt. Er tastete mit der Hand seinen Kopf ab und spürte eine große Beule, dann sah er Blut an seinen Fingern. Mühsam wollte er sich aufsetzen, doch das Wirbeln in seinem Kopf hinderte ihn daran. Er sank zurück, schloß die Augen und wartete, bis der Schwindel abklang. Wahrscheinlich war er wieder eingenickt, denn als er die Augen das nächste Mal öffnete, erkannte er am Sonnenstand den späten Nachmittag. Wie lange genau er nicht bei Sinnen gewesen war, konnte er nicht sagen, aber zwei Dinge standen absolut fest: Erstens hatte er einen solchen Hunger, daß ihm förmlich die Rippen klapperten, und zweitens war sein gesamtes Eigentum weg.

Torkelnd erhob er sich, fiel aber gleich wieder um.

Beim zweiten Versuch schaffte er es stehenzubleiben, schwankte aber noch heftig auf unsicheren Beinen, die ihm wie aus Gummi vorkamen. Als er sich etwas kräftiger fühlte, wackelte er los, ohne zu wissen, in welche Richtung er ging. Sein Kopf pochte bei jedem seiner wankenden Schritte; aber es gelang ihm, einen Acker zu überqueren, wobei er den Blick eisern auf das Dach eines Farmhauses gerichtet hielt, das plötzlich am Horizont auftauchte.

Er nahm weiter Kurs auf das Gehöft, trottete über die harte, verbrannte Erde und stolperte gelegentlich über einen Klumpen getrockneten Grases. Der Duft eines Eintopfs ließ ihm das Wasser im Mund zusammenlaufen, und er fragte sich, ob man hinter den Mauern dieses Hauses wohl Mitleid mit ihm haben würde. Um sich die genaue Tageszeit zu verschaffen, wollte er nach seiner Uhr greifen – da fiel ihm ein, daß man sie ihm ja zusammen mit dem Geld abgenommen hatte. Seiner Schätzung nach war es wohl ungefähr sechs und ihm fiel ein, daß sie in Boston immer um sieben gegessen hatten.

Wie weit entfernt ihm das alles jetzt zu sein schien! Trotzdem wanderten seine Gedanken zurück über die Ruinen der Zeit und führten ihn zum Beispiel zum Ball der Cabots, wo er über den roten Teppich schritt, den die Bediensteten gerade ausgerollt hatten. Als nächstes betrat er ein Wohnzimmer mit karmesinroter Tapete und schließlich den Ballsaal, wo sich ein Meer von Kerzen im polierten Parkett spiegelte.

Wachslichter. Lachende Frauen, die in Kleidern mit weiten, weißen Tüllröcken durch den Raum wirbelten. Der warme Blick seiner Mutter, in dunkelblauen Samt gehüllt und die Familiendiamanten um den Hals. Die Erinnerung erfüllte ihn mit Zärtlichkeit.

Eilig vertrieb er sie, und eine neue, tiefere Erschöpfung erfüllte ihn. Er fühlte sich, als versuche er seit Stunden, eine steile Felswand zu erklimmen und fiele, gerade am oberen Rand angekommen, jedesmal in eine tiefe Schlucht. Der Alptraum löste sich beim Klingen einer Schafsglocke auf, und Reed sah die feinen Wohnräume von Boston verschwinden, nur um wieder mit der immer noch flimmernden Hitze und der dürren Erde konfrontiert zu sein – und mit seinem Magen, der einfach keine Ruhe geben wollte.

Als er schließlich das Anwesen erreicht hatte, knurrte sein Magen laut und fordernd bei dem Gedanken an etwas zu essen. Er wußte nicht mehr, wann er das letzte Mal einen Bissen zu sich genommen oder einen solchen Hunger gehabt hatte.

Im spärlichen Schatten eines Mesquitebaums blieb er stehen und betrachtete das Farmhaus, dann ging er, vom Hunger getrieben, weiter und überquerte den sauber gefegten Hof, wobei er ein paar gackernde Hühner aufscheuchte. Er umrundete die Hausecke – und blieb wie angewurzelt stehen, als sein Blick auf das Gewehr fiel, dessen glänzender Lauf ihn fast berührte.

»Noch einen Schritt und Sie sind ein Sieb.«

Die Stimme gehörte einem dünnen Jungen, der nervös zitterte. Der Junge sah kaum älter als zwölf oder dreizehn aus. Aber er hatte ein Gewehr in der Hand, und das machte ihn zum Stärkeren.

Reed versuchte es diplomatisch. »Entschuldigung, ich dachte nur ...«

Der Junge schwenkte das Gewehr vor ihm hin und her. »Denken Sie woanders! Wir haben hier nicht viel am Hut mit Fremden.«

»Dann werde ich mich wieder auf den Weg machen. Aber ich würde gern aus Ihrem Brunnen trinken.«

»Mister, das einzige, was Sie hier kriegen können, ist eine Kugel in den Bauch, wenn Sie nicht sofort abhauen!« Wieder fuchtelte er mit dem Gewehr.

»Vielen Dank für die Gastfreundschaft«, spottete Reed.

Er ging an der Hauswand entlang, bis er die Ecke erreichte. Dahinter sah er auf einer Fensterbank einen Strudel zum Abkühlen stehen. Sein Magen knurrte. Witternd blieb er stehen. Der Junge war nicht mehr zu sehen, also steckte Reed eine Hand in die Tasche und kramte das alte Taschenmesser hervor, das er von seinem Großvater geerbt hatte, dankbar, daß es nicht mehr schön genug war für die räuberischen Cowboys vorhin. Er öffnete das Messer und schnitt sich ein ordentliches Stück Strudel ab.

Beim Hineinbeißen verschluckte er sich fast.

So etwas Scheußliches hatte er noch nie im Mund gehabt. Äußerlich sah der Strudel ganz normal aus. Reed versuchte noch einen Bissen und spuckte ihn aus. Unvorstellbar, daß man etwas derart Schreckliches aus einem Strudel machen konnte! Zwar war er völlig ausgehungert, aber nicht dumm. Womöglich brachte er sich damit um, wenn er dieses eklige

Zeug aß. Kein Wunder, daß der Junge so mager war. Reed legte das Ganze zurück auf das Fensterbrett, wo er es gefunden hatte.

Nach Überquerung des Hofes blieb er beim Brunnen stehen. Er zog den Wassereimer aus der Tiefe, nahm einen Blechbecher von einem Haken, tauchte ihn in den Eimer und wollte gerade daraus trinken, als ein schreckliches Getöse erklang. Einen Augenblick lang dachte er, ein Kojote wäre vielleicht ins Hühnerhaus eingedrungen, doch dann sah er eine Frau auf sich zuhasten, mit einer Harke bewaffnet, und unterwegs keifte sie laut in seine Richtung. Einen Augenblick lang verblüffte ihn der Anblick so, daß er sich nicht rühren konnte. Reed hatte in seinem Leben ja schon diverse Weiblichkeiten erlebt, aber noch nie eine, die so abgrundtief häßlich war. Wo auch immer er hinblickte, schien sie aus der Form geraten vor Fülle – außer auf ihrem Kopf, denn ihr mausgraues Haar wirkte so spärlich, daß es aussah, als hätte es ihr jemand aus Mitleid mit Bleistift aufgemalt. Ganz sicher klemmte sie gerade hinter der Tür, als der Herrgott Schönheit verteilte.

Plötzlich wurde ihm klar, daß die Frau drauf und dran war, ihm mit der Harke eins überzuziehen. Mit dem Becher in der Hand raste er flugs davon.

So ungern er es auch zugab: Reed ließ sich gerade von einer Frau davonjagen, die häßlich genug aussah, um die Urheberin des Strudels zu sein. Er rannte durch den Garten, sprang über Tomatenpflanzen und Kürbisranken und blieb nicht stehen, bis er einer Milchkuh begegnete, die in einiger Entfernung vom Haus friedlich auf einer Weide graste.

Noch nie hatte er eine Kuh gemolken, aber beim Melken zugesehen schon oft. Wie schwierig konnte das schon sein? Abgesehen davon war Reed so ausgehungert, daß er eine so gute Gelegenheit unter keinen Umständen verpassen wollte. Nach seinem vorigen Versuch würde er sich gern mit einem Becher frischer Milch behelfen. Jegliches natürliche Nahrungsmittel mußte besser sein als jener Strudel.

Notfalls lieber verhungern!

Er löste seinen Gürtel, legte ihn der Kuh um den Hals und führte sie zum Tor, um sie dort anzubinden. Beinah hatte er den Zaun erreicht, da sah er zwei Männer auf sich zureiten. Noch bevor er »Hallo« hätte sagen können, hatten sie ihn schon mit dem Lasso gefesselt und niedergerissen. Was waren das für Angewohnheiten, denen die Leute hier frönten?

Reed lag auf dem Boden, schnappte nach Luft und sah zu den beiden Gestalten auf, die über ihm standen. Einer der beiden war der Junge, der ihn mit dem Gewehr verjagt hatte. Der andere war sein Vater, vermutete Reed.

»Wir hätten wirklich das Recht, diesen Viehdieb aufzuhängen«, knurrte der Mann, »aber ich glaube, wir schaffen ihn in die Stadt und überlassen den Kerl dem Sheriff.«

»Ich bin kein Viehdieb.«

»Und das ist wahrscheinlich auch nicht Ihr Gürtel da am Hals von meiner Kuh?«

»Ich wollte nicht mehr stehlen als einen Becher Milch«, verteidigte sich Reed; aber der Mann stopfte ihm sein Halstuch in den Mund und band ihm die Hände hinter dem Rücken zusammen.

Als sie in der Stadt angekommen waren, zerrten sie Reed vom Pferd. Er stolperte und fiel hin.

»Halt das Gewehr auf seinen Kopf gerichtet«, wies der Mann seinen Sohn an. »Und wenn er versucht aufzustehen, erschieß ihn.«

»Okay, Pa«, sagte der Junge und betrachtete sein Opfer zweifelnd.

Reed nahm an, daß schon die kleinste Bewegung seinerseits

den Jungen dazu bringen könnte abzudrücken, also blieb er zwischen den Pferdeäpfeln auf der Straße liegen und wartete. Sein jämmerlicher Anblick zog die Blicke einiger neugieriger Passanten auf sich, die stehenblieben und anfingen, sich über seine vermutlichen Missetaten zu unterhalten.

Eine Tür wurde geöffnet, und Reed hörte Schritte auf dem hölzernen Bürgersteig, dann eine Stimme. »Das war völlig richtig, Hiram. Es ist immer besser, jemanden herzubringen, damit das Gesetz sich darum kümmern kann – als so etwas selbst in die Hand zu nehmen.«

»Guck mal, der Mann da, Mami! Der liegt ja im Dreck!«

»Sei still, Sara Jane.«

»Sieh mal einer an«, höhnte eine Männerstimme. »Ein ausgewachsener Mann und spielt noch im Sand.«

Etliche Leute kicherten.

»Zieh den armen Kerl hoch, dann untersuchen wir den Fall.«

Als Reed hochgerissen wurde, sah er einen Mann um die Fünfzig, der so dick war, daß sein Gürtel unter dem Bauch hing. Sein Gesicht glich einem runden, rötlichen Kürbis; aber sein Blick war freundlicher als der seines Anklägers, des Mannes namens Hiram. Ein Blechstern prangte an seiner Weste. Der Sheriff schob sich den Hut auf den Hinterkopf und musterte Reed von oben bis unten.

»Höre ich da, Sie hätten gestohlen?«

»Ein Dieb!« rief jemand.

»Lyncht ihn!« schrie ein anderer.

»Der sieht aus, als würde er dir für nix den Hals abschneiden«, hetzte eine Frau.

»Ich sage, wir sollten ihn sofort aufhängen!« bellte ein anderer.

»Darum wird sich der Sheriff schon kümmern«, meinte eine Frau friedfertig.

Reed, der entsetzt zuhörte, während die Menge um ihn her immer größer wurde, spürte, wie ihm der Schweiß über den Rücken lief; seine Handgelenke taten weh, wo die Fessel einschnitt. Er sah sich in der unfreundlichen Menge um und fragte sich, wie er nur in so eine fatale Lage hatte geraten können.

»Werdet ihr wohl alle mal eine Minute still sein, damit ich herausfinde, was hier eigentlich los ist?« erhob der Sheriff seine Stimme.

Jemand packte Reed.

Der Sheriff schlug ihm die Hand zur Seite. »Schluß jetzt! Royce, nimm sofort die Finger weg, sonst schneide ich dir den Schnurrbart ab und stecke ihn dir in die Nase!« Das Auge des Gesetzes zog sich die Hosen hoch. »Also gut. Wir haben hier einen Mann, der des Diebstahls bezichtigt wird; aber von Hängen kann keine Rede sein! Er wird sich vor einem Richter verantworten dürfen, aber zuerst habe ich da noch ein paar Fragen zu stellen; und ich würde es sehr begrüßen, wenn ihr alle hier entweder nach Hause geht oder euch wenigstens anständig verhaltet.«

Keiner rührte sich vom Fleck.

Das schien dem Sheriff zu gefallen. »So, und jetzt, wo wir wieder Recht und Ordnung hergestellt haben, wollen wir mal weitermachen.«

»Häng ihn einfach auf, dann ist die Sache erledigt«, schrie ein Junge.

»Ich bin kein Henker!«

»Dann sperr ihn ein«, fistelte ein Mann mit Krücken.

»Niemand weiß, ob er überhaupt was verbrochen hat, und wenn ihr nicht endlich still seid, werde ich auch niemals erfahren, was er eigentlich auf dem Kerbholz hat. Wenn ich ihn der Sache für schuldig befinde, die man ihm vorwirft, dann werde ich ihn einsperren. Wenn nicht, lasse ich ihn laufen. So, wenn noch jemand irgendeinen lauten Kommentar abgibt, kriegt er ohne weitere Untersuchung Arrest. Habe ich mich klar ausgedrückt?«

Keiner sagte ein Wort. Die Drohung schien zu funktionieren; aber Reed hatte den Eindruck, daß eigentlich nichts mehr anständig funktionierte, seit er sich in dieser gottverdammten Gegend aufhielt. Kein Wunder, daß er sich fragte, was ihm wohl als nächstes zustoßen mochte.

3

»Sie schwindelt schon wieder«, sagte Tante Violette. Dann gab sie ihrem kleinen, braunen Hündchen zweifelhafter Herkunft einen Leckerbissen. Buchweizen betrachtete den Leckerbissen und ließ ihn schließlich liegen, denn ziemlich genau in diesem Augenblick kam Tante Dahlias Katze Pastinake ins Zimmer spaziert. Mit wahrem Hundeeifer stürzte sich Buchweizen auf sie. Er verfolgte sie mit heftigem Gebell, und Pastinake machte einen Buckel, fauchte und schoß davon.

Susannah sah hinter ihnen her und schüttelte den Kopf. Pastinake war eine verwöhnte Perserkatze. Sie und Buchweizen lagen sich jetzt schon seit über sechs Jahren in den Haaren; es hätte auf der Hand gelegen, sich inzwischen irgendwie zu arrangieren.

Als könnte sie Susannahs Gedanken lesen, seufzte Tante Violette: »Sie werden sich niemals vertragen.«

Ganz wie es ihre Art war, meinte Dahlia: »Es hätte vielleicht geklappt, wenn dein Köter etwas mehr Stammbaum besäße. Was kann man von so einer Promenadenmischung schon erwarten?«

»Vielleicht so viel, daß er mit einer überzüchteten Bestie jederzeit fertig wird.«

Violette Bradford Wakefield war Susannahs sechsundsechzig Jahre alte Großtante, die Witwe von John Jacob Wakefield, der sein Leben im Bürgerkrieg eingebüßt hatte. Ihre Schwester, Dahlia Bradford, war vierundsechzig und unverheiratet. In letzter Zeit hatte sie einen Hang zum Schwindeln entwickelt, selbst dann, wenn, wie Violette zu sagen pflegte, die Wahrheit besser klingen würde.

Violette sah prüfend um sich, als versuche sie, sich an etwas zu erinnern, und sagte dann: »Worüber haben wir soeben gesprochen, bevor wir auf das Thema Hunde und Katzen kamen?«

Dahlia zuckte mit den Schultern.

»Ich erinnere mich«, sprang Susannah ein. »Dahlia sagte, Reverend Pettigrew habe ihr am Sonntag zugezwinkert, und du sagtest...«

»Daß sie wieder schwindelt«, beendete Violette den Satz.

Tante Dahlia faltete die Hände im Rücken und richtete sich kerzengerade auf. »Der Herr weiß...«

»... daß du schwindelst«, äußerte Violette nachdrücklich.

Dahlia achtete nicht auf sie und begann erneut: »Der Herr weiß, daß ich die Wahrheit sage. Mag sein, daß ich alt bin – aber blind bin ich nicht. Ich weiß, wenn ein Mann mir zuzwinkert, und ich sage dir, daß Reverend Pettigrew mir zugezwinkert hat, als er am letzten Sonntag bei uns zu Abend speiste, Schande über ihn. So wahr mir Gott helfe!«

»Ach, Unsinn! Reverend Pettigrew hat ein Glasauge, und in das andere war ihm etwas hineingeflogen. Wenn du das ganze Geblinzel, das er deswegen veranstaltete, ein Zuzwinkern nennst, dann hat er uns allen zugezwinkert«, korrigierte Violette. »Er hatte eine gute halbe Stunde ständig damit zu tun.«

»Ich habe die Sünde in seinem Blick gesehen«, beharrte Dahlia.

»Um Himmels willen! Was du da gewittert hast, war Appetit. Der arme Mann schielte ohne jeden Zweifel schon vor Hunger.«

»Glaub, was du willst. Mag sein, daß er nur ein Auge hat, aber das ist schnell. Ich weiß, daß er mir zugezwinkert hat.«

»Woher willst du das wissen?« fragte Tante Vi, mittlerweile recht erheitert.

Dahlias Mund wurde etwas schmaler. »Ich kenne solche Dinge.«

»Was für Dinge?« hakte Violette nach.

»Solche Dinge, wie sie zwischen Männern und Frauen vor sich gehen.«

Violette sah zu Susannah hinüber, die ein Lächeln unterdrückte. »Und woher, bitte, willst du das wissen? Du warst doch nie verheiratet.«

Tante Dahlia sah aus, als versuche sie sich für den richtigen Ausdruck zu entscheiden. »Ich habe gute Ohren.«

»Gute Ohren? Dally, hast du völlig den Verstand verloren? Die Dinge, die zwischen Männern und Frauen geschehen, haben mit einer ganzen Menge von Körperteilen zu tun – aber glaub mir, die Ohren gehören nicht dazu.«

»Mag sein, daß ich nie verheiratet war, aber ich habe zwanzig Jahre im Zimmer neben dir und John verbracht. Was Männer und Frauen betrifft, bin ich auf diese Art eine Expertin geworden.«

»Eine Expertin? Quatsch. Das einzige, was du dadurch geworden bist, ist eine Lauscherin.«

Buchweizen und Pastinake schossen auf ihrem Weg zum Treppenhaus noch einmal durch den Raum. Ein wildes Getöse brach los, als sie das obere Stockwerk erreicht hatten.

Tante Dahlia stand auf, gab ein leises »Ts, ts« von sich, warf ihrer Schwester einen säuerlichen Blick zu und verschwand, wobei sie nach ihrer Katze rief.

»Pastinake, komm her ... komm, mein Kätzchen ... komm, Pastinake ...«

Pastinake stieß ein lautes Miauen aus. Sekunden später segelten ein paar Büschel weißes Fell herunter.

Tante Vi sah bedeutungsvoll auf. »Vielleicht sollten wir anfangen, Katzenfell anstatt Gänsedaunen zu sammeln. Wir könnten damit ein Kissen füllen und es Dally zu Weihnachten schenken.«

Susannah lachte. »Ich glaube, das ist eine phantastische Idee, Tante Vi.«

»Was für ein schöner Tag, um in die Stadt zu fahren«, sagte Violette mit echter Freude.

»Es gibt Regen«, prophezeite Dahlia.

»Regen? Woher denn, es ist nicht eine einzige Wolke am Himmel«, konterte die Schwester.

Dahlia hob einen matten Blick und seufzte verloren. »Trotzdem wird es regnen. Das spüre ich an den Schmerzen in meiner Hüfte. Ich weiß, daß es regnet.«

»Dann wollen wir uns Sorgen über den Regen machen, wenn er anfängt. Ich meine, es ist ganz unnötig, sich einen so schönen Tag mit Eventualitäten zu vermiesen.«

Die Jüngere brummte ablehnend, sagte aber nichts mehr.

Susannah betrachtete ihre Tanten. Man konnte deutlich ihre Verwandtschaft erkennen; doch wo Violette weich und gerundet war, bestand Dahlia aus Sehnen und Kanten. Es war, als hätten die Konturen ihres Körpers entschieden ihr Gemüt geprägt.

»Ich habe gehört, Mr. Poindexter hat eine Lieferung feines Leinen bekommen«, wechselte Susannah das Thema.

»Das letzte Stück Stoff, das wir von Poindexter erwarben, taugte nicht einmal für Mehlsäcke«, erinnerte Dahlia sie, da sie es als ihre Pflicht betrachtete, niemals eine unangenehme Situation in Vergessenheit geraten zu lassen. »Wißt ihr noch den Ballen Kaliko vergangenes Jahr?« fragte sie mit vorgeschobenem Kinn. »Schon nach sechs Monaten abgetragen. Ich hatte gleich von dem Kauf abgeraten.«

»Ja, ich erinnere mich, Tante«, gab Susannah zu.

»Ach übrigens, da fällt mir gerade etwas anderes ein«, sagte Violette. »Ich brauche neue Stricknadeln.«

»Wir brauchen keine Spielereien, sondern das Nötigste. Tee, Hafer, Backpulver und Mehl zum Beispiel«, nörgelte Dahlia.

»Das habe ich alles aufgeschrieben.« Susannah ließ die Zügel mit einem sanften Klatschen auf den breiten Rücken der Stute fallen, so daß sie antrabte.

Als sie schließlich in Bluebonnet Einzug hielten, begann die Sonne schon auf sie herabzubrennen. Susannah sah einen schwerbeladenen Wagen gerade noch rechtzeitig zu schnell um die Ecke biegen, um die Zügel zur Seite zu reißen und einen Zusammenstoß zu verhindern. Der Krämerladen befand sich nur ein paar Blocks weiter; doch eine wuselnde Menge von Leuten, deren Aufmerksamkeit auf etwas gerichtet war, das sie nicht erkennen konnte, begann sich auf der Straße immer weiter auszubreiten. Es sah so aus, als wäre jeder Bewohner der Umgebung heute morgen in die Stadt gekommen, nur um jetzt hier auf der Straße zu stehen.

»Was ist denn da bloß los?« fragte Dahlia. »Das sieht ja aus wie am Unabhängigkeitstag.«

»Ich hab keine Ahnung, Tante«, gab Susannah zurück.

»Vielleicht erfahren wir es, wenn wir es bis zum Krämerladen schaffen.«

Sie fuhren an der langen, schiefen Veranda des Hotels »Pfirsichgarten« vorbei, dann an der Schmiede, dem Bestattungsunternehmen und der Postkutsche, die vor der Niederlassung der Western Union stand. Als sie die Drogerie erreichten wurde Susannah klar, daß die Menge inzwischen undurchdringlich angewachsen war.

»Sieht ganz so aus, als würden wir nicht weiterkommen«, sagte sie. Sie konnte gar nicht glauben, wie viele Leute hier vor ihnen versammelt waren.

»Was könnte das sein?« rätselte Violette.

»Ich weiß nicht.« Susannah, die jetzt wirklich neugierig war, stellte sich auf die Zehenspitzen, um zu prüfen, ob sie so eine bessere Sicht bekam. Die Menge schien ziemlich aufgeregt, als warteten die Leute, daß etwas geschehen würde.

»Kannst du etwas sehen?« quengelte Dahlia.

Susannah stieg vom Wagen. »Nichts, woraus man seine Schlüsse ziehen könnte. Sie stehen vor dem Revier des Sheriffs, aber mehr kann ich nicht erkennen.«

»Nun, dann fahr doch näher hin!« Dahlia platzte fast vor Ungeduld.

»Das geht nicht, Tante, außer du meinst, ich soll jemanden überfahren.«

Violette, die die Sache offensichtlich etwas vereinfachen wollte, fragte aufs Geratewohl: »Ist ein Mord geschehen oder jemand erschossen worden?«

Susannah zuckte mit den Schultern. »Ich weiß es nicht, aber die Gemeinde scheint sich deswegen geschlossen versammelt zu haben.« Sie schaute zur anderen Straßenseite. »Na ja, fast der ganze Landkreis«, korrigierte sie sich, als sie Lee Roy Harper und Otis Crowder bewußtlos vor dem Roadrunner Saloon auf dem Rücken liegen sah, deren Schnarchen bis zu ihr herüber bemerkenswerte Ähnlichkeit mit der Orgel der ersten Methodistenkirche hatte.

Dahlia rutschte auf ihrem Sitz nach vorn. »Vielleicht war es ein Bankraub?«

Violette schüttelte den Kopf. »Ich bezweifle, daß in der Bank genug Geld ist, um auch nur ein Bonbon damit zu bezahlen, und das würde einen ernsthaften Räuber wohl kaum in Versuchung führen. Die Trockenheit vom letzten Sommer hat ja alle an den Rand des Ruins gebracht.«

»Versuch doch, etwas näher hinzukommen, damit wir einen Überblick kriegen«, drängte Dahlia jetzt.

Susannah ließ die Stute langsam vorwärts gehen. Sie kamen an einer Reihe von schweifwedelnden Pferden vorbei, die an einer Stange angebunden waren. Sie ließ die Stute bis ganz an die Menge herangehen.

Alle schienen gleichzeitig zu reden. Susannah bemerkte, wie der Sheriff versuchte, die Ordnung wieder herzustellen. Er schien nicht viel Glück damit zu haben.

Sheriff Jonah Carter war in der Armee der Konföderierten gewesen und behielt stets gern den Überblick, auch bei einem Menschenauflauf. Plötzlich zog er seine Pistole und feuerte drei Schüsse in die Luft.

»Schluß jetzt! Wenn ich Ruhe und Ordnung befehle, dann meine ich auch Ruhe und Ordnung! Der nächste, der sein Maul aufmacht, wird für eine Woche eingesperrt. Kapiert?«

Das Tuscheln verstummte, Jonah drehte sich um und fixierte Hiram Bixby, der zwischen seiner Frau und einem Kerl stand, der so aussah, als hätte er einiges mitgemacht. »Raus mit der Sprache! Was ist geschehen?« leitete der Sheriff das Verhör ein.

»Ich habe diesen Mann hier beim Stehlen erwischt.«

Als Hiram zu sprechen begann, entstand plötzlich eine Lücke in der Menge, und Susannah sah endlich genauer, was vor sich ging. Ihr Blick wanderte über die Menge hinweg und richtete sich auf den Fremden. Dann atmete sie tief durch. Zuerst hatte sie den Mann nicht erkannt, denn seine Kleider sahen aus, als hätte man ihn durchs Gebüsch geschleift, und sein Gesicht war voller Kratzer und blauer Flecken.

Susannah hielt die Luft an, erinnerte sich an seinen seltsamen Akzent, die lässige Eleganz seiner Erscheinung, seine Gewandtheit, die ihn irgendwie ungewöhnlich wirken ließ. Sie fragte sich, was er wohl getan haben mochte, und der Gedanke, daß sie allein draußen im Maisfeld mit ihm gewesen war, jagte ihr einen Schauder über den Rücken.

Jonah hob die Hand, um alle auf sich aufmerksam zu machen. »Nennen Sie mir Ihren Namen, Mister!«

»Reed Garrett.«

»Und woher kommen Sie, Mr. Garrett?« erkundigte sich der Sheriff.

Reed wischte sich mit dem Handrücken über die blutende Unterlippe. »Von verschiedenen Orten, nicht von einem bestimmten.«

»Also sind Sie ein Herumtreiber?«

»Wenn eine Anstellung zu Ende geht, reite ich weiter. Wenn Sie damit einen Herumtreiber meinen, dann bin ich das wohl.«

In der Menge erhob sich erneutes Flüstern. Hier in Bluebonnet kam nicht oft etwas Ungewöhnliches vor, und wenn doch, interessierten sich selbstverständlich alle dafür. Susannah und ihre Tanten blieben in ihrem Wagen, ganz auf das Geschehen konzentriert.

Die Menge schien langsam ruhiger zu werden, bereit, gleichzeitig Richter und Jury zu spielen. Susannah wußte, wie unberechenbar die Leute sein konnten. Sie hatte davon gehört, daß auch hier in Bluebonnet schon ein paarmal jemand gelyncht worden war. Das geschah während des Krieges, und man hatte vermutet, die Gelynchten wären Spione der Unionstruppen – was sich später als falsch erwies. Die Möglichkeit, daß so etwas wieder geschehen könnte, machte sie betroffen. Freilich hatte sie nichts für diesen Fremden übrig; aber der Gedanke, daß irgend jemand dieser aufgebrachten Menge zum Oper fiel, bereitete ihr Übelkeit. Es schüttelte sie vor Besorgnis.

Jonah wandte sich an Hiram und fragte: »Was für ein Verbrechen hat Mr. Garrett begangen?«

»Wie ich schon sagte, ich habe ihn beim Stehlen erwischt«, wiederholte Hiram mit entnervter Stimme.

»Nun, was, zum Teufel, hat er denn gestohlen?«

»Ich habe ihn erwischt, als er die Milchkuh stahl. Und davor bereits einen Strudel!«

»Er hat einen Strudel gestohlen?«

»Ja, Sir. Eine Kuh und einen Strudel, den meine Frau Mabel gebacken hatte. Er stand gerade zum Abkühlen auf der Fensterbank, als dieser Bursche vorbeikam und ihn mitnahm.«

Gelächter wurde laut.

»Nun,was haben Sie zu diesen Vorwürfen zu sagen, Mr. Garrett?«

»Ich habe den Strudel nicht gestohlen.«

»Haben Sie nicht?« Jonah kratzte sich am Kopf. »Hiram sagt es aber. Sie behaupten, Sie haben es nicht getan. Einer von euch beiden lügt, und ich habe die Aufgabe, herauszufinden, wer.«

»Vielleicht sagen wir beide die Wahrheit. Ich habe nicht den Strudel gestohlen, aber ein Stück davon.«

»Sie haben ein Stück davon gegessen?«

»Nein, ich habe nur einmal hineingebissen, legte das Stück aber gleich wieder hin.«

»Sie haben hineingebissen und das Stück dann doch nicht genommen?«

»Genau.«

»Das ist aber sehr seltsam, finden Sie nicht? Ich meine, warum haben Sie den Strudel dann überhaupt entwendet?«

»Ich war hungrig.«

»Sie waren hungrig und haben deswegen ein Stück Strudel genommen?«

»Jawohl.«

»Dann haben Sie hineingebissen und das Stück wieder zurückgelegt.«

»So ist es.«

»So schrecklich hungrig können Sie ja nicht gewesen sein, wenn Sie schon nach einem Bissen satt waren. Das ist ein ziemlich seltsames Benehmen für einen hungrigen Menschen, finden Sie nicht?«

»Ich sagte, ich war hungrig, nicht verzweifelt vor Hunger. Nur ein wirklich verzweifelter Mann könnte einen Strudel essen, der so furchtbar schmeckt.«

Diesmal brach die Menge in ungehemmtes Gelächter aus. Männer prusteten und klopften sich gegenseitig auf den Rükken, Frauen lachten und schüttelten zustimmend die Köpfe, als wüßten sie genau, was Reed Garrett meinte; das entsprach den Tatsachen, denn alle im Landkreis wußten, daß Mabel Bixby nicht einmal ein Ei kochen konnte. Es wurde berichtet, wenn man auch nur die Finger ableckte, nachdem man ein Gericht von Mabel gekostete hatte, könne das einen für eine Woche außer Gefecht setzen.

Susannah war erleichtert über das Lachen. Sie fühlte, wie sich ihr Körper entspannte, und lehnte sich zurück. Als sie gerade etwas zu ihren Tanten sagen wollte, ergriff Violette das Wort.

»Ich habe gehört, Mabels Kaffee ist so stark, daß er eine Blase auf einem Lederstiefel hervorrufen kann.«

Susannah wartete, daß Dahlia widersprach, vernahm aber

kein Wort. Es war das erste Mal, daß sich ihre Tanten über etwas einig zu sein schienen.

Als das Gelächter verklang, fragte Sheriff Carter Reed weiter: »Und was hat es mit dem Stehlen der Kuh auf sich?«

»Ich habe die Kuh nicht gestohlen.«

»Also gut, wenn Sie die Kuh nicht stehlen wollten, was wollten Sie dann mit ihr tun, spazierengehen?«

Wieder allgemeine Erheiterung.

Außer Reed Garrett, der sagte: »Ich wollte mir einen Becher Milch verschaffen.«

»Was wollten Sie mit einem Becher Milch machen?«

»Vielleicht 'nen Strudel backen«, rief jemand, und eine Menge Leute wieherten los.

Als Susannah Reed beobachtete, fiel ihr auf, daß er ruhig und sicher dastand, als wäre er überzeugt, sich durchzusetzen. Obwohl er sich nicht rühren konnte, deutete nichts an ihm darauf hin, daß er Angst hatte. Sein Gesicht war ausdruckslos, und sein Blick wanderte immer wieder lässig über die Menge. Susannah hatte das Gefühl, als prüfe er die Stimmung der Umstehenden.

Der Sheriff sah Reed an und wartete auf eine Antwort.

»Ich sagte doch schon, ich war hungrig.«

»Und da Sie den Strudel schon nicht gegessen hatten, wollten Sie es mit ein wenig Milch versuchen?« hakte Jonah nach.

»So ist es.«

Diese Antwort rief heftige Debatten unter den Umstehenden hervor. »Wenn Sie kein Pferd haben und nicht einmal einen Becher Milch kaufen können, was tun Sie dann hier in Bluebonnet, mittellos und heruntergekommen? Hatten Sie ein Almosen erwartet?«

»Nein, und ich war auch nicht mittellos, als ich hier eintraf. Ich hatte Geld und zwei Pferde, aber man hat mich beraubt und hinter einem Pferd hergeschleift, bis ich das Bewußtsein verlor. Als ich wieder zu mir kam, waren meine Pferde, Sättel, Waffen und mein Geld fort.«

Jonah schien Reed nicht zu glauben – seine Worte aber auch nicht zu bezweifeln. Als er den Mund öffnete, um etwas zu sagen, bewegte donnerndes Hufgetrappel, das die Straße herunterkam, alle dazu, sich umzudrehen. Die Reittiere von einem halben Dutzend Helfern der Doppel-T-Ranch wirbelten eine Staubwolke auf, und pudriger Staub legte sich auf den Ort des Geschehens.

Susannah hustete ein paarmal, um ihre Kehle frei zu machen und beschäftigte sich dann damit, ihre Röcke abzuklopfen. Als sie damit fertig war, fiel ihr auf, daß Reed Garrett die Ranchleute mit ärgerlichem Blick und geballten Fäusten musterte.

»Das da ist eines meiner Pferde und mein Sattel«, grollte er und deutete mit dem Kopf auf einen großen rötlichen Falben.

»Curly«, rief der Sheriff dem Mann auf dem Falben zu. »Wo haben Sie das Pferd her, auf dem Sie da reiten?«

»Von der Weide von Doppel-T.«

»Und der Sattel?«

»Gehört Doppel-T.«

»Also, wie zum Teufel, kommt Doppel-T an diese Sachen?«

Curly war aus dem Konzept gebracht. Er nahm den Hut ab und wischte sich mit dem Halstuch über den kahlen Schädel. »Ich weiß nicht genau«, zögerte er. »Habe ich einfach auf der Weide gefunden, als ich mir heute morgen ein Pferd holen gegangen bin. Der Sattel war in der Sattelkammer.«

»Ich muß euch Jungs leider bitten, hier herüberzukommen«, ordnete Jonah an. »Wir haben da ein kleines Problem, das wir regeln müssen.«

»Der alte Trahern wird das aber nicht gut finden«, maulte Curly und lenkte den Falben durch die Menge zum Sheriff.

»Der alte Trahern ist nicht der Boß von Bluebonnet.« Jonah wandte sich an Reed. »Ist das einer der Männer, die Ihre Sachen genommen haben?«

Reed schüttelte den Kopf. »Nein, er war nicht dabei.«

»Sind Sie sicher?«

»Ja.«

»Und trotzdem sagen Sie, das seien Ihr Pferd und Ihr Sattel?«

»Allerdings.«

»Sehen Sie einen der Männer, die Sie beraubt haben, in dieser Gruppe?« Jonah schwenkte seine Hand in Richtung der Männer von Doppel-T.

»Nein, keiner dieser Männer war dabei.«

»Sie können natürlich beweisen, daß das hier Ihr Pferd ist«, sagte Jonah. »Haben Sie noch die Quittung vom Kauf?«

»Die hatte ich, aber sie wurde mir zusammen mit meinem Geld und meinen restlichen Besitztümern entwendet.«

»Also haben Sie keinen Beweis, daß das Pferd Ihnen gehört?«

»Nein, nur mein Wort.«

Manche in der Menge erhoben Protest, doch Susannah sah ein Funkeln der Bewunderung im Blick des Sheriffs. Was fiel Jonah Carter auf, das sie und die anderen nicht sehen konnten?

Sie bemerkte, daß die Züge des Fremden, als er sich in der Menge umsah, klares Forschen zum Ausdruck brachte. Sein harter Blick wanderte über die Leute, bis er an ihr hängenblieb.

Auf dem harten Sitz des Wagens rutschte sie zur Seite. Unwillkürlich wurde ihr heiß unter seiner Musterung, und sie fragte sich, ob er sich wohl an sie erinnerte. Doch noch bevor sie den Gedanken zu Ende gedacht hatte, nickte Reed vorwurfsvoll in ihre Richtung. »Fragen Sie doch die Frau da drüben. Sie kann bestätigen, was ich sage.«

»Ich?« tat Susannah ahnungslos.

Der Sheriff nickte und verschränkte die Arme über seinem mächtigen Bauch, zum Zeichen, daß er bereit war, wenn nötig auch den ganzen Tag zu warten.

Susannah betrachtete Reed vorsichtig. Schon möglich, daß er elegante Kleider trug und einwandfreie Manieren hatte. Warum sollte er nicht wortgewandt reden können und dabei den Eindruck eines Mannes aus gehobenen Kreisen erwecken? Doch sein Gesicht, hart und gebräunt und wie aus Stein gehauen, war verschlossen und distanziert. Unter den dunklen Augenbrauen starrten sie graue Augen an, was sie ziemlich irritierte.

Als Susannah nichts sagte, fragte Sheriff Carter: »Ist das richtig, Miss Susannah? Wissen Sie, wovon er redet?

Noch bevor sie antworten konnte, ergriff Reed das Wort: »Auf diesem Pferd hat sie mich gesehen. Sie arbeitete im Maisfeld, als ich vorbeigeritten bin. Ich habe angehalten und sie nach dem Weg gefragt.«

Susannah blinzelte, machte den Mund aber nicht auf. Sie konnte nicht. Die Worte schienen in ihrer Kehle zu kleben, obwohl das nicht das Wesentlichste schien. Bestimmt schlug ihr Herz so laut, daß das Geräusch alles übertönt hätte, was sie äußerte.

»Miss Susannah? Können Sie bestätigen, was der Mann sagt?«

Noch einmal richteten sich alle Augen auf sie. Normalerweise wäre das schon genug gewesen, sie in die Enge zu treiben; aber aus heiterem Himmel fühlte sie sich plötzlich mutig – und bereit, den Fremden zu verteidigen. »Ja, er ist auf der Straße stehengeblieben, die an unserem Grund vorbeiführt. Und zwar genau auf dem Pferd da, wie er angibt.«

»Und der Sattel, haben Sie den auch gesehen?«

»Ja, Sheriff, der ist auch derselbe.«

»Sonst noch irgendwas?«

»Er hatte auch noch ein grauscheckiges Packpferd dabei.«

Ein hörbares Murmeln ging durch die Menge.

Susannah bemerkte ein siegesgewisses Glitzern in Reeds Blick. »Außerdem ist er auf Arbeitssuche«, fügte sie hinzu und sah ihn hart an.

Nun wappnete auch er sich mit Feindseligkeit, was Susannah dazu brachte, in einem Ton zu sprechen, der sogar ihr selbst herablassend vorkam: »Ich habe ihn nicht angestellt.«

Offensichtlich hatte Dahlia nun so lange geschwiegen, wie sie irgend konnte. »Und wenn man mich fragt, hat sie ungewöhnlich viel Verstand bewiesen, indem sie jemanden weiterschickte, der so aussieht wie er.«

Violette gab ein ungläubiges Schnauben von sich. »Und was, bitte, ist an seinem Aussehen nicht in Ordnung?«

»Er ist zu perfekt«, lautete die sachliche Antwort. »Ein gutaussehnder Mann taugt zu nichts anderem, als eine Frau auf krause Ideen zu bringen.«

»Zum Beispiel was für welche?« wollte Violette wissen.

»Das möchte ich ungern hier auf der Hauptstraße der Stadt besprechen, wenn die Hälfte aller Einwohner zuhören kann.«

»Das soll bedeuten, sie weiß es nicht«, schloß Violette.

Susannah sah, wie Violette Reed mit scharfäugigem Interesse betrachtete – unmittelbar gefolgt von tiefer Nachdenklichkeit.

»Sieht ganz so aus, als hätten Sie Ihre Zeugin«, stellte Sheriff Carter fest.

»Dafür bin ich wirklich dankbar«, sagte Reed kurz angebunden. »Bedeutet das auch, daß ich mein Pferd und meinen Sattel zurückbekomme?«

Sheriff Carter sah zu Boden und sinnierte eine Minute über die Frage nach. Er kickte einen Erdklumpen erst zu einen, dann zur anderen Seite. »Schätze, es gibt wohl kaum einen

Grund, warum nicht«, erwiderte er. »Miss Susannahs Wort ist für mich ausreichend.«

Er wandte sich an Curly. »Geben Sie dem Mann sein Pferd zurück.«

»Tate wird das genausowenig gut finden wie sein alter Herr«, wehrte Curly sich.

»Tja, dann bestellen Sie Tate bitte, er soll in die Stadt kommen, weil ich ihn einiges fragen will. Die Sache ist für mich noch nicht abgeschlossen, auf keinen Fall. Ich will wissen, wie das Pferd und der Sattel dieses Mannes nach Doppel-T gekommen sind, und wenn ich schon dabei bin, werde ich Tate auch gleich fragen, was er über die restlichen Besitztümer dieses Mannes weiß.«

»Ich richte es ihm aus.«

»Und Sie können ihm auch sagen, wenn er auf jemanden wütend sein will, soll er mich nehmen.«

Curly gab dem Sheriff die Zügel. »Werd' ich bestellen«, meinte er.

Der Sheriff sah Curly nach, als er sich wieder zu seinen Freunden gesellte. Abermals wandte er sich Reed zu und hielt ihm die Zügel hin. Dabei wurde ihm klar, daß Reed noch gefesselt war, und der Sheriff funkelte Hiram Bixby an, der in der Nähe stand und ein Gesicht machte wie ein Schaf. »Ich schätzte, Sie binden ihn wohl besser los, Hiram.«

»Und meine Kuh?«

»Ihre Kuh und Ihren Strudel haben Sie ja«, gab Jonah ihm Bescheid.

»Aber er wollte meine Kuh stehlen.«

»Ich hab' noch nie von einem Viehdieb gehört, der zu Fuß auf Raub gegangen ist oder das Tier mit seinem Gürtel um den Hals gefangen hat. Wenn ein Teil der Geschichte dieses Fremden stimmt, wird wohl auch der Rest wahr sein.«

Hiram sagte nichts und band Reed los.

Reed bedankte sich und begann, sich die wunden Handgelenke zu reiben.

Susannah wollte sich gerade fragen, ob das wohl das Ende der Geschichte war, da sagte Jonah: »Wir Leute von Bluebonnet halten nicht viel von Fremden, die ziellos durch unsere Stadt streunen.« Er unterbrach sich, hakte seine Daumen in zwei seiner Gürtelschlaufen ein und gab sich die größte Mühe, weise zu wirken. »Klar, könnte ich mich entschließen, Sie freizulassen – immerhin haben Sie ja wirklich eine Zeugin und so weiter –, wenn Sie mir Ihr Wort geben, daß Sie die Stadt verlassen und sich nicht mehr blicken lassen. Bluebonnet ist ein friedlicher Ort, und wir alle hier wollen auch, daß das so bleibt.

»Ich mache mich auf den Weg, aber nicht ohne meine Habe.«

Jonah rieb sich das Kinn und nickte dann. »Das klingt fair, finde ich. Jetzt haben Sie ja Ihr Pferd und Ihren Sattel wieder, also können Sie aufbrechen.«

Offensichtlich reichte das für Reed nicht aus, denn er erwiderte ziemlich bockig: »Ich werde nicht fortgehen, bevor ich nicht meinen gesamten Besitz wiederhabe: Dazu gehört mein Geld, mein Hut, meine Waffen und mein Gepäck sowie mein zweites Pferd!«

»Ich erinnere Sie daran, daß Sie keine Bleibe haben, und in der Stadt Bluebonnet gibt es ein Gesetz gegen Landstreicher. Sie werden wohl aufbrechen müssen, Junge. Mit oder ohne Ihre ganzen Sachen.«

»Verzeihung, Sheriff«, mischte Violette sich jetzt ein.

»Sprechen Sie, Violette. Bei Gott, schließlich haben alle anderen hier auch schon ihren Senf zu diesem verfluchten Theater dazugegeben.«

»Ich wollte Ihnen sagen, daß Mr. Garrett wohl eine Bleibe

hat. Und zwar habe ich ihn zur Arbeit eingestellt, als er bei unserem Hof vorbeiritt.«

Erneut brachen in der Menge überall Diskussionen aus.

»Ihre Nichte sagte, sie hätte ihn davongeschickt«, meinte Jonah.

Violette warf Susannah einen mild dümmlich wirkenden Blick zu. »Ja, das hat sie. Aber wissen Sie, ich habe ihn erst danach eingestellt.«

»Eingestellt?« empörte sich Susannah. »Den? Tante Vi, was sagst du denn da? Also, ... ich ... Du willst doch wohl nicht ... Das geht wirklich zu weit.«

Violette tätschelte Susannahs Hand. »Aber ich bitte dich, Liebes«, flötete sie und versuchte dann streng zu klingen, »das sieht dir so gar nicht ähnlich, daß du ...«

Jetzt fiel ihr Dahlia ins Wort. »Violette Wakefield ...«

»Einen Augenblick, Dally.« Sie wandte sich Susannah wieder zu. »Ich kann mir wirklich nicht vorstellen, warum du etwas dagegen haben solltest, einen so netten Mann wir Mr. Garrett mithelfen zu lassen.«

Dahlia versuchte es noch einmal. »Vi, du kannst doch nicht ...«

»Halt dich da raus, Dally!« Erneut richtete sie das Wort an Susannah. »Wirklich, du kannst doch unmöglich etwas dagegen haben, daß Mr. Garrett bei uns arbeitet – besonders wenn man bedenkt, wie sehr es uns allen nützen wird, noch ein paar kräftige Hände zur Unterstützung zu haben. Wir haben doch schon lange darüber beraten, ob wir jemanden fest anstellen wollten.«

»Dabei ging es um Jester Buford«, mäkelte Susannah. »Und nicht um irgendeinen Fremden.«

»Nun, nachdem er eine Weile für uns gearbeitet hat, wird er auch kein Fremder mehr sein.«

Susannah öffnete den Mund, aber Violette war schneller. »Nun, also, Dally, du wolltest auch nocht etwas sagen?«

»Ja, das habe ich versucht«, meinte Dahlia patzig, »aber du hast mich ja immer unterbrochen.«

»Jetzt nicht mehr, also sprich!«

»Ich glaube, ich werde verrückt«, sagte sie hilflos.

An dieser Stelle wirkte Jonah langsam etwas genervt, und wie immer, wenn er genervt war, nahm er seinen Tabaksbeutel aus der Tasche und rollte sich eine seiner spektakulären Zigaretten.

Zum ersten Mal in ihrem Leben wünschte sich Susannah, sie würde rauchen.

»Ich überlasse es den Damen, unter sich zu einer Lösung zu kommen«, beendete Jonah die Diskussion. »Ich habe noch eine Menge andere Sachen zu tun.« Er wandte sich wieder an die Menge. »So, Leute, Schluß für heute! Die Schau ist vorbei. Ihr versperrt die Straße, und andere wollen durch. Kommt schon, kümmert euch um eure eigenen Angelegenheiten.«

Völlig verbiestert angesichts der dreisten Lüge ihrer Tante, druckste Susannah noch eine Weile herum, bis Dahlia die Sache abermals in die Hand nahm.

»Du willst doch wohl nicht im Ernst sagen, daß du diesen ... diesen Streuner eingestellt hast!« zischte Dahlia ihrer Schwester zu. »Das erlaube ich nicht, hörst du? Das kommt einfach nicht in Frage.«

»Ich fürchte, es gibt da keine Wahl mehr«, flüsterte Violette entschieden zurück. »Die Sache ist nämlich abgemacht.«

»Dann entlasse ihn wieder!« zeterte Dahlia. »Ich setzte keinen Fuß auf den Hof, bis du das getan hast.«

»Wie du willst«, entgegnete Violette. »Schließlich gehört das Ganze mir.«

»Ich wünsche dir nur«, sagte Dahlia und hob den Blick

fromm zum Himmel, »daß du nie in die Lage kommst, von deinem eigenen Fleisch und Blut abgelehnt zu werden, ausgestoßen zu den heidnischen wilden Tieren. Das Leben ist schon hart genug, ohne daß man von seiner eigenen Schwester vor die Tür gesetzt wird.«

Susannah klappte den Mund auf. »Aber ...«

»Ich lasse mich nicht umstimmen!« Violette hielt zum Nachdruck die Hände hoch. »Von niemandem!«

»Aber warum?« jammerte Susannah.

»Ich habe meine Gründe«, lautete die Antwort.

»Vielleicht wirst du mich eines Tages verstehen«, schaltete sich Dahlia ein.

»Ach, Unsinn, Dally Bradford, manchmal finde ich dich wirklich recht anstrengend. Ihr beide werdet mir in dieser Sache einfach vertrauen müssen. Und jetzt bringt mich zum Krämer, damit ich mir Stricknadeln kaufen kann.«

»Um uns dann damit zu erstechen«, sagte Dahlia so säuerlich, daß Susannah spontan grinste. Dadurch wurde ihre Stimmung zwar etwas gehoben, aber sie war immer noch schokkiert. Als sie mit ihren Tanten im Krämerladen einkaufte, schaute sie durch das Fenster und sah, daß Reed Garrett sein Pferd zu ihrem Wagen führte. Nachdem er es daran angebunden hatte, lehnte er sich an das Gefährt und schlug die Beine übereinander.

Sollte er ruhig warten! Geschah ihm recht, und je länger er wartete, desto besser. Susannah begann, ihre Liste durchzugehen. Als sie zum Wagen zurückkamen, beeilte sich Reed, ihnen zu helfen, nahm ihnen mit beiden Händen die Einkäufe ab und lud sie auf.

»Oh, vielen Dank, Mr. Garrett«, sagte Violette. »Ich glaube wirklich, daß es mir gefallen wird, Sie in der Nähe zu haben.«

»Mir nicht!« Dahlia riß Reed ihre Päckchen aus der Hand.

»Ich trage meine selbst! Das habe ich bis jetzt immerhin seit fast sechzig Jahren getan.«

»Du hast auch seit fast sechzig Jahren schlechte Laune – aber es lohnt sich nicht, sich darüber aufzuregen.«

Dahlia war entrüstet. »Wirklich, Violette, ich glaube, dir würde sogar die Pest gefallen, wenn sie nur hübsch aussieht.«

Violette kümmerte sich nicht um sie und streckte die Hand aus. »Ich bin Violette Wakefield. Das hier ist meine Nichte Susannah Jane Dowell, und die saure Gurke da meine Schwester, Dahlia Bradford.«

»Freut mich, Sie kennenzulernen«, sagte Reed. »Ich nehme an, Sie haben schon gehört, daß ich Reed Garrett heiße.«

Violette lachte. »Das weiß jetzt die ganze Stadt«, sagte sie, als sie in den Wagen stieg und Susannahs Knie tätschelte. »Ich glaube, daß es nett ist, wieder einen Mann auf dem Hof zu haben«, freute sie sich. »Meinst du nicht auch?«

Susannah schüttelte den Kopf. »Ich weiß nicht, mir scheint das etwas überstürzt.« Sie sah weder Reed an, noch machte sie sich die Mühe, ihre Stimme zu dämpfen.

»Nun, dann kommen Sie mal mit, Mr. Garrett«, forderte Violette ihn auf. »Wir fahren jetzt am besten nach Hause, damit wir Sie vor Einbruch der Dunkelheit noch gut unterbringen können.«

Reed zurrte seinen Sattel fest und verlängerte die Steigbügel. Curly war ein kurzbeiniger Kerl und hatte die Steigbügel zu hoch gezogen. Dann stieg Reed auf.

Unterwegs ritt also der Fremde hinter dem Wagen her und gab den Damen so Zeit, in aller Ausführlichkeit über ihn zu sprechen. Seine Ohren brannten jedenfalls. Nicht daß er ihnen deswegen Vorwürfe machte, alleinlebende Frauen konnten bestimmt nicht vorsichtig genug sein. Er war ihnen mächtig dankbar für ihren Beistand.

Sein Blick richtete sich auf den Rücken der Frau, die Dahlia hieß. Mit ihrer dünnen Nase und ihrem Dickkopf würde es nicht leicht sein, sie für sich zu gewinnen. Die Schwester, Violette, hatte ein Gesicht so offen und warm wie eine Sonnenblume. Er fühlte, daß sie ebenso weise wie überlegt war und Herzlichkeit in ihren Adern strömte. Und die dritte, namens Susannah – tja, die würde schwer zu erobern sein. Wenn er ihre unbeugsame Haltung betrachtete, war das erste Wort, das ihm einfiel, Starrsinn. Ob sie wohl jemals vergnügt lachte?

Er ritt dahin, hörte dem Gemurmel der Frauenstimmen zu, dem Knarren der Wagenräder, dem hohlen Klopfen der Hufschläge auf dem harten Boden und dem fernen Grollen von Donner.

Oben am Himmel konnte er nichts erkennen außer hier und da ein paar weiße Wölkchen. Der Schlag auf den Kopf mußte wohl sein Gehirn erschüttert haben; denn plötzlich wurde ihm klar, daß es gar kein Donner war, den er grollen hörte, sondern sein knurrender Magen.

Nach einer Weile, als die Damen verstummt waren, ließ er sein Pferd vorwärts gehen, bis er mit ihnen auf gleiche Höhe kam. Dahlia warf ihm einen unfreundlichen Blick zu. Violette lächelte warm. Susannah starrte durch ihn hindurch, als wäre er transparent wie Luft. Innerlich lächelte er bei dem Gedanken. Wenn er nichts zu essen bekam, und zwar bald, könnte das womöglich demnächst der Wahrheit entsprechen.

4

Der Vagabund ritt auf Tante Violettes Seite, was Susannah sogar begrüßte. Dadurch fiel es ihr um so leichter, ihn zu ignorieren; doch das bemerkte er offenbar nicht, denn er wandte sich im Gespräch immer nur an die Tante.

Susannah fand das ärgerlich. Wie konnte er es wagen, darüber hinwegzugehen, daß sie ihn ignorierte? Wenn sie jemanden ignorierte, wollte sie, daß er das auch bemerkte – wozu sollte die ganze Mühe sonst gut sein?

»Vielen Dank, daß Sie mir heute zu Hilfe gekommen sind«, sagte er.

»Sie meinen wohl danke für die dreiste Lüge«, giftete Dahlia.

Tante Violette kümmerte sich nicht um ihre Schwester – wie sie es öfter tat – und erklärte Reed: »Das war ein ernsthaftes Angebot.«

Als Dahlia diese Worte vernahm, ließ sie sich mißgestimmt in den Wagensitz zurückfallen, wobei sie sich heftig Luft zufächelte. Die plötzliche Bewegung brachte ihren Strohhut aus dem Gleichgewicht, so daß er nach vorn über ihre Augen rutschte.

»Geht es ihr gut?« erkundigte Reed sich besorgt.

Violette nickte. »Sie wird uns alle noch überleben.«

Susannah hörte im Augenblick kaum zu. Sie war noch ein paar Sätze voher hängengeblieben. Ernsthaft? Was dachte sich Tante Violette denn dabei? Wollte sie in der Tat diesen Mann anstellen? Einen Mann, der so aussah wie er? Was sollten sie denn mit ihm anfangen? Zur Verzierung an die Wand hängen? Wahrscheinlich hatte er nicht die leiseste Ahnung von Landwirtschaft – oder überhaupt von irgend etwas. Nun, das nahm sie lieber zurück. Er wußte bestimmt eine ganz Menge darüber, wie man mit jungen Damen anbändelte. Sie würde ihr Sonntagskleid darauf verwetten, daß er, genau wie sie zuerst vermutet hatte, einer jener Windbeutel war, die überall durchs Land zogen und ahnungslose Frauen ausnutzten, wobei sie eine Reihe von gebrochenen Herzen und mehrere Babys hinter sich zurückließen.

Ein Wanderbursche. Das konnte ihm ja wohl kaum als Empfehlung dienen, fand sie; aber der Hof war, wie Tante Violette schon gesagt hatte, ihr Besitz, und das bedeutete, sie konnte tun und lassen, was sie wollte, auch wenn sie dieses Vorrecht nur selten wahrnahm. Also warum hatte sie sich gerade jetzt dazu entschlossen?

»Sie haben tatsächlich Arbeit für mich?« fragte Reed, und sein seltsamer Yankee-Akzent klang in Susannahs Ohren scheußlich fremdartig.

»Wie ich schon sagte, es ist mein Ernst. Sie haben den Job, wenn Sie ihn wollen«, bestätigte Tante Violette.

Susannah ächzte.

Sein Blick wanderte über ihre Tanten hinweg, und er sah ihr direkt in die Augen. Susannah fühlte sich unbehaglich bei dieser Dreistigkeit. Er starrte sie noch einen Augenblick lang an, dann wandte er sich wieder Violette zu. »Ich bin Ihnen sehr dankbar für das Angebot, Ma'am. Offengestanden brauche ich Arbeit.«

Jetzt gähnte Susannah demonstrativ.

Reed wandte seinen Blick nicht ab. »Ich bin Ihnen allen dankbar für dieses Angebot und hoffe, daß es mir gelingen wird, Sie nicht zu enttäuschen.«

Dahlia hatte ihren Hut wieder zurechtgeschoben. »Wir wissen Ihre Dankbarkeit zu schätzen, Mr. Garrett, aber Sie sollten eines nicht vergessen: Sie bekommen von uns Arbeit und sonst nichts.«

Er lächelte.

Susannah wußte nicht, warum er sie so aufbrachte. Eigentlich war er freundlich und sah nicht schlecht aus. An seinen Manieren gab es nichts auszusetzen. Ihr kam der Gedanke, daß das vielleicht gerade der Grund für ihre Irritation war. Zwei und zwei ließen sich bei ihm nicht einfach zusammenzählen. Er gab sich als das eine aus, aber alles an ihm schien darauf zu deuten, daß er etwas ganz anderes war. Tatsächlich sah er nicht im geringsten – weder von seinem Äußeren noch von seinem Verhalten her – irgendeinem der Farmhelfer ähnlich, die sie je getroffen hatte. Natürlich machte sie das mißtrauisch, und wenn Susannah einmal mißtrauisch war, gab sie sich unfreundlich.

»Wie lange genau haben Sie denn vor, zu bleiben?« fragte sie.

»So lange Ihre Tante mich braucht, und ich hoffe, das wird bis zum Herbst sein. In jedem Fall beabsichtige ich nicht, das Feld zu räumen, bevor ich nicht mein ganzes Eigentum zurückbekommen habe.«

Dahlia unterbrach ihr Fächeln nur, um einzuflechten: »Er wird Ärger machen. Ich weiß es. Ich wußte es auf den ersten Blick...«

»Werden Sie Ärger machen, Mr. Garrett?«

Susannah merkte, daß Violette nur scherzte; trotzdem hätte sie ihr am liebsten ihre Hand auf das übereifrige Mundwerk gedrückt.

»Eher möchte ich Ärger vermeiden, aber ich laufe nicht davor davon. Ich bin nicht wie jene Helfer von Doppel-T, wenn es das ist, was Sie wissen wollen. Ein Mann kann sein Gehirn oder seine Muskeln benutzen, um sich zu behaupten. Ich ziehe das erstere vor.«

»Ein Mann, der uns gebildeten Ärger machen wird! Der Herr stehe uns bei!« stöhnte Dahlia, und fächelte noch heftiger. Als sich das als unwirksam erwies, gab sie eine ziemlich glaubhafte Imitation eines Ohnmachtsanfalls zum besten.

Man kümmerte sich natürlich nicht weiter darum, und Susannah hatte eine flüchtige Anwandlung von Mitleid für ihre exaltierte alte Tante. Niemand nahm sich je die Zeit, an Dallys Oberfläche zu kratzen, um die goldenen Qualitäten darunter zu entdecken – leider waren sie wirklich allzu gründlich verpackt.

»Wenn das einzige, was Sie hier hält, Ihre Besitztümer betrifft, können Sie sich genausogut gleich auf die Socken machen«, sagte Susannah. »Der alte Trahern, dem Doppel-T gehört, hält sich hier in der Gegend für den Boß, und das bedeutet gewöhnlich, daß seine Helfer sich nehmen, was sie wollen – und ...«

Violette unterbrach sie. »Das stimmt nicht ganz, Susannah. Sie bekommen nicht immer, was sie wollen. Denke nur daran, daß Thads Sohn Tate dich schon seit Jahren will.«

Dahlia erhob sich bemerkenswert plötzlich, um noch rechtzeitig ergänzen zu können: »Und er ist seinem Ziel bisher nicht näher gekommen als vor acht Jahren.«

Reed, der sich aus dem Sattel beugte, betrachtete Susannah. Seine Arme hatte er auf den Sattelknauf gestützt.

Am liebsten hätte die junge Frau ihren Blick abgewandt, aber sie fühlte sich wie hypnotisiert von seinen dunkelgrauen Augen – als wäre sie gelähmt und könne ihm nicht entkommen – genausowenig wie dem heftigen Ansturm der Gefühle, den er in ihr auslöste.

Violette ergriff das Wort, und die Situation entspannte sich etwas. »Sie können gern Ihr Pferd hinten an den Wagen binden und mit uns fahren.«

»Ich folge Ihnen einfach so, wenn es Ihnen nichts ausmacht«, wich er aus.

»Was Ihnen lieber ist«, sagte Violette. »Halten Sie das, wie Sie wollen.«

Susannah wartete nicht auf noch mehr höfliche Worte, sondern klatschte dem Pferd die Zügel heftiger als gewöhnlich auf die Kruppe, so daß die sanfte Stute mit einem Satz losstürmte. Durch den plötzlichen Ruck flog Susannah ihr Sonnenhut vom Kopf, doch sie achtete nicht darauf. Lieber würde sie sich einen neuen anfertigen, als zu halten und den Ausreißer zurückzuholen, während Reed zusah.

Ein paar Augenblicke später ritt Reed herbei und hielt ihr etwas hin. »Ihr Hut, Ma'am.«

Sie riß ihn ihm aus der Hand und klemmte ihn unter ihre Röcke. »Mr. Garrett, Sie brauchen nicht so zu tun, als kämen Sie aus dem Süden – das schaffen Sie nicht, muß ich leider sagen. Ich bin sicher, im Norden, wo auch immer Sie her kommen mögen, sagt man gewöhnlich nicht Ma'am. Trotz all Ihrer Yankee-Klugheit scheinen Sie noch nicht bemerkt zu haben, daß Frauen hier im Süden zwar entgegenkommend sein können, aber weder auf Artigkeiten hereinfallen noch manipulierbar sind.« Sie klatschte der Stute erneut den Zügel auf den Rücken, und der Wagen holperte davon, so daß Reed zurückblieb. Doch der Klang seines Gelächters blieb nicht zurück, sondern schien ihr hartnäckig zu folgen.

Violette nahm Reeds Hand, als sie vom Wagen stieg, und sagte zu Susannah: »Ich zeige Mr. Garrett sein Zimmer. Wie wäre es, wenn du und Dally ins Haus geht und ein paar Sachen holt, damit Mr. Garrett sich wohl fühlt? Er wird Bettlaken und ähnliches brauchen.«

Zwar kannte Violette Reed noch nicht lange, aber man hielt sie allgemein für eine gute Menschen- und Pferdekennerin. Sie hätte darauf gewettet, daß er sie um etwas bitten wollte, aber wegen ihrer Schwester und ihrer Nichte damit zögerte. Plötzlich tat er ihr leid. Er hatte in letzter Zeit wohl wenig Glück gehabt, und das rührte sie. »Bevor Sie zum Haus hinaufgehen: Fällt Ihnen irgend etwas ein, das Sie vielleicht brauchen, und das ich eben nicht erwähnt habe?« fragte sie im freundlichsten Ton, der ihr möglich war; denn zweifellos würde er lieber Freundlichkeit annehmen als Mitleid.

Er zuckte mit den Schultern und sah flüchtig zu Susannah und Dahlia hinüber. Violette konnte beinah zuschauen, wie sich vor Scham ein Kloß in seiner Kehle bildete. »Ist schon gut, Mr. Garrett, Sie sind unter Freunden, und ich kann Ihnen versichern, daß Sie arbeiten werden für alles, was sie hier bekommen. Sie sind nicht von unserer Mildtätigkeit abhängig.«

»Danke sehr. Wenn es Ihnen nichts ausmacht, möchte ich … wenn es nicht zu viele Umstände macht, wäre ich sehr dankbar für eine Kleinigkeit zu essen.«

Violette schlug sich auf die Stirn. Der arme Junge! Sie hatte ihn wirklich nicht seiner ganzen Würde berauben wollen. »Herrgott, was bin ich doch begriffsstutzig! Ich hätte es wirklich wissen müssen. Denn ich hörte doch mit eigenen Ohren, wie Sie dem Sheriff erzählt haben, Sie hätten in jenen Strudel gebissen, vor lauter Hunger! Bitte vergeben Sie mir die Gedankenlosigkeit, Mr. Garrett.« Sie wandte sich an Susannah. »Würdest du …«

Susannah sah aus, als würde sie sich heftig ihrer selbst schämen, und Vi war froh zu sehen, daß ihre Nichte doch nicht alle Gutherzigkeit verloren hatte. »Ich hole etwas von dem gebratenen Huhn, und ein paar Brötchen sind vielleicht auch noch da.«

»Das würde ich wirklich zu schätzen wissen.« Er verbeugte sich. »Tut mir leid, daß ich Ihnen soviel Mühe mache.«

Aber Susannah winkte ab. »Das ist keine Mühe, Mr. Garrett,

in gar keinster Weise. Und man braucht sich seines Hungers nicht zu schämen. Hunger ist eine ehrliche und menschliche Empfindung.«

Wissend lächelte Susannah Violette zu, dann nahm sie Dahlias Arm und wandte sich in Richtung Haus.

»Ich bitte wirklich um Verzeihung für all diese Umstände«, sagte Reed.

»Es ist uns ein Vergnügen, glauben Sie mir. Ich möchte mich auch für Dahlia entschuldigen. Manchmal ist meine Schwester fast übermäßig nörgelig. Sie ist eine alte Jungfer, verstehen Sie!«

Reed lachte leise. »Sie versuchen doch nicht etwa, mit meiner Hilfe ihre Lebenslage zu ändern, oder?«

»Ich habe Ihnen Arbeit angeboten, um Ihnen zu helfen, Mr. Garrett. Ich habe Sie nicht hierhergebracht, um Sie zu foltern.«

»Glauben Sie, daß es Schwierigkeiten mit irgend jemanden aus der Stadt geben könnte aufgrund meiner Anwesenheit?«

Violette konnte den Mann zusehends besser leiden. »Niemand in der Stadt wird – nun, es gibt einen, dem es vielleicht etwas ausmachen wird, aber seinetwegen sollten wir uns keine grauen Haare wachsen lassen.«

»Und wer ist das?«

»Ein Kerl namens Tate Trahern. Ich glaube, Sie haben seinen Namen sowohl vom Sheriff als auch von mir schon gehört. Er ist der Sohn des alten Thad Trahern und der einzige Erbe von Doppel-T, in dieser Gegend die größte Ranch weit und breit. Wie ich vorher schon sagte, ist Tate auf Susannahs Spuren, so lange ich mich erinnern kann – was ihm allerdings nichts genutzt hat. Susannah beachtet ihn nicht.«

Er schaute in die Richtung, in die Susannah und Dahlia verschwunden waren. »Sie scheint niemanden so recht zu beachten.«

Violette folgte seinem Blick, aber Susannah war schon im Haus. »Es ist schwierig, einen Kessel mit einem Riß daran zu hindern, daß er ab und zu etwas leckt«, murmelte sie.

Verwirrt sagte er schließlich: »Tja, ich bin auf jeden Fall sehr ungern der Anlaß, daß jemand sich über Sie ärgert.«

»Tate wird sich nicht allzu lange ärgern. Sie ist das einzige Ding, das er je begehrt hat, ohne es zu bekommen. Er wird es nicht riskieren, sie wirklich vor den Kopf zu stoßen. Und falls doch, dann kann er ruhig verschwinden und sich in Ruhe kratzen, wo es ihn juckt.«

»Sie sind eine nette Frau, Mrs. Wakefield.«

»Ich finde Sie auch nett, Mr. Garrett. Sie sind doch nicht verheiratet, oder?«

»Nein. Warum? Haben Sie Interesse?«

Sie lachte. »Wäre ich sicher, Mr. Garrett – vor dreißig Jahren gewesen.«

Im Laufe der Woche erfuhr Reed eine Menge Dinge, nicht zuletzt, daß Dahlia und Violette unbestreitbar niemals einer Meinung waren und daß ihre Eltern wohl Blumen, oder zumindest Pflanzennamen, geliebt hatten.

Das Arbeitspferd hieß Rosenblüte, die Milchkuh Pfingstrose, die Hausgans Narzisse, aber, wie Susannah ihm erklärte, »besser nennen Sie sie Närrchen.«

Als er sich nach dem Grund erkundigte, lächelte Susannah nur und sagte: »Das werden Sie bald feststellen.«

Doch als er den Namen der fetten alten Muttersau mit den dreizehn Ferkeln erfahren hatte, mußte er wirklich lachen. Wer konnte nur auf den Gedanken kommen, einem Schwein einen so adretten Namen wie Miss Lavendel zu verpassen?

Reed war oben in der Scheune und verteilte das Heu, das auf der Wiese getrocknet war, und als wisse sie, daß er an sie gedacht hatte, stieß Miss Lavendel ein lautes Quieken aus, gefolgt von mehreren Grunzern kurz hintereinander. Als er den Lärm hörte, ging Reed zur Luke, wo der Flaschenzug hing, und schaute hinaus. Miss Lavendel hatte sich etwas beruhigt, doch er wußte nicht, wie lange das anhielt, denn Dahlias Katze Pastinake beobachtete sie von einem Zaunpfahl in der Nähe. Miss Lavendel zu ärgern war eine von Pastinakes Lieblingsbeschäftigungen.

Die Hintertür schlug zu und Reed bemerkte Violette und Dahlia, die langsam die Hintertreppe herunterkamen. Sie schlenderten Arm in Arm den Pfad entlang und blieben hier und da stehen, um einen Schmetterling zu bewundern oder den Duft der schneeweißen Rosenblüten zu genießen, die durch den Lattenzaun rankten. Ihre hohen Gestalten hatte für Reed irgendwie etwas Königliches. Als er ihnen so zusah, fragte er sich, worüber sie wohl reden mochten. Bei diesen seltenen Gelegenheiten, wenn Waffenstillstand herrschte, schienen sie fröhlich wie nistende Vögel. Wie ähnelten sie sich. Und wie sie sich gleichzeitig unterschieden!

Violette war ebenso vergnügt und sonnig wie Dahlia grüblerisch und ernst. Und trotz ihrer häufigen Uneinigkeiten gab es Zeiten, in denen sie zusammen verschwanden, um spazierenzugehen, Arm in Arm, so wie jetzt. Ob sie sich daran erinnerten, wie es früher gewesen war? Ob sie von der Vergangenheit träumten? Er dachte unwillkürlich, daß sie damals beide wirkliche Schönheiten gewesen waren, und fragte sich, warum Dahlia wohl nie geheiratet hatte. Als die beiden Schwestern unter der offenen Luke vorbeikamen, an der er stand, sah er, daß sie beide weiße Rosen in die Knopflöcher ihrer Kleider gesteckt hatten. Einen Moment lang wurde er durch Flügelflattern abgelenkt und sah gerade rechtzeitig auf, um Närrchen zu entdecken, die den beiden Tanten eilig folgte. Da sie nicht schnell laufen konnte, schlug die Gans mit den Flügeln, um schneller voranzukommen, und hatte gerade richtigen Schwung geholt; da verschätzte sie sich und rannte mit dem Kopf voran in den Lattenzaun, der den Hinterhof umgab. Federn stoben in alle Richtungen.

Närrchen quakte einmal laut auf und raffte sich vom Boden auf. Sie watschelte eine Weile benommen und torkelnd umher. Als er sie über ihre eigenen Schwimmfüße stolpern sah, erinnerte sich Reed an Susannahs Worte über den Namen und die Dummheit der Gans; vergnügt gluckste er.

Das gedämpfte Wiehern eines Pferdes zog seine Aufmerksamkeit auf sich, und er sah, wie Susannah auf Rosenblütes glänzendem Rücken herbeitrabte. Sie saß rittlings ohne Sattel auf dem Pferd, und ihre langen, schlanken Beine leuchteten weiß im Sonnenlicht, wo sich ihr Kleid hochgeschoben hatte. Ihr Haar lag dicht am Kopf, und um das Gesicht ringelten sich ein paar Löckchen. Reed nahm an, daß sie unten am Bach schwimmen gewesen war und sich das Haar gewaschen hatte; denn sie trug nach dem Absteigen ein kleines Bündel ins Haus.

Noch lange nachdem sie im Inneren verschwunden war, sah er jene langen, schlanken Beine vor sich – etwas, das ihn eigentlich gar nichts anging. Er griff sich die Heugabel von der Wand und machte sich wieder an die Arbeit des Aufschichtens. Es gab keinen Platz für eine Frau in seinem Leben. Mit harter Arbeit würde er dieses Bedürfnis schon vertreiben.

Er hatte noch nicht viel geschafft, da glaubte er, jemanden seinen Namen rufen zu hören. Horchend hielt er inne.

»Mr. Garrett, sind Sie hier?«

Es war Violette. »Oben in der Scheune«, rief er. » Beim Heuschichten.«

»Kommen Sie doch mal herunter«, lud sie ein. »Ich habe Ihnen ein großes Glas Limonade gebracht.«

»Bin gleich da«, erklang es über ihr.

Sie schnupperte tief, und ihre Augen schienen zu leuchten. »Ach, ich weiß noch die Zeiten, wo wir als Kinder im Heustock gespielt haben. Das war herrlich. Ich glaube, es gibt nichts, was besser duftet als Heu frisch von der Wiese... und es gibt auch nichts, was angenehmere Erinnerungen ins Leben ruft.« Sie heftete ihren Blick auf die Leiter, die über die Wand zum Heuboden hinaufführte, und kam näher zu ihm. »Ich wünschte wirklich, meine alten Beine könnten mich noch einmal die Leiter hinauftragen«, sagte sie und blieb nachdenklich stehen. »Wissen Sie, in vieler Hinsicht stört mich das Altwerden nicht; aber die Dinge, die man nicht mehr kann, die machen mir etwas aus.«

Es rührte sein Herz. Die Tiefe in dieser Frau, ihr Verständnis, ihre Weisheit. Sie erinnerte ihn sehr an seine Mutter, und der Schmerz, von ihr getrennt zu sein, das Bewußtsein, daß er nie wieder nach Hause gehen konnte, war genauso frisch wie am Tag seines Abschieds von Boston. Er gemahnte sich daran, daß in seinem Leben momentan kein Platz für die Vergangenheit war.

»Ich habe das Gefühl, daß Sie eine Menge Erinnerungen auf Lager haben, fast so viele wie das Heu hier oben«, rutschte es Reed zu seiner eigenen Überraschung heraus.

Sie nickte. »Erinnerungen sind süß. Wissen Sie, wenn ich jetzt zurückblicke, erscheint es mir, als wären alle meine Lebenstage von Musik begleitet gewesen, selbst jene, die ich schwer ertragen konnte. Am jetzigen Punkt des Daseins sind die Erinnerungen mein liebster Besitz.«

»Das Leben war gut zu Ihnen.«

»O ja, ich hatte viele, viele Freuden, und ich bedauere wenig. Was für ein Glück, solche Erinnerungen zu besitzen und damit in der Lage zu sein, die schönen Zeiten immer wieder zu erleben!«

Von irgendwo außerhalb der Scheune ertönte Susannahs Lockruf. Mit melodischer Stimme forderte sie Miss Lavendel auf, die leckeren Küchenabfälle zu fressen.

Als Antwort darauf begann Miss Lavendel entzückt zu grunzen.

Susannahs Lachen war verdammt verführerisch. Er wäre am liebsten zu ihr gegangen, um zu sehen, ob das Verheißungsvolle in ihrer Stimme aufrichtig gemeint war.

Er starrte zur offenen Tür hinüber, stellte sich vor, wie sie im Augenblick wohl aussehen mochte. Bei ihren anfänglichen Begegnungen hatte er sich gefragt, ob sie wohl je lachte; jetzt wußte er, daß sie das durchaus tat; aber würde sie wohl auch mal in seiner Gegenwart lachen? Würde er je sehen, wie ihre Augen aufleuchteten, wenn sie ihn erblickte? Welche Ereignisse würden in Susannahs Erinnerungen haften, wenn sie Violettes Alter erreicht hatte?

Violette unterbrach seine Träumereien. »Sie fragen sich, wie es in ihr ausschauen mag?«

»Sie sind wirklich eine sehr aufmerksame Beobachterin.«

»Das wird man mit dem Alter. Sagen Sie mir, was dachten Sie gerade über meine Nichte?«

»Wie Sie schon erraten haben, habe ich mir Gedanken über ihre Erinnerungen – oder noch nicht vorhandenen Erinnerungen, wie es scheint – gemacht. Obwohl ich erst ein paar Tage hier bin, scheint sie kein sehr abwechslungsreiches Leben zu führen, außerhalb dieser Farm und Ihnen beiden.«

Ein Ausdruck von tiefer, grenzenloser Traurigkeit stahl sich über Violettes Züge, blieb aber nur einen Augenblick sichtbar, bis sie ihn verdrängte. »Ich wußte es! Ich wußte es! Ich hatte Sie richtig eingeschätzt. Gleich bei unserer ersten Begegnung spürte ich, daß Sie ein empfindsamer Mann sind.«

»Warum sagen Sie das?«

»Sie sind bestimmt nicht der erste Mann, der meine Nichte wahrnimmt – aber Sie sind der erste, der mehr sieht als nur ihre äußerliche Schönheit. Ich glaube, Sie interessiert mehr ihr Innenleben. Die meisten Männer schauen sie an und sehen einen hübschen Spielball in ihr. Aber Sie sehen das Garnknäuel, das entwirrt werden muß. Selbst sind Sie auch irgendwo so … fast möchte ich behaupten, Ihnen ist das Unglück vertraut.«

»Der eine Schmerz erkennt den anderen. Leiden erzeugt Echo. Ich will nicht mehr bestätigen als: Damit kenne ich mich aus.«

»Sie und Susannah haben vieles gemeinsam, vermute ich. In Ihnen steckt etwas von einem Heiler. Eine Schande, daß Sie nicht Arzt sind.« Plötzlich sah sie hinunter auf die Uhr, die am Oberteil ihres Kleides befestigt war. »Herr im Himmel! Es ist schon beinah vier, und ich muß doch noch Gemüse ernten. Es hat mir Spaß gemacht, mich mit Ihnen zu unterhalten, Mr. Garrett.«

»Bitte, sagen Sie doch Reed zu mir.«

»Wenn Sie mich Violette nennen!«

»Ist gut.«

»Sehr gut. Vielleicht können wir noch öfter über solche Dinge sprechen, wenn Sie länger hierbleiben.«

»Vielleicht«, murmelte er. »Aber jetzt sollte ich mich wieder um meine Arbeit kümmern.« Er nahm die Heugabel auf und wandte sich der Leiter zu.

Sie schaute hinter ihm her. »Arbeit ist ein phantastisches Beruhigungsmittel, nicht wahr? Opium für den Geist, Balsam für den Körper.«

»Und eine Möglichkeit zur Flucht.«

»Die einen völlig in Anspruch nimmt.«

»Immer.«

Violette dreht sich um und verließ die Scheune, dabei sagte

sie leise: »Ich glaube, Sie sind ein Mann mit einer schweren Vergangenheit.«

Von der Leiter aus sah Reed zur Tür, aber Violette war schon verschwunden, nur ihre Worte klangen noch in ihm nach.

»Wie weise du bist, alte Frau. Wie weise du bist, und wie recht du hast!« Dann verlor er sich in seinem Heuschichten und linderte für eine Weile die Last seines Daseins.

5

Reed wußte, daß Susannah nicht hinunter zum Bach schwimmen gegangen wäre, wenn sie ihn dort beim Fischen vermutet hätte. Aber sie hatte keine Ahnung, und als sie es bemerkte, war sie schon auf ihn gestoßen, wie er da friedlich am Ufer saß, den Korken an der Schnur im Wasser treiben ließ und mit den Gedanken Tausende von Meilen in der Ferne war.

Er weilte schon seit einer Stunde auf einem Fleck, lauschte den Geräuschen der Insekten und hörte gelegentlich ein Schaf blöken oder ein Kalb muhen. Es war ein köstlicher Frühlingsnachmittag, heißer als die vergangenen Tage. Ein Platschen ertönte, und er schaute hinüber zu dem dichten Gebüsch, das am Ufer des Baches wuchs. Ein grüner Frosch durchschnitt in V-Linie das Wasser, die einzige Unruhe auf der spiegelglatten Fläche, bis er die gegenüberliegende andere Seite erreicht hatte. Ein paar Samenschirmchen vom letzten Herbst trieben aus dem Gebüsch zur Bachmitte.

Plötzlich bog Susannah um den Knick des Pfads und entdeckte Reed. Sie war überrascht, blieb mit einem Ruck stehen und rief aus: »Himmel! Sie sind hier!«

Reed sah ihr an, daß ihr Herz raste. Warum fühlte sie sich so unbehaglich in seiner Nähe? Er konnte sich nicht erinnern, je einer Frau begegnet zu sein, die in seiner Anwesenheit derart in Panik geriet.

Sein Blick fiel auf das Bündel, das sie fest an ihre Brust drückte. »Auf dem Weg zum Schwimmen?«

»Nein… ich meine, ich will nicht… das heißt –« Sie hielt inne und holte Luft. »Ich wollte schon… aber jetzt nicht mehr.«

»Sie scheinen Schwierigkeiten zu haben. Sind Sie jetzt zum Schwimmen hergekommen oder nicht? Was denn nun?«

»Ursprünglich ja, aber ich hab's mir anders überlegt.«

»Sie haben es sich anders überlegt, weil ich hier bin?«

»Können Sie sich einen plausibleren Grund vorstellen?«

Er zuckte mit den Schultern. »Lassen Sie sich nicht von mir abhalten. Ich bin harmlos wie eine Fliege.«

»Ganz bestimmt gab es noch nie jemanden, der so dumm war, das zu glauben.«

Er lachte. »Nun, Sie würden sich wundern.«

»Bezweifle ich.«

Irgend etwas an der Art, wie sie das sagte, verwunderte ihn. Ihre Worte klangen mehr als nur zynisch. War sie selbst schon einmal auf einen Unbekannten hereingefallen? Hatte irgendein Cowboy sie verführt, der in ihr Leben trat und sie kommentarlos wieder verließ?

»Nun, wo Sie jetzt schon einmal hier sind, können Sie sich auch ruhig zu mir setzen«, schlug er vor.

»Ich habe keine Angel mitgebracht. Es war mir nicht bekannt, daß Sie gern hierherkommen.«

»Habe ich erst ein paarmal gemacht. Wenn Sie angeln möchten, kann ich Ihnen auch einen Zweig dafür zurechtschnitzen.«

»Was nehmen Sie als Köder?«

»Hauptsächlich Frösche. Oder ich drehe ein paar Steine um und suche darunter Regenwürmer.«

»Haben Sie schon etwas gefangen?«

»Zwei handtellergroße Sonnenbarsche. Sie durften wieder zurück.«

Etwas biß an, und er riß an der Angel. Der Haken schoß aus dem Wasser, nackt wie eine Nadel. »Sie knabbern mir immer den Köder ab.«

Er steckte seinen Frosch auf den Haken und warf ihn weit hinaus, wo der Bach eine sanfte Biegung machte. Dort war das Wasser tiefer. Vielleicht gab es da größere Fische. Sicher war er sich nicht, denn im Angeln hatte er eigentlich wenig Erfahrung.

Zuerst trieb der Frosch auf der Oberfläche; dann ging er unter. Er spürte ein Zupfen an der Schnur. Sie wurde strammgezogen. Das Ende des Zweiges bog sich zum U. Der Fisch zog weiter. Es mußte wohl ein großer sein, und Reed hatte Angst, seine Angel könnte brechen. Diesen Fisch wollte er nämlich nicht verlieren – nicht vor Susannah –, also stand er auf.

»Wohin gehen Sie?«

»Dem Fisch nach.« Er watete in den Bach. »Ich will nicht...« Da verschwand er in einem tiefen Loch, schluckte einen Mundvoll Wasser und ging unter. Die Wellen schlugen über seinem Kopf zusammen und drangen ihm in die Nase, aber er hielt die Angel eisern fest. Er kam wieder hoch, holte tief Luft und bekam festen Boden unter den Füßen. Die Schnur lockerte sich, und er dachte schon, er hätte den Fisch verloren, aber sie spannte sich wieder, und Reed hielt die Spannung gerade so, daß er spürte, wann er nachgeben und wann er festhalten mußte. Er folgte dem verdammten Kerl kreuz und quer durch den Bach bis zur Mitte und hinüber ins Gebüsch am Ufer. Schon dachte er, er würde das Biest nie zu fassen bekommen, da blieb die Schnur an einem Holzstück im flachen

Wasser hängen, und er sah den Fisch zwischen den Wasserpflanzen hin und her schlagen.

»Heiliger Strohsack!« hörte er Susannah rufen. »Es ist ein Riese. Eine Brasse! Ich kann mich nicht erinnern, daß hier schon mal jemand eine Brasse gefangen hätte.«

Er sprang auf den tapferen Kämpfer zu, aber der schlug zur Seite, gerade bevor er ihn fassen konnte. »Sie haben immer noch keinen gesehen, der einen gefangen hat«, schnaufte und prustete er.

Dann sah er den Fisch wieder in den Wasserpflanzen und machte noch einen Satz. Diesmal fing er ihn und spürte, wie seine Hände sich um dessen kühle, glatte Haut schlossen. Der Fisch schlug hin und her, die Spitzen seiner Flossen streiften seinen Arm. Der Bursche wand sich aus seinem Griff, und er sprang noch einmal hinter ihm drein. Diesmal kam er mit einem Armvoll schwänzelnden Fisches, Wasserpflanzen, Kies und Bachschlamm wieder hoch. Aber er hatte seine Beute und warf sie ans Ufer, bevor sie wieder entkommen konnte.

Er hörte einen Aufschrei und ein Quietschen und schaute gerade noch rechtzeitig auf, um den großen, weißbäuchigen Fisch auf Susannahs Brust landen zu sehen. Sie fing ihn mit einem lauten »Uff!«, machte ein paar Schritte rückwärts und versuchte, das Gleichgewicht zu halten. Sie hielt den Fisch immer noch fest, aber als sie hinunterschaute und sich Auge in Auge mit dem Tier befand, keuchte sie angewidert auf und ließ es fallen.

Schwer schnaufend blieb Reed ein kurzes Stück vor Susannah stehen, und das Wasser rann aus seinen durchweichten Kleidern. Der Fisch klatschte hin und her, Grashalme und Sand klebten an seiner Haut, aber er würde das Wasser nicht erreichen. Mr. Garrett war zu erledigt, um mehr zu tun als nur dazustehen, naß und außer Atem wie ein überanstrengtes

Pferd, also sah er sie nur an. Auf ihrem Gesicht malte sich immer noch die Überraschung, und die Vorderseite ihres Kleides war tropfnaß. Es fiel ihm wieder ein, wie sie dem Fisch in die Augen gesehen hatte, und er begann zu lachen.

Erst war sie verblüfft, stimmte dann aber doch in sein Gelächter ein. »Sie sollten sich jetzt sehen«, prustete sie los, »Ihr Haar ist vorn an die Stirn geklebt, und hinten steht es hoch wie die Federn bei einem Indianerhäuptling.«

Er betrachtete sie. »Sie sind auch nicht gerade wie aus dem Ei gepellt.«

Sie musterte ihr nasses Kleid und lachte noch mehr. Als sie sich schließlich wieder gefaßt hatte, meinte sie: »Sie sind ja mit der Angel nicht gerade umgegangen, als würden Sie das jeden Tag tun.«

»Ist auch nicht der Fall.«

»Wieso sind Sie dann hergekommen?«

Reed zuckte mit den Schultern und begann Schlamm und Steine von seinen triefenden Kleidern zu wischen. »Es ist Sonntag, und ich habe frei. Ich hatte nichts Wesentliches zu tun und dachte plötzlich, wie es wohl wäre, Fisch zum Abendessen zu haben.« Er hielt einen Augenblick inne und betrachtete seinen Fang. Er war nicht sicher, an welcher Stelle er ihn aufheben sollte, also griff er nach dem Schwanz. Der flutschte aus seiner Hand. »Glitschiger Kerl, finden Sie nicht?«

»Sie müssen ihn an den Kiemen hochheben.«

Reed bewegte sich nicht. Er wußte, was Kiemen waren, aber nicht, wie man einen Fisch daran anpacken sollte. Susannah hatte das wohl erraten, denn sie ging hinüber zu dem Tier und hob es auf, indem sie drei Finger unter die Kiemen schob. Bewundernd hielt sie ihn hoch.

»Der ist ganz schön groß, einen so großen habe ich noch nie gesehen.«

»Ich dachte, Sie hätten überhaput noch nie jemanden einen fangen sehen.«

»Nicht in diesem Bach. Aber an Teichen schon.«

»Sieht ganz so aus, als hätte ich endlich etwas gefunden, worin wir Yankees wirklich gut sind.«

Dazu sagte sie nichts, meinte nur: »Hier, halten Sie ihn, dann kann ich die Schnur von meinem Kleiderbündel losmachen. Wir binden sie um seine Kiemen und machen ihn im Wasser fest.«

Er nahm ihr den Fisch ab und schob dabei seine Finger in die Kiemen, genau wie sie. »Warum macht man das?«

»Damit er nicht stirbt.«

»Sie wollen ihn am Leben lassen?«

»Natürlich, ich persönlich würde ihn sogar wieder zurückwerfen.«

»Soll ich das auch tun?«

Sie zuckte mit den Schultern. »Es ist Ihr Fisch.«

»Ich dachte, wir würden ihn essen.«

»Können Sie ja, wenn Sie mögen.«

»Warum sollte ich mir dann die Mühe machen, ihn am Leben zu halten?«

»Damit er frisch bleibt. Natürlich möglich, daß ihr Yankees lieber Fisch eßt, der schon ein paar Stunden tot ist.«

»Manche Yankees sind echte Experten. Schließlich ist Boston ein Seehafen. Ich bin nur eben keiner von denen.«

»Warum nicht?«

»Ich bin nie Fischen gegangen, darum habe ich es nie gelernt.«

»Sie haben wirklich noch nie vorher geangelt?«

»Nein.«

»Ehrlich?«

»Ganz ehrlich, ich schwöre es.«

»Warum hat Ihr Vater Sie nicht mitgenommen?«

»Er konnte nicht angeln.«

»Warum nicht?«

»Ich schätze, sein Vater konnte es auch nicht. Meine Familie gehört nicht zu den Leuten, die üblicherweise angeln.«

»Was meinen Sie damit? Ich wußte gar nicht, daß man zum Angeln einer bestimmten Sorte von Menschen angehören muß.«

»Wir mochten gern Fisch, aber unsere Köchin kaufte ihn auf dem Markt und bereitete ihn dann zu.«

»Sie hatten eine Köchin?«

Er dachte an die wunderbaren Mahlzeiten aller möglicher Meerestiere und wie die Köchin beim Braten Fische öfters anbrennen ließ. »Wir hatten eine Köchin – und einen Butler, neun Zimmermädchen, einen Burschen, einen Fahrer, drei Gärtner und noch ein paar andere.«

»Ihre Familie war reich?«

»Sie waren ... gehobene Bürger.«

»Also Reiche!«

Er dachte an die Blumentöpfe aus blauem Porzellan, in denen filigrane Palmen vor Fenstertüren standen, an Morgenzimmer und schwere Damastwandbehänge, chintzbezogene Hocker, samtbedeckte Tische mit feinem Porzellan, Silber und Kristallgläsern. »Ja, ich schätze das könnte man so nennen.«

»Und das haben Sie alles aufgegeben, um selbst Ihren Fisch zum Abendessen zu fangen?«

»So sieht es wohl aus.«

»Warum?«

Er hielt die Brasse hoch. »Wollen Sie jetzt die Schnur holen oder nicht? Er scheint so, als wäre das Ding kurz vor seinem letzten Atemzug.«

»Oh, das hätte ich fast vergessen.« Sie rannte zu dem Bündel hinüber, das sie hatte fallen lassen, und band eilig die Schnur los, die es zusammenhielt. Als sie schließlich fertig war und der Fisch wieder im Wasser trieb, sagte sie zu Reed: »Wenn Sie da drüben ins flache Wasser einen Stock treiben, binde ich den Fisch an, damit er sich nicht davonmacht.«

Er folgte ihrer Anweisung, dann setzte er sich auf den Boden und zog seine Stiefel aus. Das Wasser floß heraus, und er stellte sie zum Trocknen zur Seite. »Ein so großer Fisch gibt eine Menge Suppe.«

»Ißt man Fisch so, wo Sie herkommen?«

»Ja, das ist in Boston ein beliebtes Gericht. Kennt man hier keine Fischsuppe?«

»Nein. Wir essen überhaupt nicht oft Fisch, und wenn, dann gebraten.« Sie rümpfte die Nase. »Mögen Sie unser Essen nicht?«

Kurz hielt er inne, weil ihm die Sommersprossen auf ihrer Nase so gut gefielen, die dieselbe goldbraune Farbe wie ihre Augen hatten. »Doch, ich mag Ihr Essen, aber manchmal fehlen mir die Dinge, mit denen ich aufgewachsen bin. Fischsuppe zum Beispiel.«

Sie sah aus, als erinnere sie sich an etwa aus ihrer Vergangenheit, vielleicht auch ein Gericht. Er starb fast vor Neugier, traute sich aber nicht zu fragen, aus Angst, sie zu verscheuchen, und so fuhr er eilig fort: »Fischsuppe ist meine Spezialität. Ich habe meiner Mutter geschrieben, und sie hat mir das Rezept geschickt. Es ist das einzige Gericht, das ich kochen kann.«

Als Susannah nichts sagte, drehte er sich um, griff nach seiner Angel und grub in seiner Hosentasche. Dann zog er einen kleinen Frosch heraus. »Anscheinend habe ich die anderen alle verloren, als ich im Wasser war.«

»Der da sieht tot aus.«

»Ist er auch, aber vielleicht stört das die Fische nicht.« Er hängte den Köder an den Haken und warf ihn hinaus in den Bach.

»Ich wette, noch so einen fangen Sie nicht. Als nächstes kommt bestimmt eher ein alter Wels oder so was.«

»Das macht nichts. Das Angeln ist hier die Hälfte vom Vergnügen. Warum kommen Sie nicht her und setzen sich neben mich, damit wir uns unterhalten können, ohne daß ich einen steifen Hals bekomme? Oder wollen Sie lieber stehenbleiben wie eine Statue?«

»Also ...«

»Ich bin harmlos. Es geht nur um ein wenig Gesellschaft, etwas Unterhaltung. Wenn Sie sich unbehaglich fühlen neben mir, können Sie ja auf der anderen Seite des Baches Platz nehmen. Der Stamm da drüben ist breit genug zum Drübergehen. Auch ich habe ihn vorhin als Brücke benutzt.«

Er wußte, daß sie selten mit Männern mehr als nur ein paar Worte wechselte wie über das Wetter oder die Viehpreise; aber er wußte auch, daß er anders war als die Leute in Bluebonnet – und er stammte aus Massachusetts, einer Gegend, die sie nur vom Hörensagen kannte. Möglicherweise war sie interessiert, auch in der Hoffnung, er hätte schon viel von der Welt gesehen. Sie war eine wissensdurstige Frau und steckte voller Fragen.

»Ich denke, das läßt sich machen ... für eine Weile.«

Sie wanderte über den Stamm, setzte sich an der anderen Bachseite auf einen Baumstumpf und ordnete ihre Röcke um sich her. Es gefiel ihm, wie einzelne Sonnenstrahlen durch das Blätterwerk auf ihr Kleid fielen und gelbe Flecken darauf malten. In der Nähe hüpfte ein Vogel auf dünnen Stöckerbeinen über die Äste eines vertrockneten Baums.

In gemütlichem Schweigen saßen sie beisammen und betrachteten einander.

Eine leichte Brise raschelte in den wächsernen Blättern einer Balsampappel über ihnen. Die Sonne traf Susannah genau ins Gesicht und ließ ihre Augen so warm und honiggolden wirken wie frischgemachte Sahnekaramellen. Ihr Gesicht und ihre Arme waren gebräunt, doch Reed wußte, daß der Rest ihres Körpers ohne Kleider milchweiß sein würde. Sein Blick glitt zurück zu ihren Augen. Sie gefielen ihm mit ihren weichen, langen Wimpern. Er mochte auch ihren vollen Mund, die Herzform ihres Gesichts, die hohen Wangenknochen. Teufel auch, alles an ihr gefiel ihm...

Susannah brach den Zauber.

»Erzählen Sie mir von Boston... von Ihrer Heimat.«

»Boston ist ein geschäftiger Seehafen mit einer lebhaften Hafenstadt; also kommen und gehen täglich eine Vielzahl von Schiffen und bringen Menschen und Waren von überallher. Es ist viel größer als jede der Städte hier in der Umgebung und ganz anders. Im Westen geht alles in die Breite. In Boston drängt sich alles auf engem Raum. Schmale Straßen durchschlängeln die Stadt – manche von ihnen winden sich und verändern ihre Gestalt unterwegs. Die Häuser sind größtenteils Ziegelbauten oder Fachwerk, das Pflaster besteht aus Kopfstein. Ein großer Teil von Amerikas Geschichte hing mit Boston zusammen.«

»Ich erinnere mich daran, wie wir in der Schule die Revolution durchgenommen haben.«

»Die Boston Tea-Party?«

Sie zuckte mit den Schultern und sah zur Seite. »Ja, und die Sache mit Paul Revere...«

»Sein nächtlicher Ritt.«

Sie nickte. »Gibt es dort Schnee?«

»Jeden Winter. Manchmal schneit es bis zu den Fenstern hoch. Haben Sie schon einmal Schnee gesehen?«

Zur Erwiderung schüttelte sie den Kopf. »Nicht so. Es hat zwar schon zweimal geschneit, seit ich bei meinen Tanten lebe. Aber nur ganz wenig, so daß die Erde kaum bedeckt war. Beim zweiten Mal war es allerdings ein ernstzunehmender Sturm, der fast einen halben Meter Schnee gebracht hat. Es war herrlich. Meine Tanten haben aus dem Schnee Eis für mich gemacht.«

»Eis aus Schnee?«

»Mit Schnee, Vanille, Sahne und Zucker – wie im Märchen. Ich habe tagelang geweint, als der Schnee schmolz, weil ich wußte, daß ich jetzt nie wieder Eis bekommen würde.«

»Wann sind Sie zu Ihren Tanten gekommen?«

»Genaugenommen sind sie meine Großtanten.«

Sie war seiner Frage geschickt ausgewichen. »Es kann nicht leicht gewesen sein, plötzlich keine Eltern mehr zu haben.«

»Ja, viele von den normalen Dingen im Leben, die die meisten Menschen ganz alltäglich finden, habe ich versäumt. Ich hatte nicht nur keine Eltern, wo ich aufwachsen konnte, sondern auch keine Brüder und Schwestern. Menschen mit großen Familien habe ich immer beneidet.«

»Da sind Ihnen die Streitigkeiten und Prügeleien erspart geblieben.«

»Was hätte ich nicht für eine geplatzte Lippe oder einen ordentlichen blauen Flecken gegeben – egal was, nur um zu einer Familie zu gehören.«

»Immerhin hatten Sie Ihre Tanten.«

»O ja, und dafür bin ich auch sehr dankbar. Aber sie sind alt und schon so festgelegt in ihrer Art. Wenn es nur noch ein zweites Kind gegeben hätte… Wissen Sie, ich habe immer davon geträumt, in einer Geschwisterschar aufzuwachsen.« Die Freude auf ihrem Gesicht erlosch. »Früh habe ich gemerkt, daß sich niemand fürs Träumen interessiert. Das Wesentliche im Leben hier ist die Realität. Arbeit, Wetter, Krankheit, Religion – das sind die Dinge, die man versteht. Also habe ich meine Träume aufgegeben und zugesehen, wie sie wie vom Wind getriebene Wolken davongeflogen sind.«

»Wo haben Sie gelebt, bevor Sie hierherkamen?«

Sie leckte sich über die Lippen, als wenn ihr Mund plötzlich ausgetrocknet wäre. »In Louisiana.«

»In New Orleans?«

»Ja.«

»Ich war schon ein paarmal dort. Also, in der Gegend wissen sie doch wirklich, wie man Fisch kocht. Erinnern Sie sich noch daran? Vielleicht an das Haus, in dem Sie gelebt haben?«

Plötzlich griff sie nach ihrem Bündel und sprang auf. Sie hastete so eilig über den Stamm, daß ihre Füße seine Oberfläche kaum berührten. Diesseits des Baches angekommen, wandte sie sich ihm mit böser Miene zu. »Ja, ich erinnere mich. An mehr, als mir lieb ist. Ich würde es wirklich ganz gern manchmal vergessen, aber irgend jemanden gibt es immer ... wie beispielsweise Sie, der es nicht zuläßt.«

Er stand auf, ließ seine nächsten Worte möglichst sanft und ruhig klingen. »Was ist los? Wenn ich etwas Falsches gesagt habe, möchte ich mich entschuldigen. Ich wollte keine schmerzlichen Erinnerungen aus Ihnen herausquetschen.«

»Was heißt da schmerzliche Erinnerungen? Vielleicht mag ich es nur nicht, wenn man mir Löcher in den Bauch fragt und die Nase in meine Angelegenheiten steckt.«

Sie machte sich auf den Weg nach Hause, hörte ihn ihren Namen rufen und fing an zu rennen. Der Klang seiner Stimme verhallte, doch Susannah blieb erst stehen, als sie endlich die Sicherheit der hinteren Veranda erreicht hatte.

Der Himmel wurde schwarz, und Wolken jagten über den Himmel. Windböen wirbelten Sand und Blätter auf, so daß sie selbst unter dem Verandadach ihre Augen bedecken mußte. Es würde ein richtiges, häßliches Sommergewittter geben. Augenblicklich klatschten einzelne Regentropfen auf den Boden und erzeugten jenen süßen Geruch, den es nur gibt, wenn der Regen anfangs auf trockene Erde fällt.

Ein greller Blitz zuckte quer über den Horizont, aber sie hörte nichts. Der Himmel wurde immer dunkler, und die Wolken brodelten. Hagel begann in murmelgroßen Körnern zu fallen. Der Hof wurde weißgesprenkelt.

Lange stand sie so auf der Veranda unter dem Vordach und lauschte dem *ping, ping, ping* des Hagels auf dem Blechdach. Sie dachte an den Fisch und fragte sich, wie es Reed jetzt wohl ergehen mochte. Dann rief sie sich ins Gedächtnis, daß ihr das ja egal war.

Bis zum Abend steigerte sich das Gewitter noch, begleitet von wilden, heulenden Winden, die Bäume ausrissen und Zäune umlegten. Als Susannah früh am nächsten Morgen in die Küche kam, um den Herd anzuzünden, stand der Raum unter Wasser.

Sie machte in der Tür halt und sah sich abschätzend um. »Tja«, sagte sie sich dann schließlich. »Diese Küche wird sich nicht von selbst auswischen.« Also zog sie ihre Schuhe aus und watete mit gehobenen Röcken hinein, um ihre Schöpfarbeit zu beginnen.

In der Decke befand sich ein großes Loch, durch das sie den blauen Himmel sehen konnte. Sie war dankbar, daß das Gewitter inzwischen vorübergezogen war, aber außerordentlich verärgert, daß es dabei einen Teil des Daches mitgenommen hatte.

»Sieh sich das einer an«, trompetete Violette, die jetzt hinter ihr in die Küche trat, wobei die Bänder ihres Morgenrocks im Wasser hingen.

»Du solltest besser deine Sachen hochheben, Tante Vi.«

Violette hob ihre Röcke, ohne auch nur einen Augenblick stehenzubleiben. »Ist irgendwas wirklich kaputt?«

»Weiß ich nicht, ich bin gerade erst hereingekommen.«

Susannah stellte fest, daß zwar alles naß war, aber nichts dabei so kaputt, daß man es nicht mehr würde gebrauchen können – außer dem Pfirsichkuchen auf dem Tisch und Salz und Pfeffer in den Streuern. Die Vorhänge und das Tischtuch kämen in den Waschtrog wie alles andere in der Küche, der Boden würde sich wahrscheinlich wellen, und an den Wänden blieben Wasserflecken – doch es hätte schlimmer sein können. »Wirklich furchtbar ist es nicht, aber es gibt eine Menge zu waschen und zu putzen.« Sie sah hinauf zum Dach. »Wie wir das da oben reparieren sollen, steht auf einem anderen Blatt.«

»Damit werden wir Reed beauftragen, das schafft er sicher.«

Reed... Ihre Tante sprach den Namen aus, als handle es sich dabei um den Retter der Menschheit. Vermutlich würde sie als nächstes zu hören bekommen, daß Reed auch auf dem Wasser wandeln konnte. Ausgerechnet der! Der, der nicht einmal mit der Angel umzugehen wußte. Doch dann fiel ihr wieder ein, daß er den größten Fisch gefangen hatte, der ihr in dieser Gegend je unter die Augen gekommen war. Das Glück des Anfängers! Nichts als Glück.

Außerdem fiel ihr wieder ein, wie weich seine Stimme geklungen hatte, wie daunengrau seine Augen wirkten. Er war ein Mann voller Widersprüche – im einen Augenblick hart wie Stahl, im nächsten weich wie ein Gänschen. Er beunruhigte sie und beschäftigte ihre Gedanken – das machte sie reizbar.

»Ich bin wirklich froh, daß wir Reed haben. Er wird das Loch bestimmt ganz schnell in Ordnung bringen.«

Susannah verschränkte die Arme vor der Brust und funkelte ihre Tante an. »Reed Garrett ist nicht die Antwort auf all unsere Probleme. Ich bezweifle, daß er in diesem Fall von Nutzen ist. Und das letzte, was wir gebrauchen können, ist jemand auf dem Dach, der nicht die leiseste Ahnung davon hat, was er da eigentlich soll.«

»Das sage ich auch«, stimmte ihr Tante Dahlia zu, die gerade auftauchte. »Hast du seine Hände gesehen? Wie Damenhände, sage ich euch. Weich wie ein Babypopo und genauso rosig. Das sind nicht die Hände eines Handwerkers, mein Wort drauf!«

»Wenn diese Logik stimmen würde, müßte ich ein Schreiner sein«, sagte Tante Violette und hielt ihr rissigen Hände hoch. Dann wandte sie sich an Susannah: »Zieh dich doch bitte um und suche ihn. Sage ihm, er möchte herüberkommen, sobald er mit dem Füttern der Tiere fertig ist.«

Susannah kannte diesen Klang in der Stimme ihrer Tante und wußte, daß es keinen Sinn haben würde zu widersprechen. Tante Violette war eine umgängliche Frau, aber wenn sie sich einmal zu etwas entschlossen hatte, dann blieb sie dabei, Punktum.

Daher machte Susannah sich auf, Reed zu suchen, und als sie ihn gefunden hatte, überbrachte sie ihm Tante Violettes Anordnung.

Eine Stunde später kam er, um sich den Schaden anzusehen. Nachdem er sich von der Küche aus ein erstes Bild gemacht hatte, stellte er eine Leiter ans Haus und kletterte aufs Dach. Sie konnte ihn oben herumtrampeln hören wie einen verwundeten Büffel.

Ein paar Minuten später streckte er seinen Kopf durch das Loch und rief Susannah zu: »Hören Sie mich?«

»Man kann Sie bis Fort Worth hören. Brauchen Sie irgendwas?«

»Nein, ich wollte Ihnen nur sagen, daß ich die Sache nicht für allzu schlimm halte. Nichts Strukturelles, nur ein paar

Schindeln müssen eingefügt werden. Wenn ich damit fertig bin, kann ich dann die Decke von der Küche aus flicken.«

Susannah stand unter ihm und sah hinauf. Sein Kopf baumelte falsch herum runter. Sie ärgerte sich, daß er sogar falsch herum noch gut aussah. »Was glauben Sie, wie lange Sie dafür brauchen?«

»Wenn ich das Material bald bekomme, nicht mehr als zwei oder drei Tage.«

Susannah nickte. »Am besten fahren Sie gleich mit dem Wagen in die Stadt, um alles Notwendige zu besorgen, bevor es wieder anfängt zu regnen.« Nachdem sie das gesagt hatte, drehte sie sich abrupt um. Er sollte keinesfalls glauben, sie wollte ihn länger als unbedingt notwendig betrachten.

Sie hörte seine stampfenden Schritte auf dem Dach, dann die Geräusche seines Abstiegs über die Leiter und atmete erleichtert auf. Wenn er endlich weg war, konnte sie sich um etwas Nützliches kümmern, zum Beispiel darum, die feuchte Bescherung zu beseitigen.

Stracks watete sie hinüber zur Hintertür und öffnete sie, so daß die warme Frühlingsluft mit ihrem frischen Duft hereinströmen konnte. Sie atmete tief ein und freute sich, daß ihre Stimmung stieg. Das Wichtigste war, erst einmal das Wasser vom Boden zu wischen, also zog sie ihre Röcke hoch bis über die Knie, und begann, mit einem Besen bewaffnet, die Nässe aus der Hintertür zu kehren. Als sie damit fertig war, nahm sie Wischlappen und Eimer und machte sich an die mühsame Aufgabe, aufzutrocknen, was der Besen zurückgelassen hatte.

Der Eimer war halb voll mit Wasser, als jemand an die Tür klopfte. Susannah drehte sich um und sah Reed dastehen. Er sah besser aus als ein preisgekrönter Bulle. Gerade wollte sie ihn fragen, was ihn herführe, da bemerkte sie, daß er sie irgendwie seltsam ansah und auch noch kein Wort gesagt hatte. Demzufolge beschloß sie, ihn zu fragen, warum er sie eigentlich so anstarre – da fielen ihr ihre Röcke wieder ein. Sie riß sie nach unten.

»Entschuldigung… die Tür stand auf… ich wußte nicht…«

Barsch unterbrach sie ihn. »Was wollen Sie?«

»Brauchen Sie irgend etwas aus der Stadt?«

»Ein neues Dach!«

»Die Bestellung habe ich notiert«, sagte er erstaunlich gutgelaunt und wandte sich ab.

Sie ging zur Hintertür und sah ihm nach. Dabei fragte sie sich, woher wohl seine gute Laune käme. Vielleicht von der Fischsuppe. Sie machte die Moskitotür auf und rief ihm nach: »Wie war Ihre Fischsuppe?«

»Es gab keine.«

»Was haben Sie denn mit dem Fisch gemacht?«

»Ihn zurückgeworfen.«

»Warum?«

»Weil mich ein goldäugiges Mädchen darum gebeten hat.«

»Laufen Sie herum und tun alles, worum Frauen Sie bitten?«

Er stieg auf den Wagen und nahm die Zügel. »Erraten! Gehorsame Feiglinge sind auch ein typischer Zweig meiner Familie.«

6

Die Sonne brannte unterwegs zur Stadt auf ihn herunter. Ein Käfer landete auf seinem Handrücken, und er schüttelte die Hand, um ihn zu vertreiben.

Ein Windhauch, zart und aromatisch, der den Duft von Pfirsichblüten herübertrug… Er stellte sich Susannah vor, die in einem Regen von Blütenblättern stand, den Rücken an einen Baumstamm gelehnt... das erste Flackern von Verlangen... ein Gesicht, das ihn nicht losließ. Die Bilder von ihr fesselten ihn wie ein Zauber, das geflüsterte Versprechen von mehr, das die Zukunft bringen würde.

Susannah, die einen Pfad vom Bach hinaufrannte... Vögel, die auf den Zaun an der Straße flatterten und zwitscherten... der Klang ihrer Stimme... die Sonne, die die staubige Straße vor ihm aufheizte und ihre Farbe zu dunklem Gold verwandelte... Susannahs Augen...

Er erinnerte sich an gestern beim Bach. Sie war so hübsch gewesen, besonders als sie Auge in Auge den Fisch anstarrte.

Warum nur konnte er nicht aufhören, an sie zu denken?

Susannah, die barfuß in der Küche stand... Susannah, die vom Bach heraufgeritten kam, die Röcke hochgeschoben, unter denen ihre langen, weißen Beine hervorleuchteten... ihr verhaltenes Lachen... die erdige Farbe ihres Haars... der leere Platz in ihrem Bett jede Nacht... genauso leer wie der an seiner Seite.

Erleichtert begrüßte er die ersten Häuser. Jetzt konnte er seine Gedanken auf etwas anderes lenken.

Schnell fand er alles, was er brauchte, in Petersons Eisenwarenladen, lud es auf den Wagen und war bereit zur Heimfahrt. Er wollte gerade losfahren, da entdeckte er das Schild Postbüro der Vereinigten Staaten am Laden von Buck & Smith.

Ihm fiel der Brief in seiner Tasche wieder ein, den er an seine Familie geschrieben hatte, und er hielt noch einmal an.

Susannah stand in der Küche und bügelte die Vorhänge, als er an die Hintertür klopfte. Sie wußte, daß es Reed war, denn sie hatte ihn kurz vorher mit dem Wagen in den Hof fahren sehen. »Herein!« rief sie.

Während des Bügelns dachte sie an ihn. Nein, nicht direkt an ihn, eher war sie damit beschäftigt gewesen, im Geiste eine Liste von Dingen aufzustellen, die er noch tun sollte – abgesehen von seinen gewöhnlichen Aufgaben. Bis jetzt enthielt die Liste das Streichen des Zauns, Holzhacken und das Anbringen von neuem Draht am Hühnerhaus sowie einer neuen Dichtung an der Pumpe.

Die Tür öffnete sich langsam, und Reed steckte seinen Kopf durch den Spalt. »Tut mir leid, daß ich hier so eindringe. Ich wollte Sie nur warnen, daß ich gleich wieder auf dem Dach arbeite; dabei könnte vielleicht ab und zu eine Schindel herunterfallen, so daß Sie und Ihre Tanten lieber nicht die Hintertür benutzen, bis ich fertig bin.«

Susannah nickte. »Ich sag's ihnen. Danke!« Sie nahm das Bügeleisen wieder in die Hand und drückte es auf die Rüsche am Rand des Vorhangs, wohl wissend, daß Reed Garrett immer noch an der Tür stand. Als er keine Anstalten machte, aufzubrechen, stellte sie das Bügeleisen wieder ab.

»Ist noch etwas, Mr. Garrett?«

»Nein, ich glaube nicht. Also, dann begebe ich mich mal an die Arbeit.«

»Prima«, sagte sie und sah nicht hin, als er die Tür hinter sich schloß.

Sobald sie allerdings zu war, stellte sie das Bügeleisen erneut weg und holte tief Luft. Sie wußte nicht, warum er sie so beunruhigte, aber es ließ sich nicht leugnen. Sie wollte ihn unsympathisch finden und gab sich die größte Mühe, ihm diesen Eindruck zu vermitteln, aber in Wirklichkeit gab es nicht ein Jota an ihm, das sie nicht angenehm fand. Nicht mit ihm persönlich hatte sie ein Problem. Es war nur die Tatsache, daß er eben ein Mann war. Sie fürchtete sich nicht nur vor Reed Garrett, sondern vor allen Männern.

Das Bügeleisen wurde wieder aktiviert, und sie hörte, wie er die Leiter hinaufstieg und sich den alten Schindeln widmete.

Susannah sagte sich, daß jede Frau, die Spaß daran hatte zuzuhören, wie ein Mann Schindeln in einen Wagen warf, eigentlich in ein Narrenhaus gehörte. Sie wollte keinen einzigen Gedanken mehr an ihn verschwenden und trug das Bügeleisen zum Herd, um es wieder heiß zu machen. Während sie wartete, spülte sie die emaillierte Schüssel, die in der Spüle stand mit den eingesammelten Eiern von heute morgen. Als sie damit fertig war, dachte sie wieder an ihn.

Auf einmal wünschte sie sich, sie hätte eine ganz normale Vergangenheit. Wie wäre es wohl, fragte sie sich, so jemanden wie ihn zu lieben? Wie würde es sich anfühlen, ihre Angst fallenzulassen, sich ihm zuzuwenden und seine Freundschaft anzunehmen – und mehr –, denn sie wußte, daß er ihr das anbot. Wie würde er reagieren, wenn er die Wahrheit von ihr erführe?

Eine Stunde später, als sie mit Bügeln fertig war, kam ihr der Gedanke, ihm einen Becher frischen Wassers zu bringen. Nicht weil sie an ihn dachte, wohlgemerkt! Nur aus reiner Gefälligkeit. Er arbeitete in der Hitze, das war mühsam und ging zäh voran. Mehr als einmal hatte sie ihn plötzlich aufschreien hören und vermutete, daß er wohl mit dem Hammer seinen Finger getroffen hatte. Sie biß sich auf die Unterlippe. Aber Reed Garrett sollte bloß nicht auf die Idee kommen, sie widme ihm besondere Aufmerksamkeit.

Sie nahm ihre Schürze ab und hängte sie an den Haken. Als sie sich umdrehte, um hinauszugehen, fiel ihr Blick auf den Wasserbecher auf dem Schränkchen neben dem Herd. Versonnen betrachtete sie ihn, unentschlossen, was sie jetzt tun sollte.

Ihm etwas zu trinken bringen …

Mit ihrer Arbeit weitermachen …

Wieder und wieder wägte sie die beiden Möglichkeiten ab.

Also gut, beschloß sie dann, sie würde ihm etwas zu trinken bringen. Schließlich bedeutete das noch lange kein spezielles Interesse, wenn sie ihm einen Becher Wasser brachte. Für einen streunenden Hund würde sie dasselbe tun.

Gerade wollte sie den Becher füllen, da hörte plötzlich das Hämmern auf, und ein Aufschrei ertönte, der ihr eine Gänsehaut über den Rücken schickte.

»Herrgott im Himmel! Teufel noch mal! Verdammter Mist! Scheiße, verfluchter Dreck, Höllenpisse!«

Ihren entsetzten Blick auf die Decke über sich gerichtet, hörte sie voller Abscheu zu, während er auf dem Dach herumtrampelte und immer wieder dieselben Flüche ausstieß – sowie ein paar noch schlimmere – ohne Unterbrechung und in voller Lautstärke.

Unverzüglich packte Susannah ihren Besenstiel und stürmte aus der Hintertür. Bis sie von der Veranda herunter war, sah sie das Geschöpf mit dem lästerlichen Vokabular auf den Brunnen zustürmen.

Er zog gerade den Wassereimer herauf, da hatte sie ihn erreicht und verpaßte ihm eine Abreibung.

Zack! Zack! Zack!

»Auf diesem Hof leben und arbeiten anständige Christinnen. Derart schmutzige Sprüche gibt es bei uns nicht!« Sie gab ihm noch einen Schlag, für alle Fälle.

Reed machte einen riesigen Satz, schien sich in der Luft umzudrehen und fragte beim Landen: »Was in Gottes Namen …«

Sie versetzte ihm den nächsten Hieb. »Lassen Sie den Namen des Herrn aus dem Spiel!«

Er besaß den Anstand, beschämt dreinzuschauen. »Tut mir leid! Ich habe mir auf den Daumen gehauen, und zwar kräftig… mit dem Hammer. Leider ließ ich meine Wut mit mir durchgehen.«

Sie schenkte dem Daumen, den er hochhielt, keine Beachtung, sondern warf ihm statt dessen einen Blick zu, der zum Ausdruck brachte, daß sie nicht das geringste Mitleid mit ihm empfand. »Und Gott war natürlich schuld daran, daß dieser Tölpel sich auf den eigenen Daumen haute.«

»Ich glaube nicht, daß ich in dem Augenblick darüber nachgedacht habe, wer der Schuldige ist.«

Ungerührt, den Blick hart auf ihn gerichtet, prophezeite sie: »Sie werden am Tag des Jüngsten Gerichts eine ganze Menge zu erklären haben.«

»Das bezweifle ich keinen Augenblick, aber vielleicht wird der Herr so gnädig sein und in Betracht ziehen, daß ich ja vom unteren Ende dieses Besens bereits meine Strafe empfangen habe«, knurrte er und nickte in Richtung des genannten Werkzeugs, das sie immer noch fest umklammert hielt.

Sie lockerte ihren Griff und senkte den Besen langsam. »Ich dulde keine weiteren derartigen Ausbrüche.«

»Dann werden Sie froh sein zu erfahren, daß hiermit ohnehin mein Vorrat an Verwünschungen erschöpft ist«, sagte er laut.

»Werden Sie wohl leise sprechen? Ich möchte meine Tanten nicht erschrecken. Sie haben offensichtlich noch nie etwas von anständigem Schweigen gehört.«

»Anständig Schweigen kann man noch lange genug, wenn man tot ist.«

Sie gab ein ungläubiges Ächzen von sich und wandte sich ab.

»Wollen Sie sich nicht um meinen Daumen kümmern?«

Sie blieb stehen und sah über die Schulter nach dem Daumen, den er ihr hinstreckte. »Saugen Sie doch selber dran«, gab sie ihm giftig Bescheid.

Er lachte. »Das habe ich schon versucht. Es hat nichts genützt.«

»Halten Sie ihn kurz in kaltes Wasser und gehen Sie zurück an die Arbeit«, schnauzte sie und machte sich auf den Weg zurück ins Haus. »Ehrliche Arbeit wird Sie auf andere Gedanken bringen als Ihren Daumen und Ihr offensichtliches Bedürfnis nach wüsten Flüchen.«

Unverzüglich marschierte sie die Stufen zur Hintertür hinauf, öffnete sie, stellte den Besen an seinen Platz und machte die Tür geräuschvoll hinter sich zu.

»Was war denn das für ein Lärm?« empörte sich Tante Dahlia, die eilig in die Küche kam.

Susannah gab sich die größte Mühe, unbeteiligt zu wirken. »Nichts, weswegen du dir Gedanken zu machen brauchst, Tante. Es war nur der neue Farmhelfer, der sich dumm benommen und dann den Namen des Herrn mißbraucht hat.«

Dahlia schnappte nach Luft. »Zur Hölle mit ihm!« Sie ging zum Küchenfenster und schaute hinaus. Dann rückte sie ihre Brille zurecht und ging noch näher ans Fenster, um richtig gucken zu können. »Also, dieser Heide! Ich wußte doch von Anfang an, daß er ein Sünder ist.« Erbost kniff sie die Augen zusammen, als könnte sie dadurch noch schärfer sehen, und musterte ihn unbarmherzig. »Der Teufel in anderer Gestalt, das ist er! Genau hier in Bluebonnet und auf unserem Hof. Also wirklich, da möchten ja die Engel weinen!«

Der nächste Blick traf wieder Susannah. »Raus damit, was hat er gesagt?«

»Ich deute nur an, daß er über einen großen Wortschatz an Schimpfwörtern verfügt.«

»Was für welche?«

»Es erfolgt jetzt keine Wiederholung, Tante. Du würdest sie auch nicht wirklich hören wollen.«

»Doch, doch – natürlich nur, um zu erfahren, was für ein hoffnungsloser Heide er ist.«

Susannah lächelte. »Natürlich«, pflichtete sie Dahlia bei. Sie stellte sich neben ihre Tante, und nun schauten sie einträchtig zu dem Heiden hinaus. Sie sahen, wie er den Brunnen verließ und zum Haus herüberkam.

»Sieh doch nur, wie der Mann geht«, sagte Dahlia. »Und jetzt frage ich dich: Hast du je gesehen, daß ein gottesfürchtiger Mensch mit solch einem … Stolz daherschreitet? Stolz wie ein Pfau, wenn du mich fragst.« Sie nickte heftig, offensichtlich zufrieden über ihre Erkenntnis, und fügte noch hinzu: »Hochmut kommt vor dem Fall. Das sagt schon die Bibel.« Noch einmal nickte sie selbstgefällig, und zwei dicke Locken fielen ihr über die Augen, die sie gleich wieder aus dem Blickfeld schob.

Susannah schaute immer noch zu, wie Reed sich bewegte, und bedachte Tante Dahlias Urteil: Stolz traf durchaus zu. Freilich wußte sie, daß er ein privilegiertes Leben in besseren Verhältnissen kannte. Trotzdem hatte er sich ihnen vorgestellt, als wäre er nicht mehr als ein abgewirtschafteter Reisender, der sich durch sein Leben ähnlich bewegte wie durch seine Arbeitsstellen – von einem Platz zum nächsten. Doch hatte er nicht den Gang wie die Männer sonst, die viel Zeit im Sattel verbrachten. Je länger sie ihm zusah, desto sicherer war sie, daß er nicht den Faden eines Cowboys an sich trug. Vielleicht lag sein Abschied aus Boston noch gar nicht so lange zurück, vielleicht hatte man ihn aus der Stadt gejagt. War ja möglich. Wenn man bedachte, was für rabenschwarzes Haar und kristallgrau blitzende Augen er besaß!

»Er ist ein Teufel, ich sag's dir«, beharrte Dahlia. »Ein richtig finsterer Kerl. Sieh ihn dir doch nur an, so schwarz und wild, wie er aussieht. Bei seinem Anblick könnte eine anständige Frau schier verrückt werden vor Angst.«

Susannah blickte noch einmal zu ihm hinüber und dachte, daß sie dabei zum ersten Mal Tante Dahlias Meinung teilte. Als sie sich vom Fenster abwandte, fragte sie sich, ob er sich womöglich auch bei ihr irgendwann als Schuft erweisen würde. Und dann beschloß sie, von nun an genauer auf etwaige Äußerungen zu achten, wer und warum er hier war.

Violette kam schwungvoll in einer Fülle von lilafarbenen Rüschen in die Küche, ihr weißes Haar wie ein Wattebausch auf dem Kopf zusammengesteckt. Doch als Susannah die beiden roten Kleckse von Rouge auf ihren Wangen entdeckte, mußte sie sich das Lachen verkneifen.

»So ein wunderschöner Tag heute, findet ihr nicht? Ich kann mich nicht erinnern, je einen schöneren erlebt zu haben. Als ich heute morgen aufwachte, dachte ich...« Violette hielt mitten im Satz inne und sah Susannah und Dahlia an. »Ist jemand gestorben?«

»Nein, Tante, wie kommst du denn darauf?« fragte Susannah ungeduldig.

»Ihr seht aus wie Trauerklöße. Stimmt irgendwas nicht?«

»Papperlapapp«, gab Dahlia zurück. »Wir haben nur diesen Heiden beobachtet, den du eingestellt hast.«

Violette ging zum Fenster und warf einen Blick nach draußen. »Ich finde, er sieht ganz passabel aus«, sagte sie sachlich. »An ihm ist doch rein gar nichts, wovon eine Frau Saure-Gurken-Stimmung bekommen könnte.« Sie betrachtete Reed noch einmal. »Man wünscht sich eher, man wäre wieder fünfundzwanzig«

»Violette Wakefield! Wo hast du nur deinen Verstand – der Mann ist ein Heide! Also, Susannah hat ihn die schlimmsten Flüche ausstoßen hören. Eigentlich war hier alles in Ordnung bei uns; aber jetzt, seit er da ist und Unfrieden stiftet, weiß man bei Gott nicht, was noch geschehen wird.«

Die frivole Violette beugte sich näher ans Fenster, um besser hinaussehen zu können. »Ich weiß nicht, aber der Mensch wurde doch als Abbild Gottes geschaffen. Wenn Gott so aussieht...« Sieh hielt inne. »Vielleicht sollten wir nicht an ihm herumnörgeln.«

»Unsinn! Ich bin auch als Gottes Abbild geschaffen. Glaubst du, Gott sieht so aus wie ich?«

Violette drehte sich um und starrte ihre Schwester an. »Himmel, hoffentlich nicht!«

Susannah unterdrückte ihre Erheiterung und sagte: »Irgendwie kann ich mir ihn nicht mit solchen Locken vorstellen.«

Violette schaute wieder zu Reed hinüber. »Dieser Mann könnte mir sagen, ich soll mit ihm zur Hölle fahren, und ich würde mich darauf freuen!«

Susannah lächelte. Tante Vi hatte ihr Kleid wieder einmal schief zugeknöpft, und der Saum hing auf der einen Seite etliche Zentimeter tiefer als auf der anderen. »Hattest du nach mir gesucht?« fragte sie in der Hoffnung, das Gespräch von Reed Garrett auf etwas anderes zu lenken.

»In der Tat. Ich hörte euch beide reden und dachte, ich komme und erzähle dir, daß das neue Kleid, das ich für dich nähe, Fortschritte macht. Vielleicht kannst du es Ende des Monats zum Kirchenpicknick anziehen.« Sie wedelte mit der Hand vor ihrem Gesicht wie mit einem Fächer, um sich abzukühlen. Susannah fiel auf, daß die Knöpfe an ihren Ärmeln offen waren, so daß die Manschetten bei jeder Bewegung hin und her flatterten, als wüßten sie nicht wohin – ein Eindruck, der hervorragend zu Violettes ingesamt unbekümmerter Art paßte.

Die Nichte schaute von der einen Tante zur anderen und staunte wieder einmal über die Unterschiedlichkeit dieser zwei Schwestern. Tante Dahlia war die Korrektheit in Person, mit Umsicht und makellos gekleidet, jedes Haar an seinem Platz.

Sie ging nie ohne Sonnenschirm, Haube und weiße Handschuhe aus. Am Kragen ihres Kleides trug sie stets einen kleinen Strauß Stoffveilchen mit einem Duftbeutelchen angeheftet. Ihre Kragen pflegten weiß zu schimmern und ihre Manschetten auch. Einmal, als Violette sie gefragt hatte, warum sie immer so sorgfältig gekleidet war, hatte Dahlia erwidert: »Sollte ich das Pech haben, außerhalb von zu Hause einen Unfall zu haben, soll auf keinen Fall derjenige, der mich findet, daran zweifeln, daß er es mit einer echten Dame zu tun hat.«

Die Sorge darum, was wohl nach ihrem Tod geschehen könnte, stand nicht unbedingt oben auf Violettes Liste an Dringlichkkeiten; und darum ging sie durchs Leben mit einem Aussehen, wie Dahlia sagte, als zöge sie sich stets im Dunkeln an.

Dahlias Gesicht, obwohl nett anzusehen, hatte nicht die weiche Fülle von Violettes Zügen. Sie wies eher gerade Linien auf wie eine Stehlampe. Da sie in ihrer Jugend blond gewesen war, hätte man erwartet, sie im Alter weiß anzutreffen; doch ihre Haarfarbe schien falsch abgebogen zu sein und wanderte jetzt irgendwo zwischen Grau und Beige dahin.

Nach Dahlias Meinung war alles entweder richtig oder falsch. Es gab nichts dazwischen. Sie besaß wenig Geduld – die Ungeduld war ein Nebeneffekt ihres Perfektionismus. Und doch wirkten ihre Augen unschuldig und rein wie in ihren Kindertagen. Aus irgendeinem Grund konnte Susannah nicht glauben, daß sie je unordentlich oder schmutzig gewesen war, nicht einmal als kleines Mädchen.

In jüngeren Jahren hatte sich Susannah ihre Tanten immer als Gemüse vorgestellt. Tante Dahlia war eine Karotte, Tante Violette ein Blumenkohl.

»Himmel! Ich scheine meine Nähschere verlegt zu haben«,

sagte Violette jetzt. »Hat eine von euch sie irgendwo gesehen?«

»Sie hängt an dem Band, das du dir an den Busen geheftet hast, Tante«, informierte Susannah sie.

Violette schaute hinunter. »Ach je, wie ist die denn dahin geraten?«

»Du hast sie drangemacht«, tadelte Dahlia.

Violette betrachtete die Schere, als wäre sie ein lebendiges Dingelchen. »Also, dann komm mit«, sagte sie zu ihr. »Wir haben noch einiges zu tun.«

»Sie ist immer so zerstreut, die Gute«, sagte Susannah und schaute liebevoll ihrer Tante nach, die aus der Küche wanderte.

Dahlia schüttelte entrüstet den Kopf. »Wir waren eigentlich immer eine sehr korrekte Familie, aber Violette gibt sich ständig die größte Mühe, das zu ändern.« Susannah lachte. Im Augenblick war alles wieder so, wie es gewesen war, bevor dieser Vagabund auf der Bildfläche erschien.

7

Westtexas, wo es Agaven, Überschwemmungen und oft Dürre gab, nahm einen großen Teil des Bundesstaates ein. Es war ein großes, leeres Land, mit wenig Wasser, wenigen Straßen, wenigen Menschen und noch weniger Städten. Wüsten erstreckten sich über endlose Weiten, und bis hier reichten auch die Ausläufer der Chihuahua-Wüste, deren Hauptfläche sich in Mexiko befand.

Doch in der Gegend von Bluebonnet handelte es sich nurmehr um deren Randgebiete, die Chisos-, Davis- und Guadalupe-Berge lagen im Hintergrund, und das Land wurde zu einer Art Savanne ohne Bäume, Hügel, Felsen, Feuerholz oder Wasser. Die nun fruchtbarere Erde, bedeckt von unglaublichen Flächen windzerzausten Grases, war so flach, daß manche Leute schworen, sie könnten hundert Meilen weit sehen.

Die meisten, die darüber fluchten, waren Ranchbesitzer; aber es gab auch ein paar, die kleinere Farmen bewirtschafteten. So wie Susannah und ihre Tanten kultivierten sie hauptsächlich Baumwolle, außerdem ein wenig Mais, Hafer, Hirse und Winterweizen, dazu eine Handvoll Rinder. Für sie war der fette Boden hierorts der Traum ihres Lebens – wenn es genug Regen gab.

Das vergangene Jahr war sehr trocken gewesen und das flache Grasland hartgebacken von einem stetigen Präriewind. Manchmal fiel es einem schwer, sich daran zu erinnern, daß unter dem verdorrten Gras fruchtbare Erde lag. Aber jeder, der sich längere Zeit in der Gegend von Bluebonnet aufgehalten hatte, wußte, daß sich das jederzeit ändern konnte, denn heftige Wetterumschwünge kannten die Leute im Grasland.

Der vorletzte Winter war der kälteste gewesen, an den sich Susannah überhaupt erinnerte – die Temperatur rutschte bis auf dreizehn Grad unter null. Im Jahr davor hatten sie zwanzig Ringeltauben im Hinterhof gefunden, erschlagen von walnußgroßen Hagelkörnern.

Gerade als Susannah über dieses ungewöhnliche Klima nachdachte, zog wieder ein Gewitter auf. Typisch, dachte sie. Wirklich typisch. Gerade kam sie von einer Fahrt in die Stadt zurück, hatte den Wagen schon durchs Tor gelenkt und war auf dem Weg zur Scheune; da frischte der Wind auf, peitschte die wenigen Bäume der Umgebung und ließ alles, was nicht befestigt war, durch die Gegend fliegen.

Fast hatte sie die Scheune erreicht, da zischte ein greller Blitz vom Himmel und schlug schauerlich nah ein. Ihm folgte ein unglaublich krachender Donner, so daß Susannah die Ohren dröhnten. Das Getöse erschreckte das Pferd, und Rosenblüte, die friedliche Stute, bäumte sich steil auf. Dann rannte sie wie besessen los. In wildem Galopp verließ Rosenblüte den Weg und raste direkt auf den Zaun zu.

Susannah sah, was kommen würde, und versuchte verzweifelt, die Stute zu halten; aber kein noch so heftiges Ziehen an den Zügeln konnte das kopflose Tier zur Vernunft bringen. Eine Sekunde später schrie Susannah auf, als Rosenblüte in den Stacheldrahtzaun donnerte und der Wagen auf die Seite kippte.

Sie wurde in hohem Bogen vom Kutschbock geschleudert. Durch den Fall konnte sie erst kaum atmen, und einen Augenblick lag sie reglos da. Als sie sich erholt hatte, gelang es ihr, wieder auf die Beine zu kommen. Sie hielt sich am Rad des umgekippten Wagens fest, bis der Schwindel vorüberging. In diesem Augenblick hörte sie Rosenblüte, und als sie in ihre Richtung schaute, war ihr sofort klar, daß es um die Stute nicht so glimpflich stand.

Als Susannah sich näherte, sah sie, daß das Pferd aus einem tiefen Riß in der Brust und mehreren kleineren Schnitten an den Vorderbeinen blutete, die immer noch im Draht hingen. Susannah ging langsam zu ihr, sprach beruhigend auf sie ein und hielt sie an der Trense fest, um zu verhindern, daß sie sich noch mehr verletzte.

Es dauerte eine Weile, doch es gelang Susannah schließlich, sie aus dem Draht zu befreien. Alles war voll Blut, und Susannah betete, die Stute möge nicht verenden, bevor sie sie zurück zum Stall geführt hatte.

Glücklicherweise war Reed gerade damit beschäftigt gewesen, Löcher für neue Zaunpfähle zu graben und hatte den Unfall mitbekommen. Sofort hatte er das schwere Werkzeug fallen gelassen, um loszurennen. Erst als er bei ihr war, sie packte und fragte: »Was ist passiert? Wo sind Sie verletzt?« wurde Susannah klar, daß Rosenblütes Blut an ihr klebte.

Sie legte ihre Hand an den Kopf und spürte dort eine kleine Wunde. Reed betrachtete sie. »Ich glaube, das kann bis später warten, Susannah; aber das Tier muß sofort versorgt werden. Gehen Sie nur ins Haus.«

»Nein, ich will helfen. Sie leidet so schrecklich.«

»Dann kommen Sie.«

Immer noch etwas benommen, folgte sie ihm in den Stall und stellte sich mit dem Rücken an die Wand der Box, um nicht im Weg zu sein. Sie sah zu, wie Reed unentwegt auf die Stute einredete. Mit gemessenen, erfahrenen Bewegungen strich seine Hand über ihr Fell und prüfte den Riß in ihrer Brust. »Der ist ziemlich tief, und sie verliert viel Blut. Das muß genäht werden, und zwar schnell.«

Er sah Susannah an. »Wenn Sie wirklich bleiben wollen, setze ich Sie auch ein. Halten Sie das Pferd fest. Ich bin sofort wieder da.«

Susannah kam herüber und nahm die Trense in die Hand. »Wo gehen Sie hin?« fragte sie.

»Etwas zum Nähen holen. Sie verliert zuviel Blut.«

Er war rasch zurück und bat: »Holen Sie einen Eimer Wasser und das Kohlenpech aus der Sattelkammer.«

Einigermaßen benommen brachte Susannah alles, was er brauchte, hielt dann wieder das Pferd und beruhigte es mit leisen Worten, streichelte es am Kopf. Ihre Aufmerksamkeit war ganz auf Reed gerichtet, der jetzt die Risse auswusch, wobei seine Hände sicher zupackten. Als er die Schnitte zu nähen begann, wirkte er dabei ebenso kompetent wie jeder Arzt, den sie kannte. Sie hatte noch nie so kleine, ordentliche Stiche gesehen.

Unwillkürlich fragte sie sich, woher er diese Fähigkeit wohl haben mochte. »Sie machen das wie ein richtiger Veterinär.«

Er wirkte amüsiert. »Jeder, der viel Zeit mit Farmtieren verbringt, hat so etwas schon einmal gemacht.«

Das stimmte natürlich, aber trotzdem war etwas an der professionellen Art, wie er sich bewegte, absolut kompetent – wodurch er viel erfahrener wirkte als jeder durchschnittliche Rancher oder Farmer. Unwillkürlich dachte sie daran, wie es sich wohl anfühlen mochte, wenn dieselben Hände sie mit solch sorgsamer Hingabe berührten. Der Gedanke machte ihr angst, trotzdem konnte sie ihn nicht loswerden.

Sie sah zu, wie er als nächstes die sauberen Stiche mit Kohlenpech einrieb.

»Warum tun Sie das?«

»Das hält die Schmeißfliegen von den Schnitten fern, so daß sie keine Eier legen können. Das letzte, was wir jetzt noch brauchen, wären eiternde Wunden.«

Das verstand sie. Im Sommer waren die Schmeißfliegen eine schreckliche Plage. Der kleinste Schnitt oder Kratzer an irgendeinem Tier wimmelte innerhalb kürzester Zeit von Maden, wenn er offen zugänglich war.

»Sie sind wirklich gut. Haben Sie auch schon Menschen genäht?«

Er wandte sich ihr so plötzlich zu, daß Susannah erschrak. Sein Blick war wild. Einen Moment lang dachte sie, sie müßte wohl etwas Kränkendes gesagt haben.

»Warum fragen Sie danach?«

Sie zuckte mit den Schultern. »Ich dachte nur… Mir kam der Gedanke, daß Sie auf Ihren Reisen vielleicht schon einmal in solch eine Situation geraten sein könnten.«

»Wie kommen Sie auf diese Idee?«

»Ich habe mich nur gefragt, ob es wohl einen Unterschied gibt, ein Tier oder einen Menschen zu nähen.«

Er wandte sich wieder der Stute zu. »Fleisch ist Fleisch, ob es nun Mensch oder Tier gehört. Es gibt kaum einen Unterschied – obwohl Tiere im allgemeinen die besseren Patienten sind.«

Sie stellte sich Tante Dahlia als Patientin vor und lächelte, sagte aber nichts; im Augenblick war sie zufrieden damit, einfach nur zusehen zu können. Das Schlimmste war vorüber, und Rosenblüte sah aus, als würde sie es überstehen.

Plötzlich fiel Susannah auf, daß Reed kein Hemd trug. Sie wußte, daß er mit Löchergraben beschäftigt gewesen war und hatte sein Hemd in der Nähe an einem Zaunpfahl hängen sehen. Er war wirklich schlank, dachte sie. Sein Bauch war so flach, daß seine Taille gleichmäßig in die schmalen Hüften überging. Seine Arme waren fest, seine Brust glatt, muskulös und gebräunt, als hielte er sich öfters ohne Hemd in der Sonne auf.

Er war sich seiner selbst so sicher, so ruhig. Sie hatte ihn damals in der Stadt beobachtet, als die Menge ihm zu Leibe rückte und den Eindruck erweckte, als wolle sie ihn jederzeit lynchen. Ruhig und würdevoll war er für seine Sache eingetreten. Er benahm sich nicht laut oder hart, gab aber auch nicht einfach nach. Ein solcher Mann war ungewöhnlich, und in diesem Augenblick kam ihr zu Bewußtsein, daß sie ihn tatsächlich bewunderte. Sie bewunderte ihn für seine männlichen Qualitäten, schon – aber es war eher seine Sanftheit als seine Kraft, die sie anzog und faszinierte. Und diese Hände… dann dachte sie plötzlich: *Wenn ich so jemanden hätte wie dich, könnte ich all den Schmerz und die Scham der Vergangenheit überwinden. Ich könnte eine Familie haben und ein normales Leben führen…*

Wenn ich so jemanden hätte wie dich…

8

Wie jeden Samstagnachmittag ritt Reed nach Bluebonnet.

So ziemlich das einzige, was er nun dort antraf, war eine Straße voller Pferdeäpfel. Also mußte heute mehr losgewesen sein als sonst. Noch konnten jedoch die Ranchhelfer nicht angekommen sein; gleichwohl hatten die meisten rechtschaffenen Bürger ihre Arbeit beendet und waren verschwunden. Bluebonnet war kein Platz für brave Leute an Samstagen, nachdem die Ranchhelfer mit ihrem Lohn in den Saloon stürmten.

Am Stadtrand kam er an der baptistischen Missionskirche vorüber. Daneben lag das Haus des Reverend Elijah Wheeler mit einem großen Baum und zwei Schaukeln daran im Vorgarten. Er ritt weiter am Stiefel- und Sattelladen vorbei, dann folgten in der Reihe noch der Schmied und der Barbier, deren Ladenfenster in der Sonne glänzten wie Spiegel.

Ein Maultier war vor dem Sattelladen angebunden. Als Reed daherkam, fing es an, zu schreien und sich auf die Hinterbeine zu setzen. Die Zügel rissen ab, das Tier rannte die Straße hinunter, buckelnd und klagend. Ein Mann kam aus dem Barbierladen gerannt, das Gesicht voller Rasierschaum und den Frisierumhang noch über den Schultern. Er rannte die Straße hinunter hinter dem Maultier her und rief, es solle stehenbleiben. Ein paar Leute kamen aus Häusern am Straßenrand, um zu glotzen. Einen Augenblick lang sah es so aus, als würde ein Chaos entstehen, doch dann fing der Mann sein Maultier wieder ein, schimpfte mit ihm und führte es zurück. Die Hunde hörten auf zu bellen, die Händler kehrten in ihre Läden zurück. Es herrschte wieder Ruhe.

Seit dem letzten Regen war schon ein Monat vergangen, und

in der großen Hitze dauerte es nicht lange, bis der Boden austrocknete. Die Straße war hart und festgebacken und klang steinig unter den Hufen seines Pferdes. Im Augenblick sah es hier verlassen aus wie auf einem Friedhof, wo nur noch zwei Pferde mit wedelndem Schweif vor dem Saloon dösten. Die langen Schatten des Spätnachmittags lagen auf der Straße wie eine Schranke, die ahnungslose Passanten abhalten wollte.

Reed ritt an den Schatten vorüber bis zum Warenhaus von Buck Smith, stieg ab und erklomm die Stufen, wobei seine Stiefel laut auf dem hölzernen Bürgersteig dröhnten. Ein Anschlagbrett neben dem Fenster war beklebt mit Zetteln von Männern, die gesucht wurden, mit Schnupftabaksreklame, Todesanzeigen und der Ankündigung, daß die Farm der Witwe Peabody versteigert werden sollte.

Er öffnete die Tür mit dem Fenster im oberen Teil, auf dem in goldenen Lettern EIGENTÜMER: SAM SMITH stand, und trat ein.

Die Duftmischung von grünem Kaffee, Segeltuch, Tabak, Halfterleder, Käse, Wachstuch und Seife hieß ihn willkommen, aber Reed achtete nicht weiter darauf. Denn er war nicht zum Einkaufen in die Stadt gekommen. Er ging nach hinten zum Postschalter und wechselte ein paar nette Worte mit Daisy Hitchcock, einer jungen Blondine, die den kranken Postmeister vertrat.

Daisy hatte sich in den vergangenen Wochen an diesen Samstagnachmittagen oft mit Reed unterhalten. »Wollen Sie einen Brief an Ihre Familie aufgeben, wie immer?« fragte sie. Reed händigte ihr den Umschlag aus. »Das scheint eine echte Gewohnheit von mir zu werden.«

Daisy nahm den Brief entgegen. »Es ist eine nette Gewohnheit, wenn man Kontakt mit seiner Familie hält. Hier in der Gegend gibt es eine Menge Cowboys, aber keiner von denen schreibt so oft nach Hause wie Sie. Sie müssen prima Verwandte haben.«

»Stimmt. Die besten, die man sich wünschen kann.«

»Am letzten Sonntag habe ich erst in der Predigt gehört, daß man Vater und Mutter ehren soll, damit ...«

»... deine Tage auf Erden lang seien.« Als sie ihn mit weitaufgerissenen Augen anstarrte, fügte er hinzu: »In Boston gibt es auch Kirchen.«

»Oh«, sagte sie und wurde rot. Hastig betrachtete sie den Umschlag. »Sie haben wirklich eine schöne Handschrift. Kriegt man die bei Ihnen in der Schule?«

»Tja, ehrlich gesagt habe ich darüber noch nicht viel nachgedacht, aber es schreiben eine ganze Menge Leute dort so ähnlich wie ich.«

»Sie haben wohl eine Menge Bücher gelesen, daß Ihnen das so von der Hand geht. Keiner in Bluebonnet reicht da an Sie ran. Ach was! Nicht einmal im entferntesten, einschließlich Richter McCarthy, und der ist der gebildetste von allen in der Stadt. Er war auf dem College.« Sie hielt inne und betrachtete Reed neugierig.

Reed wußte, was als nächstes kommen würde.

»Waren Sie auch auf dem College?«

Er glaubte, einmal erwähnt zu haben, daß er in Edinburgh studiert hatte, aber sicher war er nicht. Es warf Probleme auf, wenn man nicht immer die Wahrheit sagte; später konnte man sich nicht mehr erinnern, welche Lügen man von sich gegeben und welche Wahrheiten man nur halb erzählt hatte. Glücklicherweise blieb ihm die Antwort erspart, als die Glocke über der Tür klingelte. Reed und Daisy sahen zur Tür, als ein Mann eintrat.

Er steckte in typischer Cowboykleidung, obwohl man deutlich erkennen konnte, daß seine Sachen feiner geschnitten und aus feinerem Tuch gemacht waren. Er trug ein paar teure lederne Hosen, und die Sporen an seinen Stiefeln klirrten bei jedem Schritt. Aus diesem Grund drehten sich alle zu ihm um.

»Tag, Tate«, sagte Mr. Smith, als er mit einem Ballen Leinen in der Hand auf seinen Kunden zuging.

Tate nickte steif. »Tag.«

Reed erkannte den Kerl sofort als den Anführer der Truppe, die ihn damals ausgeraubt hatte. Er drehte sich zu Daisy um und flüsterte: »Wer ist das?«

»Das ist Tate Trahern. Seinem Vater gehört die Doppel-T-Ranch.«

Reed betrachtete den Mann eingehend, der nach Violettes Aussage Susannah den Hof machte. Schon aus diesem Grund mochte er ihn nicht besonders – ganz zu schweigen von Tates Überfall, der ihn vom Pferd gerissen und seinen gesamten Besitz gestohlen hatte. Wenn seinem Vater Doppel-T gehörte, brauchte er sich im Grunde kaum aufs Stehlen zu verlegen. Jetzt war Reed klar, daß Tate ihn beraubt und verprügelt hatte, nur weil es ihm Spaß machte. Und es gefiel Reed nicht im geringsten, irgend jemandem als Spielball zu dienen.

Tate wurde schon ärgerlich, wenn er diesen Lahmarsch Sam Smith nur zu Gesicht bekam. Er schien eine Woche zu brauchen, um den Stoffballen wegzulegen, den er in der Hand hatte, und zu fragen: »Was kann ich für Sie tun, Tate?«

Der Angesprochene sagte nichts. Er wußte, daß Sam nicht erwartete, mit Respekt behandelt zu werden – denn Respekt empfand Tate für niemanden.

Also ließ er sich viel Zeit, schob erst einmal den Hut von der Stirn mit einem Finger nach hinten und schlenderte hinüber zu dem Schrank, in dem Feuerwaffen und Munition ausgestellt waren.

Sam strich sich gedankenvoll über den Bart und folgte ihm dann. »Suchen Sie nach etwas Bestimmtem?«

»Nein. Geben Sie mir'n paar Schachteln Munition«, blaffte er und ließ seinen Blick über den Ladentisch wandern und die ungefähr ein halbes Dutzend Kunden, wobei er Daisy etwas länger beobachtete. Er erblickte den Fremden, der mit ihr redete, und ihm schwoll der Kamm. Was tat sie da eigentlich, sich einfach mit einem Landstreicher zu unterhalten?

Während Tate den Strolch musterte, merkte er, daß der ihm irgendwie bekannt vorkam. Plötzlich fiel ihm wieder ein, wo er das Gesicht schon mal gesehen hatte. Reed Garrett. Den Namen wußte er, seit Curly an jenem Tag ohne den großen Falben und den Sattel zurückgekommen war.

Er fragte sich, ob Garrett ihn wohl erkannt hatte – obwohl ihm das natürlich egal war. Dieser Vagabund konnte ihm gestohlen bleiben. Er warf Reed einen verächtlichen Blick zu und fragte Sam: »Haben Sie eins von den neuen Gewehren?«

»Ich habe ein paar Bolzengewehre bestellt. Das Neueste auf dem Markt!«

»Was ist mit denen, die mit Magazin geladen werden?«

Sam kratzte sich am Kopf. »Glaube kaum, daß ich von denen schon gehört habe. Mit Magazin zum Laden, sagen Sie?«

Tate antwortete nicht. Er beobachtete Daisy. Es gefiel ihm, sie zu verunsichern.

Daisy wandte den Blick von Tate ab und schwenkte den Umschlag, den Reed ihr vor ein paar Minuten gegeben hatte. »Ich sehe zu, daß der Brief nach Boston geht, sobald die Postkutsche durchkommt«, sagte sie nervös. »Haben Sie sonst noch einen Wunsch?«

Reed schaute von Daisy zu Tate und wieder zurück, meinte aber nur: »Ich glaube, das ist alles für diesmal.«

»Dann bis nächste Woche!« Im selben Moment verschwand sie schon hinter dem Vorhang, der den Eingang zum Lager verdeckte.

Tate achtete nicht weiter auf Reed und wandte sich wieder der Ladentheke zu. Während Garrett dem Ausgang zustrebte, hielt er den Blick fest auf die Waren in der Auslage gerichtet, bis er hörte, wie sich die Tür hinter ihm schloß.

Kaum hatte Reed den Laden verlassen, da nahm Tate die Schachtel Munition von der Theke. »Setzen Sie sie auf unsere Rechnung«, sagte er, schob die Munition in seine Hosentasche und ging zum hinteren Teil des Ladens.

»Geht klar.« Sam nickte.

Tate blieb ein Stück vor dem Vorhang zum Lager stehen. »Daisy, versteck dich doch nicht. Ich habe dich eben noch mit Garrett reden sehen.«

Daisy streckte ihren Kopf durch den Vorhang und kam dann ganz zum Vorschein. »Hi, Tate, was machst du in der Stadt? Es ist doch wohl noch ein bißchen früh, sich zu betrinken, und du kannst nicht nur wegen der Munition gekommen sein.«

»Braucht ein Mann einen speziellen Grund, in die Stadt zu kommen und sein Mädchen zu sehen?«

»Bin ich dein Mädchen, Tate?«

»Hab' ich doch gesagt, oder? Dann ist es auch so, nicht?«

»Hast recht!« Daisy klimperte mit den Wimpern und lächelte. »Ich habe dich erst später erwartet. Jetzt kann ich noch nicht weg. Wir machen hier erst um sechs zu.«

»Dann warte ich. Warum warst du denn so freundlich zu diesem Landstreicher?«

Daisy wurde blaß. »Ich war doch gar nicht so freundlich, Tate. Du weißt, daß ich nur Augen für dich habe.«

»Ach ja? Dann sieh besser zu, daß es auch so bleibt.«

»Ich schätze, ich werde genauso lange nett zu dir sein wie du zu mir, Tate.«

»Du hast meine Frage nicht beantwortet, Daisy. Wie kommt es, daß du und dieser Typ da ausgesehen habt, als hättet ihr's ganz dicke miteinander?«

»So war's wirklich nicht, Tate, das schwöre ich dir. Er kommt nur fast immer samstags her, um seine Briefe aufzugeben, und so unterhalten wir uns gelegentlich etwas, das ist alles.«

»Briefe? Er kommt her, um Briefe aufzugeben?«

»Genau das habe ich gesagt, und zwar ohne zu stottern.«

»Du meinst wirklich, ich glaube, daß er hierherkommt, um Briefe aufzugeben wie eine alte Jungfer?«

»Glaube, wozu du Lust hast, aber das ist die Wahrheit. Er kommt jeden Samstag. Frag Mr. Smith, wenn du es mir nicht abnimmst.«

»Wem sollte denn ein dahergelaufener Knabe wie der Briefe schreiben?«

»Selbst solche Leute haben Familien, Tate.«

»Er schreibt an seine Familie?«

»Genau. Er heißt Reed Garrett, und seine Eltern leben in Boston. Mann, ich hab' noch nie einen Brief bis nach Boston geschickt, bevor er hier war. Briefe an so weit entfernte Adressen zu schicken macht meinen Job viel interessanter. Das ist fast, als ginge ich selber auf Reisen.«

Tate hörte ihr nicht zu. »Laß mich den Brief sehen, den er gerade aufgegeben hat.«

»Das kann ich nicht, Tate.«

»Du bis doch mein Mädchen, oder?«

»Stimmt.«

»Dann gib mir den Brief. Ich geb' ihn dir gleich zurück … will ihn mir nur ansehen.«

Daisy schaute hinüber zum vorderen Laden, wo Mr. Smith damit beschäftigt war, für Mrs. McCormick ein Pfund Kaffee zu mahlen. »Ich darf nicht, Tate. Das weißt du doch. Es könnte mich meinen Job kosten, wenn Mr. Smith das herausfindet.«

Tate bedrängte sie immer weiter, sicher, daß er sie schon herumkriegen würde. Daisy tat immer gern so, als wollte sie nicht, aber am Schluß gab sie meistens nach.

»Bitte, dränge mich nicht, Tate.«

Er runzelte die Stirn, weil er nicht dahinterkam, was eigentlich los war. »Gefällt dir etwa dieser Garrett?«

»Du weißt doch, daß du mir gefällst; aber mein Vater ist krank, und wir wissen nicht, wann er wieder arbeiten kann. Im Moment arbeite nur ich. Meine ganze Familie hängt von mir ab. So schaut es aus. Ich kann mir nicht leisten, diesen Job zu verlieren, Tate, echt!«

Tate legte seine Hand an Daisys Hinterkopf. »Tate, was in aller Welt...«

Er zog ihren Kopf zu sich heran und küßte sie. »Ich hab' dich wirklich vermißt«, flüsterte er. »Ich konnte kaum arbeiten, weil ich immer an dich denken mußte.«

»Was hast du denn gedacht?«

»Dasselbe, was ich jetzt auch denke: Wie hübsch du bist.«

»Den Brief kann ich dir trotzdem nicht geben, Tate. Bettel also nicht rum!«

»Ist gut, lassen wir's gut sein«, flüsterte er, berührte ihr Gesicht, ihre Nase, ihre Wange, ihr Ohr. Daisy lehnte sich an seine Hand und küßte seine Handfläche. Er zog sie noch fester an sich. Ihre Lippen trafen sich.

Sie wich zurück. »Tate, bitte...«

»Mach dir keine Sorgen, der alte Smith ist doch viel zu kurzsichtig, um irgendwas zu sehen, was in so großer Entfernung passiert.«

»Hoffentlich hast du recht, Tate, ehrlich.«

»Ich habe immer recht. Wir sehen uns dann um sechs«, sagte er siegesgewiß und verließ den Laden.

Kurz darauf stand Tate vor dem Saloon, eine Zigarre im Mundwinkel, ein Stück Holz zum Schnitzen in der Hand, ein Häufchen Späne zu seinen Füßen. Er hatte den Hut tief ins Gesicht gezogen und beobachtete Reed Garrett, wie er aufs Pferd stieg.

Hundesohn! Tate wußte nicht, warum er den Affen aus Boston haßte, aber es war so. Als er ihn langsam aus der Stadt reiten sah, dachte er, daß dieser Yankee besser nie einen Fuß auf Doppel-T-Land setzte, wenn ihm seine Haut lieb war.

Auf dem Heimweg ritt Reed eine Abkürzung durch das Land von Doppel-T.

Er war sich nicht sicher, ob er es nur tat, weil es der kürzere Weg war, oder aus purem Trotz. Zwar hatte er sein Pferd und seinen Sattel zurück, aber immer noch nicht den Verlust seiner Pistole und vor allem der grauen Stute verwunden.

Soeben überlegte er, ob er wohl sein verlorenes Eigentum je wiedersehen würde, da begegnete er einer Gruppe von Doppel-T-Cowboys. Sie schwammen im Fluß, ohne einen Fetzen Kleider am Leib. Vor lauter Übermut bemerkten sie ihn gar nicht. Reed sah sich um und entdeckte überall Hemden, Socken, Stiefel und Hosen auf einem Haufen, selbst ein Paar Unterhosen zum Zubinden waren dabei. Er spürte, wie ihm warm wurde bei dem Gedanken, vielleicht auf etwas zu stoßen, das ihm gehörte.

Er ließ sein Pferd ein paar Meter weiter hinten im Gebüsch und schlich sich vorwärts zu der Stelle, wo die Kleider verstreut lagen. Sobald er nah genug herangekommen war, entdeckte er seinen Pistolengürtel samt Colt mit dem Elfenbeingriff, den er schon seit über drei Jahren besaß.

Reed kroch auf dem Bauch weiter. Grashüpfer sprangen in alle Richtungen davon, während er sich langsam mit den Ellenbogen durch die Wiese kämpfte. Frösche hüpften vor ihm ins Wasser. Seinen Kopf umschwärmten Bienen, die ihn für eine schwarze Wabe hielten. Aber er kroch weiter bis zu der Stelle, wo sein Pistolengürtel neben einem Haufen von Cowboykleidern lag. Mit einem Griff hob er den Gürtel und hängte ihn sich um den Hals, so daß die Pistole auf seinen Rücken zu liegen kam. Dann wandte er sich ab, um zurückzukriechen. Plötzlich hielt er inne und betrachtete die Kleider des Cowboys. Er packte das Bündel zusammen und kroch hinüber zu den Pferden. Schnell band er es einem davon auf den Rücken und versetzte ihm einen Schlag auf die Kruppe.

Er wartete nicht, um zu sehen, wie das Pferd loslief, sondern kehrte zurück zu seinem eigenen. Einen Augenblick später schon gab er ihm die Sporen und galoppierte davon.

Als er zu Hause ankam, hielt er vor dem Stall an und sattelte sein Pferd ab. Er wollte es gerade auf die Weide führen, da hörte er Schritte hinter sich. Er zog die Pistole, drehte sich mit einem Ruck um und – richtete die Pistole direkt auf Violette Wakefield. »Herr im Himmel, müssen Sie sich denn so anschleichen?« sagte er und steckte die Waffe ein.

»Muß nicht sein«, sagte Violette, den fragenden Blick auf die Pistole gerichtet. »Ist das eine neue Waffe?«

»Nein. Die habe ich schon seit ein paar Jahren.«

»Sie ist mir bisher noch nie an Ihnen aufgefallen.«

»Ich habe sie auch nicht getragen, seit ich hier bin.«

»Und warum tragen Sie sie jetzt?«

»Weil ich sie vorher nicht tragen konnte, denn ich hatte sie nicht mehr. Sie wurde mir mit meinen anderen Sachen gestohlen. Ich habe sie erst heute wiederbekommen.«

Violettes Augen glitzerten vor Interesse. »Heute, sagen Sie.

Also stehen Sie doch bei allen Heiligen nicht so da und spannen mich auf die Folter. Erzählen Sie schon, was passiert ist. Ich will wissen, wie Sie Ihren Colt zurückerlangt haben, mein Junge, und lassen Sie nichts aus.«

Reed lachte. »Und ich dachte, Sie wären nie so richtig bei der Sache.«

Violette warf ihm ein schiefes Lächeln zu. »Das kommt darauf an«, entgegnete sie. »Ich gehe mit Ihnen zur Weide hinüber, dann können Sie mir alles berichten.«

»Es ist keine besonders interessante Geschichte. Genaugenommen ist sie sogar ziemlich langweilig«, meinte er, begann aber doch mit seinem Bericht.

Als er fertig war, klopfte Violette ihm auf den Rücken. »Es ist genau so, wie Dahlia gesagt hat: Sie benutzen Ihr Gehirn anstatt plumper Muskelkraft. Das gefällt mir. Ein gewöhnlicher Mann hätte sich aufgeblasen und wäre voller Herausforderung in die Sache hineingeritten, mit blitzenden Waffen. Mir gefällt Ihre Methode besser.«

Reed zuckte die Achseln. »Ich weiß nicht. Wo ich herkomme, bezeichnet man es als dumm, eine solche Sache mit blitzenden Waffen anzugehen.«

»Das entspricht auch eher meiner Auffassung. Es ist entschieden besser, sein Ziel zu verfolgen, ohne dabei die Fäuste spielen zu lassen.«

»Man lebt so auch länger.«

9

Im Laufe der folgenden Wochen beobachtete Reed immer wieder Verhaltensweisen an Susannah, die er nicht verstand. Eine Situation war dabei besonders auffällig.

Reed hatte sich entschlossen, die jüngsten der fünf Stuten, die Susannah und ihre Tante besaßen, zur Zucht zu verwenden. Da ihnen kein Hengst zu Verfügung stand, arbeitete Reed ein paarmal für Richter McCarthy und bat als Gegenleistung dafür, den Vollbluthengst des Richters, Texas Flyer, zum Decken bekommen. Richter McCarthy war so beeindruckt von Reeds Arbeit, daß er ihm erlaubte, Texas Flyer mitzunehmen und ein paar Wochen auf der Wakefield-Farm zu behalten. Texas Flyer war ein zu wertvolles Tier, um ihn sich einfach wahllos auf der Weide mit irgendwelchen Stuten paaren zu lassen.

Juan Flores, ein Helfer des Richters, traf mit Texas Flyer zusammen ein; denn das temperamentvolle Tier war an seine Gegenwart gewöhnt. Eines frühen Morgens führte Juan Texas Flyer auf die Koppel, wo Reed mit einer der Stuten wartete, die sie Schwarzäugige Susanne nannten.

Sobald Texas Flyer Schwarzäugige Susanne witterte, begann er zu schnauben und zu stampfen, warf den Kopf in die Luft und machte es Juan schwer, ihn zu halten. Reed sah Juans Schwierigkeiten und ließ die Stute stehen, wo sie angebunden war, um Juan zu unterstützen. Ein paar Minuten lang hatten sie beide alle Hände voll zu tun, den mächtigen Hengst zu bändigen.

Schließlich brachten sie Flyer bis auf zwei Meter an die Stute heran, aber Reed hielt Flyer zurück und erlaubte ihm nicht, die Stute zu bespringen, bevor er sich etwas beruhigt hatte. »Euer

Pferd hier müßte mal ein paar Manieren beigebracht bekommen. Ich habe noch nie einen Kerl gesehen, der sich so schlecht benimmt.«

»Sí, Señor. Ich sage das immer zum Richter, aber er hört nicht auf mich. Der Flyer ist zu wild, ist kein Gentleman. Ich hab' Angst, er könnte einer der Stuten was antun.«

»Das fürchte ich auch«, pflichtete Reed ihm bei und setzte seine ganze Kraft ein, den Hengst zurückzuhalten.

Schließlich begann sich der Draufgänger zu beruhigen. Reed brachte ihn näher an die Stute.

Flyer begann wieder, den Wilden zu spielen.

Reed zog ihn zurück zu der Stelle, wo sie vorher gewartet hatten.

Das wiederholten sie viele Male. Schließlich schien Flyer zu begreifen, daß man ihn nur zu der Stute lassen würde, wenn er sich anständig verhielt. Durch dieses Training blieb er so lange ruhig, bis sie ihm erlaubten, sich der Stute zu nähern.

Flyer hatte Schwarzäugige Susanne gerade besprungen, da hörte Reed jemanden kommen. Er schaute über die Schulter zurück und erkannte Susannah, die auf die Koppel zuschritt.

»Ich habe Sie gesucht. Tante Violette möchte, daß Sie ...« Susannah stockte. Sie bewegte sich nicht von der Stelle, und ihre Wangen verfärbten sich. Reed fiel unwillkürlich auf, wie schön ihre Augen waren, weit aufgerissen und auf die beiden sich paarenden Pferde gerichtet. Er fluchte leise, denn ihm wurde klar, daß dies kein geeigneter Platz für eine Frau war, und schon erst recht nicht für eine Person, die sich mit solchen Dingen nicht auskannte.

Susannah drehte sich heftig um und rannte davon. Verständlicherweise war sie entsetzt und peinlich berührt. Er konnte sie nicht einfach gehen lassen, ohne ihr wenigstens die Situation freundlich zu erklären.

Reed übergab Juan Flyers Führungsseil. »Bring ihn in die Box und reibe ihn ab. Ich bin gleich wieder da.«

Juan nickte. »Sí, Señor Reed. Wird erledigt, pronto!«

Reed machte sich auf die Suche nach Susannah.

Er fand ihren Sonnenhut auf der Wiese, der im allgemeinen Susannahs Gesicht so weit bedeckte, daß von der Seite nur ihre Nasenspitze zu sehen war. Eigentlich ganz ähnlich wie Scheuklappen... und auch passend zu ihrem Lebenskonzept...

Ohne zu zögern hob er den Hut auf. Er zog die Bänder durch seine Finger. Ob es ein gutes Omen war, daß sie ihn verloren hatte?

Schließlich fand er sie am Rand einer kleinen Wiese jenseits des Gartens. Sie saß auf einer Schaukel, die ihre Tanten für sie anfertigen ließen, als sie bei ihnen eintraf. Dort saß sie, und ihre Silhouette hob sich deutlich vor dem lebhaften Grün des Sommergrases ab.

Eigentlich verstand er nicht, warum er sich verpflichtet fühlte, etwas gegen ihr offensichtliches Unbehagen zu tun. Vielleicht wäre es das beste gewesen, sie auf ihre eigene Art damit fertig werden zu lassen und sich dann zu verhalten, als wäre nichts geschehen.

Doch das hielt er nicht aus. In ihm glühte eine verborgene Zärtlichkeit für sie, eine Zärtlichkeit, mit der er sie am liebsten umfaßt hätte, dieses Wesen, das wie eine Blume war, die nie blühte; als gäbe es ein Versprechen, das nie weiter zugelassen wurde als bis zum Stadium der Knospe. Er trat näher, sie hob den Kopf und starrte ihm mit hartem, anklagenden Blick entgegen.

»Was wollen Sie?« fuhr sie ihn an.

»Es tut mir leid, was geschehen ist. Auch wenn das eine völlig natürliche Sache ist, wegen der man eigentlich nicht peinlich berührt zu sein braucht, weiß ich, daß der Anblick Sie schockiert hat.«

Sie sprang von der Schaukel, fast als hätte man auf sie geschossen. Dann hastete sie ein paar Schritte davon und kehrte ihm den Rücken. Er sah, wie sie ihre Arme verschränkte, als versuche sie, bei sich selbst Trost zu finden. Er trat hinter sie und legte ihr gütig den Arm auf die Schulter.

Sie wirbelte herum, hätte fast mit einem Schlag seine Hand von ihrer Schulter gewischt, und sah aus, als wäre es entschieden verabscheuungswürdig, von ihm berührt zu werden. Ihre heftige Reaktion verblüffte ihn.

»Nehmen Sie Ihre Hände weg!«

»Ich wollte doch nur...«

»Ich weiß genau, was Sie wollten.«

»Sie sollen doch nur begreifen, daß es eine völlig natürliche...«

Schnaubend unterbrach sie ihn. »Sparen Sie sich die Mühe. Glauben Sie mir, wenn ich sage, daß es nichts, absolut nichts gibt, was Sie mir sagen könnten, das ich nicht schon weiß! Ich kenne Sie, kenne alle Männer. Und ich weiß genau, wie natürlich es ist, eine Nummer zu schieben.«

Erschrocken starrte Reed sie an, und es fiel ihm absolut keine passende Erwiderung ein.

So schnell wie er gekommen war, verschwand der wilde Ausdruck in Susannahs Augen auch wieder. Ihre nächsten Worte klangen leise, fast sanft. »Jetzt wissen Sie es«, sagte sie, und der Ärger, das Gift in ihrer Stimme war verflogen. Sie wurde noch weicher, als wollte Susannah sich gleichsam entschuldigen. »Jetzt wissen Sie, daß ich nicht bin, was ich zu sein scheine.«

»Was ist...«

»Das verstehen Sie nicht! Kann niemand verstehen.« Sie

schüttelte den Kopf, und Tränen standen in ihren Augen. »Sie werden nichts daran ändern. Lassen Sie mich nur einfach in Ruhe.«

Er streckte eine Hand zu ihr aus – eine Geste der Freundschaft, ohne Absicht –, aber der vorsichtige, fast ängstliche Blick erschien sofort wieder in ihren Augen.

»Bleiben Sie mir fern«, befahl sie. »Je ferner, desto besser. Ich warne Sie.«

Ohne jedes weitere Wort hastete sie davon in Richtung Haus und ließ Reed stehen. Er schaute hinter sich zu der Schaukel, wo sie noch vor wenigen Augenblicken gesessen hatte und sah zu, wie das Brett immer langsamer hin und her pendelte, bis es schließlich stehenblieb. Sein Blick senkte sich auf seine Hände, in denen er immer noch ihren verschmähten Hut hielt.

In jener Nacht lag Reed im Bett und konnte nicht schlafen; die Gedanken daran, was sie heute morgen angedeutet hatte, beschwerten sein Gemüt. Er war nach wie vor entsetzt über Susannahs Ausbruch und der dazugehörigen Wortwahl. Nicht nur, daß das überhaupt nicht zu der Frau paßte, die er inzwischen kennengelernt zu haben glaubte; sondern so sehr er sich auch bemühte, begriff Reed nicht, wie eine scheinbar so behütete und jungfräuliche Frau an einen Ausdruck wie »eine Nummer schieben« hatte geraten können. Und er war entschlossen, das herauszufinden.

Mit einem Seufzer drehte er sich auf die Seite und schloß die Augen. Es sah ganz so aus, als habe sich ein weiterer Grund zum Bleiben ergeben.

10

Wie gewohnt setzten sich Susannah und ihre Tanten nach dem Abendessen in den Salon.

Die Fenster standen offen. Draußen war es sehr still. Nichts rührte sich. Der Duft von Geißblatt aus dem Beet unter dem Fenster zog süß herein. Der Frieden der ländlichen Umgebung erfüllte das Zimmer, wo außer dem stetigen Ticken der Uhr auf dem Kaminsims kein Laut zu hören war.

Susannah dachte über die randvollen Körbe mit Beeren nach, die in der Küche standen. Sie fragte sich, ob es wohl um sechs Uhr morgens noch kühl genug war, daß sie sich daran machen konnte, Marmelade zu kochen. Oder sollte sie besser etwas früher aufstehen?

Ihr gegenüber saß Dahlia, die damit beschäftigt war, die perfekt viereckig geschnittenen Teile einer Quiltdecke zusammenzunähen, die sie fest in ihren rosa Händen hielt. Und die Blauglöckchen, die sie an ihren Spitzenkragen gesteckt hatte, wirkten noch genauso frisch wie am Morgen.

Susannah schaute von Tante Dahlia zu Tante Vi und lächelte. In Violettes Haar steckten Blüten, und die verwelkte Zinnie, die sie vor dem Frühstück gepflückt hatte, zierte standhaft ihr Oberteil. Zwei lebhafte rote Punkte in ihrem Gesicht bezeichneten – für jeden, der es eventuell nicht so recht erkennen konnte – die genaue Lage ihrer Wangenknochen. Heute trug sie zwei verschiedene Ohrringe: einen kleinen Goldknopf in ihrem linken Ohr und eine schwingende Schöpfung aus schwarzem Jett im rechten. Unter dem Saum ihres Kleides lugten ihre nackten Zehen heraus, und Susannah fragte sich, ob ihre Tante sich wohl noch erinnern konnte, wo sie ihre Schuhe gelassen hatte. Die gute Tante Vi! Es machte wirklich jeden

Morgen noch denselben Spaß, den es Susannah schon als Kind gemacht hatte, möglichst rasch die Treppe herunterzukommen, um ihren neuesten Einfall zu begutachten.

An diesem Morgen war es der Unterrock gewesen, denn sie erschien damit zum Frühstück über ihrem Kleid. Und dazu hatte sie bemerkt: »Was hat es für einen Sinn, einen roten Unterrock zu tragen, wenn man ihn gar nicht sehen kann? Man sollte ihn schon einmal sichtbar präsentieren. Was nützt es schon, etwas so Schönes zu besitzen, wenn es sonst niemandem zur Freude gereicht? Abgesehen davon finde ich, so sehe ich aus, als hätte ich ein ganz neues Gewand.«

Susannah nickte zustimmend. Tante Vi hatte recht. Es sah wirklich anders aus. Genaugenommen war auch Susannah davon überzeugt, daß ein roter Taftunterrock über einem blauen Kleid getragen das Aussehen völlig veränderte. Es war eine der Eigenschaften, die Susannah so sehr an ihrer Tante mochte, daß sie gern einfach ihren spontanen Eingebungen folgte. Sie schuf sich so eine Welt, in der Phantasie und Ideenreichtum immer freies Spiel hatten.

Violette war damit beschäftigt, eine Schale Hagebutten vom letzten Jahr durchzusehen. Dann trank sie noch ein Schlückchen von ihrem Portwein und sagte zu ihrer Schwester: »Was dich so schwierig macht, Dally, ist, daß du viel zu ernsthaft bist. Du gehörst zu jenen Leuten, die immer vernünftig leben und doch nie etwas davon haben.«

Dahlia sah sie entgeistert an. »Was – ich habe nichts davon? Ich weiß nicht, wie du darauf kommst, Schwester. Dieses Haus ist doch wirklich voll von Dingen, die ich gesammelt habe.«

»Das sind nur Sachen«, rügte sie Violette. »Ich rede von Erinnerungen, wahrgenommenen Gelegenheiten, und du sprichst von materiellen Werten.«

»Wenn du damit auf Elijah anspielen solltest…«

»Ich sagte doch wahrgenommenen Gelegenheiten, nicht versäumte.«

»Du hast immer geglaubt, ich hätte Elijah heiraten sollen«, klagte Dahlia.

»Nein, ich denke, du hast das immer geglaubt. Ich dagegen meinte, du hättest deinem Herzen folgen sollen.«

Dahlia schnaubte verärgert. Sie rückte einen der silbernen Kämme zurecht, die ihr Haar zurückhielten. »Bitte kein Mitleid«, sagte sie von oben herab. »Nur weil mein Name ein Miss davor hat, brauchst du noch kein Lamento zu veranstalten. Ich habe nicht so viel versäumt, wie du glaubst.«

Susannah hielt inne, die Nadel mitten in der Luft, und sah zu, wie Dahlia sich zurechtsetzte, um noch gerader auf ihrem Stuhl zu thronen, das Bild eines Menschen, der an etwas Anstoß genommen hat und entschlossen ist, auch pikiert zu bleiben. Susannah fragte sich, worüber ihre Tanten wohl gerade redeten.

Tante Dahlia tat immer, was man erwartete, Tante Vi niemals. Das Leben erschien ihr oft seltsam. Die Schwestern Wakefield waren alles, was sie hatte, und sie mochte sie beide sehr. Aber doch fragte sich Susannah manchmal, ob Tante Vi nicht recht hatte. Was war schließlich schon unbedingt wichtig? Worauf kam es im Leben wirklich an?

An wen von den beiden würde man sich eher erinnern? An die, die soviel Substanz hatte, wie sie auch an Lehren von sich gab?

Oder an die, die das Sonnenlicht einfing und in einen Regenbogen verwandelte?

Obwohl die beiden deutlich in die Jahre kamen, schien Tante Dally langsam alt zu werden, während das Wort, das Susannah mit Tante Violette verband eher … nun, Reife lautete.

Violette trank das letzte Schlückchen von ihrem Port und

stellte das Glas auf den runden Tisch neben sich. Sie schaute sich im Zimmer um und seufzte.

Susannah hatte sie oft genug studiert, um zu wissen, daß sie sich jetzt gern unterhalten wollte.

»Habt ihr gehört, daß der arme Mr. Smithers wieder das Gedächtnis verloren hat?« begann sie. »Er ist auf ein Pferd gestiegen, hat vergessen, wie man reitet und ist heruntergefallen!«

»Ich habe es gestern in der Kirche gehört«, sagte Susannah. »Alle haben darüber geredet. Der arme Mr. Smithers. Ein Glück, daß er sich nichts gebrochen hat.«

»Doch, hat er, und zwar den Arm«, korrigierte Dahlia.

Susannah starrte ihre Tante an. »Wo hast du das denn gehört?«

»Gestern in der Kirche.«

»Tante Dahlia, ich war gestern mit dir zusammen in der Kirche, als Mrs. Appleby und Miss Sally Mayfield dir von Mr. Smithers erzählten. Sie sagten nur, er wäre vom Pferd gefallen. Von einem gebrochenen Arm war nicht die Rede.«

»Ein Bein hat er sich auch gebrochen«, ergänzte Dahlia unbeirrt. »An drei Stellen.«

»Davon weiß ich nichts, weder vom ›Arm‹ noch vom ›Bein‹«, sagte Violette.

Dahlia kümmert sich nicht um den Einwand ihrer Schwester. »Erst hat er sich den Arm gebrochen ... dann das Bein.«

»Hat er nicht.« Violette sah ihre Schwester sehr streng an. »Dally Bradford, du hast dir das ausgedacht, so sicher wie morgens die Sonne aufgeht. Und ich muß dir sagen, daß mir diese Angewohnheit von dir in letzter Zeit zunehmend Sorgen macht.«

»Warum sollte es dir Sorgen machen, wenn ich erzähle, daß Mr. Smithers sich einen Arm oder ein Bein gebrochen hat?«

»Was mir dabei Sorgen macht, ist...« Violette verstummte

und unternahm einen neuen Anlauf: »So ungern ich es auch sage, Dally, aber ich habe den Eindruck, daß deine unangenehme Angewohnheit zu schwindeln in letzter Zeit immer mehr zunimmt.«

»Schwindeln!« krächzte Tante Dahlia und gab sich die größte Mühe, beleidigt zu klingen – und sie war besonders gut darin, beleidigt zu klingen.

»In der Tat schwindeln, und du brauchst dir gar keine solche Mühe zu geben, so zu klingen, als würde man dir unrecht tun. Genaugenommen ist es mehr als nur Schwindelei, liebe Schwester. Ich persönlich habe dich in der vergangenen Woche mehrmals bei falschen Aussagen ertappt. Unwahrheiten. Gelegentlich schreckst du nicht einmal davor zurück, regelrecht zu lügen.«

Susannah, der auch aufgefallen war, daß Tante Dahlia in letzter Zeit häufiger Unwahrheiten sagte, hörte mit großem Interesse zu und sah dabei abwechselnd Tante Violette und Tante Dahlia an. Ihr fiel auf, daß der Vorwurf an Tante Dahlia letztlich irgendwie abprallte.

Genaugenommen schien sie das Ganze nicht besonders zu berühren. Susannah fragte sich gerade, ob Tante Dahlia sich überhaupt verteidigen würde, da sagte sie: »Vielleicht werdet ihr das auch nicht mehr allzu lange ertragen müssen. Ich habe mich in letzter Zeit meinem Ende oft sehr nahe gefühlt.«

Susannah wußte, daß nun allmählich Tante Vi die Zweifel ihrer Schwester zerstreuen mußte – wie sie es gewöhnlich tat, wenn diese ihre Sätze mit einer Portion Selbstmitleid würzte. Also überraschte es sie sehr, als Tante Violette ohne Umschweife fragte: »Wie ist es also, wirst du nun die Wahrheit sagen oder weiter ausweichen und so tun, als wüßtest du nicht, worüber wir reden? Du hast in letzter Zeit öfters die Unwahrheit gesagt, stimmt's?«

Dahlia setzte ungerührt ihre Näharbeit fort und wählte ihre Worte langsam und sachlich. »Es ist doch völlig sinnlos, die Wahrheit zu sagen, wenn das Leben so schrecklich langweilig ist. Ich hasse es, alt zu werden. Ich verliere meine Haare, meine Zähne, meine Kräfte. Und dann?«

Violette sah Susannah an. »Darum sage ich ja, man sollte nicht zulassen, daß von seinen Träumen irgendwann bloß noch Reue übrigbleibt.«

Dahlia hatte sich wieder so weit erholt, daß sie fragen konnte. »Und wer von uns beiden schwindelt jetzt? Du sitzt doch wohl nicht da und willst behaupten, daß es dir Spaß macht, alt zu werden, oder?«

»Es macht mir nichts aus, alt zu werden. Jetzt können wir in der Kirche in der ersten Reihe sitzen.«

Susannah senkte den Kopf und verbarg ihr Lächeln hinter dem Kleid, das sie bestickte. Wie reizend ihre Tanten waren und wie sehr sie doch diese ruhigen Abende genoß, wenn Sie alle drei bei Näharbeiten saßen, sie mit einem Becher heißen Tees, ihre Tanten, die sich hier und da ein Schlückchen von dem einzigen Luxus ihres Lebens genehmigten, einem Glas Portwein, unter dessen Einwirkung sie jetzt auch etwas müde zu werden begannen. Dahlia fing an, langsam einzunicken, denn ihre Brille rutschte zusehends auf ihrer Nase nach unten, bis sie zusammenfuhr und sie wieder noch oben schob.

Tante Vi wurde plötzlich schlaff und ließ ihre Stickerei fallen. Ihr Kopf fiel nach hinten an die Sessellehne.

Susannahs Herz setzte einen Schlag aus. Voller Panik sprang sie auf und eilte zu ihrer Tante. »Tante Violette… Tante Violette«, wiederholte sie immer wieder und gab ihr Klapser auf die Hände. Violette rührte sich nicht. Einen Augenblick lang war Susannah wie taub; sie hielt die faltige Hand ihrer geliebten alten Tante. Tante Vi konnte sie nicht verlassen haben. Nicht jetzt. Nicht so.

Eine Träne rollte über ihre Wange, gefolgt von noch einer und noch einer. Bald weinte sie richtig. »Du darfst mich nicht verlassen, Tante Vi! Geh nicht fort!«

Susannah drückte ihr Ohr auf die Brust ihrer Tante und horchte, betete verzweifelt, sie möge doch etwas hören, so schwach es auch wäre. Sie hörte nichts und hielt den Atem an. Gerade wollte sie sich zurückziehen, da hörte sie etwas, ganz leise. Sie wollte laut aufjauchzen vor Freude, aber da Tante Vi immer noch bewegungslos dalag, wußte Susannah, daß jeder Augenblick zählte. Wenn Tante Vi auch nicht tot war, so doch womöglich nahe daran. Mein Gott, sie durfte nicht sterben!

»Sie ist tot, oder?« fragte Dahlia. Susannah ließ sich gerade genug Zeit, um ihre Hände zu küssen.

»Nein, sie atmet noch... ihr Herz schlägt sehr schwach.« Susannah ließ ihre Hände fallen und hastete los.

Zum ersten Mal in ihrem Leben sah Susannah die beiden nicht als die zwei Frauen, bei denen sie aufgewachsen war, sondern als zwei weißhaarige alte Damen, die nicht ewig leben würden. Dieser Wirklichkeit hatte sie sich nie gestellt: daß ihre Tanten sie einmal verließen. Der Gedanke, sie zu verlieren, brach ihr das Herz. Schnell wandte sie sich ab.

»Willst du den Arzt holen?« Dahlias Stimme klang spitz und ängstlich.

Susannah blieb gerade lange genug an der Tür stehen, um zu sagen: »Nein, Tante, ich gehe und hole Reed. Ihn schicke ich in die Stadt. Er kommt auf dem Pferd schneller voran, als ich mit dem Wagen.«

Susannah hastete hinaus und rannte den Pfad zu Reeds Unterkunft hinunter. Sie schrie schon seinen Namen, bevor sie an seiner Tür zu pochen begann.

In dem Augenblick als er die Tür öffnete, brach sie in Tränen aus. »Tante Vi…«

Er kam heraus, legte seine Hände auf Susannahs Schultern und versuchte, sie zu beruhigen. »Was ist los? Was ist geschehen?«

»Tante Vi! Sie stirbt! Gehen Sie Dr. Bailey holen, schnell! Sie ist bewußtlos. Ich weiß nicht, wie lange Sie noch hat…«

»Wo ist sie?«

»Im Salon!« schrie Susannah. »Sie verschwenden wertvolle Zeit. Wenn Sie meine Tante sterben lassen, werde ich…«

Reed war schon den halben Weg zum Haus hinauf. Susannah machte kehrt und rannte hinter ihm her.

Bis sie ihm in den Salon gefolgt war, hatte Reed sich schon neben Tante Vis Sessel gekniet. Er fühlte ihren Puls. Dann legte er seinen Kopf an ihre Brust und horchte nach ihrem Herzen. Er nahm die verwelkte Zinnie von ihrer Brust und öffnete den engen Kragen am Hals. Dann hob er nacheinander ihre Augenlider und beugte sich näher zu ihrem Gesicht.

Susannah war wie gebannt. Ihre ganze Aufmerksamkeit galt der Art, wie er ihre Tante untersuchte. Seine Hände. Seine schönen, schönen Hände. Sie war fasziniert davon, wie sie ihre Tante abtasteten. Es waren wirklich sanfte, wissende Hände. Reed Garretts Hände, nicht diejenigen eines rohen grobschlächtigen Landstreichers.

Er stand auf, wandte sich Susannah zu, und als erstes fiel ihr das Lächeln in seinem Gesicht auf. Als er jetzt leise lachte, wollte sie ihren Ohren nicht trauen. Dann sagte er: »Kein Grund zur Besorgnis!« Susannah war sprachlos.

Eine ganze Weile stand sie nur da und fühlte sich verwirrt. Kein Grund zur Besorgnis? Was maßte er sich da an? Ein Mann der Medizin zu sein?

Susannah war noch nie zuvor in ihrem Leben so sehr danach

zumute gewesen, jemanden zu ohrfeigen, wie jetzt. Ihre bewußtlose Tante lag womöglich im Sterben, und der Schuft lachte? »Kein Grund zur Besorgnis?« schrie sie und fuchtelte mit den Armen. »Wie können Sie nur so etwas sagen! Sehen Sie sie an! Um Gottes willen, sie ist bewußtlos! Sie könnte …«

»Beruhigen Sie sich!« Er hob die Hände. »Sie wird nicht sterben. Sie hat einen gründlichen Schwips.«

»Was?«

»Violette ist nicht bewußtlos, sondern betrunken. Und zwar bis zum Rand.«

»Betrunken?« Susannah traute ihren Ohren nicht. »Betrunken?« wiederholte sie fassunglos.

»Voll wie eine Haubitze. Lassen Sie sie ihren Rausch ausschlafen, und morgen früh wird es ihr wieder blendend gehen … Kopfschmerzen könnte sie vielleicht haben, aber sonst nichts.«

»Meine Tante ist betrunken?« Sie schüttelte den Kopf. »Ich kann es nicht glauben.« Plötzlich machte sie die Augen schmal und warf der Portweinflasche auf dem silbernen Tablett neben Tante Vis Sessel einen mißtrauischen Blick zu. »Sie wissen nicht, wovon Sie reden. Das ist doch blanker Unsinn. Sehen Sie sich bitte die Flasche an, die ist noch fast voll. Soviel kann sie gar nicht getrunken haben. Warum hören Sie nicht auf, den Doktor zu spielen, und reiten endlich in die Stadt, um Dr. Bailey zu holen?«

»Freilich kann ich den Doktor holen, aber er wird Ihnen dasselbe sagen. Ihre Tante hat nichts, was nicht eine Nacht Schlaf kurieren würde. Ich weiß nicht, wie ich es noch deutlicher erklären soll.«

»Und ich sagte Ihnen, sie kann gar nicht soviel getrunken haben. Sehen Sie sich die Portweinflasche an, wenn Sie mir nicht glauben. Es fehlt kaum etwas daraus, sicher nicht genug, um irgend jemanden zu benebeln.«

»Das war unsere zweite Flasche«, mischte Dahlia sich leise ein.

Die Besorgnis verließ Susannah nur zögernd. Sie hatte noch nie so viele verschiedene Zustände an einem Tag durchgemacht. Das war es wahrscheinlich, wovon man alt wurde, denn ihr war wahrhaft zumute, als wäre sie seit dem Frühstück um zehn Jahre gealtert. Aber sie konnte es doch nicht so recht glauben, also fragte sie ihre Tante: »Das war wirklich eure zweite Flasche?«

Dahlia nickte. »Ich habe sie aufgemacht – nicht lange, bevor Vi ohnmächtig wurde.«

»Warum?«

»Sie hatte doch den letzten Rest aus der anderen Flasche genommen. Weil ich auch noch etwas haben wollte, mußte ich wohl oder übel die nächste aufmachen.«

Reed beugte sich vor und hob Violette in seine Arme. »Wenn Sie mir ihr Zimmer zeigen, trage ich sie ins Bett.«

»Hier entlang.« Susannah nahm eine Kerze und ging voran. Sie trat an der Tür zur Seite, um Reed vorbeizulassen, der hineinging und Violette sanft in ihre Kissen bettete.

»Ziehen Sie ihr das Kleid aus und etwas Loses, Bequemes an, damit sie frei atmen kann. Lassen Sie sie schlafen, so lange sie will. Und wenn sie sich morgen früh schlecht fühlen sollte, geben Sie mir Bescheid. Ich kann dann etwas Selterswasser mit Kräutern für sie mischen.«

Dahlia, die ihnen gefolgt war, öffnete jetzt den Schrank und ging mit einem Nachthemd zu ihrer Schwester hinüber. »Ich mache sie fertig«, bot sie an.

Susannah bemerkte, daß Reed sich etwas unbehaglich zu fühlen begann, und mit gutem Grund. Er wirkte im Schlafzimmer ihrer Tante wirklich fehl am Platze.

»Dann gehe ich mal wieder«, meinte er. »Rufen Sie mich, wenn Sie mich brauchen.«

»Das tun wir«, versprach Dahlia. »Vielen Dank!«

Reed nickte.

Die junge Frau sah ihn sich zurückziehen, schwieg aber. Sie war zu verwirrt, zu sehr in Gedanken, zu verblüfft, um das einfach so hinzunehmen, was sie gerade erlebt hatte – oder wie es überhaupt dazu gekommen sein konnte.

Wie ruhig er gewesen war. Wie professionell. Wie korrekt. Er. Reed Garrett. Derselbe Reed Garrett, der erst vor kurzem in ihr Leben geritten war wie ein heimatloser Landstreicher.

Ohne so recht zu bemerken, was sie tat, folgte Susannah ihm, den Kopf voller Fragen. Woher wußte er, wie man einen Puls fühlte? Was hatte er da eigentlich gemacht, als er sanft auf ihre Brust geklopft und an ihrem Hals getastet hatte? Wie kam er darauf, ihre Augenlider zu heben und, noch wichtiger, wonach er dann schauen mußte?

Reed gelangte zur Tür und drehte sich zu Susannah um. »Gehen Sie jetzt auch schlafen. Machen Sie sich keine Sorgen wegen Ihrer Tante. Morgen geht es ihr bestimmt wieder gut. Ich gebe Ihnen mein Wort drauf.«

»Wer sind Sie?« fragte sie mutig.

Falls ihre Worte ihn überraschten, ließ er sich jedenfalls nichts anmerken. Er war gut darin, seine Gefühle zu verbergen; doch den Bruchteil einer Sekunde hatte sie das Glitzern einer Reaktion in seinen Augen wahrgenommen, das hätte sie schwören können.

»Wer sind Sie?« flüsterte sie noch einmal. »Oder was? Verbergen Sie etwas?«

»Ich bin niemand, vor dem Sie Angst zu haben brauchen, da können Sie ganz beruhigt sein.«

»Aber Sie spielen uns doch etwas vor. Das weiß ich. Sie sind nicht, was Sie zu sein vorgeben … was Sie uns glauben machen wollen!«

»Ich bin genau, was ich sagte.«

»Aber Tante Vi...«

»Ich bin ein Reisender, ein Mann, der kein Glück in seinem bisherigen Leben hatte, so stellte ich mich vor. Da ich Arbeit brauchte, war Ihre Tante so freundlich, mich hier als Farmhelfer zu beschäftigen. Sie verdrehen die Tatsachen. Es ist ganz natürlich, daß Sie sich Sorgen um Ihre Tante machen. Morgen erscheint es Ihnen sicher seltsam, daß Sie diese Fragen überhaupt gestellt haben. Gute Nacht!«

Bevor sie noch etwas einwenden konnte, war er hinausgegangen.

Sie sah zu, wie er die Treppe von der Veranda hinuntertrottete und in die Nacht hinaus. Aber sie wollte Antworten haben, und wenn sie sich einmal etwas vorgenommen hatte, machte sie nicht so leicht einen Rückzieher. Diese Sache ließ ihr keine Ruhe. Susannah war nicht der Typ, der aufgab. Morgen würde sie die Antworten auf ihre Fragen bekommen. Nein! Noch heute nacht...

11

Susannah war erst bis zum Obstgarten vorgedrungen, da sah sie das orangene Glühen eines Zigarillo im Dunkeln aufleuchten. Plötzlich flog es in hohem Bogen durch die Luft, und die Funken zerstoben sofort.

Reed trat vor sie. »Junge, Junge, Sie müssen ja ganz schön neugierig sein. Wenn ich mich nicht irre, ist das wohl das erste Mal, daß Sie im Dunkeln die Gesellschaft eines Mannes aufsuchen. Müßte Ihrer Persönlichkeit regelrecht zuwider sein, oder?«

Ihr Herz schien vorübergehend stehenzubleiben und pochte dann heftig los, als würde sie bergauf laufen. Es war spät nachts, und diese Intimität hatte sie sich nicht so richtig vergegenwärtigt. Es kam ihr auch der Gedanke, daß er ihre nächtliche Verfolgung eher als Ausdruck ihrer Panik als eine bewußte Entscheidung auffassen könnte.

Sie machte einen Schritt rückwärts. »Ich...«

Er trat näher, aus dem Dunkeln heraus ins bleiche Mondlicht, die Kanten seines Gesichts warfen Schatten und gaben seinem Aussehen etwas Beängstigendes. Sie erschauerte unter dem süßen, vertrauten Duft der Pfirsichblüten samt seiner Ausstrahlung. Der warme Körper eines Mannes. Eines Mannes, der heftig atmete.

Der Geruch und das Geräusch versetzten sie unvermutet zurück in ihre Kindheit, in Erinnerungen an die Zeit, bevor sie zu ihren Tanten gekommen war. Plötzlich geriet sie in Panik und rannte los.

Sie schoß zwischen den Bäumen hindurch, spürte die bleichen, samtenen Pfirsichblüten auf sich herabregnen, die ihre Haut mit der Weichheit und Zärtlichkeit einer Rehnase streiften.

Reed folgte ihr und rief immer wieder ihren Namen.

Als er sie erreicht hatte, faßte er nach ihrem Arm. Als er sie zu sich herumdrehte, versank die Welt um sie her. Sie war zu überrascht, als daß sie sich noch hätte bewegen können. Bevor sie wußte, wie ihr geschah, spürte sie seine Lippen auf den ihren. Das alles kam so unerwartet, daß es sie schüttelte. Seine Hände strichen über ihren Rücken, hoben sie zu sich empor, drückten ihren Körper eng an den seinen, und er begann, ihren Hals zu küssen.

Da traf die Wirklichkeit sie wie ein Schlag ins Gesicht. Es war wie ein eisiges Erwachen, und sie spürte, wie kalte Wut in ihr hochkochte. Sie stieß ihn von sich, und als er sie nicht loslassen wollte, wehrte sie sich gegen ihn, schlug um sich, spürte, wie ihre Hände sein Fleisch trafen. Dann befreite sie einen Arm ganz und hämmerte auf ihn ein.

Er knurrte und rief aus: »Was ist denn in dich gefahren?«

Sie warf den Kopf nach hinten und schloß die Augen, spürte ihren Rücken an die rauhe Rinde eines Baums gedrückt, das Federgewicht der Pfirischblüten, die auf sie heruntersegelten, die plötzlich unangenehm schwere Süße ihres Duftes.

»Bitte, sieh mich an!«

Hartnäckig schüttelte sie den Kopf. Das konnte sie nicht. Nicht jetzt.

Er war ein Mann, und vor langer Zeit hatte sie Männer als Feinde erkannt. Aber trotzdem wußte sie tief in ihrem Inneren, daß nicht Reed der Feind war. Letzterer lag in ihrem Herzen, ein Erbe, die Hinterlassenschaft ihrer Mutter, ihrer schönen Mutter mit der honigsüßen Stimme, die im Alter von neunundzwanzig in einem Bordell in New Orleans gestorben war und eine Tochter hinterlassen hatte, die viel, viel mehr wußte, als einem Kind zuträglich war.

»Sag es mir«, flüsterte er. »Sag mir, wovor du solche Angst hast.« Seine Stimme war nur ein Hauch, seine Gegenwart, seine Nähe allein machte ihr schon angst und war doch auch irgendwie willkommen. »Susannah, wovor fürchtest du dich?« Er klang eindringlich, als lege er Wert auf jede Silbe. »Du brauchst nicht vor mir wegzulaufen. Ich werde dir nicht weh tun.«

Wie konnte sie es ihm sagen? Wie konnte sie ihm verständlich machen, daß sie sich nicht vor ihm fürchtete? Es war die größte Angst ihres Lebens, sie würde vielleicht irgendwann genauso werden wie ihre Mutter – ihre schöne Mutter, die ihr Leben in einem Freudenhaus in der Basin Street von New Orleans weggeworfen und eine uneheliche Tochter geboren hatte, ein Hurenkind, dem eine Hinterhofhebamme in einer Dachkammer auf die Welt half?

Würde er verstehen, daß sie die ersten Jahre ihres Lebens aufgewachsen war in dem Wissen, daß sie sich eines Tages zu den leichten Mädchen einzureihen hätte – in jener beliebten Mutter-Tochter-Folge, die es in allen Hurenhäusern von New Orleans gab. Diese Duos konnten bis zu fünfzig Dollar pro Nacht für sie beide einbringen…

Susannah wandte den Kopf ab. Die Scham erfüllte sie bis ins Innerste. Nein, er würde sie nicht verstehen. Wie sollte er, wenn sie es selbst nicht einmal konnte? Wie sollte es ihm etwas bedeuten, daß ihre Mutter als Dame geboren worden war, gebildet und in feiner Umgebung aufgewachsen, wo sie einst echte Seidenstrümpfe getragen hatte; wo man ihr goldgeprägte Visitenkarten von Freunden und Bekannten gebracht hatte? Sie hatte keine Worte, um zu erklären, daß ihre süße, aus besten Kreisen stammende Mutter, die immer nach Geißblatt und Rosen duftete, eine Hure gewesen war.

Sie spürte die Wärme seiner Handfläche, die sich sanft an ihre Wange legte. Als seine Haut die ihre berührte, erstarrte sie, und den Rest seiner Worte schien sie kaum zu hören oder wenigstens ihre Bedeutung nicht zu verstehen. Er zog die Hand zurück, und sie starrte darauf, dieselbe Hand, die sie so fasziniert hatte, als er sich um Tante Vi kümmerte.

Seine schönen Hände. Sie kämpfte gegen das Verlangen an, ihr Gesicht hineinzulegen, die Handflächen zu küssen, ihre Kraft in sich aufzunehmen. Sie erinnerte sich an eine Skizze von Michelangelo, die sie einmal gesehen hatte. Darin war die Hand Gottes ausgestreckt, der Zeigefinger auf den eben erschaffenen Adam gerichtet. Sie hatte genau gewußt, was das bedeutete. Indem Er mit Seinem Finger Sein Geschöpf berührte, brachte Er es zur Vollendung.

Reed hatte so ähnliche Hände. Wenn er sie berührte, konnte sie ihm da noch widerstehen?

Ihr Verstand war plötzlich leer, Susannah wie gelähmt. Es schien keinen Ausweg zu geben. Sie konnte nur dastehen und ihn anstarren, sich dummerweise der Gnade jener Hände ausgeliefert fühlen. Nur ihr Körper machte ihr bewußt, wieviel Angst sie vor ihm hatte. Sie sah, wie sich ihre eigenen Hände hoben, als wollte sie ihr Gesicht damit bedecken. Mit geschlossenen Augen betete sie, er möge einfach verschwinden.

Sie hörte ihn leise lachen. Dann murmelte er: »Ich bin ein Mann von endloser Geduld.«

Durch seine Nähe war ihre Kehle wie zugeschnürt. Sie öffnete die Augen und sah sein strahlendes Lächeln.

»Na also«, meinte er. »Schon besser.«

»Für Sie vielleicht!«

»Sie sind extrem schüchtern, was Männer betrifft, kann das sein?«

Extrem schüchtern, was Männer betrifft? Sie? Am liebsten hätte sie den Kopf in den Nacken geworfen und geheult. Sollte sie ihm aufzählen, wie die einzelnen Teile eines Männerkörpers aussahen – *alle* Teile? Wie dumm er war! Wie ahnungslos! Jetzt hätte sie fast laut gelacht.

Immerhin, dachte sie, Miss Eleanore Savannah hatte ihre kleine Tochter doch so weit behütet, daß sie unschuldig übergeben werden konnte, als ihre Tanten damals in Madame Broussards Pariser Club gerauscht kamen wie zwei Racheengel. Und vielleicht würde Reed sich wundern, wenn sie ihm erzählte, daß sie selbst jetzt, sechzehn Jahre nach jenen Ereignissen noch Jungfrau war: reinen Körpers … wenn schon nicht reinen Geistes.

»Sagen Sie mir eines«, begann er noch einmal.

»Was denn?«

»Warum sind Sie mir gefolgt?«

Sie antwortete nicht.

Er legte eine lange, wohlgeformte Hand um ihr Kinn und drehte ihr Gesicht so, daß das Mondlicht darauffiel. »Ich habe endlose Geduld, wissen Sie noch?«

Susannah nahm einen neuen Anlauf. »Ich wollte mich erkundigen, wer Sie sind… wer Sie wirklich sind.«

»Was meinen Sie damit?«

»Zweifellos sind Sie kein einfacher Farmarbeiter. Hinter Ihnen steckt mehr, als man auf den ersten Blick sieht. Da gibt es zu viele Anzeichen von guter Erziehung, und Ihre Bildung ist offensichtlich. Da muß ich mich doch fragen, wieso ein solcher Mann sich freiwillig für das Leben eines Landstreichers entscheidet, eines Handlangers, obwohl Sie doch einmal in anderen Verhältnissen lebten.

Ich habe Ihnen heute abend bei meiner Tante zugesehen. Das alles war Ihnen viel zu selbstverständlich und vertraut; kein Landstreicher hätte je so geschickt und erfahren wirken können. Sagen Sie mir: Sind Sie Arzt?«

Schweigend sah er auf.

»Sie sind nicht der einzige Mensch mit endloser Geduld.«

Leicht strich er mit dem Handrücken über ihre Wange. »Es gab eine Zeit in meinem Leben, da wollte ich Arzt werden. Ich habe sogar ein Jahr lang in Edinburgh Medizin studiert.«

Der Versuch war gut und die Erklärung brauchbar, aber Susannah glaubte sie keinen Augenblick. Sie würde ihre beste Sonntagshaube und ihren Paisley-Umhang darauf verwetten, daß der Mann etwas verbarg. Aber er hatte ihre Gefühle so sehr in Aufruhr versetzt, daß sie es für besser hielt, die Sache vorerst auf sich beruhen zu lassen. Sie wollte gerade zum Haus zurückkehren, da gab er der Sache eine neue Wendung.

»Ich muß schon sagen, daß ich noch nie jemandem begegnet

bin, der so charmant ist wie Ihre Tante Violette und ihr Hang zum Portwein.«

Susannah lächelte unwillkürlich. »Ja, ihren Port liebt sie wirklich.«

»Ein wenig Entspannung steht ihr ja auch zu.«

»Stimmt!«

»Vielleicht könnte etwas Ähnliches auf Sie ebenso zutreffen.«

»Das verstehe ich nicht.«

»Ich glaube doch. Ich glaube, Sie wissen ganz genau, was ich meine; aber Sie haben Angst, es zuzugeben.«

Irgend etwas drückte ihr Herz zusammen wie eine sanfte Faust. Plötzlich kam ihr zu Bewußtsein, daß sie gerade die Erfahrung eines Gefühls machte, das sie noch nie gehabt hatte. Ansatzweise erkannte Sie es als Begehren, die einzige Empfindung, vor der sie ihr ganzes Leben in Angst gelebt hatte – Angst, daß sie ihr am Schluß Schmerzen bereiten würde. Wie seltsam, daß das Begehren jetzt, wo sie es kennenlernte, gar nicht schrecklich war und ihr weder Scham noch Schmerz verursachte.

Statt dessen erfüllte es sie eher mit Sehnsucht und der Erkenntnis, wie leer ihr Leben tatsächlich bisher gewesen war.

Seltsam. Wie konnte etwas gleichzeitig so neu und doch so vertraut sein? Als wären ihre Sinne erst jetzt lebendig geworden, spürte sie ganz lebhaft seine Nähe, den Duft seiner Haut, selbst die Oberfläche der geharkten Erde unter ihren Füßen, das Aroma der linden Lüfte, den Rhythmus ihres Herzschlags. Am liebsten wollte sie sich abwenden, davonlaufen, so schnell ihre Beine sie tragen konnten, zurück zum Haus, in die Sicherheit ihres Zimmers; aber irgend etwas hinderte sie daran.

»Ich frage mich, was Sie tun würden, wenn ich Sie jetzt berühre?« fragte er. »Wenn ich meinen Finger über Ihre Wange streichen lasse oder damit der Linie Ihres Halses folge bis dahin, wo er in die Rundung der Schulter übergeht? Wie würden Sie reagieren, wenn ich meine Arme um Sie legte, wie ich es mir in den vergangenen Wochen so oft ausgemalt habe? Würden Sie mich ohrfeigen? Oder würden Sie sich umdrehen und davonlaufen?«

»Und wenn ich keines von beiden täte – was würden Sie machen?«

»Ich würde Sie weiter berühren«, gestand er. »Noch mehr und noch mehr, bis ich erfüllt wäre von dem Verlangen, mehr zu erfahren.«

»Mehr?«

»Viel mehr. Ich habe kaum an etwas anderes gedacht, seit ich hier bin.«

»Erzähle mir davon«, wagte sie zu flüstern.

Auch seine Stimme war ganz leise. »Ich träume davon, wie dein Körper sich an den meinen schmiegte, wenn ich dich in die Arme nähme wie jetzt. Ich träume davon, wie ich deinen Atem auf meiner Haut spürte, wenn ich dein Gesicht küssen würde wie jetzt. Die Empfindung deines Mundes, der sich dem meinen öffnet. Der kleine Laut, den du von dir geben würdest, wenn du meinen Kuß erwiderst.«

Seine Lippen berührten die Rundung ihrer Wangen, zart wie Blütenblätter. Ihr Atem stockte, überwältigt von der Kraft ihres Herzschlages, der ihr die Brust eng machte und in ihren Schläfen dröhnte. Der Mund, der ihr Gesicht gestreift und so bezaubernde Worte geflüstert hatte, schloß sich über dem ihren. So gut sie sich auch auskennen mochte, war sie doch völlig unvorbereitet auf den Ansturm von Gefühlen, die überall gleichzeitig zu sein schienen und sich bis in die fernsten Winkel ihres Körpers ausbreiteten.

Plötzlich verstand sie, daß all das Wissen, das sie aus Beobachtungen gewonnen hatte, eine Welt entfernt lag von den Erfahrungen, die auf Handlungen und Empfindungen beruhten. Wie sauber er duftete, wie weich sein Haar die Seite ihres Gesichts streifte, wie warm seine Lippen sich auf den ihren bewegten mit zärtlichem, sanftem Druck – der ihre Lippen kribbeln, ihr Herz vor Erregung heftig pochen ließ und ihr Denken füllte mit einem Schrei nach mehr, nur mehr!

Aus Angst umzufallen griff sie nach seinen Schultern und fragte sich, ob er wohl spürte, wie sie am ganzen Körper bebte.

»Ich denke, wir haben einen noch besseren Weg zur Verständigung vor uns, und so schwierig es auch sein mag, jetzt aufzuhören, könnte ich mir doch einen bequemeren Ort zur Fortsetzung vorstellen.«

Ein Schauder ergriff sie, und sie starrte ihn durch einen dichten Nebel von Sehnsucht an. Trotzdem begannen seine Worte langsam ihre Verwirrung zu durchdringen. Eine Fortsetzung *an einem bequemeren Ort...*

Visionen von nackten Körpern, die auf einem Bett umschlungen waren, packten sie wieder. Das war die Wirklichkeit, nicht dieses schwebende Gefühl. Sie wußte doch nur allzugut, daß, wie dringlich, heiß oder leidenschaftlich das Begehren auch zum Ausdruck gebracht werden mochte, es doch nie von Dauer war.

Die Scham allerdings schon.

Sie stieß ihn von sich, und er stolperte gerade soweit rückwärts, daß sie unter seinem ausgestreckten Arm davonlaufen konnte. Und schon rannte sie wieder unter den Pfirsichbäumen dahin. Hastig keuchte sie den Pfad zum Haus hinauf und hinterließ nichts als den Mann mit dem Schmerz auf dem Gesicht und die Pfirsichblüten, die wie Schneeflocken zu Boden segelten.

Mit einem Fluch lehnte Reed seine Stirn an den Baumstamm. Später, als er die Fassung zurückgewonnen hatte, nahm er sein Messer aus der Tasche. Von vergeblichem Verlangen angetrieben, schnitt er ein Herz und dann ihre Initialen in den Baum.

In diesem Augenblick ahnte er nicht, daß sie schon am nächsten Nachmittag zurückkommen würde auf der Suche nach den verlorenen Zärtlichkeiten, daß sie unter den knorrigen Ästen stehen und das Herz und die Initialen küssen würde, die sie dort fand.

12

Reed war schon vor Tagesanbruch auf. Er beendete seine morgendlichen Pflichten früh und schickte sich an, nach Violette zu sehen. Zumindest wollte er, daß man das glaubte. Natürlich wußte er, daß die Lady sich bestimmt hervorragend fühlen würde – vielleicht mit ein wenig Schädelbrummen, aber sonst prima. Tatsächlich wollte er unbedingt Susannah sehen.

Er entdeckte sie, bevor er das Haus erreicht hatte. Sie spazierte daher, im fahlen Licht des frühen Morgens ins Gespräch mit Pfingstrose, der Milchkuh, versunken, die sie von der Weide heraufführte, wobei sie sich durchs feuchte Gras bewegte wie eine Tänzerin. Hinter ihr war die Sonne wie ein Fächer am Horizont ausgebreitet. Die Luft des frühen Morgens roch nach feuchtem Gras und süß nach dem blühenden Geißblatt. Ein Vogel im Maulbeerbusch erfüllte die Luft mit dem Fest seines Gesangs und schien ebenso hingerissen von der Schönheit des Augenblicks wie Reed.

Beschwingt kam sie des Weges mit eleganten, aber doch natürlichen Bewegungen, die in perfektem Rhythmus ineinanderflossen und einen Tanz schufen, wie er ihn noch nie gesehen hatte. Wie ungehemmt sie doch jetzt war, wie kindlich und anmutig. So hatte er sie noch nie erlebt, und ihm wurde klar, daß sie die Schönheit ihrer Seele nur zum Ausdruck brachte, wenn sie allein war.

Von dieser wirklichen, ausdrucksvollen, gefühlvollen Susannah wollte er sich nichts entgegen lassen; so blieb er noch eine Weile stehen, halb hinter dem Wagen verborgen, zufrieden damit, ihr zuzuschauen, bis sie seine Anwesenheit von sich aus bemerkte.

Direkt vor dem Tor blieb Pfingstrose stehen, streckte den Hals nach vorn und ließ ein langgedehntes, sanftes »Muuhhh« ertönen, das Susannah offensichtlich erfreute; denn sie warf der Kuh die Arme um den Hals und begann zu lachen. Noch nie hatte er bei ihr ein solches Lachen gehört. Fröhlich. Spontan. Von Herzen. Am liebsten hätte er es irgendwie eingefangen und aufbewahrt für jene Zeiten, die irgendwann kommen würden, wenn es keine Susannah mehr in seinem Leben gab. Aber träumen dürfte er... *Wenn ich so jemanden hätte wie dich.*

Susannah löste ihre Arme vom Hals der Kuh. Sie nahm wieder das Seil in die Hand und begann vor ihr herzutanzen, singend, hüpfend, sich drehend, dann wieder zurück zu der Kuh, um ihr ein paar aufmunternde Worte zuzuwerfen. Es war ihre Körpersprache, die ihre Kraft und Ausdrucksfähigkeit vermittelte, all jene Dinge sagten, die Susannah nicht zeigen konnte oder wollte. Ihre Seele war wild und frei, ganz so wie ihr Körper es signalisierte. Nur ihr Denken war erstarrt.

Aber warum?

Ein Hahn auf dem Zaun hinter ihm krähte. Er hörte das Flügelschlagen von Närrchen, dann einen dumpfen Knall und ein ersticktes Schnarren aus der Kehle der Gans. Normalerweise hätte er bestimmt hingeschaut und wahrscheinlich auch gelacht. Aber nicht heute. Heute galt seine ganze Aufmerksamkeit Susannah, und nur ihr.

Er sah sie in die Richtung des Lärms schauen und erstarren, als sie ihn entdeckte. Vor seinen Augen erlosch ihre Natürlichkeit und ihr kindliches Verhalten. Statt dessen sah er wieder die streng beherrschte Frau, die er kannte.

»Was tun Sie denn hier?« fragte sie. »Ihre Arbeit…«

»…Ist schon erledigt. Ich bin heute früh aufgestanden.«

»Sie sehen aus wie ein Mann mit einem bestimmten Ziel. Was haben Sie vor?«

»Ich bin auf dem Weg zum Haus, um nach Ihrer Tante zu schauen.«

»Tante Violette geht es vorzüglich. Ich glaube nicht, daß es nötig ist, sie zu stören.«

Erst wollte er protestieren, dann wurde ihm klar, daß sich das nicht empfahl. Je mehr er sagte, desto eher würde sie wieder zu bohren anfangen, und dann würde er vielleicht Dinge von sich preisgeben, die besser blieben, wo sie hingehörten – und Schluß!

Plötzlich erkannte er, wie ähnlich sie beide sich eigentlich waren. Es lag auch etwas in ihrer Vergangenheit, das sie für sich behielt, etwas, das in ihrem Verhalten immer wieder einen Bruch darstellte. Da sie ihrer Vergangenheit verbot, sich zu Wort zu melden, war sie verstummt, und dieses Schweigen hatte auch ihre Seele im Griff. Es erstickte ihre Freude, ihre Fröhlichkeit, ihr Lachen. Sie war ein Pfau, der sich für einen Spatzen hielt. Er fragte sich, wie lange das Versteckspiel wohl dauern würde.

Nicht daß er ihr daraus einen Vorwurf machen wollte – alles andere als das, trug er doch eine ganz ähnliche Last. Doch während sie die Augen vor der ihren verschloß, hatte er sich entschieden, vor der seinen davonzulaufen. Wie seltsam, daß ihm erst ihre Blindheit auffallen mußte, bevor er seine eigene wahrnahm. Und jetzt, wo er sie sah, wußte er nicht mehr so recht, was er damit anfangen sollte. Er konnte nichts anderes als davonlaufen. Es half ihm zu vergessen, und sei es auch nur für eine Weile.

»Warum schauen Sie mich so an? Stimmt etwas nicht?«

Aus seiner gedankenverlorenen Starre aufgeschreckt, begriff er doch nur, daß sie eine Frage gestellt hatte. Er brachte nicht mehr zustande als ein schwaches: »Was?«

Pfingstrose warf den Kopf hoch, und Susannah beruhigte sie. Es war ganz offensichtlich, daß Susannah sich über ihn geärgert hatte, und das zeigte sie jetzt. »Ich habe Sie gefragt, wo Sie hinschauen. Sie waren dabei, mir ein Loch in den Bauch zu starren.«

»Entschuldigung. Ich war etwas in Gedanken verloren.«

»Verloren ist das richtige Wort. Einen Moment lang sah es so aus, als existierte da niemand.«

Reed hätte am liebsten laut gelacht. Wenn sie ahnte, wie lange er wirklich nicht existierte ... furchtbar lange. Seit Jahren war er innerlich wie tot, und doch, gerade in diesem Augenblick, wo er neben ihr stand, spürte er etwas Vertrautes, einen Duft, den er schon einmal gerochen, einen Weg, den er vor langer, langer Zeit schon einmal beschritten hatte.

Er zwang sich zum Sprechen, wollte seine Worte möglichst leicht klingen lassen. »Das ist eine schlechte Angewohnheit von mir – diese Tendenz, so abwesend zu sein, daß ich manchmal nicht einmal mehr weiß, wo ich bin.«

»Woran haben Sie gedacht?«

»Ich habe mich an etwas erinnert.«

»Aus einer schmerzlichen Vergangenheit?«

»Sehen Sie Ihre Vergangenheit so? Als schmerzlich?«

Sie wickelte Pfingstroses Seil um ihre Hand, offensichtlich erregt. »Das haben Sie mir in den Mund gelegt.«

»Ich war nur neugierig, weiter nichts.«

»Neugierige Menschen haben ein schlechtes Gedächtnis.«

»Sprechen Sie aus Erfahrung?«

»Ich wiederhole nur, was ich einmal aufgeschnappt habe.«

»Meine Version klingt anders; die Neugierde ist ein Schlüsselloch, hinter dem sich viele Augen drängen. Und so ungern ich es zugebe, Neugier ist auch eine meiner Schwächen. Tja! Nun kennen Sie schon zwei meiner Charakterschwächen.«

Sie fand das nicht komisch. »Ihre Schwächen interessieren mich nicht. Ich muß Pfingstrose melken.«

»Ach, richtig, Pfingstrose! Die Kuh mit dem ungewöhnlichen Namen. Haben Sie sie so genannt?«

»Nein, Tante Violette.«

Er lächelte.

»Finden Sie das komisch?«

»Schon irgendwie. Bei vielen ihrer amüsanten Seiten denke ich immer wieder, was für eine bemerkenswerte Frau Ihre Tante doch ist. Ein Original. Ein Bündel köstlicher exzentrischer Einfälle.«

Sie streichelte Pfingstroses Hals und sah ihn mit einem verwirrten Blick an. »Manchmal sagen Sie schon seltsame Dinge. Sie gebrauchen Worte, die normale Leute nicht gebrauchen würden. Das mag daher kommen, aus welcher Umgebung Sie stammen, aber ich glaube es eigentlich nicht. Da ist noch etwas, das Sie anders macht. Ich weiß noch nicht, was es ist, aber ich werde es schon noch herausfinden.«

»Ich wollte sagen, daß Ihre Tante anders ist. Sie ist ganz sie selbst. Sie tut nie etwas genau so, wie man es erwarten würde oder wie es alle anderen tun. Nicht einmal wenn es darum geht, den Tieren auf ihrem Hof einen Namen zu geben.«

Plötzlich strahlten ihre Augen und waren voller Wärme. »Ihre Seele leuchtet irgendwie aus einer besonders innigen Art von Freude heraus.«

»Sie stehen ihr sehr nahe, stimmt's?«

»Ich bewundere sie – und schulde ihr soviel. Sie war mir immer wie eine Mutter. Ich kann mir nicht vorstellen, wie mein Leben ohne sie ausgesehen hätte. Natürlich liebe ich Tante Dally auch und möchte ihre Qualitäten nicht schmälern. Es ist nur so, daß Tante Vi... ich werde sie schrecklich vermissen, wenn sie eines Tages nicht mehr ist.«

Ihre Stimmte berührte ihn. Sie berührte ihn. Er hätte sie am liebsten auch berührt, und das nicht nur im körperlichen Sinne. Sie sah gerade so frisch aus, so rein, wie sie in ihrem einfachen blauen Kleid dastand. »Sie werden immer einen Teil von ihr in sich tragen, der in ihrer Erinnerung weiterlebt, in den Dingen, die Sie von ihr gelernt haben.«

»Ja. Sie hat tiefe Spuren hinterlassen. Es wird mir immer leichtfallen, ihnen zu folgen.«

Er nahm ihre Worte in sich auf und dachte darüber nach. »Sie haben wirklich eine besondere Fähigkeit, sich auszudrücken. Und eine Weisheit, die weit über Ihr Alter hinausgeht.«

»Bah! Weisheit kommt nicht durch Alter zustande, sondern durch Erfahrung.«

»Und Sie haben viele Erfahrungen hinter sich, ist das richtig?«

Sie schwieg so lange, daß er, da er den Blick nicht auf ihr Gesicht gerichtet lassen wollte, genug Zeit hatte, sich einzuprägen, wie die Linie ihres Halses verlief, ihre schmalen Schultern, der Hauch von blonden Härchen auf ihrem Arm, die Innenkurve ihrer Taille, die Wölbung ihrer Hüften und all das, was dazwischen lag.

»... genug davon!«

Darauf wollte er ihr rasch eine Antwort geben, doch dazu kam es nicht; denn in diesem Augenblick schüttelte Pfingstrose heftig ihren Kopf, und ihre Glocke bimmelte laut, wie um das Ende ihrer Geduld einzuläuten. Zumindest mußte Susannah es so aufgefaßt haben, denn sie sagte: »Es wird Zeit fürs Melken. Entschuldigen Sie.«

Sie zog am Seil und umrundete Reed mit der Kuh so knapp, daß er die Hand ausstrecken und die bezaubernde Rundung ihrer Wange hätte berühren können. Natürlich ließ er das lieber bleiben und gab sich damit zufrieden, ihr nachzusehen, bis sie in der Dunkelheit des Stalltors verschwand. Erst als sie fort war, flüsterte er die Verse, die er vor so langer Zeit gelernt hatte – Worte, die bis dahin keine Bedeutung für ihn gehabt hatten: *Manch eine Blume wird geboren, um im Verborgenen zu blühen, und ihre Süße vergeht in der Einsamkeit.*

Noch eine ganze Weile starrte er die Stelle an, wo sie eben gestanden hatte, als könnte er damit ihr Zusammensein verlängern. Das gelbe Licht des Morgens wurde heller. Der Hahn krähte noch einmal, nur diesmal nicht gefolgt von Närrchens Flügelschlagen. Im Maulbeerbusch sang der Vogel weiter.

Alles war so wie vorher. Und doch auch wieder anders.

Reed wartete noch ein Weilchen; dann ging er, obwohl sie ihm geraten hatte, ihre Tante nicht zu stören, doch zum Haus hinauf. Als er die hintere Veranda betrat, sah er Dahlia auf einem Schaukelstuhl sitzen. Sie sortierte Gemüse aus einem Korb neben sich.

»Guten Morgen«, wünschte er, und warf einen Blick auf einen roten Fleck an ihrem Arm. »Haben Sie sich verbrannt?«

Dahlia sah nicht auf. »Gestern abend, als die Petroleumlampe vom Tisch gefallen ist. Aber wer interessiert sich schon dafür?«

»Die Petroleumlampe? Sind Sie sicher? Ich habe gehört, wir hätten kein Petroleum mehr. Susannah erwähnte, Sie hätten schon seit letzter Woche nur noch Kerzenlicht.«

Dahlia band konzentriert ein Bündel wilden Buchweizens zusammen, aber ihr kurzer Blick in seine Richtung entging ihm nicht, und auch nicht die leise Variante: »Vielleicht habe ich mich auch nur am Herd verbrannt.«

Er zwang sich, ernst zu bleiben. »Es ist eine ziemlich große Verbrennung. Haben Sie irgend etwas daraufgetan?« Das fragte er, obwohl er wußte, daß sie es garantiert gründlich mit einem ihrer Hausmittel behandelt hatte.

»Wofür halten Sie mich? Für einen Dummkopf? Natürlich habe ich etwas daraufgetan.«

»Was denn?«

Sie legte den Kopf zur Seite und warf ihm einen Blick zu, der zu erkennen gab, daß sie ihm keine Spur vertraute. »Warum wollen Sie das wissen?«

»Nur aus hygienischen Gründen – damit es sich nicht infiziert. Sie ...«

»Gekochte Zwiebeln mit Salz«, sagte sie, ohne ihm richtig zuzuhören. »Dann habe ich noch Holunderbeerrinde mit Fett dazugemischt. Und heute morgen habe ich Tausendgüldenkraut-Tee mit Dachsöl zubereitet.«

»Mein Gott! Und das haben Sie getrunken?«

»Wie kommen Sie denn auf so einen Unsinn? Wofür halten Sie mich – eine Idiotin? Die Verbrennung ist doch nur äußerlich.«

Reed zuckte mit den Schultern. »Gut.« Er schaute zur Küchentür. »Ist Violette schon aufgestanden?«

»Natürlich. Glauben Sie etwa, sie hätte nichts zu tun?« Sie verstummte. »Was wollen Sie denn von Vi?«

»Nur mal nachsehen, wie es ihr geht.«

»Wie es einem eben geht, wenn man zuviel Port getrunken hat, oder?«

Trotzdem klopfte er an die Tür. »Sie soll nur wissen, daß ich mir Sorgen mache.«

»Wenn das alles ist, kann ich es ihr mitteilen.«

»Ich möchte es doch gern selbst tun.«

»Also, dann gehen Sie nur hinein, bitte sehr! Warum haben Sie überhaupt die ganze Zeit im Gespräch mit mir verplempert? Meinetwegen sind Sie ja wohl nicht gekommen. Niemand kommt je meinetwegen!«

»Sind Sie sicher, daß ich eintreten kann?«

»Natürlich. Haben Sie Angst, Sie könnten sie im Unterkleid überraschen?« Sie lachte. »Nun sehen Sie nicht aus wie ein Sack Kartoffeln, sondern gehen Sie endlich. Sie ist im Wohnzimmer und tut so, als würde sie Flickarbeiten erledigen, dabei macht sie nur ein Nickerchen.«

Er nahm den Hut ab, öffnete die Tür und betrat die Küche. Eine Kasserolle mit Hühnereintopf brodelte auf dem Herd, erfüllte die Luft mit köstlichem Duft und erinnerte ihn daran, daß er das Frühstück versäumt hatte. Im Vorübergehen schnappte er sich einen Keks vom Teller auf dem Tisch und ging dann den Flur hinunter zum Wohnzimmer.

Dort saß Violette in einem Schaukelstuhl am offenen Fenster. Heute trug sie den roten Unterrock unter dem Kleid; doch er konnte einen Teil der Rüschen hervorlugen sehen. Ein rosa Häkeltuch lag um ihre Schultern, und ihr Haar war zurückgekämmt zu einem Knoten, in den sie Habichtfedern gesteckt hatte.

Leise klopfte er an die offene Tür. »Sind Sie wach?«

»Natürlich. Ich habe Sie mit Susannah draußen gesehen«, sagte sie und wandte sich ihm zu. »Kommen Sie doch herein.«

Er trat ins Zimmer.

»Sie sind heute morgen schon mächtig früh fertig mit Ihrer Arbeit.«

»Ich wollte etwas Zeit haben, nach Ihnen zu sehen. Wie fühlen Sie sich?«

»Völlig in Ordnung, außer daß eine Kanone in meinem Kopf zu dröhnen scheint. Dally sagte, ich wäre voll gewesen wie ein Bürstenbinder. Natürlich kann ich mich nicht erinnern, ob das stimmt.« Sie lachte und deutete auf einen Stuhl ihr gegenüber. »Entlasten Sie Ihre Füße und setzen Sie sich.«

Er lächelte. »Sie werden mir doch nicht erzählen wollen, daß Sie bis dahin noch nie etwas zu tief ins Glas geschaut haben, oder?«

Ihre Augen funkelten amüsiert. »Nein, Teufel auch! Wird wahrscheinlich auch nicht das letzte Mal gewesen sein. Wissen Sie, im Leben eines jeden Menschen kommt immer wieder ein Punkt, da hilft nur noch ein Schwips. Wenn man älter wird, scheinen diese Gelegenheiten häufiger aufzutreten. Sehen Sie mich an zum Beispiel. Früher habe ich mich immer gefragt, warum ich mir eigentlich abends ganz gern mal einen Schluck genehmige.«

»Was bedeutet, daß Sie sich das jetzt nicht mehr fragen?«

»Genau. Warum sollte ich, wenn ich die Antwort inzwischen kenne?«

»Und wie lautet die?«

»Durch ein wenig Alkohol sieht alles interessanter aus. Können Sie sich vorstellen, wie es wäre, wenn Sie jeden Abend für den Rest Ihres Lebens mit Dally verbringen müßten?«

»Mir ist aufgefallen, daß sie heute morgen wieder einmal hervorragende Laune hat. Unsere Unterhaltung war saurer als ein eingelegter Hering.«

»Man sollte Dally manchmal das Maul stopfen.«

Reed lachte.

»Es ist wirklich nett, einen Mann lachen zu hören. Das erinnert mich an meinen Gemahl. Er ist schon seit zwanzig Jahren tot. Ich habe gehört, daß man immer öfter an die Verstorbenen denkt, wenn man anfängt, alt zu werden.«

»Ich würde nicht sagen, daß Sie alt werden.«

»Nun hören Sie mal, als ich jung war, hat sogar das Tote Meer noch gelebt.«

»Meine Mutter sagte immer, Altern wäre eine Frage der Einstellung. Wenn es einem nichts ausmacht, kann man gut damit leben.«

Buchweizen kam hereingetrottet und machte es sich in Violettes Schoß bequem. Sie streichelte ihm den Kopf und betrachtete Reed. »Trinken Sie auch gern?«

»Man sagt, daß ich gelegentlich mal einen über den Durst trinke.«

»Aber nicht regelmäßig?«

»Nein.«

»Gut. Ich brauche Sie nämlich nüchtern, falls ich noch mal umfalle. Dally sagt, Susannah hätte Angst gehabt.«

»Ja, sogar ziemlich große! Sie verehrt Sie sehr, wissen Sie.«

Violette hörte auf, Buchweizen zu streicheln und wandte den Kopf ab. »Ja, ich weiß. Und das bekümmert mich. Ich werde ja nicht ewig leben. Manchmal mache ich mir Gedanken... was wohl geschehen wird, wenn ich nicht mehr bin.«

»Ich habe so ein Gefühl, daß Sie noch recht lange leben werden. Sie scheinen eine robuste Gesundheit zu besitzen.«

»Meine Gesundheit läßt nichts zu wünschen übrig. Mein Alter macht mir Sorgen.«

Er lächelte. »Bis Sie wirklich den Löffel abgeben, hat Susannah einen Mann und zwölf Kinder.«

»Da bin ich mir nicht so sicher. Wissen Sie, Susannah hat

noch nie einen Verehrer an sich herangelassen – nicht einmal im entferntesten.«

Auch mit Mühe hätte er seine Überraschung nicht verbergen können. »Noch nie?«

»Nein, nicht einen.«

»Aber ich dachte, Tate …«

»Tate ist schon seit Jahren hinter Susannah her, aber Susannah hat sich nie für ihn interessiert. Das hat sie ihm ganz klar zu verstehen gegeben. Sie hat ihm nicht einmal erlaubt, ihr ein wenig den Hof zu machen. Einmal, vor langer Zeit, war er hier. Susannah hatte ihn gewarnt hierherzukommen; aber Sie wissen ja, daß Tate mehr oder weniger immer tut, wozu er Lust hat.«

»Und was ist passiert, als er auftauchte?«

»Er war an der Tür. Susannah hat den Kopf aus dem Fenster ihres Schlafzimmers gestreckt und ihm gesagt, er solle verschwinden. Er wollte nicht, und sie hat ihm eine Schüssel Wasser über den Kopf geschüttet.«

»Ihr Desinteresse an Tate kann ich verstehen, aber was ist mit anderen Männern?«

»Es war immer dasselbe. Sie mochte einfach nicht. Noch nie.«

Reed war verwirrt. »Ich weiß, daß sie sich nicht für Männer interessiert; ich dachte, das läge daran, daß sie irgendwann einmal unangenehme Erfahrungen mit einem gemacht hat – aber nie? Sie ist doch eine viel zu reizende Frau, um als alte Jungfrau zu enden.«

»Genau das finde ich auch. Ich möchte nicht, daß Sie glauben, es hätte keine anderen Männer gegeben, die sich um sie bemühten. Es gab eine Menge, aber Susannah hat nicht mal den Kopf nach ihnen umgedreht. Und es liegt nicht daran, daß sie eine tragische Beziehung hinter sich hätte.«

»Ich wußte doch, daß es da etwas Seltsames gibt…«

»Überhaupt nicht seltsam, wenn man bedenkt, daß… tja, vielleicht sollte ich die Vergangenheit lieber noch eine Weile ruhen lassen.«

Seine Neugier war geweckt. »Was wollten Sie sagen? Wenn man was bedenkt?«

»Nichts.«

Aus der festen Haltung ihres Kopfes schloß er, daß sie ihm während dieses Gesprächs keine weiteren Einzelheiten verraten würde. Es wäre natürlich möglich gewesen, ihr davon zu erzählen, was Susannah bei ihrem letzten Gespräch angedeutet hatte; aber irgend etwas hielt ihn zurück. Er würde es für diesmal gut sein lassen. Schon bald würde er all die Fragen stellen, die ihm durch den Kopf schwirrten. Und dann würde er auch die Antworten darauf bekommen.

Jetzt im Augenblick hatte er mehr mit seinen eigenen Geistern zu schaffen. Er stand auf und tätschelte Buchweizens Kopf. »Ich denke, ich gehe besser wieder an die Arbeit. Eigentlich hatte ich gar nicht so lange bleiben wollen. Es geht Ihnen ja nicht schlecht!«

»Ich habe gehört, Sie hätten sich gestern abend ziemlich professionell um mich gekümmert.«

»Weil ich Sie in Ihr Zimmer getragen habe. Susannah hat den Rest gemacht.«

»In meinen Ohren klang es anders. Es heißt, Sie wären sehr geschickt in medizinischer Behandlung.«

»Ein Mann tut, was er tun muß«, wehrte er ab. »Ich konnte immer schon gut improvisieren.« Er wandte sich zur Tür. »Wir sehen uns dann beim Abendessen.«

»Darauf können Sie wetten«, sagte sie. »Ich lasse nie eine Mahlzeit aus.«

Reed ging an die Arbeit beim Hühnerhaus und fing an, den neuen Draht festzunageln, wobei er sich dreimal heftig auf den Daumen haute. Er fluchte nicht; denn diesmal verletzte er sich eher deswegen, weil er mehr Susannah als den Hühnerdraht im Kopf hatte. Ja, sie war wirklich verwirrend – und er unbestreitbar frustriert. Am meisten frustrierte ihn, daß er seinen Gedanken ständig erlaubte, um sie zu kreisen, und sich da auf eine Sache einließ, die Gefahr verhieß.

Du kannst die Welt nicht retten, Reed, so sehr es dich auch dazu drängt. Die Stimme seiner Mutter ertönte so klar in seiner Erinnerung, als stände sie direkt neben ihm. Er dachte daran, wie sie ausgesehen hatte bei ihrer letzten Begegnung, in dem dunkelblauen Samtkleid mit der venezianischen Spitze, ihr etruskisches Goldarmband am Handgelenk. Wie wäre es nur, wenn seine geliebte Mutter hier bei ihm sein könnte, zwischen gackernden Hennen und Hühnermist. Und er lachte.

Himmel, wie weit Boston doch entfernt war... wie unwahrscheinlich weit.

Am selben Abend, als er im Bett lag, erinnerte er sich wieder an den Schmerz, den er erfahren und versucht hatte, zu überwinden. Doch je mehr er sich bemühte, desto mehr holte die Vergangenheit ihn ein und verfolgte ihn. Als er schließlich einschlief, träumte er von Boston.

Reed führte Rosenblüte aus der Box, als Susannah plötzlich in der Tür erschien, in einem safrangelben Kleid aus einfacher Baumwolle, das die Sonne des taufrischen Morgens einzufangen schien. Der Anblick blendete ihn regelrecht.

»Guten Morgen!«

»Guten Morgen. Sie sehen aus wie eine Sumpfdotterblume«, sagte er.

»Das kommt von dem gelben Kleid.«

»Nein, es ist nicht das Kleid, sondern Sie!«

Zögernd lächelte sie, als wäre sie sich nicht sicher; aber ihr Selbstbewußtsein kehrte schnell zurück, während sie vorsichtig und gemessen wie eine Braut auf ihn zuschritt.

»Sie sehen besorgt aus. Stimmt etwas nicht?«

»Es ist wegen Narzisse. Ich kann sie nicht finden. Ich hatte gehofft, Sie hätten sie vielleicht gesehen.«

»Heute morgen noch nicht. Aber keine Sorge, sie wird schon wieder auftauchen.«

»Das bezweifle ich. In der Nähe des Schweinestalls lagen viele Gänsefedern. Ich hoffe, daß sie nicht in der Nacht einem Kojoten zum Opfer gefallen ist.«

»Vielleicht ist sie unten am Bach.«

»Glaube ich nicht. Da geht sie nie hin.«

»Es gibt immer ein erstes Mal. Vergessen Sie nicht, daß Gänse Wasservögel sind. Es wäre doch ganz natürlich, wenn sie an einem so herrlichen Frühlingsmorgen ein bißchen untertauchen wollte.«

Sie machte ein nachdenkliches Gesicht, dann sah sie plötzlich erleichtert aus. »In letzter Zeit hat sie häufig im Wassertrog gesessen. Vielleicht haben Sie recht. Ich werde mal hinunter zum Wasser gehen. Falls Sie Närrchen sehen …«

»… sage ich's Ihnen.«

Susannah schwieg, schien aber nicht fortgehen zu wollen. Als Rosenblüte begann, ihren Kopf ungeduldig an Reeds Ärmel zu reiben, war das Schweigen plötzlich gebrochen.

»Also, ich gehe dann mal in Richtung Bach und lasse Sie Ihre Arbeit machen.«

Er sah ihr nach, und schließlich führte er Rosenblüte zum Tor.

Sie waren schon fast draußen, da sah Reed zu seiner Überraschung Tate Trahern in den Hof kommen. Vor Susannah stieg er vom Pferd.

Noch gerade im Stall wartete Reed ab.

Anscheinend hatte sie den Mann kommen hören, denn sie wandte sich ihm zu und hob die Hand, um ihre Augen zu beschatten. »Tate Trahern«, sagte sie langsam, als brauche sie eine Weile, bis ihre Überraschung sich legte. »Was machen Sie denn hier draußen?«

»Ich bin gekommen, um mit Ihnen zu reden.«

»Aber ich habe zu tun.«

»In einer Minute bin ich fertig.«

»Im Moment habe ich wirklich keine Zeit. Unsere Gans ist verschwunden und muß gesucht werden.«

»Ich kaufe Ihnen ein Dutzend Gänse, verdammt. Für ein paar Worte wird es doch reichen.«

Selbst von seinem Platz aus konnte Reed ihr Seufzen hören. »Worüber also?«

»Über diesen Vagabunden, den Ihre Tante angestellt hat.«

»Reed?«

»Was bedeutet er Ihnen?«

»Dasselbe, das er meinen Tanten bedeutet. Er ist Helfer auf unserem Hof. Obwohl Sie das nicht das geringste angeht.«

»Treffen Sie ihn?«

»Jeden Tag. Er arbeitet hier.«

»Sie wissen schon, was ich meine. Macht er Ihnen den Hof?«

»Seien Sie nicht albern.«

Tate trat näher.

Susannah machte ein paar Schritte rückwärts, bis sie an der Wand des Geräteschuppens stand.

»Wenn Sie nach einem Mann Ausschau halten…«

»Wäre das der Fall, Tate Trahern, dann würde ich nicht in Ihre Richtung schauen. Und jetzt gehen Sie und lassen mich in

Ruhe!« Sie wollte sich abwenden, aber Tate beugte sich vor und legte seine Hand so auf das Holz des Schuppens, daß sie gefangen war.

Reed band Rosenblüte an und wollte gerade hinausgehen, da duckte sich Susannah unter Tates Arm hindurch und eilte zur Tür des Schuppens. Sie griff nach einer Harke, die dort an der Wand lehnte. Tate hatte sie fast erreicht, da wirbelte sie herum und reckte ihm die Harke entgegen.

Tate machte einen Sprung rückwärts, und sie keifte: »Wenn Sie ein paar Kratzer in Ihrer hübschen Fassade wollen, brauchen Sie nur weiterzugehen.«

»Sie würden mich doch mit diesem Ding nicht aufspießen«, scherzte er und machte wieder einen Schritt auf sie zu. »Obwohl mir das egal ist. Ich mag Frauen, die ein bißchen Widerstand leisten.«

Er erneuerte seinen Annäherungsversuch, und Susannah schlug mit der Harke zu, so daß sie die Krempe seines Hutes traf. Als sie ihre Waffe zurückzog, hing sein Hut an den Zinken.

»Zum Kreuzdonnerwetter, Sie hätten mich umbringen können!«

»Setzen Sie sich auf Ihr Pferd und verschwinden Sie.« Abermals reckte Sie ihm die Harke entgegen. Tate zog sich hastig zurück, stolperte und fiel hin. Wieder stieß Susannah die Harke in seine Richtung. »Und nehmen Sie Ihren Hut mit!«

Tate kam stolpernd auf die Beine und schnappte sich ihre Trophäe. »Sie sind ja vollkommen verrückt!«

»Ich kann auch gut zielen. Beim nächsten Mal treffe ich nicht daneben.«

Tate stampfte zornbebend zu seinem Pferd.

Als er aus dem Hof geritten war, eilte Reed an Susannahs Seite. »Alles in Ordnung?«

»Natürlich. Ich passe schon auf mich auf.«

Er lachte. »Ja, das habe ich gesehen. Sie sind nicht schlecht mit der Harke. Einen Moment dachte ich, Sie würden ihm das Ding direkt auf den Kopf hauen.«

»Keine Sorge, Yank. Ich hatte nicht vor, ihn zu treffen. Er sollte nur ein bißchen wackelige Knie kriegen. Tate ist eigentlich ein Feigling, wie alle Angeber. Und er wagt es nur, Leute einzuschüchtern, die Angst vor ihm haben.«

»Was auf Sie offensichtlich nicht zutrifft.«

Sie schüttelte den Kopf. »Ich gehe zum Bach hinunter, um nach Närrchen zu sehen.« Sie lehnte die Harke an den Schuppen und zog los.

Reed starrte hinter Susannah her. Sie war in vielen Beziehungen so mutig wie in manchen anderen ängstlich. Immer wieder verblüffte sie ihn, und in letzter Zeit faszinierte sie ihn zunehmend. Sie war so verschlossen. Ein fest verschnürtes Päckchen... das er wirklich unglaublich gern auspacken wollte... wie ein Weihnachtsgeschenk.

Sein Magen zog sich zusammen. Wer war er schon, um auch nur daran zu denken, den zerbrechlichen Frieden zu stören, den Susannah für sich errichtet hatte? Sie war geblieben und hatte weitergemacht. Er dagegen war vor den Schwierigkeiten seiner Vergangenheit davongelaufen, sobald sich die Möglichkeit ergab. Sie hatte Tate Trahern einen Feigling genannt. Wenn sie wüßte, wie er auf die Probleme in seinem Leben reagiert hatte, dann hätte sie wirklich Grund, auch ihn als Feigling zu bezeichnen... und Schlimmeres.

13

Susannah öffnete die Tür. Davor stand Reed mit Narzisse auf dem Arm.

»Närrchen!« rief sie. »O Reed, wo haben Sie sie nur gefunden?«

»Sie schnarrte heiser im Futterschuppen vor sich hin. Wahrscheinlich ist sie hineinspaziert, als ich gerade nicht hingesehen habe.«

Susannah nahm sie aus seinem Arm. »Ach, armes Närrchen – warst du die ganze Zeit da drin – gestern den ganzen Tag und heute morgen, während wir die Kirchenbank drückten?«

Die Gans schnatterte erfreut und knabberte an Susannahs Ohr.

Violette kam zu ihnen auf die Veranda. »Ich habe sie auch schon einmal irrtümlich im Klo eingesperrt.«

Susannah lachte. »Das weiß ich noch«, sagte sie und setzte das arme Ding auf den Boden. »Sie ist bestimmt hungrig.«

Dahlia erschien gerade rechtzeitig, um zu murren: »Glaube ich kaum, schließlich war sie im Futterschuppen.«

»Das schon, aber sie grast doch so gerne. Ich glaube kaum, daß sie viel Getreide gefressen hat.«

»Das macht auch nichts«, meinte Dahlia. »Ein oder zwei ausgelassene Mahlzeiten dürften ihr kaum schaden. Sie ist ja fett wie ein Mastschwein.«

Narzisse schien die Verunglimpfung wenig zu scheren; denn sie watschelte davon, den Schnabel am Boden, wie immer auf Nahrungssuche.

»Kommen Sie herein«, sagte Violette und nahm Reed am Arm. »Das Sonntagsessen ist fertig.«

»Eigentlich wollte ich ein paar von den Schinkenbrötchen essen, die ich gestern abend mit zu mir genommen habe.«

»Bewahren Sie die für später auf. Es wäre uns wirklich eine große Ehre, Sie zu einem schönen, warmen Sonntagsessen bei uns zu empfangen.« Sie beugte sich zu ihm vor und flüsterte: »Es gibt Schweinekoteletts, frische Kohlspitzen, einen Berg Kartoffeln… und Reispudding.«

»Die Brötchen können warten«, sah Reed ein und folgte ihnen ins Haus, wo er ausgiebig speiste und jeden einzelnen Bissen genoß.

Nach dem Essen wurde Reed eingeladen, ihnen im Wohnzimmer Gesellschaft zu leisten.

»Tante Vi denkt, Sonntagnachmittage seien die beste Zeit zum Lesen«, sagte Susannah und ging voran.

Reed nickte. »Das stimmt allerdings. Aber ich habe keine Lektüre dabei.«

»Keine Sorge, bei uns gibt es genug Bücher, von denen Sie sich eines aussuchen können«, bot Dahlia an.

Susannah begann, Bücher hervorzuziehen, die ihn interessieren könnten. Schon bald halfen ihr die Tanten dabei. Als er sich schließlich für den *Almanach für Bauern* entschied, lagen bestimmt mindestens ein Dutzend Titel herum.

Susannah machte es sich in einem Sessel Reed gegenüber bequem. Gelegentlich sah sie von ihrem Band auf und stellte immer wieder fest, daß er völlig in sein Buch vertieft schien, wobei seine Augen sich mit großer Geschwindigkeit über die Seiten bewegten. Ihr kam der Gedanke, daß er wohl eine Menge Schulbildung genossen haben mußte, um so schnell lesen zu können; doch als nächstes glitt ihr Blick zu seinen langen Beinen, die er über den Teppich ausgestreckt und an den Knöcheln gekreuzt hatte.

Zu ihrer Überraschung fand sie es angenehm, einen Mann

hier im Haus zu haben, bequem im Sessel sitzend und auf ein Buch konzentriert. Da sie fast ihr ganzes Leben in einem Frauenhaushalt verbracht hatte, empfand sie seine Gegenwart sowohl gemütlich als auch verwirrend. Gerade dachte sie darüber nach, da stand Tante Vi auf und ging zum Fenster.

»Hier drin ist es heiß wie in einem Backofen«, beschwerte sie sich. »Ich denke, ich werde hier einmal – ach, du liebe Güte, da kommt Reverend Pettigrew die Straße entlang!«

Susannah sprang auf. »Jemine! Wir müssen die Bücher verstecken!«

Die drei Frauen machten sich hastig ans Werk.

»Hier, Tante Vi! Stopf *Das abtrünnige Frauenzimmer* unter das Sofakissen; wirf *Die Gefangene des Sultans* in die Klavierbank. Tante Dally, nimm *Das unerhörte Geschehen* und stell es hinter die Uhr auf dem Kaminsims. O Himmel, wo soll ich nur den Ovid hinpacken?«

»Gib ihn her«, keuchte Violette. »Ich stopfe ihn in die Kupferkanne.«

»Schneller!« mahnte Dahlia. »Er ist fast schon im Hof.«

Susannah griff nach der Bibel und legte sie auf das Tischchen neben Reed, der sich köstlich amüsierte. »So«, sagte sie. »Ich glaube, wir sind soweit.«

Susannah wollte sich soeben wieder mit der Postille *Zwölf Schritte zur Frömmigkeit* hinsetzen, da sagte Violette plötzlich: »Susannah, nimm den *Berauschenden Prinzen* vom Tisch und laß ihn verschwinden! Spute dich, ich höre ihn schon auf der Veranda.«

In höchster Not nahm Susannah das Buch und sah sich verzweifelt im Zimmer um. Keinen Augenblick zu früh eilte sie zur Familienbibel und schob das schmale Büchlein unter den mächtigen Buchdeckel.

Eine Sekunde später führte Dahlia Reverend Pettigrew ins

Wohnzimmer. »Guten Tag, meine Damen... Mr. Garrett«, grüßte er. »Ich komme gerade von den Donnallys und dachte, ich könnte einmal hereinschauen. Immerhin besteht die Möglichkeit, daß es vielleicht wieder etwas von der kalten Buttermilch gibt, die ich beim letzten Besuch von Susannah bekommen habe.«

Reed stand auf und reichte Reverend Pettigrew die Hand, während Susannah in die Küche huschte.

Ein paar Minuten später kam sie mit einem Tablett und Gläsern voll Buttermilch zurück, die sie verteilte.

»Ich muß sagen, daß ich nicht erwartet hatte, Sie alle an einem so schönen Tag im Haus anzutreffen.«

»Wir waren beim Lesen«, erklärte Dahlia.

»Ach ja?« Reverend Pettigrew sah sich im Zimmer um und Susannah ächzte. Sie wußte, daß er nach Büchern Ausschau hielt.

»Es ging um das Alte Testament... Das heißt, Mr. Garrett hat uns daraus vorgelesen.«

Sie sah, wie Reed die Augenbrauen hob, aber glücklicherweise seinen Mund hielt.

»Nun, das ist ja eine vorbildliche Weise, den Sonntagnachmittag zu verbringen. Ich denke, das werde ich am nächsten Sonntag der ganzen Gemeinde vorschlagen.«

Er schaute in Reeds Richtung: »Aus welchem Buch haben Sie denn gelesen?«

»Aus dem Hohenlied«, gab Reed lässig Auskunft.

Susannah hätte ihn am liebsten erwürgt. Natürlich war er sich der Tatsache bewußt, daß das Hohelied Salomons ein paar sehr anschauliche Passagen über die weibliche Anatomie enthielt.

»So so, Salomon«, sinnierte Reverend Pettigrew. Etwa in diesem Augenblick fiel sein Blick auf die Familienbibel, die auf dem Tisch neben Reed lag. »Das ist aber wirklich eine schöne Ausgabe, die Sie da haben«, bemerkte er und stand auf.

Kaum steuerte er in diese Richtung, da sprang Susannah auf und hastete zu dem Buch. »Bleiben Sie sitzen, ich hole sie Ihnen!« preßte sie hervor.

Susannah hob den großen Folianten, ließ die Finger unter den Buchdeckel gleiten und zog den *Berauschenden Prinzen* beiseite. Während sie sich langsam zum Reverend umdrehte, ließ sie es Reed in den Schoß fallen und schwor im stillen, ihm das nächste Mal Nägel in die Brötchen zu backen, wenn er es nicht diskret versteckte.

Reverend Pettigrew blätterte durch die Seiten, während er seine Buttermilch trank. Als er fertig war, stand er auf und bedankte sich bei Susannah: »Ihre Buttermilch war genauso erfrischend, wie ich sie in Erinnerung hatte.«

»Sie brauchen doch noch nicht zu gehen, Reverend«, beschwor Susannah ihn.

»Ich habe noch zwei Besuche vor mir, also sollte ich wohl besser los.«

Als Reed aufstand, um sich zu verabschieden, fiel Susannahs entsetzter Blick auf das Bändchen *Der Berauschende Prinz*, das auf seinem Sessel lag. Er hatte daraufgesessen. Violette mußte es im selben Augenblick entdeckt haben, denn sie ging hastig zu dem Sessel und ließ sich darauf nieder.

»Ich hoffe, Sie verzeihen mir, wenn ich Sie nicht zur Tür bringe, Reverend«, stöhnte sie. »Mir ist plötzlich etwas schwindelig.«

»Das kommt bestimmt von der Hitze.« Susannah wiegte den Kopf.

»Bleiben Sie ruhig sitzen«, sagte der Reverend, als er in Reeds Begleitung zur Tür marschierte. Nach warmen Abschiedsworten traten die beiden Männer ins Freie.

Susannah sah ihnen vom Fenster aus nach und fragte sich, was Reed wohl sagen würde, wenn er gleich wieder hereinkam. Als die beiden ihr Gespräch beendet hatten, blieb Reed noch auf dem Hof, bis der Reverend davongefahren war, dann strebte er hinüber zur Scheune. Susannah sah ihn fortgehen und verstand nicht, warum sie plötzlich von Enttäuschung erfüllt war.

Am selben Abend konnte sie nicht einschlafen, weil sie immer an ihn denken mußte. Waren das die Art Gedanken, wie sie auch ihre Mutter hegte? Hatte sie über Männer nachgedacht, bis ihre Neugier den Sieg davontrug? Wie mochte einem dabei zumute sein, sich aufreizend anzuziehen, die heißen Blicke zu spüren, die suchenden Hände? Oft hatte sie sich schon gefragt, welche Gefühle das wohl hervorrief.

Susannah rollte zur Seite und boxte ihr Kissen, aber fand einfach keinen Schlaf. Mit einem ungeduldigen Seufzer warf sie die Decke zurück und stieg aus dem Bett. Auf der anderen Seite des Zimmers stand die alte, bucklige Truhe von ihrer Mutter. Sie öffnete den Deckel. Nachdem sie eine Weile darin gekramt hatte, fand sie, was sie suchte – das tief ausgeschnittene, scharlachrote Satinkleid mit dem schwarzen Federbesatz. Sie wühlte weiter und fand auch noch die schwarzen Seidenstrümpfe und passenden Schuhe. Schließlich wandte sie sich dem Spiegel zu und betrachtete sich in ihrem grünen Baumwollnachthemd.

Einen Augenblick später lag der Stoffhaufen zu ihren Füßen. Statt dessen trug sie das scharlachrote Gewand. Susannah sah in ihrem Ausschnitt hinab auf ein Meer von Busen. Sie hatte mehr davon als die gestopften Kissen in der feinen Kutsche des Richters. Zur Seite gedreht bemerkte sie, wie der lange Schlitz im Rock sich öffnete und den Blick auf ein schwarzseiden umhülltes Bein freigab. Sie betrachtete ihr Spiegelbild und hob dann ihr Haar nach oben. Sie malte sich aus, wie sie in einer Wolke von schwerem Parfüm durch ein raucherfülltes Zimmer schritt. Sie sah sich, wie sie ihre Mutter hinter dem Treppengeländer hervor beobachtet hatte, wenn sie langsam die Stufen hinunterwogte, lockend und fließend, bis jeder Mann im Raum sich nach ihr umdrehte. Doch statt dessen stellte sie sich jetzt vor, wie Reed Garrett dort saß und schaute. Susannah fühlte sich schön, begehrenswert und sehnte sich danach zu erfahren, was das für ein Erlebnis wäre, wenn Reed sie so sähe.

»Nein!« Sie stampfte auf und wandte sich heftig von ihrem Spiegelbild ab. Auf der Stelle begann sie, sich die schwarzen Federn vom Ausschnitt zu zerren und riß dann am Saum des Kleides. Als sie schließlich über einem Haufen Satinfetzen, Federn und Seide stand, begann sie zu weinen. Susannah hatte das einzige Kleidungsstück ihrer Mutter zerstört, das noch von ihr existierte. Sie starrte den Haufen an und gab sich keine Mühe, ihre Tränen zu bremsen.

Jetzt wußte sie, wie es sich anfühlte, solche Kleider zu tragen. Sie wußte es und war entsetzt, daß sie vielleicht noch mehr würde wissen wollen.

Ein paar Tage später blickte Susannah aus dem Küchenfenster und entdeckte Reed, der Rosenblüte in den Hof herausführte, wo der Schmied sie neu beschlagen sollte. Normalerweise wäre eigentlich sie hinausgegangen, um sich mit Jess Oliver zu unterhalten. Sie kannte ihn seit ihren Kindertagen, er war einer der ersten gewesen, den sie in Bluebonnet kennengelernt hatte. Damals war er gekommen, um ihr Pony zu beschlagen. Er würde sich bestimmt fragen, warum sie im Haus blieb und ihn nicht wie sonst mit einer Tasse Kaffee und einem Stück frischem Kuchen willkommen hieß.

Bis jetzt war es ihr nicht schwergefallen, die Männer im richtigen Abstand zu halten und ihnen in ihrem Leben nur eine Nebenrolle zuzugestehen. Das hatte sich alles geändert, seit Reed Garrett da war. Denn ihr ganzes Leben lang hatte sie in der Angst gelebt, sie könnte eines Tages so werden wie ihre Mutter, Angst vor dem Grauen, das ihr all die quälenden Dinge bereiteten, die sie während der ersten neun Jahre ihres Lebens mit ansehen und hören mußte.

Jetzt hatte sie eine neue Angst. War am Ende das Gegenteil der Fall? Kam ihre Angst gar nicht von dem Abscheu vor all dem, was ihre Mutter und die anderen Huren mit Männern anstellten, sondern von dem Wissen darum, daß sie sich auch danach sehnte? Wenn sie ehrlich war, würde sie zugeben müssen, daß sie an solche Dinge im Zusammenhang mit Reed schon gedacht hatte, und mehr als einmal.

Jetzt verstand sie, warum die schattenhaften Erinnerungen an nackte Körper, die Geräusche und den Geruch von Sex nachts ihre Träume heimsuchten. Der einzige Unterschied zwischen ihrer Mutter und Susannah bestand darin, daß ihre Mutter jeden beliebigen Mann mit in ihr Bett genommen hatte, während sie sich so etwas nur mit einem einzigen vorstellen konnte. Und das machte Reed zu jemandem, den sie um jeden Preis meiden mußte. Wenn sie ihrem Verlangen je nachgab, wäre sie verloren.

Innerlich schalt sie sich, weil sie über solche Dinge nachdachte, obwohl sie doch gerade einen großen Korb voll Tomaten vor sich hatte, die gekocht und in Gläser gefüllt werden sollten – und zwang sich, ihren Fensterplatz aufzugeben.

»Oh«, sagte sie, als sie Violette in der Tür stehen und sie mustern sah. »Du hast mich erschreckt. Wie lange bist du schon hier?«

»Lange genug, um mich zu fragen, ob du wohl damit zufrieden sein würdest, nur zuzusehen oder ob du tun würdest, was du eigentlich willst, und hinausgehen.«

»Wohin?«

»Hinaus, wo Jess arbeitet. Jess und Reed.«

»Das will ich aber gar nicht!«

»Unsinn! Du sprichst hier mit deiner Tante Vi. Mein Körper mag ja alt und faltig sein, aber mein Verstand ist so scharf wie eh und je. So alt bin ich noch nicht, daß ich mich nicht mehr daran erinnere, wie sehnsüchtig man einen Mann begehren kann.«

»Ich begehre ihn gar nicht.« Sie ging zur Spüle, nahm ein paar Tomaten aus ihrem Korb und begann, sie zu waschen, als könnte sie das Gespräch zusammen mit dem Schmutz loswerden.

»Er ist ein netter Mann.«

»Du weißt doch gar nichts von ihm.«

»Ich bin eine gute Menschenkennerin.«

»Meinetwegen, und wenn ich mich recht erinnere, war es auch ein Zeichen deiner guten Menschenkenntnis, als du letztes Jahr die wertlose Wünschelrute von dem Trödler gekauft hast.«

»Sie ist nicht wertlos, sondern gibt eine hervorragende Stütze ab, um das Fenster offenzuhalten.«

Susannah legte die Tomate weg, die sie in der Hand hielt, und sah Violette an, während sie sich die Hände abtrocknete. »Also gut. Was ist hier eigentlich los? Versuchst du, mein Interesse an einem Landwirtschaftshelfer zu wecken?«

»Seit wann bezeichnest du ihn denn als Landwirtschaftshelfer? Er ist kein dahergelaufener Vagabund, das weißt du genausogut wie ich. Er ist geprägt von guter Erziehung, die mich auf den Gedanken bringt, er könnte aus einer Familie stammen, wie wir sie nur aus Büchern kennen.«

»Sollte das stimmen, läuft er wohl vor irgend etwas davon… höchstwahrscheinlich vor der Polizei.«

»Wenn eine Sache in seiner Vergangenheit begraben liegt, dann eher Schmerz als eine Missetat.«

»Wie kommst du denn darauf?«

»Sieh dir doch seine Augen an.«

»Habe ich schon getan.«

»Ich meine, richtig! Das sind die Augen eines Mannes, der gelitten hat, und zwar zutiefst.«

»Tja, und was habe ich damit zu schaffen? Muß ich ihn trösten?«

»Nein, aber du könntest zum Beispiel versuchen, einfach ein wenig freundlicher zu sein.«

»Ich bin freundlich.«

»Du bist ungefähr so entgegenkommend wie der Nordwind, der letzten Februar hier durchgerauscht ist.«

»Aber du weißt doch, warum ich nicht nett sein kann. Gerade du weißt es.«

Violettes Gesicht wurde weich. »Natürlich, aber es ist an der Zeit, die Geister ruhen zu lassen, Zeit, deine Mutter anzunehmen als das, was sie war: eben ein Mensch mit Fehlern.«

»Und wenn ich das nicht kann? Ach, Tante Vi, was soll nur aus mir werden?«

»Du brauchst dir nur deine Tante Dahlia anzusehen, da hast du eine Frau, die dem Schicksal nicht verzeihen kann. Ich kann mir nicht vorstellen, daß du das willst.«

Susannah spürte einen gewaltigen Kloß im Hals. »Nein, das will ich nicht, aber ich scheine es wohl nicht verhindern zu können. Wenn er wüßte… wenn er wirklich die Wahrheit erführe, glaubst du, er hätte überhaupt noch Interesse an mir?«

»Ich glaube nicht, daß es ihm etwas ausmachen würde, wenn er dich gern hat.«

»Er mich... ich ihn... wenn ich den Gedanken ertragen könnte, daß er mich berührt...«

»Sicher hat er dich gern, aber um das geht es hier ja gar nicht.«

»Ach? Worum geht es dann?«

»Ich glaube dir keine Sekunde lang, daß du den Gedanken so schrecklich findest, wenn er dich berührt. Ich denke, du hast Angst – schreckliche Angst – davor, was du wohl empfinden könntest, wenn er es täte. Du hast eine solche Angst davor, so zu werden wie deine Mutter, daß du dir nicht die leiseste Chance gibst zu leben, zu fühlen oder zu lieben.«

»Ich dachte, du verstehst mich!«

»Tue ich auch. Wie oft haben wir schon darüber geredet, Susannah? Stets versuche ich, dir klarzumachen, daß du dein Leben selbst in der Hand hast, daß für dich keine Notwendigkeit besteht, so zu werden wie Rachel.«

Tränen standen in Susannahs Augen. »Das weiß ich, Tante Vi. Du hast mich behandelt wie dein eigenes Kind; aber die ersten neun Jahre meines Lebens und was sie bei mir bewirkt haben, konntest du nicht ungeschehen machen. Niemand kann das. Das lag nicht daran, daß du dir keine Mühe gegeben hast. Es ist nur einfach so, daß ich durch diese neun Jahre eben anders bin.«

»Ich habe das Gefühl, irgendwie versagt zu haben. Es gab Zeiten, da wollte ich einfach nicht mit dir über die Dinge sprechen, die zwischen Mann und Frau geschehen, weil ich dachte, du hättest genug davon gesehen. Vielleicht hätten wir es doch tun sollen. Es wäre bestimmt hilfreich gewesen, wenn John noch am Leben gewesen wäre und du einen Mann in deiner Nähe gehabt hättest – als Beispiel dafür, wie eine normale, liebevolle Ehe aussieht. Mir tat es immer leid, daß John nicht da war, damit du hättest sehen können, wie man einen Mann auf gesunde Art liebt; genauso hat es mich geschmerzt, daß ich selbst keine Kinder bekam.«

Susannah weinte jetzt noch heftiger. »Es ist nicht deine Schuld. Es sind die Dinge, an die ich mich erinnere und die ich gesehen habe, die ich nicht vergessen kann. Du kannst dir einfach nicht vorstellen, wie es ist, irgendwo in der Ecke zu stehen und zuzusehen, wie sich deine Mutter vor irgendeinem Mann auszieht, oder das Grauen, das man fühlt, wenn ein Mann sie vor deinen Augen besteigt wie ein Tier, hart und heftig, während sie dabei an die Decke starrt.«

»Ach, mein liebes Kind, ich hatte so sehr gehofft, du könntest es vergessen.«

»Vergessen? Nie werde ich den glasigen Blick in den Augen meiner Mutter vergessen, den Geruch nach Sex, bei dessen Erinnerung mir noch übel wird, oder die Art, wie meine Mutter kaum die Reste des einen Mannes von ihrem Körper wusch, bevor der nächste sie nahm. Die schrecklichen, vulgären Dinge, die jene Besucher zu ihr sagten, quälen bis heute meine Ohren. Es gab Zeiten, da boten sogar welche meiner Mutter Geld, wenn sie ihnen erlauben würde, mich auszuziehen.«

»O mein Gott! *Das* hast du mir aber nie erzählt, Susannah!«

»Einmal, als Mutter krank wurde, kurz bevor ihr gekommen seid, um mich abzuholen, hat mich eine der anderen Huren mit in ihr Zimmer genommen. Da war ein Mann. Er hatte ihr Geld gegeben. Sie hielt mich fest, und er schob mir den Rock hoch. Er machte seine Hose auf und rieb sich an meinem Bein. Meine Mutter kam kreischend angerannt. Sie griff nach einem Stiefelknecht und schlug ihn ihm über den Kopf. Er fiel gegen mich – überall an mir war sein Blut.«

Violette weinte jetzt auch, als sie ihre Arme um Susannah legte. »Wir hätten dieses Gespräch schon vor langer Zeit führen sollen«, schluchzte sie.

»Ich weiß nicht, ob das geholfen hätte. Mach dir keine Vorwürfe, Tante Vi. Du warst so lieb zu mir, ihr beide, du und Tante Dahlia – aber trotzdem vergeht nun einmal kein Tag, an dem ich mich nicht frage, wie mein Leben verlaufen wäre, wenn ich eine normale Kindheit gehabt hätte. Ich bin wie ein zu kurz abgesägter Baum, der keine Wurzeln mehr treiben und nicht mehr wachsen kann.«

Violette wischte die Tränen von Susannahs Wangen. »Doch, das kannst du, Liebling. Du kannst neue Wurzeln schlagen, aber du mußt es zulassen! Du darfst nicht immer wieder jedes kleine Stückchen abhacken, das zu wachsen beginnt. Laß es geschehen. Schau, was passiert!«

Der Jammer schüttelte sie. »Ich kann nicht!«

»Doch, du kannst!«

»Ach, Tante Vi, verstehst du denn nicht? Es ist zu spät für mich. Ich kann nicht mehr ändern, wer ich bin.«

»Es ist nie zu spät.«

»Doch, aber das macht nichts. Eigentlich nicht. Ich will gar nicht anders werden. Ich mag es, so zu sein, wie ich bin.«

»Das meinst du nicht im Ernst.«

»Meine ich schon!«

Violette schwieg kurz. »Noch nie habe ich einen von Sturheit verhärteten Verstand nachvollziehen können, genausowenig wie ein Leben, das in Würde erstarrt. Sind wirklich beides Endstationen?«

Violette ging hinaus, und Susannahs Blick blieb auf die geschlossene Tür geheftet. Sie wollte sie zurückrufen, brachte es aber nicht fertig.

Sie war in einer Weise aufgewühlt wie nie zuvor. Keinen Tag ihres Daseins hatte sie sich so zwiespältig und unruhig gefühlt wie jetzt. Tante Vi hatte irgendwie recht. Es tat ihr weh, zu wissen, daß sie für die Menschen, die sie am meisten liebte, eine solche Enttäuschung darstellte. Eine grausige Vision von sich selbst reduziert zur bitteren alten Jungfer stand plötzlich vor ihren Augen; die häßlichen Folgen der Einsamkeit, die sich einstellen würden, das ständige Schuldgefühl, das Bedauern für den Rest ihrer Tage.

Es blieb nur die Frage: Was konnte sie tun? Sie war eine erwachsene Frau, und das Leben wies schon in eine Richtung, die, wenn sie erst zum Zuge kam, kaum noch zu ändern sein würde. Genausogut hätte sie sich den Mond vom Himmel wünschen können.

Und wie sollte sie ihr Leben umgestalten? Was für eine Möglichkeit bot sich denn? Die Antwort kam auf der Stelle:

Reed Garrett.

Nach dem Mittagessen saß Susannah im Wohnzimmer und strickte. Sie hätte fast eine Masche fallen lassen angesichts der Besucherin Daisy Hitchcock. »Hallo, Daisy, wie schön dich zu sehen! Du warst schon ziemlich lange nicht mehr hier.«

»Ich weiß«, sagte Daisy und setzte sich aufs Sofa Susannah gegenüber. »Seit ich im Postamt arbeite, habe ich kaum noch Zeit für irgend etwas anderes. Unsere Gespräche fangen an, mir zu fehlen.«

»Mir auch.« Susannah steckte die Stricknadeln in das Knäuel auf ihrem Schoß und stellte den Wollkorb auf den Boden. »So. Jetzt können wir uns unterhalten.«

»Was machst du denn?«

»Ein Schultertuch für Tante Vi.«

Daisy lächelte. »Das hätte ich mir denken können. Ist Lila immer noch ihre Lieblingsfarbe?«

»Natürlich! Erst vor ein paar Tagen hat sie sich noch darüber beschwert, daß es keine lila Unterwäsche gibt.«

»Die würde göttlich aussehen zu ihrem roten Unterrock.«

»Unbedingt!« bestätigte Susannah, und sie lachten.

»Stimmt es, daß du dich in Mr. Garrett verliebt hast?«

Susannah konnte sie vor Erstaunen einen Moment lang nur stumm anstarren. »In Reed Garrett verliebt? Würde ich kaum sagen. Wie kommst du denn auf die Idee?«

»Tate hat gesagt…«

»Tate! Ach so, das erklärt natürlich alles. Hör mir gut zu, Daisy. Du solltest kein Wort aus dem Mund von Tate Trahern glauben. Und laß dich nicht von ihm zu irgendwas überreden, das dir dann später leid tut. Verstehst du mich?« Sie schüttelte den Kopf. »Verliebt in Reed Garrett… Also, das ist doch wirklich… der und ich passen zusammen wie Streifen und Karos.«

»Tut mir leid, daß ich es erwähnt habe… nur aus Neugier, weißt du, weil wir doch früher so gute Freundinnen waren.«

Susannah beugte sich vor und legte ihre Hand auf Daisys Arm. »Das sind wir immer noch. Wir sehen uns halt nicht mehr so oft wie früher.«

»Manchmal wünschte ich, wir wären noch in der Schule. Damals waren wir glücklich, findest du nicht?«

»Sehr sogar.«

»Manchmal frage ich mich, ob es mir je wieder so gutgeht.«

»Das wird es bestimmt.«

Daisy fing an zu weinen.

Susannah stand auf und setzte sich neben das Mädchen aufs Sofa. Sie legte ihr den Arm um die Schultern und fragte: »Daisy, was ist denn los?«

»Ach, Susannah, ich habe etwas Schreckliches getan.« Daisy schluchzte.

»Du kannst doch gar nichts wirklich Schlimmes tun, du kleines Dummerchen.«

»Ich bekomme ein Baby.«

»Ach Daisy, nimm dir das doch nicht so zu Herzen! Heirate doch einfach!«

»Kann ich nicht.«

»Warum nicht?«

»Er will mich nicht.«

»Hast du ihm schon von dem Baby erzählt?«

»Nein, ich hab' Angst, es ihm zu sagen.«

»Angst? Warum hast du Angst, es dem Vater deines Kindes zu sagen? Er hat ein Recht, es zu erfahren, schließlich ist es auch seines.«

»Ich weiß, daß er mich nicht heiraten wird. Oh, Susannah, was soll ich nur tun?«

»Daisy, wer ist der Vater?«

»Das sollte ich auch für mich behalten.«

»Du mußt es ihm sagen, Daisy. Lange kannst du damit sowieso nicht warten. Wie weit ist es denn schon?«

»Einen Monat oder so. Erst seit kurzem bekomme ich meine Periode nicht mehr.«

»Daisy, wenn ihr beiden euch nicht einigt zu heiraten, dann wirst du gezwungen sein, das Baby allein aufzuziehen.«

»Ich weiß. Mein Vater bringt mich sicher um!«

»Gibt es denn keinen Platz, wo du das Baby erwarten kannst? Keine Verwandten?«

»Nein.«

»Nun, vielleicht könntest du ja zu uns kommen. Wir sind so weit von der Stadt entfernt, daß nicht viele Besucher hereinschneien. Es dürfte nicht so schwer sein, dich zu verstecken.«

»Und was soll ich dann mit dem Baby machen?«

»Ich weiß es nicht – aber bis es da ist, können wir uns bestimmt irgend etwas ausdenken.«

Daisy wischte sich die Augen trocken und sagte: »Ich muß zurück zum Postamt. Ich habe ihnen gesagt, ich würde hierherfahren, um Mr. Garrett einen wichtigen Brief zu bringen.«

»Du hast einen Brief für Reed?«

»Ja. Hier ist er.«

»Er hilft Jess Oliver draußen bei der Scheune, unsere Pferde zu beschlagen. Willst du, daß ich ihm den Brief bringe?«

»Nein, das mach' ich selber. Dann habe ich nicht wirklich gelogen.«

Susannah lächelte und drückte ihre alte Freundin. »Du bist ein netter Mensch, Daisy. Laß dir bloß nie von jemandem das Gegenteil einreden.«

Die beiden gingen zur Küche. Susannah blieb an der Tür stehen, während Daisy sich zur Scheune wandte.

Als Daisy sich Reed näherte, fiel ihr auf, wie freundlich er sie begrüßte. Susannahs Herz wollte stehenbleiben, und ihr Blut stockte. War Daisys Geschichte nur ein Vorwand gewesen? War ihr eigentlicher Beweggrund Reed gewesen, um ihm von dem Baby zu erzählen? War Reed der Vater?

Reed schaute auf und entdeckte Daisy im Hof. Er fragte sich gerade, was sie wohl hier machte, da sagte sie: »Sie haben Post bekommen. Aus Boston. Ich dachte, es wäre vielleicht wichtig.«

»Oh, vielen Dank, Daisy! Das ist wirklich nett von Ihnen, sich soviel Mühe zu machen. Ich weiß es zu schätzen.« Reed nahm den Umschlag entgegen und warf einen Blick darauf. Er erkannte die Schrift seines Vaters. Ein Strom warmer Zuneigung erfüllte ihn. »Bisher dauerte mein Aufenthalt irgendwo nie lange genug, daß meine Familie mir hätte schreiben können. Ich freue mich wirklich, daß Sie mir den Brief gebracht haben. Ich stehe in Ihrer Schuld.«

Daisy schaute auf ihre Füße. »Es war keine große Mühe,

sondern hat mich gefreut herzukommen. Hoffentlich sind es gute Nachrichten.« Sie warf einen Blick auf Jess. »Hallo, Mr. Oliver!«

»Ich hätte nicht erwartet, Sie hier zu treffen, Daisy. Suchen Sie Arbeit?« Er blinzelte Reed zu. »Wir könnten noch eine Hilfskraft gebrauchen. Kennen Sie sich mit Pferden aus?«

Daisy kicherte. »Ich glaube, ich bleibe lieber bei meinem Postamt.« Aufmerksam betrachtete sie das Pferd, das er gerade beschlug. »Pferde und ich, tja, wir kommen nicht so großartig miteinander aus. Irgendwie hab' ich Angst davor.«

»Das ist wahrscheinlich auch angebracht. Ich wünschte, darauf hätte ich geachtet, bevor mich zum ersten Mal ein Hufschlag traf. Falls Sie es sich doch noch anders überlegen, sagen Sie's mir.«

»Ganz bestimmt, Mr. Oliver.« Sie sah Reed noch einmal an. »Ich denke, ich mache mich mal wieder auf den Rückweg.«

»Vielen Dank fürs Briefbringen. Das ist so ziemlich das Netteste, was je jemand für mich getan hat. Wenn ich mich einmal revanchieren kann, rühren Sie sich! Und das meine ich ernst.«

Daisy nickte. »Ist gut.« Sie wandte sich ab. »Auf Wiedersehen«, dann fügte sie noch hinzu: »Auf Wiedersehen, Mr. Oliver.«

Jess winkte ihr zu.

»Wiedersehen, Daisy«, grüßte Reed. »Und noch mal danke.«

Er sah Daisy nach, als sie zum Haus hinüberging. Susannah öffnete die Hintertür, so daß sie hineinkonnte. Reed schaute auf den Brief in seiner Hand und riß den Umschlag auf.

Liebster Reed,
Deine Mutter und ich sind wirklich selig, von Dir zu hören und zu erfahren, daß alles in Ordnung ist. Ich weiß, wie schwer

es für Dich sein muß zu schreiben, wenn Du unterwegs bist. Um so mehr danken wir Dir, daß Du verstehst, wie gern wir wissen möchten, wo Du bist und wie es Dir geht. Besonders Deine Mutter wird immer sehr unruhig, wenn wir längere Zeit nichts von Dir hören.

Seit wir Dir zum letzten Mal geschrieben haben, hat sich hier nicht allzuviel geändert. Deine Schwestern sind wohlauf, sie schicken Dir ihre besten Grüße. Ich werde langsam etwas kahler als zu der Zeit, wo Du mich zum letzten Mal gesehen hast; doch Deine Mutter ist immer noch so schön wie an dem Tag, als ich sie heiratete. Ich habe einen eleganten neuen Wagen gekauft, um sie in der Stadt spazierenzufahren. Nächste Woche mache ich eine Landpartie, um mir ein Paar neue Kutschpferde anzusehen. Hannah und Dandy werden doch langsam etwas alt. Ich glaube, daß es an der Zeit ist, sie hinaus auf die Weide zu lassen. Es ist kaum zu glauben, daß Du noch ein Junge warst, als das Fohlen Hannah zu uns kam; und ich erinnere mich genau an den Tag, als ich Dandy auf dem Markt gekauft habe, und Du darauf bestandest, ihn den ganzen Weg nach Hause zu reiten. Wo sind nur all die Jahre geblieben?

Letzte Woche habe ich Harriet Van Meter in der Oper gesehen. Sie fragte nach Dir und bat mich, Dir ihre Grüße zu bestellen, wenn ich Dir das nächste Mal schreibe. Ich weiß nicht, ob Du Dich an sie erinnerst, sie ist Alanas Mutter. Sie sagte, Alanas reicher Ehemann hätte einen Rechtsanwalt aus New York engagiert, um sich scheiden zu lassen. Harriet dachte an die Zeit, als Du und Alana damals ineinander verliebt waren. Sie wollte Deine Adresse haben, damit Alana Dir schreiben könne. Vergib mir, daß ich mir die Freiheit genommen habe zu lügen; aber ich tat so, als gäbe es keine Adresse von Dir. Sie wirkte ernsthaft enttäuscht.

Mrs. Harrison Brewer kam von ihrer Reise nach Südamerika malariakrank zurück. Sie starb drei Wochen, nachdem sie wieder hier war. Ein Jammer! Dein Freund aus dem College, Jackson Haggerty, hat kürzlich seine fünfte Tochter bekommen. Unsere ehemaligen Nachbarn, die Morisettes, zählen jetzt sieben Söhne! Ich frage mich, ob die Familien nicht ein Tauschgeschäft machen sollten.

Übrigens ist es auch um Adam Copleys Gesundheit nicht mehr gut bestellt (je schlechter es ihm geht, desto besser). Ich wünsche mir, daß sich bei seinem Ableben alles endgültig setzen wird. Es wäre wirklich schön, wenn Du wieder hier sein könntest, und wir Dich öfters sähen. Unsere Sonntagnachmittagsgespräche vermisse ich mehr, als ich Dir sagen kann. Jedesmal, wenn ich in die Bibliothek gehe, hoffe ich irgendwie doch, Deine langen Beine auf der Ottomane liegen zu sehen und Dich im Sessel davor mit einem Buch in der Hand. Dieses alte Haus bewahrt die Erinnerung an Dich, ganz wie der zerfledderte Ledersessel am Kamin in meinem Studierzimmer den Abdruck von Deinem letzten Hiersein noch zu tragen scheint. Solltest Du je in eine Stadt kommen, die groß genug ist für einen Photographen, laß doch ein Bild von Dir für Deine Mutter und mich machen.

Was Deine Mutter betrifft: Sie steht hier neben mir und ringt die Hände, weil ich mich beeilen soll. Sieht so aus, als hätte sie Dir auch das eine oder andere zu sagen; daher schließe ich mit einem Hinweis auf all die Liebe und Zuneigung, die ich für Dich hege.

Gott segne Dich,
Dein Vater

Reed schluckte die Gefühle herunter, die in seiner Kehle aufsteigen wollten. Tausend Erinnerungen an besondere Ereignisse, die er mit seinem Vater erlebt hatte, bestürmten ihn. Von all den Dingen, die er in seinem Leben bedauerte, stand die Trennung von seinen Eltern an oberster Stelle. Er holte tief Atem und schaute hinunter auf die vertraute Handschrift seiner Mutter.

Mein lieber Sohn,
Ich kann Dir gar nicht sagen, wie dankbar ich war, Deine ärztliche Klaue auf dem Umschlag zu sehen, der vor ein paar Tagen eintraf. Mir scheint, daß ich im Laufe der Zeit immer ungeduldiger auf Deine Briefe warte. Trennung macht tatsächlich das Herz weicher – wenn es überhaupt möglich wäre, Dich noch mehr zu lieben, als ich es ohnehin tue.

Soeben habe ich durchgelesen, was Dein Vater zu Papier gebracht hat. Es ist wirklich lieb, wie er Dir immer alle Neuigkeiten schreibt, damit ich meine wenigen Zeilen darauf konzentrieren kann, Dir mitzuteilen, wie sehr wir Dich weiterhin vermissen. Der Gärtner hat einen alten Kreisel von Dir in meinem Rosengarten ausgegraben. Als ich ihn sah, mußte ich weinen. Zwei Tage lang war ich zu nichts zu gebrauchen. Die Metallspitze ist verrostet und die Farbe vom Holz abgeblättert, das aus Rissen und Splittern besteht; aber der wertvolle Fund hat jetzt einen Ehrenplatz auf dem Bücherregal neben der Pfeife Deines Urgroßvaters, der Brille meiner Mutter und der alten Familienbibel.

Ich weiß, daß Du immer meiner weiblichen Intuition vertraut hast; hoffentlich bist Du mir also nicht böse, wenn ich Dir schreibe, daß ich in letzter Zeit immer ein gesegnetes und sicheres Gefühl habe bei meinem Abendgebet für Dich. Es kommt mir vor, als stehe Gott mir bei, indem er mich hinsichtlich meines Sohnes in Sicherheit wiegt. Ich hoffe, daß es stimmt und wir bald wieder alle beieinander sein können. Noch mehr bete ich darum, Du mögest jemanden finden für

Dein Herz, damit Dir nicht länger diese wertvollste aller menschlichen Segnungen vorenthalten bleibt.

Mein liebster Sohn, Dein Vater sagt mir, er müsse jetzt gehen, wenn er diesen Brief heute noch aufgeben will, und so schließe ich – wie bei allen meinen Briefen – in dem Bewußtsein, daß es da noch so viel mehr gäbe, was ich Dir gern sagte. Doch da die Zeit es nicht zuläßt, bitte ich Dich nur, daran zu denken, daß Du immer in meinen Gedanken bist, und daß kaum je ein Tag vergeht, an dem ich mich nicht an die Wärme und Freude jener Gelegenheiten erinnere, bei denen ich Deine kleine Jungenhand in der meinen hielt. Möge der Herr Dich behüten, solange wir fern voneinander sind.

Wie immer
Deine Dich liebende Mutter

Eine Stunde, nachdem Daisy fortgegangen war, schlug Jess Oliver den letzten Nagel in Wolfsmilchs Hufeisen. Als er fertig war, ließ er den Huf des Pferdes los und richtete sich mit einer Grimasse auf. »Herr im Himmel! Ich bin wirklich froh, daß dies das letzte war. Heute könnte ich kein einziges Pferd mehr beschlagen. Ich werde langsam zu alt dafür.«

»Ach was, das hat nichts mit dem Alter zu tun«, entgegnete Reed. »Selbst ein junger Mann hätte Schwierigkeiten, wenn er so viele Stunden vorgebeugt arbeiten müßte wie Sie.«

Jess streckte noch einmal den Rücken durch und begann, sein Werkzeug in seinen Wagen zu packen. »Da könnten Sie recht haben. Vielleicht tut mein Rücken auch nicht weher als früher. Ich jammere nur mehr darüber.«

»Lassen Sie doch irgendwann Ihren Sohn die schwierigeren Arbeiten übernehmen!«

Jess warf die gebrauchten Hufeisen auf sein Fuhrwerk, wo sie mit Getöse landeten. »Daran habe ich auch schon gedacht, aber dann würden mir all die schönen Dinge fehlen, die ich von den Damen zu essen bekomme, wie zum Beispiel Miss Susannahs Kuchen.«

»Ihren Kuchen?«

»Haben Sie noch nie Miss Susannahs Kuchen gekostet?«

Reed kramte in seinem Gedächtnis. Zu mehreren Anlässen hatte es bereits Kuchen gegeben, aber den hatten immer Tante Vi oder Dally gebacken. So weit er wußte, war da noch kein Kuchen von Susannah dabeigewesen. Er schüttelte den Kopf. »Nicht daß ich wüßte!«

»Dann haben Sie wirklich etwas versäumt. Ihre Kuchen bekommen jetzt schon seit fünf oder sechs Jahren immer Preise auf dem Jahrmarkt. Wenn ich es mir genau überlege, hat meine Frau sogar gesagt, daß sie letztes Jahr auch einen Preis für ihr eingelegtes Gemüse bekam.«

Das konnte sich Reed schon eher vorstellen.

Jess sah zum Haus hinüber. »Glauben Sie, sie ist mir böse, weil ich nicht letzte Woche zum Beschlagen gekommen bin, wie ursprünglich vereinbart?«

»Nein, ich kann mir nicht vorstellen, daß sie böse auf Sie ist. Wie kommen Sie darauf?«

Jess kratzte sich am Kopf. »Tja, ich weiß nicht so recht – aber sonst hat sie mir immer eine Tasse Kaffee und ein schönes Stück Kuchen gebracht, bevor ich fertig war, und heute läßt sie sich nicht einmal blicken...«

»Sie macht Tomaten ein.«

»Quatsch! Das ist doch keine Ausrede«, sagte Jess, während er die Schmiedeschürze auszog. »Sonst hat sie auch immer zu tun gehabt – Tomaten, Kürbis, Okra, Mais, was immer Sie wollen. Stets ließ sie die Arbeit eine Weile liegen, um mich zu begrüßen.« Er schüttelte den Kopf und sah zweifelnd hinüber zum Haus. »Irgendwas habe ich bestimmt gemacht, weswegen sie mir zürnt, auch wenn« – wieder kratzte er sich am Kopf – »ich nicht recht weiß, was es sein könnte.«

»Sie wissen doch, wie Frauen sind. Sie brauchen nicht immer einen Grund, wenigstens keinen, den ein Mann verstehen würde. Es hat sicher nichts mit Ihnen zu tun.«

»Ich kann es mir aber einfach nicht erklären, warum sie mir aus dem Weg geht.«

Reed hatte so ein Gefühl, als könnte er die Ursache kennen, allerdings wollte er mit Jess Oliver nicht darüber diskutieren. Er ging nur einfach davon aus, daß Susannah Jess nicht beachtete, weil sie Reed nicht beachten wollte bei seiner Mithilfe.

»Ich wette, sie hat so viel zu tun, daß sie noch gar nicht bemerkt hat, wie weit wir sind. Warum gehen Sie sich nicht waschen, und ich sehe nach, wo der Kuchen bleibt?«

»Ich will Ihnen keine Mühe machen …«

»Das ist keine Mühe. Ich bringe Wolfsmilch nur schnell in den Stall.«

Die Küchentür stand halb offen, und der warme, würzige Geruch von kochenden Tomaten drang ihm wie ein Gruß entgegen. Reed klopfte an das Holz und schob die Tür ganz auf.

»Herein«, rief Susannah.

Sie arbeitete wortlos weiter, bis sie das nächste Glas gefüllt hatte. »Ist Jess schon weg?« fragte sie schließlich.

»Nein, der wäscht sich gerade.«

Sie richtete sich auf und sah ihn an. Irgendwie wirkte sie anders. Ihr ganzes Gesicht schien anders … ziemlich ernst oder sogar streng, als ob sie etwas belastete. Der Ausdruck ihres Blicks hatte sich auch verändert – als habe sie etwas dagegen, daß er zu ihr hereinkam.

Brüsk wandte sie sich wieder ihrer Arbeit zu und ließ ihn stehen wie einen überzähligen Schuh. Er starrte ein Astloch in einem Brett unter dem Tischbein an. Der Boden war geschrubbt und geölt. Drei Reihen mit Gläsern voller Tomaten standen an einem Ende des Tisches. Das Sonnenlicht, das durchs Fenster hereinschien, glitzerte auf den Deckeln. Sie wischte sich mit dem Ärmel die feuchte Stirn. »Brauchen Sie irgendwas?«

»Kuchen.«

Sie sah ihn neugierig an. »Kuchen? Sie kommen am hellichten Tage hier herein auf der Suche nach Kuchen?«

»Für Jess. Sieht so aus, als hätte er von Ihnen immer ein Stück Kuchen und eine Tasse Kaffee bekommen, wenn er zum Beschlagen hier war. Und jetzt, nach sechzehn Jahren mit Kaffee und Kuchen, kann der arme alte Jess sich einfach nicht vorstellen, was Sie heute abgehalten haben könnte.«

Ihr Gesicht schien zu schmelzen und in weicherer, freundlicherer Form wieder Gestalt anzunehmen. Sie warf einen Blick auf den halben Kuchen auf dem obersten Brett über dem Ofen. »Ich…«

»Sie wollten nicht nach draußen gehen, solange ich dort war«, sagte er, weil er wußte, daß das der Grund war. Er fragte sich, ob sie es wohl zugeben würde.

»Es wäre wohl etwas mehr nötig, mich zur Gefangenen in meinem eigenen Haus zu machen. Ich gehe, wohin ich will.«

»Aber nicht während meiner Gegenwart.«

»Sie würde ich auch dann nicht wollen, wenn es Sie in Goldstaub gewälzt gäbe.« Sie stemmte die Hände in die Hüften. »So, und wie kommen Sie auf den Gedanken, daß es mich in irgendeiner Weise beschäftigen könnte, was Sie treiben?«

Er griff sich den Schöpfer und tauchte ihn in den Wassereimer. »Ich weiß es nicht, denke aber darüber nach«, sagte er und trank in tiefen Zügen.

»Tun Sie das«, sagte sie und nahm den Kuchen vom Regal. »Und wenn Sie dann schon beim Nachdenken sind, könnten Sie ins Auge fassen, Daisy Hitchcock zu heiraten.«

Heftig verschluckte er sich an dem Wasser. »Daisy Hitchcock heiraten? Was, in aller Welt, bringt Sie auf den Gedanken, ich könnte Daisy Hitchcock heiraten wollen?« Er stampfte durch die Küche. »Wie kommen Sie denn auf die Idee?«

»Haben Sie sich mit Daisy getroffen?«

»Teufel auch! Ich treffe sie jedesmal, wenn ich ins Postamt gehe, aber das heißt doch nicht, daß ich sie heiraten will. Es handelt sich um Briefe und sonst nichts.«

»Sie waren nicht... Sie wissen schon... intim mit ihr?«

»Ach, du große Güte! Ist sie deswegen hergekommen? Hat sie Ihnen das erzählt?«

»Sie bekommt ein Kind.«

»Das ist, zum Kuckuck noch mal, nicht meins!«

Die Erleichterung überrollte sie in Wellen, bis sie ganz davon durchgeweicht war und beinah wackelige Knie bekam.

»Hat sie Ihnen gesagt, ich wäre der Vater?«

»Nein, sie wollte nicht sagen, wer. Ich habe nur einfach angenommen, daß natürlicherweise...«

»Es fängt an mich aufzuregen, daß man mir hier ständig wieder Sachen ans Bein schmiert. Ich schlage vor, Sie fangen auf der Suche nach dem Vater erst einmal bei Tate Trahern an!«

»Tate? Warum haben Sie den im Verdacht?«

»Weil er mies genug ist, so etwas zu vollbringen. Weil ich sehe, wie er mit ihr flirtet, wann immer ich zur Post gehe.«

Susannah war sicher, daß er die Wahrheit sagte. Sie fühlte sich höchst ungemütlich. Und froh, daß er nicht der Vater von Daisys Kind war. »Es tut mir leid, daß ich so schnelle Schlüsse gezogen habe. Bitte verzeihen Sie mir!«

»Vergessen Sie's. Geben Sie mir nur den verdammten Kuchen, und schon bin ich aus dem Weg!«

»Sie brauchen sich nicht die Umstände mit dem Kuchen zu machen. Sagen Sie Jess einfach, er soll hereinkommen.«

»Ich werd's ausrichten«, knurrte er und ging zur Tür. »Und machen Sie sich nicht die Mühe, für mich auch welchen abzuschneiden!«

»Hatte ich gar nicht vor.«

Reed ging direkt zu Jess und überbrachte ihm Susannahs Nachricht, was ihn ausgesprochen aufzuheitern schien. Reed kümmerte sich nicht mehr um Jess. Je länger er indes über ihre Begegnung in der Küche nachdachte, desto frustrierter und verbitterter wurde er. Er mußte von dieser Farm weg... wenigstens für eine Weile.

Susannah war in ihrem Zimmer, als ein Pferd herbeitrabte, und bei einem Blick aus dem Fenster sah sie Reed zu seiner Unterkunft reiten. Er hob eine Flasche an die Lippen und neigte den Kopf zurück. Dann verkorkte er sie wieder bis zur nächsten Stärkung. Doch es kam anders. Er warf sie in die Luft und zog seine Pistole. Zweimal schoß er auf sie und verfehlte.

Unter anderen Umständen hätte Susannah vielleicht gelacht. Aber diesmal nicht. Reed war sturzbetrunken. Und es konnte zumindest teilweise ihre Schuld sein, denn sie hatte ihn ungerecht verdächtigt.

Reeds Flasche rollte noch ein Stück und blieb dann liegen. Er schoß weitere Male danach, bis er sie endlich traf.

Sie schüttelte den Kopf und wandte sich ab. Susannah knöpfte ihr Kleid auf und wollte gerade ihr Nachthemd anziehen; da fiel ihr ein, daß sie etwas zu essen für ihn in der Küche stehen hatte. Höchstwahrscheinlich fehlte ihm jegliche Unterlage, und wenn er im Augenblick etwas brauchte, dann war es etwas anderes im Magen als Alkohol.

Also knöpfte sie ihr Kleid wieder zu und fragte sich, ob sie wohl das Richtige tat; aber ihr Schuldgefühl wegen ihrer gemeinen Behandlung vorhin beunruhigte sie doch sehr. Der

Teller, den sie für ihn bereitgestellt hatte, würde ihm vielleicht auch nicht guttun, aber wenn sie ihm das Essen brachte, wäre sie wenigstens etwas ruhiger.

Den feinen gebratenen Fisch, das frische Knäckebrot und Rübenkraut bedeckte sie mit einem Küchenhandtuch und machte sich dann balancierend auf den Weg über den steinigen Pfad. Ihr ganzer Mut verpuffte, als sie vor seiner Tür anlangte. Schon wollte sie die Flucht nach hinten antreten; doch dann beschloß sie, einfach zu klopfen und den Teller auf der Schwelle stehenzulassen.

Zweimal klopfte sie. Dann bückte sie sich, um den Teller abzusetzen, als sich die Tür öffnete. Sie hob den Kopf. »Ich...« Sein Anblick verschlug ihr die Sprache. Offensichtlich war er gerade dabei, sich auszuziehen, denn er trug nur noch ein Hemd. Es war ein langes Hemd, so daß alles Wesentliche verdeckt war. Sie schaute hinunter auf seine nackten Füße und entdeckte wohlgeformte Beine sowie harte Muskeln. Verlegen senkte sie den Blick.

»Es ist ein wenig spät für nachbarliche Besuche, oder?«

Er nuschelte, und seine Fahne war so beißend, daß sie die Farbe von der Wand hätte lösen können. »Ich habe Ihnen etwas vom Abendessen aufbewahrt – vielleicht hätten Sie noch gern eine kleine Mahlzeit.«

Er trat zurück und bedeutete ihr, sie solle hereinkommen. »Sie können es auf den Tisch stellen.«

Wenn sie auch nur eine Spur Verstand besessen hätte, hätte sie ihm den Teller einfach in die Hand gedrückt, aber sie war durch seine Erscheinung verwirrt. Schon sehr sehr lange hatte sie keine nackten Männerbeine mehr gesehen. Bei ihrem Anblick schlug eine Flut unangenehmer Erinnerungen über ihr zusammen.

Sie trat ein und ging zum Tisch, wo sie sich des Tellers entledigte. »Ich fürchte, es ist schon kalt, aber satt werden Sie davon.«

Als sie sich umdrehte, versperrte er ihr den Weg. Seine grauen Augen wirkten verborgen und dunkel. Sein Haar war wirr, und er sah sie unter schweren Lidern an. Er schwankte etwas im Stehen, was sie wieder an seinen Zustand erinnerte. Sie wollte sich um ihn herumdrücken.

Seine Hand kam plötzlich hoch und packte ihr Handgelenk. »Wohin denn so eilig?«

»Ich muß wieder zurück.«

»Inwiefern? Es ist doch noch zu früh, ins Bett zu gehen. Wenn Sie so umsichtig waren, mir noch etwas zum Essen zu bringen, könnten Sie mir wenigstens dazu ein wenig Gesellschaft leisten.«

Susannah machte einen Schritt rückwärts. Er ließ ihr Handgelenk los. Sie sah sich um. »Wo ist Ihr Besteck?«

»Wofür brauchen Sie Besteck?«

»Hatten Sie vor, mit den Händen zu essen?«

»Es ist da drüben in der Schublade«, sagte er. »Aber ich möchte gar nicht essen. Und was meine Hände betrifft, kann ich mir etwas Besseres zum Halten vorstellen als Besteck.«

»Ich hätte mich um Ihren Hunger gar nicht kümmern sollen.«

»Ja, stimmt, aber jetzt sind Sie nun mal hier, und ich bin zu angesäuselt, um mich noch zivilisiert zu benehmen.«

»Legen Sie sich jetzt hin, und ich vergesse, daß dies überhaupt passiert ist.«

»Es gibt doch – noch – nichts zu vergessen.«

»Sie wissen schon, was ich meine.«

»Da bin ich mir nicht so sicher. Sie sind eine Frau voller Widersprüche und bestimmt nicht das, was Sie zu sein scheinen. Sie verhexen mich. In einem Augenblick sind Sie höllisch verführerisch und im nächsten unschuldig wie ein Baby.«

»Das stimmt nicht.«

»Gewiß doch! Sie wußten genau, was das bedeutete, hier aufzutauchen.«

»Ich bin nur hergekommen, um Ihnen diesen Teller zu bringen. Als Sie in den Hof ritten, sah man gleich, daß Sie betrunken waren. Irgendwie fühlte ich mich ein bißchen mitverantwortlich.«

»Falsch. Nur Sie waren dafür verantwortlich!«

»Ich versuche ja, es wieder gutzumachen.«

»Warum?«

»Weil ich es nicht gut finde, wenn man im Zorn schlafen geht.«

»Nun werden Sie doch nicht gleich biblisch!«

»Erstaunlich, daß es Ihnen überhaupt aufgefallen ist.«

»Weil Sie glauben, ich bin zu benebelt, um die Herkunft dieser Stelle zu bemerken, oder weil so einer wie ich die Bibel kennt?«

»Beides.«

»Warum sind Sie hier?«

»Habe ich Ihnen schon gesagt.«

»Sie sollten jetzt besser gehen, denn …«

»Denn?«

»… Sie sind hier, weich und mit Ihrem süßen Duft, der das Begehren eines Mannes weckt. Ich bin betrunken und obendrein ein Mann. Verstehen Sie nicht, was das bedeutet? Was stellen Sie da mit mir an? Wollen Sie, daß ich mit Ihnen ins Bett gehe? Ist es das?«

»Um Himmels willen …«

»Gut. Ich bin froh, das zu hören, denn es hätte Ihnen sowieso nichts genützt. Ich bin nicht interessiert.«

»Dann sind wir uns ja einig, und wenn Sie mir aus dem Weg gehen, dann kann ich hinaus und Sie Ihren Grübeleien und dem Schwelgen in den Sünden der Vergangenheit überlassen, vor denen Sie davonlaufen.«

Sie wußte schon in dem Augenblick, als ihr die Worte entfuhren, daß sie ihn diesmal in einer Weise provoziert hatte, die sogar seine Gentleman-Natur überstrapazierte. Noch bevor sie überhaupt einen Gedanken an Flucht fassen konnte, hatte er sie schon an sich gezogen, und ihre Worte wurden unter seinem harten, gnadenlosen Mund erstickt, den er auf den ihren preßte.

Er küßte sie heftig und mit rauher Intensität, wie um sie damit als benutzt und billig abzustempeln.

Als er sich von ihr löste, hielt er sie auf Armeslänge entfernt. »Ich habe nur eine einzige Frau in meinem Leben geliebt, und die habe ich verloren. Es ist mir nicht danach zumute, je wieder jemanden zu lieben. Aber ich bin ein Mann mit den Bedürfnissen und Gelüsten eines solchen. Wenn Sie interessiert sind, sollten wir auf jeden Fall die Möglichkeiten erforschen, die wir haben. Wenn nicht, dann bleiben Sie mir verdammt noch mal vom Leib.« Er ließ sie los. »Nun, wie haben Sie sich entschieden? Ihr Bett oder meines?«

Sie versetzte ihm eine Ohrfeige, die heftiger ausfiel, als sie vorgehabt hatte. Dann wandte sie sich ab, weil sie Angst vor dem Ausdruck seiner Augen hatte. Aber als sie ihn dann doch wieder anschaute, war sie erstaunt von dem, was darin lag.

»Ich denke, das hatte ich verdient. Vielleicht war es wirklich besser so. Jetzt wissen Sie es. In Zukunft tun Sie gut daran, sich zu vergegenwärtigen, was heute Nacht hätte geschehen können. Und denken Sie daran, wenn Sie das nächste Mal darauf erpicht sind, Ihr Schuldgefühl loszuwerden.«

Hastig machte sie einen Bogen um ihn und blieb nur noch einmal kurz in der Tür stehen: »Es war gut, daß Sie die Frau verloren haben, die Sie liebten. Sie hätten ihr sowieso nur das Leben schwer gemacht.«

»Oh, ich habe noch Schlimmeres auf dem Gewissen«, sagte er bitter. »Glauben Sie mir, noch viel, viel Schlimmeres!«

14

Am kommenden Sonntagmorgen war Susannah schon in der Dämmerung auf den Beinen. Nach dem Frühstück stapfte sie zur Scheune, um ein Halfter und ein Seil zu holen. Dann ging sie hinaus zur Pferdekoppel. Als sie sah, daß Rosenblüte nicht da war, fiel ihr wieder ein, daß sie sie am Tag zuvor auf die hintere Weide gebracht hatte.

Nun, da war nichts zu machen – sie würde Rosenblüte wohl von dort holen müssen, dachte sie. Das kleinere Übel war der Weg zur Weide, das größere die Tatsache, daß sie dabei an Reeds Unterkunft vorüber mußte.

Sie ging in die Richtung, konzentrierte sich soweit wie möglich auf den wunderschönen Morgen, was ihr nicht allzu schwerfiel – bis sie sich seinem offenen Fenster näherte und ihn reden hörte. Mit gespitzten Ohren blieb sie stehen, wobei sie sich fragte, wer wohl sein Gesprächspartner sein mochte. Sie wußte, daß ihre Tanten im Hause waren, denn sie hatte sie beim Anziehen für die Kirche zurückgelassen – also, wer konnte es sein?

Gerade wollte sie weitergehen, als ihr klarwurde, daß ausschließlich seine Stimme erklang. Also lauschte sie noch einen Moment und erkannte, daß er anscheinend laut träumte.

Sie hörte die Federn des Bettes unter seinem Gewicht knarren, das hohle Geräusch des messingnen Kopfendes, das an die

Wand stieß. Das Bett knarrte erneut. Ihr Herzschlag wurde schneller. Sie stellte sich vor, wie er sich ruhelos im Schlaf hin und her wälzte und wie sich das Laken um die langen, muskulösen Beine geschlungen hatte, die sie so lebhaft vor Augen hatte. Plötzlich schrie er auf.

»Philippa … du weißt nicht, was du da redest. Verlange nicht von mir, daß ich das tue. Bitte. Vertraue mir. Ich weiß, daß er dein Vater ist, aber er hat unrecht. Vertraue mir …«

Plötzlich hörte sie ein gequältes Stöhnen, als würde er gefoltert. Wieder und wieder ächzte er mitleiderregend, und Susannah mußte gegen das Verlangen ankämpfen, ihn tröstend in die Arme zu nehmen.

Aber sie erinnerte sich noch daran, was sich ereignet hatte, als sie das letzte Mal bei ihm gewesen war. Ohne noch einmal zurückzuschauen, eilte sie zur Weide, um Rosenblüte zu holen, damit sie rechtzeitig in die Kirche kamen.

Wenn sie heute irgend etwas brauchte, dann war es geistliche Unterstützung.

Ein warmer Sonnenstrahl, der ihn kitzelte, weckte Reed. Er schaute auf die Uhr neben seinem Bett und konnte kaum glauben, daß er so lange geschlafen hatte, auch wenn es Sonntag war.

Nachdem er sich angezogen und seinen Kaffee getrunken hatte, ging er hinaus und sah Susannah mit Rosenblüte von der Weide kommen.

»Brauchen Sie Hilfe?« rief er.

»Nein danke, ich komme zurecht.«

Er stieg die Stufen seiner Veranda hinunter durch die Wiese bis zu der Stelle, wo Susannah vorbeikommen würde. Sie ging etwas langsamer und blieb dann stehen – was er gern sah, denn sie war wirklich eine Augenweide in dem gelben Kleid, das sie heute trug. Die Farbe ließ ihr Haar besonders zur Geltung kommen, und die goldenen Pünktchen in ihren Augen leuchten.

»Ich will meine Tanten zur Kirche fahren und muß mich beeilen.«

»Warum sind Sie denn so spät dran?«

»Fragen Sie die Dame hier«, erwiderte Susannah und deutete auf Rosenblüte. »Ich mußte das dumme Vieh über die ganze Weide jagen. Sie wollte nicht einmal folgen, als ich ihr Hafer anbot.«

Er streckte die Hand aus und nahm ihr das Seil ab. »Ich spanne sie vor den Wagen und fahre Sie dann zur Stadt.«

»So spät ist es noch nicht, daß wir Ihre Hilfe brauchen. Schließlich haben Sie heute frei.«

Reed zuckte mit den Schultern. »Ein Tag ist so ziemlich wie der andere. Ich habe sowieso nichts Besonderes vor.« Er ging los, und Rosenblüte trabte hinter ihm her.

Susannah blieb an seiner Seite. »Vielen Dank.«

»Bitte sehr«, meinte er und schritt zügig aus.

»Reed?«

»Hmmm?«

»Kann ich kurz mit Ihnen sprechen?«

Sein Tempo wurde langsamer. »Worüber?«

»Ich ... ich möchte mich entschuldigen ... für mein abendliches Eindringen vor ein paar Tagen ... schließlich handelte es sich um Ihre Privatsphäre.«

»Eine Entschuldigung ist unnötig. Ich war schuld, weil ich zuviel getrunken hatte.«

»Egal, wer schuld war – bedauerlicherweise ist es geschehen. Meine Tanten sind empfindsame Damen. Sie haben sich daran gewöhnt, daß ... daß Sie hier sind. Es ist ihnen unbegreiflich, warum Sie nicht mehr ins Haus kommen, und sie vermissen Ihre abendlichen Besuche.«

Abrupt blieb er stehen. »Und Sie?«

Verwirrt schaute sie ihn an. »Ich?«

»Vermissen nur Ihre Tanten meine Besuche?«

»Nein… nein, natürlich nicht. Ihre Gegenwart ist eine nette Abwechslung.«

Tja, er hatte sich schon gefragt, woran er bei ihr war, oder? Er schüttelte den Kopf. »Das ist eine Neuigkeit. Man hat mir schon eine Menge Namen gegeben, aber noch nie den einer ›netten Abwechslung‹.«

»Wer ist Philippa?« platzte sie heraus.

Hatte ihm da jemand einen Hieb in den Bauch versetzt? Einen Augenblick lang war er sicher, sein Körper würde sich in Stein verwandeln, und er könnte nichts dagegen tun. Jeder seiner Muskeln schien hart zu werden wie ein Felsbrocken. Nicht einmal die aufkommende Brise bewegte sein Haar. Es war, als wären er und die Welt um ihn herum erstarrt, als sie diesen Namen aussprach. Philippa… Große Güte, Philippa! Ob er sich je von dem Schmerz würde befreien können?

Er sah den bittenden Ausdruck in ihrem Gesicht. Was berührte sie? War es sein Kummer, sein Schmerz oder sein Ärger, den sie spürte? »Es tut mir leid und geht mich nichts an. Ich hätte nicht fragen sollen.«

»Wo haben Sie diesen Namen her?«

»Sie haben ihn ausgesprochen.«

»Wann?«

»Heute, vorhin… als ich an Ihrem Haus vorbeiging, um Rosenblüte zu holen. Ich hörte Sie sprechen. Zuerst dachte ich, Sie hätten Besuch, doch dann wurde mir klar, daß es nur Ihre Stimme war. Sicher haben Sie geträumt. Sie stießen einen Schrei aus. Das Fenster stand offen. Man konnte es deshalb so weit hören, weil sonst alles noch so still war. Ich wollte Sie nicht belauschen.«

Sie standen da wie die Salzsäulen und starrten einander an. Plötzlich sagte Reed: »Philippa war meine Frau.«

Ihr stockte der Atem in der Brust, daher klangen ihre nächsten Worte auch schwach. »Verzeihung! Ich wußte nicht...«

»Natürlich wußten Sie nicht. Wie sollten Sie auch?«

»Es tut mir entsetzlich leid.«

»Machen Sie sich keine allzu großen Sorgen. Die Wunde ist nicht mehr so frisch, wie sie einmal war.« Es fühlte sich seltsam an, als er das sagte; doch irgendwie stimmte es. Genaugenommen war er sogar froh, daß Susannah jetzt über seine Vergangenheit Bescheid wußte.

Susannah stellte keine weiteren Fragen, und Reed schwieg versonnen. Sie wanderten auf das Haus zu und erreichten bald die Tanten, die sie schon erwarteten.

Der tüchtige Farmhelfer kutschierte sie zur Kirche und stellte fest, daß ihm die Fahrt an diesem sonnigen Morgen genausoviel Freude machte wie ihnen. Der Wagen bewegte sich langsam durch das flache Gelände, vorbei an alten, verlassenen Bauernhäusern und dichtem Dornengebüsch, wo sie eine Gruppe von Wachteln aufscheuchten.

Während der Fahrt warf er ab und zu einen Blick auf Susannah. Sie saß ganz vorn auf der Kante des Sitzes, als würde sie selbst gleich die Flügel öffnen und fliehen, genau wie die Vögel. Normalerweise hatte sie, wenn er sie zur Kirche fuhr, einen erwartungsvollen Gesichtsausdruck und einen aufmerksamen Blick, dem nichts entging. Heute wirkte sie anders, als wäre sie in tiefes Grübeln versunken. Er wußte, daß sie über ihn nachdachte und versuchte, die Zusammenhänge zu verstehen. Vermutlich lautete ihre drängendste Frage, was wohl mit Philippa geschehen sein mochte.

Er war aber noch nicht bereit, genauere Auskünfte zu erteilen.

Sie erreichten die Kirche etwas früher als nötig. Violette bat Reed, sie um halb eins wieder abzuholen. »Wenn Sie irgend etwas zu tun haben, lassen Sie sich nicht abhalten und kommen nach der Messe zurück.«

»Ich habe eigentlich nichts vor. Deswegen bleibe ich in der Nähe.«

»Warum kommen Sie dann nicht mit uns hinein?« fragte Tante Vi.

Er warf ihr ein neckisches Lächeln zu. »Machen Sie sich Sorgen wegen meiner Sünden?«

»Nein, eher wegen Ihrer anderen Seiten. Sind Sie sicher, daß Sie nicht mitkommen wollen?«

»Ich war noch nie ein besonders religiöser Mensch.«

»Interessant«, stellte Violette fest, »daß ein Freigeist das Hohelied Salomons kennt.«

»Früher... war ich schon gläubig.«

»Dann kommen Sie doch mit und versuchen es noch einmal.«

»Das kann ich nicht.«

»Warum nicht?«

»Ich habe der Kirche den Rücken gekehrt.«

»Und Gott?«

Er zuckte mit den Schultern. »Das eine ohne das andere geht wohl kaum.«

»Warum haben Sie sich abgewandt?«

Er schaute in die Ferne. »Gott hat sich von mir abgewandt...«

»Der Herr läßt seine Schafe niemals im Stich, auch wenn es manchmal für eine Weile so aussehen mag. Haben Sie nie das Buch Hiob gelesen?«

»Vor langer Zeit.«

Sie hielt ihm ihre Bibel hin. »Dann schlage ich vor, Sie

schauen wieder hinein. Vielleicht wird es Sie überraschen, was Sie darin finden.«

Reed nahm die Bibel. »Zum Beispiel?«

»Sind Sie je auf den Gedanken gekommen, daß Gott Sie nur prüfen möchte – daß er Ihren Glauben versucht, genauso wie bei Hiob? Erinnern Sie sich nicht daran, daß Gott, nachdem Hiob standhaft blieb, ihm alles zurückgab, was er ihm genommen hatte, sogar in größerer Fülle? Ach, ihr Kleingläubigen!«

Er schaute von Violette zu Susannah, sah aber in ihrem Blick keine Ermutigung. »Danke für die Einladung, aber ich glaube, für mich ist es vorbei.«

»Seien Sie da nicht so sicher. Selbst das schwärzeste Schaf kann weiß wie Schnee werden.«

»In meinem Fall würde das eines Wunders bedürfen«, meinte Reed, »eines echten!«

»Wunder geschehen immer entgegen allen Erwartungen. Sonst wären sie ja keine.«

»Sie sind eine kluge alte Dame, und ich mag Sie gern.«

»Während Sie ein verlorenes Lamm sind, das ich auch mag.«

»So, und wenn ihr beide damit fertig seid, einander zu mögen, könntet ihr mir dann vielleicht herunterhelfen?« unterbrach Dahlia die beiden.

Alle lachten, und Reed sagte: »Ich helfe immer gern Herrschaften, die wissen, was sie wollen.«

Gerade als er die Hand ausstreckte, um sie Dahlia zu reichen, entdeckte Reed Tate Trahern, der neben Daisy in einem Wagen saß. Er mußte wohl Susannah gesehen haben, denn er unterbrach seine Unterhaltung. Reed hielt einen Augenblick inne, um zu beobachten, wie Tate jeder Bewegung Susannahs folgte. Der Mann war wirklich ein Hurenbock, dachte Reed. Tate konnte seelenruhig neben der Frau sitzen, die sein Kind erwartete; aber Susannah fesselte seine Aufmerksamkeit, Susannah begehrte er.

Die junge Frau mußte wohl gespürt haben, daß Tate sie anschaute; denn sie erwiderte den Blick kurz und wandte dann den Kopf ab, als verstecke sie sich hinter dem schützenden Rand ihrer Haube.

»Ich gehe mit Tante Dahlia schon mal hinein«, sagte sie und griff nach dem Arm ihrer Tante.

»Und ich komme gleich nach«, ergänzte Violette. »Bis ich kurz mit Maude Whittaker gesprochen habe.«

Reed blieb treulich an ihrer Seite.

»Erzählen Sie mir von Tate und Susannah«, begann er. »Hat es außer der Schüssel Wasser zwischen ihnen auch eine Romanze gegeben?«

Violettes Blick streifte Tate flüchtig. »Nein. Ein paarmal ist er zu uns herausgekommen, aber Susannah wollte nichts mit ihm zu tun haben. Einmal wurde er allerdings böse, als er sie zum Tanzen aufgefordert hat und sie nicht wollte. Er ist ein ziemlich besitzergreifender Typ und kann Abweisungen nicht verkraften. Ich dachte, er würde ihre Weigerung nie überwinden. Auf jeden Fall war er sehr lange in sie verliebt.«

»Es sieht keineswegs so aus, als hätte er inzwischen irgend etwas überwunden. Ich würde sogar behaupten, er ist immer noch in sie verliebt.«

Violette faßte Tate noch einmal ins Auge. »Ja, das könnte sein. Die arme Daisy tut mir wirklich leid, Tate scheint sich nicht das geringste aus ihr zu machen. Genaugenommen denke ich, Tate ist überhaupt nicht in der Lage, sich aus jemand anderem außer sich selbst etwas zu machen. Daran ist sein Vater schuld. Er hat Tate verzogen, weil er ihm immer alles durchgehen ließ.«

»Mein Vater hat mir auch alles durchgehen lassen, und ich bin trotzdem nicht verzogen.«

Sie lächelte. »Nein, bestimmt nicht!« Einen Moment später legte sie ihre Hand auf Reeds Arm. »Seien Sie vorsichtig in Tates Nähe. Ich habe gesehen, was für Blicke er Ihnen zuwirft. Eindeutig ist er eifersüchtig, weil Sie für uns arbeiten und immer so nah bei Susannah sein können. Tate macht oft Schwierigkeiten, Reed. Schon aus diesem Grund war ich immer froh, daß Susannah ihn nicht beachtete.«

»Ich komme mit Trahern schon klar«, beruhigte Reed sie.

»Es ist nicht nur Tate, vor dem Sie sich in acht nehmen müssen. Er hat auch all die Helfer auf seiner Seite, die für seinen Vater arbeiten.«

»Danke für die Warnung!«

Violette nickte. Sie ging hinüber, wo Maude Whittaker und Miss Abby Hungerford in ein Gespräch vertieft waren.

Reed blieb an Ort und Stelle und schaute hinter Susannah her, die mit ihrer Tante die Kirchentreppe erklomm. Sie blieben noch einmal vor dem Portal stehen, als Sam Smith sie ansprach und Susannah ein paar Worte mit ihm wechselte.

Als sie sich eine Minute unterhalten hatten, gesellte sich Jess Oliver dazu. Sie redeten eine ganze Weile miteinander, und ihr Gespräch wurde immer wieder von Gelächter unterbrochen. Sehr zu seiner Überraschung stellte Reed fest, daß Susannah lebhaft und mit Freude an der Unterhaltung teilnahm. Ihm wurde klar, daß sie nicht grundsätzlich Männer haßte, sondern sich wohl nur von denen bedroht fühlte, die sie als Frau sehen könnten. Er setzte seine Spekulationen nicht weiter fort, denn in diesem Augenblick bemerkte er, wie Tate sich Susannah näherte. Da sie ihm den Rücken zugewandt hatte, konnte sie ihn nicht kommen sehen. Als Tate sie erreicht hatte, nahm er ihren Arm und führte sie ein Stück zur Seite. Reed erkannte, daß Tate ihr dichter auf den Leib rückte, als der Anstand es erlaubte. Und er sah auch, daß Susannah das verärgerte.

Gerade wollte Reed ihr zu Hilfe eilen, da spürte er eine Hand an seiner Seite. »Sie kann selbst auf sich aufpassen«, murmelte Violette. »Schon seit Jahren kommt sie damit klar. Ich glaube kaum, daß er ihr wirklich zu nahe treten würde; aber wenn Sie sich einmischen, gibt es bestimmt Krach. Ich möchte nicht, daß sie dadurch gedemütigt wird.«

Reed blieb stehen und ballte die Fäuste. Er traute seinen Augen kaum, als er sah, wie Tate sich zu ihr hinunterbeugte, wie um sie zu küssen.

Plötzlich gab ihm Susannah einen Stoß.

Tate machte wieder einen Schritt auf sie zu, aber in diesem Moment klopfte ihm Reverend Pettigrew auf die Schulter. Er und Tate unterhielten sich für ein Weilchen. Dann wandte sich Tate widerstrebend ab.

Reed lächelte.

Violette atmete auf – Reed konnte ihre Erleichterung deutlich vernehmen. »So, ich denke, jetzt gehe ich langsam in die Kirche. Das ist Ihre letzte Chance. Sind Sie sicher, daß Sie nicht mit uns kommen wollen?«

»Nein, ich glaube, ich werde hier draußen ein wenig in mich gehen.«

Violette sah sich um und legte den Kopf in den Nacken, um einen Blick zum Himmel zu schicken. »Dafür haben Sie sich einen wirklich schönen Tag ausgesucht. Das Wetter ist zum Wolken-Angucken.«

Er sah ebenfalls nach oben. »Vielleicht werde ich also einfach nur Wolkengucken!«

»Kann sicher nicht schaden.«

Er lachte. »Nein, aber wenn ich mich recht erinnere, wird einer, der zu eifrig in den Himmel späht, doch leicht ein Opfer der Pfützen auf der Straße.«

Violette schüttelte ihre Löckchen. »Machen Sie sich da

mal keine Sorgen. In dieser Gegend gibt es nur selten Pfützen!«

Er reichte ihr seinen Arm und führte sie in den Kirchenraum.

Als er zum Wagen zurückkehrte, hörte er ein Pferd leise wiehern. Reed blickte in die Richtung, aus der das Geräusch gekommen war. Zu seiner großen Überraschung sah er seine gefleckte graue Stute an einem Baum beim Friedhof angebunden stehen. Genau dieses Tier war ihm abhanden gekommen, als sie ihn ausgeraubt hatten.

Gray Girl wieherte noch einmal und begann, den Kopf auf und ab zu bewegen. Reed lächelte erfreut – es überraschte ihn nicht, daß die Stute ihn erkannte. Sie war nicht nur ein sehr schönes Tier mit edlem Kopf und einem hohen, schlanken Körper, sondern wahrscheinlich auch das klügste beziehungsweise am besten dressierte Tier, das er je besessen hatte. Gray Girl konnte zählen, beherrschte alle möglichen Tricks und gab ihm Küßchen. Es gefiel ihr, ihm gelegentlich den Hut vom Kopf zu zupfen, und sie ließ keine Gelegenheit aus, die Satteldecke von ihrem Rücken zu werfen, bevor er den Sattel darauflegen konnte.

Er ging zu ihr hinüber und kraulte sie zwischen den Augen, zog aber auch gleich den Kopf zurück, als sie versuchte, nach seinem Hut zu schnappen. »O nein, das tust du nicht! Du bist noch nicht so lange weg, als daß ich alle deine Ungezogenheiten vergessen hätte«, sagte er und besah sie sich gründlich.

Vor etwas mehr als zwei Jahren hatte er sie bei einem Mann gekauft, der Pferde für den Zirkus ausbildete. Damals war Reed zwar nicht auf der Suche nach einem Showpferd gewesen, aber irgendwo in der Wildnis gelandet; er brauchte dringend ein Pferd, so daß er keine Wahl hatte. Und selbst da war eine Menge Überredung nötig, um den Besitzer dazu zu bringen, sich von ihr zu trennen – er knöpfte Reed eine Menge Geld dafür ab. Doch sie war das Geld eindeutig wert gewesen, und schon bald hatte Reed sie so gern, daß er sie um nichts in der Welt mehr hergegeben hätte.

Er fing an, sie loszubinden; aber als er nach den Zügeln griff, hielt er inne.

Es empfahl sich zu warten, bis die Kirche aus war und dieser Schuft von einem Dieb wiederkam, um sie sich zu holen.

Gray Girl wieherte noch einmal, als Reed sich abwandte. Er ging zum Wagen hinüber und stieg hinauf. Zerstreut warf er einen Blick auf die Bibel in seiner Hand. Ohne recht zu wissen, warum, öffnete er das Buch Hiob und begann zu lesen.

Der Gesang der Gläubigen drang an seine Ohren, und er schloß die Augen, um der Melodie von ›Amazing Grace‹ zu lauschen.

Oh, gnadenvoll, wie süß der Klang, rettet' mich, wie's gescheh'n.
Verloren war, gefunden nun – war blind, jetzt kann ich seh'n.
Die Gnade lehrte mich die Furcht, die Gnad' mich neu befreit…

Als das Lied zu Ende war, rannen Tränen über Reeds Wangen. Auf einmal wußte er, daß hier mehr ins Spiel kam als nur Susannah. Zum ersten Mal seit fünf Jahren betete er. Als er endete, war ihm klar, daß er am nächsten Sonntag auch in der Kirche sein würde.

Eine halbe Stunde später neigte sich der Gottesdienst dem Ende zu. Tate Trahern war einer der ersten, die hinausströmten. Reed sah ihn die Treppe herunterkommen und den Rasenplatz überqueren in Richtung Gray Girl. Er band die Stute los und hatte schon einen Fuß im Steigbügel, bis Reed an seiner Seite war und nach dem Zügel greifen konnte. Gray Girl blieb stehen und drehte sich um. Die plötzliche Bewegung brachte Tate so aus dem Gleichgewicht, daß Reed ihn mühelos herunterzog. Die Stute buckelte ein paarmal und blieb dann breitbeinig stehen, wobei sie heftig mit dem Schweif wedelte.

»Ich glaube, Sie sind aufs falsche Pferd gestiegen«, knurrte Reed.

Tate hatte die Fäuste geballt, als er sich Reed zuwandte. »Ich glaube, Sie sollten sich lieber um Ihre eigenen Angelegenheiten kümmern.« Er wollte wieder aufs Pferd steigen, aber Reed hielt ihn davon ab. Diesmal holte Tate tatsächlich aus, aber sein Kontrahent ging in Deckung.

Im selben Moment verließ Sheriff Jonah Carter die Kirche. Augenblicklich erfaßte er die Situation und kam im Dauerlauf herüber. »Also jetzt macht mal eine Minute halblang, ja! Sieht mir ganz so aus, als hättet ihr beiden die Kirche 'n bißchen zu früh verlassen. Vielleicht seid ihr einfach nicht lang genug geblieben, um die Predigt des Pfarrers zu beherzigen. Wo liegt das Problem?«

»Dieser Herumtreiber will nicht, daß ich auf mein Pferd steige«, brauste Tate auf.

Der Sheriff schaute Reed an, als erwarte er eine Antwort.

Reed gab sie ihm. »Es geht mich nichts an, wenn er auf sein Pferd steigt. Aber wenn er *meines* benutzt, stört mich das.«

»Wollen Sie damit sagen, daß das hier Ihr Pferd ist?« Der Sheriff schob den Hut zurück und kratzte sich am Kopf, während er von Reed zu Tate und dann zu der grauen Stute schaute. »Binden Sie das Tier an, bis die Sache geklärt ist«, befahl er, und einer der umstehenden Männer befolgte seine Anordnung.

»Dieses Pferd gehört Doppel-T«, fing Tate wieder an.

»Also, ihr beide behauptet, das Pferd gehört euch, stimmt's?«

Tate nickte. »Es ist meins!«

»Das Pferd wurde mir gestohlen«, ließ Reed sich vernehmen.

»Haben Sie irgendwelche Papiere, die beweisen, daß es Ihnen gehört?« wollte Jonah wissen.

»Nein.«

»Und Sie, Tate? Haben Sie welche?«

»Das Pferd ist auf Doppel-T-Land geboren worden. Wir haben nie Papiere für unsere eigenen Bestände.«

»Es muß doch irgendeinen Beweis geben, wem es gehört, ohne sich deswegen zu prügeln«, seufzte der Sheriff. »Auch wenn ich nicht recht weiß, welchen.«

Die Gemeinde, einschließlich des Pfarrers, hatte sich um sie versammelt. »Fragen Sie Mr. Trahern, ob das Pferd irgendwelche charakteristischen Zeichen oder Narben hat, die er kennt«, schlug Reed vor.

Tate ärgerte sich schon, weil man ihn überhaupt etwas fragte. »Es liegt doch auf der Hand, daß die Stute keine Narben hat. Ihr Fell ist weich wie das eines Babys.«

Jonah nagelte ihn darauf fest. »Sie bestätigen also, daß es keine auffälligen Zeichen an der Stute gibt?«

»Genau das.«

Jonah sah Reed an. »Und Sie? Wissen Sie irgendwelche Besonderheiten?«

Reed begann, eine lange Narbe unten am Bauch der Stute zu beschreiben. »Sehen Sie doch einmal nach«, forderte er den Sheriff auf.

Carter bückte sich ächzend, um einen Blick auf den Bauch der Stute zu werfen, da stand er auch schon wieder aufrecht. »Die Narbe ist da und sieht genauso aus, wie er sagt.«

Eine Bewegung ging durch die Menge, gefolgt von einem

plötzlichen allgemeinen Getuschel. Reed achtete nicht darauf, sondern bemühte sich, sein Eigentum noch klarer zu beschreiben. Diesmal richtete er seine Frage direkt an Tate. »Sie wissen wohl auch nicht, ob das Pferd irgendeine spezielle Ausbildung durchlaufen hat?«

Tate sah Reed an, als spräche er Chinesisch. »Spezielle Ausbildung? Sie ist zugeritten, falls Sie das meinen.«

»Meine ich nicht.«

Tate schien sich unbehaglich zu fühlen, und Reed wußte, daß er gewonnen hatte. Er drehte sich um und pfiff. Gray Girl hob mit einem Ruck den Kopf und spitzte die Ohren. »Binde sie los«, sagte er zu dem blonden Jungen neben ihr, »und laß sie laufen.«

»Sie meinen freilassen?« vergewisserte der Junge sich.

»Genau.«

Der Junge schwang ihre Zügel über den Hals und ließ sie los.

Reed pfiff noch einmal.

Gray Girl schnaubte und nickte mit dem Kopf, dann kam sie zu ihm herübergetrottet. Als sie ihn erreicht hatte, streichelte Reed sie und kraulte sie unter dem Kinn, während er mit ihr redete. Gray Girl warf noch ein paarmal den Kopf hoch und begann, an seinem Gesicht zu knabbern.

Als die fünfjährige Jessica Suiter sagte: »Mama, guck mal, das Pferd gibt dem Mann ein Bussi«, fingen alle an zu lachen.

Das heißt alle, bis auf Dahlia, die nicht sehr amüsiert wirkte, als sie Violette zuflüsterte: »Ich wußte es! Ich wußte, daß der Kerl ein Nichtsnutz ist, schon als ich ihm zum ersten Mal begegnete. Er hat für einen Zirkus gearbeitet!«

»Um Himmels willen, Dally! Hast du jetzt völlig den Verstand verloren?«

»Er ist ein fahrender Geselle, und denen kann man bestimmt nicht trauen. Sie stehlen wie die Raben.«

Abgelenkt vom Gelächter und den Rufen der Leute, paßte Reed nicht genug auf. Mehr brauchte Gray Girl auch nicht, und schon hatte sie ihm den Hut vom Kopf gezogen und begann, ihn zu schwenken. Immer wenn er versuchte, danach zu greifen, hob sie den Kopf nach oben oder drehte ihn zur Seite. Alle kugelten sich vor Lachen. Es kostete Reed geschlagene fünf Minuten, seinen Hut zurückzubekommen.

Er fragte die Stute, wie alt sie wäre. Gray Girl stampfte fünfmal mit dem Huf auf. Die Kinder begannen zu kichern und in die Hände zu klatschen. »Ich will auch so ein Pferd!« rief eines.

Schließlich verkündete Sam Smith: »Das ist das erste weibliche Wesen, das freiwillig sein Alter preisgibt.«

In die allgemeine Heiterkeit trat der Sheriff einen Schritt vor. »Also, ich glaube, wir haben genug gesehen.« Er wandte sich an Reed. »Nehmen Sie Ihr Pferd mit.«

»Der Sattel gehört mir«, protestierte Tate schwach.

»Der Sattel gehört zum Pferd«, bestimmte der Sheriff. »Wenn's nach mir geht, gehen Sie entweder für Pferdediebstahl ins Gefängnis oder verzichten auf Ihren Sattel.« Er sah Reed an und fügte hinzu: »Oder beides, wenn Mr. Garrett darauf besteht, Sie anzuzeigen.«

»Ich will nur mein Eigentum zurück«, sagte Reed. »Den Rest vergesse ich.« Er nahm den Sattel ab und legte ihn auf den Boden. »Auf Tate Taherns Sattel lege ich keinen Wert.«

»Behalten Sie ihn«, zischte Tate. »Ich brauche Ihr Almosen nicht.« Er drehte sich um und stolzierte davon. Es war offensichtlich, daß Tate vor Wut schäumte.

15

Susannah saß neben einer alten Schaukel unten am Bach und dachte an Reed, da tauchte er prompt auf. Sie erkannte an seinem erstaunten Blick und der Art, wie er plötzlich stehenblieb, daß er zufällig vorbeikam.

»Tut mir leid, daß ich so einfach hier erscheine. Ich hatte Sie nicht gesehen. Hoffentlich störe ich nicht.«

Er war so ein freundlicher, höflicher Mensch, dachte Susannah. Warum nur konnte sie sich in seiner Nähe nicht natürlich verhalten? Warum dachte sie in letzter Zeit immer wieder an ihre Mutter und ein scharlachrotes Satinkleid, wenn sie ihn sah? Sie räusperte sich. »Ist schon gut. Ich bin nicht mit irgend etwas Bestimmtem beschäftigt. Eigentlich komme ich nur aus alter Gewohnheit hierher. Schon als kleines Mädchen habe ich diesen Platz geliebt. Im Sommer schlichen Daisy und ich uns oft her und schaukelten bis hoch hinaus über den Bach. Dann ließen wir los und landeten im Wasser. Meine Tanten hatten eine Todesangst. Darum haben sie es schließlich verboten.« Sie lehnte sich etwas zurück und stieß die Schaukel an. »Es kommt mir vor, als wäre das vor einer Million Jahren gewesen.«

Auf einem Baumstumpf in ihrer Nähe nahm er Platz. »Ich wußte gar nicht, daß Sie und Daisy enge Freundinnen sind.«

»Nun, enge Freundinnen sind wir jetzt wohl nicht mehr, aber damals standen wir uns sehr nah. In der Schule waren wir unzertrennlich.«

»Was ist passiert? Haben Sie sich gestritten?«

Sie dachte darüber nach und schüttelte dann den Kopf. »Nein, es gab keinen konkreten Anlaß. Es kam langsam dazu, wie bei Bächen, die sich immer tiefer in den Boden graben.

Während des Heranwachsens wurden auch unsere Unterschiede deutlicher.«

»Welche Unterschiede?«

»Was wir so vom Leben erwarteten. Daisy interessierte sich für Jungen und hatte immer Verehrer.«

»Sie denn nicht?«

»Nein, und bevor Sie weiterbohren: Da hat sich nichts geändert. Daisy ist eine geborene Mutter. Sie kommt aus einer großen Familie und kann sehr gut mit Kindern umgehen. Nichts wäre ihr lieber, als verheiratet zu sein und ein Haus voller Kroppzeug zu haben…« Susannah verstummte. Sie holte tief Luft und sagte: »Arme Daisy! Seit ihr Vater so krank ist, arbeitet sie hart, um ihre Familie zu ernähren. Es ist irgendwie nicht fair. Die reichen Leute scheinen immer in allen Beziehungen Vorteile zu haben.«

»Nicht immer«, wandte er leise ein.

Sie überlegte, was es wohl für ein Kreuz sein mochte, das er trug, welch dunkle Geheimnisse in seinem Inneren lagen, ganz ähnlich wie bei ihr. Unwillkürlich fragte sie: »Was führte dazu, daß Sie Ihren Glauben verloren? Oder verschwand er langsam… wie meine Freundschaft mit Daisy?«

Er beugte sich vor, stieß die Schaukel noch einmal an und antwortete nicht. Beide saßen schweigend da und schauten zu, wie das Brett hin und her schwang. Schließlich sagte er: »Ich kann mir fast vorstellen, wie Sie sich als kleines Mädchen hier vergnügten und Ihren Tanten Agonien bereiteten.«

»Es gab Zeiten, da war ich sehr übermütig. Jetzt, wo ich älter bin, verstehe ich, daß sie vermutlich Todesängste ausstanden, wenn ich ihnen entwischte. Sie kannten ja den Umgang mit Kindern nicht. Bestimmt hatten sie große Sorgen um mich.«

»Doch das hat Sie nicht abgehalten.«

Ihr Lächeln fiel ein wenig schief aus. »Nein, natürlich nicht. Nicht weil ich absichtlich aufsässig war, sondern ich dachte einfach nicht weiter nach. Ich wußte nur, daß meine Tanten mit mir immer schrecklich sanft umgingen. Sie haben mir viel mehr durchgehen lassen als jede Mutter.«

Allerdings band sie ihm nicht auf die Nase, was der Grund dafür gewesen war, daß ihre Tanten sich so verhielten: Weil sie versuchten, wiedergutzumachen, was das Leben ihr in ihren ersten Jahren vorenthalten hatte, ein Leben, das alles andere als leicht gewesen war.

»Wenn ich das richtig verstanden habe, starb Ihre Mutter, als Sie noch klein waren. Sind Sie deshalb zu Ihren Tanten gekommen?«

Sie spürte, wie ihre Muskeln sich verspannten. Er näherte sich verbotenem Terrain, so daß ihre Vergangenheit sich vor ihr erhob wie ein Ungeheuer aus der Tiefe. Angst und Abwehr erfüllten sie bis in ihre Fingerspitzen, brachten sie zum Kribbeln. Schon seit einiger Zeit wußte sie, daß dieser Augenblick kommen würde, sie hatte sich innerlich darauf vorbereitet. Und doch war sie jetzt zutiefst unsicher, wie weit sie mit der Wahrheit herausrücken sollte.

Nach einer längeren Pause sagte sie: »Ja, sie starb.«

»Wie alt waren Sie damals?«

»Neun… fast zehn.« Bitte verschonen Sie mich!

»Und Ihr Vater? Was ist mit ihm?«

Sie starrte ihn kalt an und sagte dann ohne Umschweife: »Ich weiß nicht, wer mein Vater war, was bedeutet, daß ich wohl unehelich sein muß, nicht wahr? Schockiert Sie das?«

»Nein, sollte es?«

Gleichgültig zuckte sie mit den Schultern, um ihm das Gefühl zu geben, er möge denken, was ihm gefiele. Aber es war ihr nicht gleichgültig, sondern sogar sehr wichtig.

»Als Ihre Mutter starb, waren Sie neun oder zehn. Sind Sie danach gleich zu Ihren Tanten gekommen?«

»Meine Mutter schrieb ihnen, als ihr klar wurde, wie es um sie stand. Sie kamen sofort zu mir, als sie die Nachricht erhalten hatten. Unglücklicherweise war meine Mutter schon tot, als sie ankamen.«

»Und sie sind Ihre Verwandten?«

»Ja, sie sind die Tanten meiner Mutter, also meine Großtanten.«

Susannah hielt die Schaukel an. »Wissen Sie was? Sie stellen zu viele Fragen, und ich habe keine Lust mehr zu antworten.« Daraufhin wollte sie sich entfernen. Er machte einen Schritt, wie um ihr den Weg zu verstellen, behinderte sie allerdings nicht wirklich. Irgend etwas brachte sie dazu, stehenzubleiben, seine Reaktion abzuwarten. Ein Teil von ihr wollte wegrennen, sich zurückziehen so wie immer; doch andererseits hegte sie den Wunsch, daß er alles erfuhr, sie verstand und tröstete. Sie hatte die Liebe von Mutter und Vater vermissen müssen, Zuneigung, Wärme, kleine Zärtlichkeiten. Ihre Tanten liebten und versorgten sie, so gut sie es irgend vermochten; doch es gab Zeiten, da sehnte sie sich danach, daß jemand sie in die Arme nahm, festhielt und ihr sagte, es würde schon alles gut werden.

»Gehen Sie nicht!«

Sie sah sich um, überlegte, zerbrach sich den Kopf, wie sie die Sache am besten in den Griff bekäme. Sollte sie einfach zu ihm sagen, das Gespräch wäre beendet, oder nur davongehen und keine weitere Erklärung abgeben?

Er mußte so etwas vorausgeahnt haben, denn er trat noch näher auf sie zu. Derweilen machte sie einen Schritt rückwärts, und ihr Rücken berührte einen Baum. Sie erinnerte sich an das letzte Mal, als er sie in eine solche Position gebracht hatte – und was damals geschehen war. Sie konnte nicht zulassen, daß er sie noch einmal küßte, unter gar keinen Umständen.

Während ihr Herz vor Furcht heftig klopfte, stützte er seine Arme auf beiden Seiten von ihr an dem Baum ab, so daß sie dazwischen gefangen war. Er berührte sie nicht, sondern beugte sich einfach nur vor und legte seine Lippen auf die ihren.

»Vertrau mir«, flüsterte er, »so wie deinen Tanten damals.«

»Meine Tanten gehören zur Familie. Sie haben mich geliebt.«

»Und du nimmst an, daß ich das nicht tue?«

»Ja…« Sein Kuß unterbrach, was immer sie hätte hinzufügen wollen.

Die Berührung seiner Lippen war weich, innig, fragend; sie sollte spüren, daß es auch andere Formen der Zuneigung gab, die weder lüstern noch rauh waren. Sie fühlte sich verzehrt von einer Kraft, die ihren Muskeln die Bereitschaft und Fähigkeit zur Flucht entzog. Zwar versuchte sie die Schwere abzuwehren, die sich über sie legte; aber genauso groß war das Bedürfnis zu erfahren, was er ihr wohl sonst noch würde zeigen können.

Seine Zärtlichkeit hatte sie von Anfang an entwaffnet, und jetzt begann die Anziehung, die in letzter Zeit ständig gewachsen war, sie ganz zu beherrschen. Ihr Kampfgeist fing an zu erlahmen. Sie erinnerte sich an die Dinge, die sie als Kind gesehen hatte, die Paarungsakte nebst den dazugehörigen Geräuschen. Inzwischen wußte sie, daß sie auch so etwas wollte, daß er sich ebenfalls mit ihr zusammentat, immer und immer wieder, bis sie laut aufschrie. Sie wollte, daß er mit ihr schlief. Gütiger Himmel, sie wollte von ihm geliebt werden.

»Du brauchst keine Angst vor mir zu haben. Ich würde nie etwas tun, das dich schmerzt oder was du nicht willst.«

Wie konnte sie ihm klarmachen, daß es genau das war, wovor sie Angst hatte? Er sprach leise mit ihr, seine Worte waren kaum mehr als ein Flüstern an ihren Lippen, und sie wußte, was sie seit so langer Zeit gebraucht und ersehnt hatte. Während all der Jahre, seit sie erwachsen war, hatte sie sich danach gesehnt, geliebt, begehrt zu werden – aber sie fürchtete sich davor, es geschehen zu lassen. Zu gut kannte sie den Preis dafür. Jetzt war sie schwach trotz all ihres Wissens, der inneren Warnungen. Unter seinen Liebkosungen schmolz sie dahin.

Er schob die Schultern ihres Kleides bis zu ihrer Taille hinunter. »Du bist so schön.« Mit weiteren Küssen berührte er ihre Brüste, küßte sie auch dort. Ihr Kopf sank nach hinten an den Baum, und ein Ächzen entrang sich ihren Lippen, ein Seufzen, das sie zurückbrachte in eine andere Zeit, an einen anderen Ort ... bis alles wieder über sie hereinbrach. Sie sah sich, wie sie damals gewesen war, an jenem Tag vor so vielen Jahren, als sie zum ersten Mal beobachtet und erfahren hatte, was ihre Mutter dort tat – ein kleines Mädchen, das aus einem vorhangbedeckten Alkoven seine Mutter mit einem Freier beobachtete.

Draußen hatte es geregnet, ein warmer, dumpfer, grauer Nachmittag. Wegen des Regens traf Susannah im Hof keine Freundinnen, und so war sie hereingekommen, um mit ihrer Puppe zu spielen. Nach kurzer Zeit kam ein Kunde zu ihrer Mutter, und Susannah wurde hinausgeschickt. Weil sie keinen Platz für sich hatte finden können, hatte sie ihre Puppe in den Alkoven getragen, hinter den Vorhang; doch schon bald hatte nicht mehr die Puppe, sondern ihre Mutter ihre ganze Aufmerksamkeit gefesselt.

Susannah konnte die Bilder nie mehr loswerden, die sich an jenem Tag ihrem Gemüt einprägten, von dem Fremden und die Art, wie er ohne seine Hosen aussah, oder von ihrer schönen Mutter, die vor ihm ihre Kleider ablegte.

Es waren nicht so sehr die Bewegungen oder die Geräusche, an die sich Susannah vor allem erinnerte, auch nicht die Leidenschaft, die das Gesicht des Freiers verzerrte, sondern die Art, wie ihre Mutter teilnahmslos den Kopf abwandte. Seit jenem Tag hatte Susannah nie wieder einen Menschen mit einem Gesicht bar jeglichen Gefühls erblickt. Es war nicht die Mutter, die sie kannte, sondern eine Fremde – unsagbar fern, bar jeder Zärtlichkeit oder Liebe.

Zurückgeblieben war ein Kind, mit einer seltsamen Mischung aus Unschuld und Wissen. Ein Kind, das seiner Frische, seiner Reinheit beraubt war. Susannah preßte die Augen fest zu, um sich vor der Vision zu schützen, die als nächstes kam: wie der Freier über ihrer Mutter zusammensank, sich dann von ihr herunterrollte und zum Vorhang herüberkam. Er zögerte nur einen Augenblick, dann riß er den Vorhang mit einem Ruck zur Seite, und Susannahs Leben war für immer verändert.

»Ei, sieh mal an, wen haben wir denn da? Du bist ja ganz schön neugierig für so ein kleines Wurm. Wie alt bist du denn? Sechs? Sieben?«

Susannah brachte den Mund nicht auf.

»Ist auch egal, schätze ich. Wenn du alt genug bist zum Zuschauen, bis du auch alt genug zum Mitmachen. Komm her!« Er nahm einen Waschlappen in die Hand. »Los, wasch mich.«

Susannah drückte die Augen noch fester zu, um den Schmerz zu verdrängen, der in ihrem Kopf pochte. Sie bekam kaum mehr Luft.

»Laß meine Tochter aus dem Spiel«, hatte ihre Mutter gewarnt.

Der Mann lachte bloß. »Eine Tochter sollte ihrer Mutter helfen.« Er hielt ihr den Waschlappen entgegen. »Komm her!«

Komm her… komm her… komm her…

Immer und immer wieder hallten die Worte durch ihren Schädel. Nachts hatte sie oft nicht schlafen können, weil diese beiden Silben in ihr hämmerten. Es wird mich nie mehr verlassen, dachte sie. Vor zu langer Zeit war etwas in ihr Innerstes gekrochen und dort geblieben, hatte sie vergiftet. Und wie Gift schien es sie tückisch umzubringen. Mit dem Bild ihrer hübschen Mutter vor Augen dachte Susannah daran, was wohl geschehen würde, wenn Reed wieder fortging. Und wenn nach Reed ein anderer kam? Und dann noch einer und noch einer?

»Nein!« schrie sie und stieß ihn von sich. »Bleib mir vom Leib!«

Als er seine Arme fallen ließ, machte sie einen Schritt zur Seite, heftig bemüht, ihr Kleid wieder hochzuziehen und zuzuknöpfen. Sie wischte sich mit dem Handrücken über den Mund.

»Nicht...« Er wollte nach ihrer Hand greifen, aber sie wehrte ihn ab.

Sie sah den Schmerz in seinem Blick und wußte, daß sie wild, beinah verzweifelt aussehen mußte. Ihr Atem ging flach und stoßweise. Ihre Stimme klang sogar in ihren eigenen Ohren fremd, und die Worte, die sich ihr entrangen, fühlten sich seltsam an auf ihren Lippen. »Sie können mich nicht verführen. Egal, wieviel Mühe Sie sich auch geben mögen, das schaffen Sie nicht, denn ich kenne die Männer. Ich weiß, wie sie es alle machen. Erst versuchen Sie mich mit sanften Worten und einem Kuß abzulenken. Dann berühren Sie mich hier und da, bis ich keinen Willen mehr habe. Und als nächstes werden Sie versuchen, Ihren Schwanz in mich hineinzustecken.«

Am liebsten hätte sie geweint angesichts der Erschütterung, die sich auf seinen Zügen abzeichnete. Und wenn sie auch einmal sehr alt werden sollte, würde sie niemals den Ausdruck von völligem Unglauben vergessen oder die Art, wie er überrascht nach Luft schnappte, wie irgendwo aus der Tiefe seines Inneren die Enttäuschung aufstieg.

Tja, sollte er doch schockiert sein! Sollte es ihm doch angesichts ihrer vulgären Ausdrücke die Sprache verschlagen und er ein für alle mal erfahren, was und wer sie war. Vielleicht würde er sie jetzt endlich in Ruhe lassen. Sein sichtbares Entsetzen machte sie nur härter und gab ihr die Kraft, das zu sagen, was noch gesagt werden mußte: »Sehen Sie mich nicht so erschrocken an. Sie wissen doch, daß Sie das auch wollen – wie alle anderen!«

Sie drehte sich um und rannte davon; diesmal war sie sicher, daß der rechtschaffene Reed Garrett keinen Finger rühren würde, um sie aufzuhalten.

Reed war so vor den Kopf gestoßen, daß er sich nicht von der Stelle rühren konnte. Er mußte sich doch verhört haben? War es ein Irrtum, ein schrecklicher Irrtum?

Doch sein Herz wußte die Wahrheit. Schon bei ihrer ersten Annäherung hatte sie ihn mit dem Ausdruck ›eine Nummer schieben‹ schockiert – den eine Dame niemals kennen oder aussprechen würde. Und doch *war* sie eine Dame, im wahrsten Sinne des Wortes. Er konnte sich einfach nicht vorstellen, wo sie derartige Ausdrücke aufgeschnappt haben mochte.

Plötzlich und lautlos verschwand der Tumult in ihm, die totale Ungläubigkeit, und machte einer Welle von leisem Grimm Platz. Nein, er wußte nicht, wo sie diese Art von Sprache gelernt hatte, aber er würde es ganz sicher herausfinden. Es gab eine Menge Fragen, die der Antwort harrten, und zwar sofort.

»Susannah!« brüllte er und lief hinter ihr her. Er suchte sie eine ganze Weile und war schon fast soweit aufzugeben, da fand er sie fast eine Meile weiter bachabwärts. Neben einem schmalen Streifen Sandstrand stand sie bis zur Taille im Wasser.

An dieser selten von Menschen aufgesuchten Stelle wuchsen Gebüsch und Rankpflanzen höher und dichter als woanders. Eine uralte, ungewöhnlich große Pappel neigte ihre Zweige übers Wasser; die flimmernden Blätter hielten das Licht der Sonne zurück, so daß nur einzelne Fleckchen Erde und Wasser in der Umgebung aufschienen.

Er blieb gerade so lange stehen, um wieder zu Atem zu kommen, schaffte es kaum, mehr als nur heiser ihren Namen zu flüstern – »Susannah« – und konnte kaum glauben, wieviel Gefühl in acht einfachen Buchstaben stecken konnte.

Sie hatte das Oberteil ihres Kleides ausgezogen und war mit bloßen Brüsten hinaus ins Wasser gewatet. Er schaute gebannt zu, wie sie handvollweise den Sand des Bachgrundes schöpfte und auf ihren Busen strich. Unter Tränen und schwerem, lautem Schluchzen rieb sie die Stellen ab, an denen er sie berührt hatte, wieder und wieder, bis ihre Haut brennend rot war. »O Mama … Mama … ich habe dich so geliebt«, stammelte sie mit rauher Stimme, die er kaum hören konnte. »Glaube mir!«

Schon wollte er zu ihr gehen, doch irgend etwas hielt ihn zurück. Vielleicht brauchte sie dies, um zur Ruhe zu kommen und die Vergangenheit zu überwinden, damit die Wunde heilen konnte, die noch immer in ihr schwärte.

Sie rieb immer weiter, wurde noch heftiger, und die herrliche, weiße Haut, die er erst vor wenigen Minuten geküßt hatte, war häßlich gerötet. Er hörte sie stöhnen und dann ausrufen: »Ich kann nicht so sein wie du! Ich darf nicht! Ich will nicht!«

Ihre Worte waren ihm unverständlich, aber ihre Qual brach ihm das Herz. Er hielt sich immer noch zurück – bis er sah, daß die rote Haut auf ihren Brüsten begann, Blasen zu bekommen, was sie nicht davon abhielt weiterzumachen.

»Nein!« beschwor er sie. »Nicht!« Er watete hinaus ins Wasser. »Susannah – ich flehe dich an! Es gibt andere Möglichkeiten, mit Schmerz fertigzuwerden, als sich noch mehr zuzufügen.«

Als seine Worte keine Wirkung zeitigten, griff er nach ihren Armen. Sie hatte sich verausgabt und wehrte sich nicht. Behutsam wusch er ihr den Sand von der Haut und zog am Oberteil ihres Kleides. Dabei sprach er leise und ruhig auf sie ein, und seine Stimme war bar jeder erotischen Note.

Als er sie wieder ordentlich angezogen hatte, stand er bei ihr im Wasser; er hielt sie fest, als sie zu schwanken begann, erlaubte ihr zu weinen, bat sie nicht aufzuhören und ermutigte sie auch nicht weiterzumachen. Er wollte vor allem, daß sie ihm vertraute.

Es waren zu viele Gedanken und Gefühle, die ihn überwältigten, und er fühlte sich nutzlos und hilflos wie ein ahnungsloser Tölpel in seinem Versuch, einen Schmerz zu lindern, den er nicht betriff, ihr Mitgefühl und Trost zu vermitteln, obwohl er nicht sicher war, was sie brauchte. Und doch, als er hinabsah auf den kleinen, nassen Kopf, der so fest an seine Brust gedrückt war, empfand er eine warme Zärtlichkeit, die ganz natürlich in ihm aufwallte, ohne daß er sich dafür anzustrengen brauchte. Er spürte, wie ihre weichen Brüste sich neben ihm hoben und senkten, und war voller Verwunderung, daß es ihm nach so langer Zeit wieder gelang, jemanden nah an sich zu drücken und Trost zu spenden.

Als sie sich ausgeweint hatte, hielt er sie weiter an sich gepreßt. Er flüsterte in ihr Haar: »Es tut mir leid. Ich wollte nicht, daß so etwas geschieht. Ich weiß, daß du mir nicht glaubst, aber du brauchst dir keine Sorgen zu machen. Nie wieder werde ich dich berühren.«

Sie löste sich von ihm. Immer noch rannen Tränen über ihr Gesicht. »Du verstehst es nicht, stimmt's? Du verstehst nicht, daß nicht du das Problem bist.«

»Susannah, hilf mir, deine Person zu begreifen.«

»Du kannst mich nicht verstehen. Siehst du das nicht ein? Es geht deshalb nicht, weil ich es ja selber nicht verstehe.« Wieder weinte sie. »Ich bin der Grund, Reed«, schniefte sie und schlug sich mit der Hand auf die Brust. »Ich bin es. Nur ich! Ich habe schlechtes Blut in mir.«

»Aber ich sagte dir doch, daß es mir egal ist, wer dein Vater war. Völlig egal!«

»Es liegt ja nicht an meiner Vaterlosigkeit, sondern geht noch viel tiefer als das.«

»Das zählt alles überhaupt nicht.«

Ihr Blick wurde kalt. »Aber für mich«, beharrte sie und entzog sich ihm. »Für mich zählt es!«

16

Die Dämmerung brach bereits an, und Reed kam zum Haus, um mit Violette zu sprechen. »Es scheint Sie nicht zu überraschen, daß ich unter vier Augen mit Ihnen reden möchte«, begann er.

»Ich hatte Sie schon erwartet.« Sie hielt die Tür auf. »Kommen Sie herein. Dally und Susannah sind oben damit beschäftigt, Dallys Kleid zu säumen. Wir können uns ins Wohnzimmer setzen, wenn Sie möchten. Oder sollen wir lieber auf die Veranda gehen?«

»Susannahs Fenster...«

»...steht offen. Also ins Wohnzimmer.«

Er folgte ihr dorthin und setzte sich, einer Handbewegung von ihr folgend, in einen Sessel. Violette setzte sich daneben in einen anderen und blickte ihn ernst an. Es bestand kein Zweifel, daß sie wußte, warum er gekommen war.

Irgendwie erleichterte ihn das. »Ich nehme an, Sie haben genauso viele Fragen an mich wie ich hinsichtlich Susannah. In erster Linie möchte ich darüber sprechen …«

»Ich weiß. Susannah hat mir erzählt, was geschehen ist.«

»Ach, wirklich?«

»Ja, und Sie müssen verstehen, daß ich Sie zwar mag, aber meine Loyalität doch vor allem meiner Nichte gilt. Ich werde nichts tun oder sagen, was ihr das geringste Unbehagen bereiten könnte.«

»Das würde ich auch gar nicht wollen.«

»Erklären Sie mir bitte, warum Sie sich überhaupt so nachhaltig engagieren? Was erhoffen Sie sich am Ende davon?«

»Nichts.«

»Warum dann der ganze Aufwand?«

»Ich möchte ihr helfen, wenn ich kann.«

»Haben Sie nicht selbst schon genug Schwierigkeiten?«

Er antwortete nicht sofort, denn ihm wurde klar, daß er jetzt vorsichtig sein mußte. Seine Absicht war, ein paar Antworten zu Susannahs Vergangenheit zu bekommen, nicht um seine eigene zu enthüllen. Aber Violette erwartete selbstverständlich Fairneß. »Sagen wir einfach, es entspricht meiner Natur, Leuten helfen zu wollen.«

»Können Sie das einmal in meine Sprache übersetzen?«

»Ich habe noch nie einen so absolut hinreißenden Menschen mit soviel Zurückhaltung erlebt – weil irgend etwas in seiner oder ihrer Vergangenheit geschehen ist. Wenn ich ihr helfen könnte, sich ihren Dämonen zu stellen, könnte sie sie vielleicht vertreiben; denn diese zwingen sie bisher dazu, mit einem halben Leben zufrieden zu sein.«

»Wenn ich Sie richtig verstehe, wissen Sie also nichts über ihre Herkunft?«

»Nichts als hier und da ein bißchen, was ich geraten oder beobachtet habe oder sie flüchtig erwähnte. Nichts, was ihr Verhalten wirklich erklärt, aber doch genug, um meine Hilfe anzubieten.«

»Vor allem müssen Sie eines verstehen, Reed. Susannah ist eine kühle, leidenschaftslose Frau, und bekanntlich kommt eine weibliche Person mit solchen Neigungen im Leben besser ohne einen Mann zurecht. So traurig das auch klingen mag – manche Frauen sind zur Jungfernschaft geboren.«

Warum sagte Violette so etwas? Wenn es ihre Absicht war, ihn zu ärgern, konnte sie haben, was sie wollte. Er, der stolz darauf war, ein beherrschter Mann zu sein, wurde nicht nur ärgerlich, sondern ereiferte sich in ungewohnter Weise. »Ich glaube nicht, daß Sie Ihre Nichte so gut kennen, wie Sie glauben. Genaugenommen denke ich, Sie kennen sie überhaupt nicht. Kälte und Leidenschaftslosigkeit liegen keineswegs in ihrer Natur. Ich habe sie geküßt, und sie hat den Kuß erwidert – mit mehr als Gefühl! Für eine Frau, die angeblich von Geburt an leidenschaftslos und kalt sein soll, hat sie das völlige Gegenteil bewiesen. Irgend etwas oder irgend jemand muß sie zu dem gemacht haben, was sie ist. Sie ist dressiert worden wie mein Pferd. Distanz liegt absolut nicht in ihrer Art, und sie kämpft gegen ihre Gefühle an. Ich mache mir nur Sorgen, daß ihre Angst sie vielleicht eines Tages vernichtet, wenn sie sie nicht rechtzeitig besiegt.«

»Beruhigen Sie sich, mein Junge, wir sind keine Feinde. Ich bin auf Ihrer Seite. Susannah ist mir lieber als jedes andere menschliche Wesen auf dieser Welt. Aber was *Sie* betrifft, mußte ich sichergehen; das verstehen Sie bestimmt. Bevor ich Ihnen vertraue, möchte ich Ihre Beweggründe erfahren.«

Reed lehnte sich im Sessel zurück und spürte, wie er sich entspannte. »Und, vertrauen Sie mir jetzt?«

»Ja. Ich denke, das habe ich eigentlich von Anfang an … seit unserer ersten Begegnung. An jenem Tag in der Stadt, als sich gerade alle bereitmachten, Sie als kuchenstehlenden Kuhdieb aufzuknüpfen – da hatte ich schon das Gefühl, Sie wären der Richtige.«

Violette stand auf, was er gleichfalls wollte. »Bleiben Sie sitzen. Ich hole uns ein Glas Portwein – nur eines«, sagte sie mit einem Augenzwinkern.

»Sie sind eine bemerkenswerte Frau. Warum haben Sie nie selbst Kinder gehabt?«

»Ich hatte zwei Kleinkinder, die an Kruppschem Husten gestorben sind, und konnte dann keines mehr bekommen.«

»Das tut mir leid. Ich hätte nicht so dreist fragen dürfen.«

»Die Schmerzen der Vergangenheit sind geheilt, und ich bin nicht mehr empfindlich deswegen. Im Grunde bin ich froh, daß Sie gefragt haben. Das gibt mir das Recht, auch ein paar Fragen zu stellen«, sagte sie und lachte über sein Aufstöhnen.

Sie ging in die Küche und kam ein paar Minuten später mit zwei Gläsern Portwein zurück. Eines stellte sie zu ihrem Sessel, ihm gab sie das zweite, trank schließlich ein Schlückchen und lehnte sich zurück. »Susannah berichtete, Sie hätten sie verschiedene Dinge gefragt.«

»Ja.«

»Was hat sie Ihnen erzählt?«

»Daß ihre Mutter Ihnen schrieb, als sie erkrankte, aber starb, bevor Sie beide eintrafen. Daß sie zu Ihnen kam, noch bevor sie zehn Jahre alt war.«

»Sie hat Ihnen sonst nichts von Rachel erzählt?«

»Rachel? So hieß ihre Mutter?«

»Richtig. Sie war die Tochter unseres Bruders Matthew. In ihrer Jugend galt sie als das beliebteste junge Mädchen der ganzen Gegend und das schönste, so daß sie jeden beliebigen Mann bekommem hätte.«

»Und warum hat sie keinen genommen?«

»Sie hat durchaus geheiratet. Ihr Mann ist im Krieg gefallen.«

»Und er war nicht Susannahs Vater?«

»Nein.«

Er dachte über Susannahs illegitime Geburt nach. »Und man kann nicht in Erfahrung bringen, wer ihr Vater war?«

»Wir wüßten nicht, wie. Dally und ich haben genau diese Frage tausendmal gestellt. Wir versuchten schon, es herauszufinden, als wir in New Orleans waren, gerieten dabei allerdings von einer Sackgasse in die nächste. Um ehrlich zu sein, bezweifle ich, daß Rachel selbst es wußte.«

»Warum glauben Sie das?«

Violette holte tief Luft und atmete dann langsam wieder aus. »Ich weiß nicht recht, wie ich es ausdrücken soll, außer ganz direkt. Susannahs Mutter war eine Dirne – eine Prostituierte in der Basin Street in New Orleans.«

In Reed stieg heftige Anteilnahme für Susannah auf. Jetzt machte plötzlich alles Sinn. »Wie schrecklich, wenn ein Kind so etwas weiß.«

»Es kommt noch schlimmer.«

»Das kann ich mir kaum vorstellen.«

»Susannah ist in einem Bordell auf die Welt gekommen. Dort hat sie ihre ersten neun Lebensjahre verbracht, als Dally und ich nach New Orleans fuhren, um uns um Rachel zu kümmern – nur daß sie schon tot und begraben war, als wir ankamen. Und so holten wir das arme Kind dort heraus – viel zu spät, natürlich!«

»Mein Gott! In einem Bordell aufgewachsen? Was für eine Mutter könnte ihr Kind einem solchen – warum hat sie nicht früher mit Ihnen Kontakt aufgenommen? Wenn schon nicht um ihrer selbst willen, so doch wenigstens wegen des Kindes?«

»Wie oft habe ich mir dieselbe Frage gestellt! Ohne eine Antwort zu finden! Besonders erschwerte es unser Verständnis für Rachel, daß wir sie eigentlich recht gut kannten. Sie war wie eine Tochter für uns. Diese ganze Sache schien ihrer Natur so völlig zu widersprechen. Sie war ein liebevoller, freundlicher Mensch. Dally und ich haben uns nie vorstellen können, wie es möglich war, daß sie sich in wenigen Jahren so völlig verändert haben sollte. Wir waren davon überzeugt, daß irgend etwas Schreckliches geschehen war, wodurch sie aus der Bahn geriet, die Ursache fanden wir aber nie heraus.«

Ein Dutzend Gefühle überschlugen sich in Reed. Er wünschte, Rachel wäre nicht tot. Am liebsten hätte er sie persönlich erwürgt. Er war überwältigt von Zorn und konnte sich kaum vorstellen, was Susannah alles hatte ertragen müssen. Augenblicklich kamen ihm seine beiden eigenen Schwestern und die Kindheit, die sie gehabt hatten, in den Sinn: die Liebe, die Pflege, das Privileg, richtige Kinder sein zu dürfen. Jetzt wunderte er sich nicht mehr, wo Susannah wohl ihre häßlichen Ausdrücke gelernt haben mochte. Erstaunlich, daß sie nicht selbst zur Hure geworden war. Es lag auf der Hand, warum sie Männern gegenüber so zurückhaltend war, kein Interesse an ihnen zeigte und warum sie Angst hatte, ihre Gefühle zuzulassen. Offensichtlich graute es ihr davor, so zu werden wie ihre Mutter.

»Wie lautete der Name von Rachels Ehemann?«

»J. D. Carpenter.«

»Carpenter?« Er dachte über den Namen nach. »Wenn sein Name Carpenter war, warum heißt dann Susannah Dowell?«

»Rachel war in New Orleans unter dem Namen Dowell bekannt. Natürlich hatte sie für ihre Herrenbesuche noch irgend so einen Phantasienamen, an den ich mich jetzt nicht mehr erinnere. Ich glaube, etwas wie Savannah war darin... Lady Savannah oder so.«

»Warum hätte sie ihren Namen ändern sollen?«

»Warum hätte sie in der Gosse landen sollen? Anfangs bemühten wir uns noch, den Grund herauszufinden; aber wir hatten kein Glück. Nach ein paar Jahren gaben wir die Nachforschungen auf. Die Antwort ist mit ihr begraben worden.«

»Ihr Mann war tot, also kann es nicht daran gelegen haben, daß sie sich vor ihm versteckte.«

»Ich denke, der Grund wird wohl gewesen sein, daß sie den Namen ihres Mannes schonen wollte. Sie müssen wissen, daß ich Mr. Carpenter nie kennengelernt habe, und ich weiß kaum etwas über ihn. Rachel heiratete ihn, während sie im Süden war und Verwandte ihrer Mutter besuchte. Nach der Hochzeit lebten sie auf einer schönen Plantage in Mississippi. Die einzige weitere Information über ihn stammt aus dem Brief, den Rachel bekam, als er gefallen war.«

»Wofür stehen die Initialen J. D.?«

»Das ist mir nicht bekannt. In ihren Briefen nannte Rachel ihn immer J. D.«

»Haben Sie seine Nachricht aus dem Feld noch?«

»Natürlich. Ich habe alles behalten, was Rachel einst besaß – so wenig es auch ist. Schließlich war das alles, was Susannah je von ihrer Mutter erben würde.«

»Darf ich den Brief sehen?«

»Ich gehe ihn holen.«

Wenig später las Reed darin, Captain J. D. Carpenter sei ein Soldat der Konföderierten gewesen, der in einem Lazarett der Unionsarmee bei Manassas starb. Im letzten Absatz wurden einige persönliche Gegenstände erwähnt, die man ihr schicken würde, falls Mrs. Carpenter das wünsche, und um ihre Adresse gebeten. Es stand nichts in dem Brief, was Reeds Aufmerksamkeit erregt hätte, nur eines erschien ihm seltsam. Als er die

Unterschrift unter dem Brief las, traf es ihn wie eine Faust in den Magen.

Dr. John Joseph Ledbetter.

So schwer es auch zu glauben war, sah es ganz so aus, als hätte der Freund seiner Familie und ihr langjähriger Nachbar in Boston Rachels Mann vor seinem Tod ärztlich beigestanden.

»Ist irgend etwas nicht in Ordnung?«

Reed schüttelte den Kopf. »Es scheint wirklich absurd, aber ich kannte einen Dr. John Joseph Ledbetter, der Chirurg in der Armee der Nordstaaten war. Meiner Ansicht nach gibt es wohl kaum zwei Dr. John Joseph Ledbetters – so häufig ist der Name nicht. Es muß derselbe sein.«

»Seltsame Dinge kommen immer vor«, meinte die Tante.

Reed sah Violette nachdenklich an. »Warum, glauben Sie, ist Rachel nach dem Tod ihres Mannes nach New Orleans gegangen, wenn sie eigentlich auf einer Pflanzung in Mississippi wohnte?«

»Ich habe keine Ahnung, außer die Pflanzung wurde während des Krieges zerstört. Vielleicht war Rachel verzweifelt, weil sie alles verloren hatte – ihren Mann, ihr Heim. Wer weiß?«

»Mir bleibt unverständlich, warum sie nicht hierher kam. Sie muß doch gewußt haben, daß Sie sie bei sich aufnehmen würden, oder?«

»Das konnte sie keine Minute in Frage gestellt haben.«

»Es war ein Ausdruck ihrer Verzweiflung, daß sie in New Orleans Prostituierte wurde. Hat sich nie jemand gefragt, was aus ihr geworden war? Versuchte nie jemand, sie zu finden? Was machte ihr Vater?«

»Matthew ist auch im Krieg gefallen.«

»Und gab es keine Familie ihres Mannes?«

»Wahrscheinlich schon, aber ich erinnere mich nicht mehr.«

Violette hielt einen Augenblick inne und dachte nach. »Also, genaugenommen erinnere ich mich doch daran, daß er einen Bruder hatte. Junge, Junge, den hatte ich völlig vergessen. Seinen Namen weiß ich nicht mehr; aber der Krieg war bestimmt schon mindestens ein Jahr aus, da tauchte er eines Tages unbekannterweise hier auf und fragte, ob wir nicht irgend etwas von Rachel gehört hätten oder wüßten, wo sie sich aufhielte.«

»Und was haben Sie ihm gesagt?«

»Die Wahrheit natürlich. Wir besaßen keinerlei Nachricht.«

»Was hat er gesagt?«

»Er bedankte sich für die Auskunft und verschwand. Wir haben nie wieder von ihm gehört.«

»Und Sie hatten keine Ahnung, warum er auf der Suche nach ihr war?«

»Das hat er nicht gesagt. Dally und ich nahmen an, es bestünden familiäre Bande. Vielleicht hatte er seinem Bruder versprochen, sich um sie zu kümmern, wenn ihm irgend etwas zustieß. Was meinen Sie dazu?«

Reed starrte auf den Boden. »Ich weiß es nicht. Darüber muß ich erst nachdenken. Das ist mir alles etwas zuviel auf einmal.« Abrupt stand er auf, bedankte sich bei Violette und ging.

In jener Nacht lag er eine ganze Weile im Bett und konnte nicht einschlafen. Er wälzte sich hin und her und versuchte sich vorzustellen, was Susannah als Kind alles gehört und gesehen haben mußte. Ein Bild erschien vor seinem inneren Auge, wie sie als kleines Mädchen ausgesehen haben mochte, mit vier oder fünf, ihr rehfarbenes Haar in Löckchen, ihren Puppenwagen vor sich, den sie durch einen dunklen Flur schob und dabei lustvolles Gestöhne und vulgäre Ausdrücke zu hören bekam anstatt Kinderlieder. Ihn schauderte es.

Plötzlich fiel ihm der Brief von Dr. Ledbetter wieder ein,

und er hatte eine Idee. Wahrscheinlich war es eine Art Eingebung; zielstrebig stieg er aus dem Bett und spitzte die Feder zu einem langen Schrieb an seinen Vater in Boston.

Reed hatte vorgehabt, am kommenden Morgen gleich nach seinen ersten Verrichtungen in die Stadt zu reiten, um den Brief an seinen Vater aufzugeben; aber unglücklicherweise kam der Tagelöhner, den er zum Eggen angeheuert hatte, gleich vom Acker wieder zurück, weil etwas an der Egge kaputtgegangen war. So mußte Reed bleiben und ihm beim Reparieren helfen.

Erst später am Nachmittag fand Reed Gelegenheit, nach Bluebonnet zu reiten – mit dem Brief an seinen Vater in der Tasche und einem zweiten, den er für Violette aufgeben sollte. Als er die Hauptstraße erreichte, sah er mehrere Pferde von der Doppel-T-Ranch, die vor dem Roadrunner Saloon angebunden waren, achtete aber nicht weiter darauf.

Er ging direkt zum Gemischtwarenladen von Buck & Smith. Wie ernst und entschlossen sein Gesicht wirken mußte, wurde ihm erst klar, als Daisy ihn begrüßte.

»Guten Tag, Mr. Garrett. Hatten Sie heute einen schweren Tag?«

»Nein. Warum? Sehe ich so aus?«

»Na ja, Sie wirken etwas unglücklich«, fand sie.

Reed legte den Kopf schief. »Ich bin nur ein wenig müde.« Er nahm seine Post aus der Tasche und schob sie zu ihr hinüber.

»Oh, wieder mal nach Boston«, sagte sie und betrachtete den Umschlag. »Das erinnert mich an etwas! Sie haben auch...« Sie drehte sich um und suchte in einem Stapel von Briefen. »Da ist er ja!« Sie gab ihm den Umschlag.

»Er kommt von Ihrer Familie.« Sein Blick brachte sie wohl

auf den Gedanken, er könnte glauben, sie würde ihm nachspionieren, denn sie erläuterte: »Das weiß ich, weil ich außen den Absender gesehen habe.«

Abwesend bedankte Reed sich.

»Gern geschehen, Mr. Garrett.«

Er tippte sich an den Hut, wünschte ihr einen guten Tag und verließ den Laden.

Gegenüber sah er Tate Trahern mit zwei Cowboys aus dem Roadrunner Saloon treten. Tates Mund verzog sich zu einer Grimasse, dann beugte er sich zur Seite und spuckte in Reeds Richtung.

Der kümmerte sich nicht weiter darum. Lässig band er sein Pferd los, stieg auf und ritt aus der Stadt, als hätte er keinerlei Sorgen.

»Hallo, Daisy!«

Daisy fuhr zusammen und drehte sich auf dem Absatz um. »Tate Trahern! Du hast mich furchtbar erschreckt! Was, um Himmels willen, tust du hier?«

»Nun ja, ich bin gekommen, dich zu besuchen.«

»Pah! Das kannst du jemand anderem weismachen. Du hast dich schon seit einem Monat nicht mehr blicken lassen. Was bringt dich jetzt auf einmal her?«

»Ach Daisy, sei doch nicht so lieblos! Ich war wirklich sehr beschäftigt, aber selbst dann habe ich ganz oft an dich gedacht.«

Daisys Gesicht hellte sich auf. »Ach wirklich?«

»Ehrenwort, Süße!«

»Und warum bist du schon so früh am Nachmittag in der Stadt?«

»Nur deinetwillen! Ich dachte, du hättest vielleicht Lust, am Donnerstag mit mir zum Gebetstreffen zu gehen.«

Sie sah ihn finster an. »Du gehst doch niemals zum Gebetstreffen, Tate Trahern, das weiß die ganze Welt.«

»Ein Sünder kann schließlich irgendwann reuig werden.«

»Eher würde ich glauben, daß der Bullerofen da drüben aufsteht und wegläuft.«

»Ich habe dich wirklich vermißt.«

»Pssst, schrei doch nicht so. Willst du, daß Mr. Smith dich hört?«

»Ist mir egal, wer alles zuhört.«

»Mir aber nicht!«

»Dann sei eben nicht so abweisend. Ich habe dir doch gesagt, daß ich den ganzen Weg hergeritten bin, um dich zu sehen. Was kann ich dafür, daß ich mich nach meinem Mädchen sehne?«

Daisy wollte ihm gern glauben, bezweifelte aber, daß das angebracht war. »Was willst du, Tate?«

»Ich will den Brief sehen, den Reed Garrett aufgegeben hat.«

»Woher weißt du, daß er einen aufgegeben hat?«

»Ich habe ihn hineingehen sehen, und er trug keine Tüte, als er herauskam.«

Daisy sah sich nervös im Laden um und flüsterte dann: »Ich darf niemanden die Post sehen lassen. Das habe ich dir schon einmal gesagt. Sie ist Eigentum der Regierung.«

»Ach, Süße, ich will ja gar nicht, daß du mir den Brief gibst. Ich will ihn nur sehen.«

»Pssst! Du mit deinem Gebrüll! Soll ich meine Stellung verlieren?«

»Ist ja gut, ich bin ja schon still«, flüsterte er. »Und jetzt gib mir den Brief, du bekommst ihn sofort zurück.«

»Versprichst du das?«

»Habe ich dir doch gesagt, oder?«

Daisy schien nicht überzeugt. Tate seufzte und unterdrückte mühsam seinen Ärger. »Wirklich, ich verspreche es hoch und heilig. Komm, laß mich den Brief sehen.«

Sie ging zu dem Sack, in dem die aufgegebene Post steckte, und kramte darin. »Hier ist er.« Sie reichte ihn Tate.

Er sah darauf. Der Brief war adressiert an Mr. und Mrs. R. Alexander Garrett II in Boston.

»Kannst du mir bitte etwas zum Schreiben leihen?«

Daisy gab ihm ein Stück Papier. Tate schrieb sich Namen und Adresse von dem Brief ab und schob ihn Daisy zurück. »Siehst du? Ist gar nichts passiert.«

Sie sah sich im Laden um. »Ich hoffe sehr, daß du recht hast, Tate.«

Er warf Daisy die Art verführerischen Blick zu, der sie gewöhnlich schwach machte. »Ich habe doch immer recht, Daisy. Beruhige dich. Es wird nichts passieren. Keiner hat irgendwas bemerkt. Wir sehen uns dann heute abend.«

»Tate, du hast doch nicht irgend etwas vor, was mich in Schwierigkeiten bringt, oder?«

»Zerbrich dir deswegen nur nicht dein hübsches Köpfchen.«

»Tate ...«

Er warf Daisy eine Kußhand zu und polterte hinaus. Schnurstracks schlug er den Weg zum *Bluebonneter Wochenblatt* ein. Der Herausgeber, Jefferson Holt, sah auf.

»Sie kennen nicht zufällig den Namen irgendeiner Zeitung in Boston, oder?« fragte Tate.

»Tja, da wäre zum Beispiel die *Bostoner Post...*«

»Das reicht völlig.« Mit einem sehr herzlichen Gruß verließ Tate den neugierig hinter ihm herstarrenden Jefferson und stampfte die Straße hinunter, wo er schließlich pfeifend das Telegrafenbüro der Western Union betrat.

17

Susannah sah ihren Tanten zu, die ihren abendlichen Spaziergang machten, und seufzte voller Zuneigung. Niemand alterte so anmutig wie diese beiden.

Ihre Träumerei wurde unterbrochen, als Reed plötzlich auf den Stufen der Veranda erschien. Sie nahm eine Schüssel mit Erbsen in die Hand, die sie gerade döppte, und wollte ins Haus flüchten.

Er kam schnell zu ihr herüber und legte seine Hand auf ihren Arm. »Gehen Sie nicht weg. Ich möchte mit Ihnen reden.«

»Ich habe zu tun.«

»Wir müssen über kurz oder lang aber eine Abmachung treffen. Sie können doch nicht auf die Dauer so tun, als gäbe es mich nicht. Ich weiß, daß Sie sich Gedanken machen wegen meines Gesprächs mit Ihrer Tante und daß Sie böse sind.«

Die Schüssel bot ihr einen guten Schutzschild. »Ich bin nie böse auf Tante Vi.«

»Also gut, dann eben auf mich!«

»Meine Angelegenheiten gehen Sie nichts an.«

»Ich kann genausowenig ungeschehen machen, was passiert ist, wie die Tatsache leugnen, daß ich über Ihre Vergangenheit weiß. Aber ich kann versuchen, einen Ausgleich zu schaffen.«

Sie warf ihm einen mißtrauischen Blick zu. »Und wie sollte das funktionieren?«

»Fair ist fair. Ich könnte Ihnen von meiner Vergangenheit erzählen.«

»Solche Vielseitigkeit haben Sie bestimmt nicht aufzuweisen.«

»Da werden Sie sich wundern!«

Susannah starrte ihn eine Weile lang an und fragte sich, ob er es wohl ernst meinte. Irgend etwas an ihm ließ sie vermuten, er sei aufrichtig. Aber sie traute ungern jemandem. »Sie haben ein Talent dafür, die passenden Dinge zu sagen.«

»Vertrauen Sie nicht dem Argument, sondern dem Wort.«

Und mit Worten konnte er gut umgehen. Mit Menschen auch, fürchtete sie. »Das klingt ja alles recht und schön.«

»Die Macht des Klanges – größer als die Macht des Sinns.«

»Trotz Ihrer Kraft zu reden und Ihrer offenkundigen Bildung: Letztendlich läuft es darauf hinaus, daß ich Ihnen auch nicht mehr vertraue als mir selbst«, faßte Susannah zusammen.

»Vertrauen und getäuscht werden, ist es das?«

»So etwas Ähnliches.«

»›Etwas zu ersehnen, das doch nicht kommt. Im Bette liegen und doch nicht zu schlafen. Brav gedient zu haben und doch nicht zu gefallen. Ein Pferd zu haben, das doch nicht läuft. Einen Mann zu haben, der doch nicht gehorcht. Im Gefängnis zu schmachten und doch keine Hoffnung zu haben. Krank zu sein und doch nicht zu gesunden. Den falschen Weg zu nehmen und es doch nicht zu wissen. An der Tür zu warten und doch nicht einzutreten. Und einen Freund zu haben und ihm doch nicht zu vertrauen: Zehn Qualen, wie sie nicht einmal die Hölle kennt.‹«

Ihre Miene amüsierte ihn augenscheinlich, denn er lachte: »Tja, leider sind das nicht meine Worte, sondern die des englischen Autors und Übersetzers John Florio.«

Was mußte dies für ein Mann sein, der solche Zitate kannte? Plötzlich stellte sie fest, daß sie neidisch war auf Reed, auf sein Wissen. *Der englische Autor und Übersetzer...* Sie hätte keinen englischen Autor nennen können, selbst wenn man ihr eine Pistole an den Kopf hielte. Bemüht lässig sagte sie: »Von dem habe ich nie gehört.«

Wieder lachte er. »Das wäre auch seltsam – er starb im frühen siebzehnten Jahrhundert.«

»Aber offensichtlich haben Sie ja von ihm gehört.«

»Nur weil mein Vater ein Gelehrter ist. Meine Mutter schwört, meine ersten Worte seien gewesen: ›Sein oder Nichtsein‹.«

Verständnislos blickte sie auf. Diese Worte hatten keine Bedeutung für sie, und in diesem Moment ärgerten sie seine Bildung und die Möglichkeiten, die er offensichtlich besessen hatte. Er war so anders als jeglicher Mensch, der ihr je begegnet war – mit seinem ganzen Wissen. Plötzlich überwältigte sie die Chance, mehr über ihn zu erfahren, zu verstehen, wer er war und woher er kam. Sie konnte vieles von ihm lernen, wenn sie es zuließe. Ein Teil von ihr wollte ihm ja trauen. Ein anderer Teil hinderte sie jedoch daran.

»›Das Leben ist kurz‹«, fuhr Reed nun fort, »›die Kunst groß, Möglichkeiten flüchtig, Versuche verräterisch, das Urteilen schwierig.‹«

»Noch ein Zitat von einem Mann, der schon vor zweihundert Jahren gestorben ist?«

»Nein. Das stammt von Hippokrates, der ungefähr vierhundert Jahre vor Christi Geburt starb. Er war ein griechischer Arzt. Dieser Satz ist einer seiner *Aphorismen* aus dem Buch der Prognosen.«

»Wer sind Sie? Woher wissen Sie solche Dinge?«

»Habe ich Ihr Wort, daß niemand von dem erfährt, was ich Ihnen verrate – weder Ihre Tanten noch Ihr Tagebuch noch sonst jemand oder etwas?«

Sie nickte.

Seufzend lehnte er sich auf seinem Sitz zurück. »Ich komme aus einer alten und bekannten Familie in Boston. Mein Vater ist wohlhabend und gebildet, gelernter Architekt, aber aus

Begeisterung nebenher Gelehrter. Der Mädchenname meiner Mutter war Adams. Sie stammt aus der Familie des Präsidenten John Quincy Adams. Ich bin ihr einziger lebender Sohn. Mein jüngerer Bruder starb mit sechs Jahren. Ich glaube, das war der Zeitpunkt, als ich begann, mich für Medizin zu interessieren. Meine Eltern unterstützten beide meinen Wunsch, und ich wurde auf die besten Universitäten geschickt. Ich studierte Medizin in Edinburgh und Wien.«

Susannah war stumm vor Staunen.

»Sie sind Arzt?«

»Ich bekam meinen Doktor an der Georgetown Universität in Washington, D. C. In Wien erhielt ich ein Diplom für meine Weiterbildung in Gynäkologie und Geburtshilfe.«

Fasziniert hörte sie zu. Seine Lebensgeschichte klang wie der Teil eines Märchens – der verzauberte Prinz vielleicht, denn er mußte wohl einst ein unerhörtes Leben geführt haben.

»Kurz nachdem ich nach Hause zurückgekehrt war und eine Praxis eröffnet hatte, heiratete ich die allseits beliebte Philippa Copley, die Tochter von Adam Copley. Er war Präsident der Bostoner Gesellschaft für medizinische Weiterentwicklung und Gründer des Copley-Hospitals.«

Er hielt inne und hob die Hand, um ihr über die Wange zu streichen; sie merkte, daß sie plötzlich an seiner Hand lehnte. »Sie sehen mich mit so verwunderten Blicken an. Ich weiß, daß das ganze Gerede über die Bostoner Gesellschaft für medizinische Weiterentwicklung und das Copley-Hospital für Sie keine Bedeutung hat.«

»Das trifft zu; aber ich verstehe dadurch besser, wie wichtig der Mann war, dessen Tochter Sie geheiratet haben.« Sie schwieg kurz und fragte dann direkt: »Was ist mit Ihrer Frau passiert?«

»Ungefähr ein Jahr nach unserer Hochzeit, als Philippa kurz

vor der Geburt unseres Kindes stand, bat sie mich, ihr Geburtshelfer zu sein. Ihr Vater meinte dagegen, das Privileg stünde ihm zu. Eine Weile lang war sie hin- und hergerissen. Philippa, ihres Vaters Lieblingskind, seine einzige Tochter, verehrte ihn ungeheuer.«

»Aber Sie waren der Vater des Kindes. Es steht doch schon in der Bibel geschrieben, daß wenn ein Mann und eine Frau heiraten, sie ihre Familie verlassen und beieinander sein sollen.«

»Als Bibelanhänger würde ich Adam Copley nun nicht bezeichnen.«

»Waren Sie Geburtshelfer für Ihr Kind?«

»Ja, zumindest am Anfang. Ich erwähnte doch vorhin mein Studium in Wien. Genauer gesagt, in der Geburtshilfe – Abteilung des Allgemeinen Krankenhauses. Dort hörte ich auch zum ersten Mal von einem österreichisch-ungarischen Arzt, der erkannt hatte, daß das Kindbettfieber durch Kontaktinfektion übertragen wird. Sein Name war Ignaz Semmelweis, und er glaubte, daß viele Todesfälle aufgrund von Kindbettfieber durch die Ärzte bewirkt worden waren, die bei den Geburten halfen.«

Susannah nahm an, daß sie ihn falsch verstanden hatte. »Sie meinen, *hervorgerufen* von den Ärzten?«

»Ja.«

»Das verstehe ich nicht.«

»Der Beruf des Arztes ist noch jung, Susannah, noch in den Anfängen. Es gibt so vieles, was wir nicht wissen. Zu viele Männer praktizieren als Ärzte, die die Universität verlassen oder gar einen Doktor gemacht haben, ohne je die Geburt eines Kindes beobachtet oder dabei geholfen zu haben. Viele von ihnen haben nie ein Mikroskop benutzt. Es gibt noch Orte, an denen Ärzte heiße Umschläge aus Kuhfladen auf Wunden legen. Die meisten haben nur gelernt, Abzesse aufzuschneiden, uralte Medikamente einzusetzen, Brüche zu richten oder Schnitte zu nähen. Semmelweis war anders: ein Forschergeist. Er beobachtete genau. Beispielsweise fiel ihm auf, daß viel mehr Frauen an Kindbettfieber starben in Häusern, wo Medizinstudenten am Werke waren, als in solchen, wo es nur Hebammen gab. Als er der Sache nachging, fand er heraus, daß Ärzte und Studenten oft direkt aus den Obduktionsräumen in die geburtshilflichen Stationen der Krankenhäuser überwechselten, was bei Hebammen nicht der Fall war. Er bemerkte auch, daß Frauen mit Kindbettfieber oft in einer Reihe von Betten lagen, wo eine nach der anderen untersucht wurde.«

»Und daraus schloß er, daß es von den Ärzten kam?«

»Er hatte den Beweis, als einer seiner Kollegen, ein Arzt, an einer Entzündung starb, die sich bei ihm rund um einen Schnitt mit dem Skalpell gebildet hatte.«

»Das verstehe ich nicht.«

»Sein Kollege zog sich die Verletzung zu, als er eine Frau obduzierte, die an Kindbettfieber gestorben war.«

»Und was bewies das?«

»Es bewies, daß es eine Verbindung gab. Sie müssen wissen, daß Semmelweis, als er dann bei der Obduktion seines Freundes dabei war, dieselben Veränderungen an dessen Organen feststellte wie bei den Frauen, die im Wochenbett verschieden waren.«

»Und was hat er dann gemacht?«

»Jeder, der bei ihm arbeitete, mußte sich die Hände gründlich mit Seife und Bürste waschen und sie in gechlorte Kalklösung tauchen, bevor und nachdem er die Stationen besucht hatte. Im Laufe der nächsten paar Monate gingen die Todesfälle, die bis zu zwanzig Prozent betragen hatten, zurück auf eins Komma zwei Prozent.«

»Das ist erstaunlich.«

Reed runzelte die Stirn. »Man sollte meinen, daß die Kollegen dann seine Entdeckung lobten und sich danach richteten. Statt dessen wurde Semmelweis verspottet und seine Erkenntnisse niedergemacht, so daß er immer weniger Patientinnen hatte. Als er seine Ergebnisse bei der Medizinischen Fakultät in Wien vortrug, lachte man ihn aus und witzelte darüber. Er wurde zum Opfer heftiger Angriffe.«

»Wie gemein! Der arme Mann. Was geschah dann?«

»Obwohl er von manchen unterstützt wurde, war er zu verletzt, um weiter in Wien zu praktizieren. Er kehrte nach Ungarn zurück und begann in Pest zu arbeiten, in den Abteilungen des Sankt-Rochus-Hospitals, wo danach die Todesrate durch Kindbettfieber bei Frauen deutlich zurückging. Zehn Jahre später, im Jahr 1861, schrieb er ein Buch über seine Beobachtungen.«

»Glaubten sie ihm dann?«

»Nein. Kaum jemand nahm es zur Kenntnis. Und diejenigen, die es taten, wie der bekannte Wissenschaftler Virchow, widersprachen ihm und machten seine Ideen nach wie vor lächerlich.«

»Wie ging es weiter?«

»Er war ein gebrochener Mann. Ein brillanter, guter und empfindsamer Arzt war am Ende – aufgrund des aufgeblasenen Desinteresses seiner Vorgesetzten und Kollegen. Er wurde in ein Irrenhaus gebracht und starb 1865 an einer Blutvergiftung – sozusagen derselben Krankheit, vor der er so viele Mütter gerettet hatte.«

»Was für ein Schicksal. So gedemütigt sterben zu müssen!« Plötzlich fiel ihr etwas ein. »Wissen Sie, eigentlich ist es doch seltsam, daß ich mich nicht daran erinnern kann, je davon gehört zu haben. Ich habe selbst schon bei ein paar Geburten geholfen. Man hat mir nie gesagt, ich solle mir die Hände waschen oder sie in – wie hieß das noch ...«

Er lächelte. »Gechlorter Kalk.«

»... also in gechlorten Kalk tauchen. Keiner hat je davon gesprochen.«

»Das überrascht mich nicht. Bis heute wissen es wenige Leute – und das, obwohl auch prominente, gebildete Männer die Idee unterstützen – Männer wie Oliver Wendell Holmes, der einen Vortrag ›Die Ansteckungsgefahr im Kindbett‹ vor der Gesellschaft für medizinische Weiterentwicklung gehalten hat, und das war schon 1843.«

»Gesellschaft für medizinische Weiterentwicklung? Ist das nicht die ...«

»... deren Präsident Philippas Vater war!«

Sie nickte.

»Ja, genau die.«

Sie runzelte die Stirn. »Wie paßt das alles zusammen?«

»Sie müssen verstehen, daß ich zwar überzeugt war von der Richtigkeit von Semmelweis' Entdeckungen, aber doch nicht voreilige Schlüsse daraus zog. Ein englischer Chirurg namens Joseph Lister und ein Franzose namens Louis Pasteur machten jedoch weitere Entdeckungen, die Semmelweis' Theorien bestätigten. Pasteur sterilisierte mit Hitze, Lister mit Karbolsäure. Im Jahr 1867 veröffentlichte Lister seine Ergebnisse. Wie Semmelweis begegnete auch er Desinteresse beziehungsweise offener Feindseligkeit. Als er nach Amerika kam, geschah dasselbe. Selbst die prominentesten Ärzte, wie der erste Mann der amerikanischen Chirurgie, Samuel Gross, kritisierten Lister und waren nicht davon zu überzeugen, daß man Infektionen mit Sterilisation bekämpfen kann. Selbst jetzt noch ist diese Tatsache hier nicht besonders anerkannt.«

»Aber Sie haben daran geglaubt?«

Seine Stimme klang plötzlich zynisch. »O ja, das habe ich, auch wenn es mir nichts nützte.«

»Sie wollten also jenen Ideen folgen, als Ihre Frau das Kind bekam, aber Ihr Schwiegervater war anderer Meinung. Stimmt's?«

»Absolut. Ich glaube, Adams völlige Mißachtung der Sache ging zurück auf seinen langjährigen Streit mit Oliver Wendell Holmes. Da Holmes die Idee unterstützte, lehnte Adam sie automatisch ab. Aber ich vermute, auch persönlich vertrat er die Gegenposition.«

»Also hatte Ihre Frau nichts davon, was Sie gelernt hatten. Sie starb, nicht wahr? An Kindbettfieber, oder?«

»Philippa starb und unser Sohn mit ihr.«

Ihr Herz wurde weich. »Ach, Reed... das tut mir leid. So schrecklich leid. Was für ein furchtbarer Verlust!« Sie schwieg für eine Weile. Natürlich verstand sie seinen Schmerz. Sie konnte sich sogar vorstellen, warum er nicht mehr in Boston leben wollte. Aber eines verstand sie noch nicht. »Nur – warum haben Sie sich denn dann von der Medizin abgewandt? Ich hätte erwartet, daß so etwas einen sogar in seiner Arbeit bestärkt.«

»Das ist noch nicht das Ende der Geschichte.«

»Sie geht weiter?«

»Jawohl. In den ersten Stunden, in denen Philippa Wehen hatte, folgte ich all dem, was ich in Wien gelernt hatte. Ich wusch gründlich meine Hände und tauchte sie in chlorierte Kalklösung. Mit Karbolsäure wischte ich alles ab, was mit ihr oder dem Kind, das sie gebären würde, in Kontakt kommen könnte. Philippas Vater sah das und war wütend. Er sagte, die ganze Sache wäre extrem umstritten, und er ließe es nicht zu, seine Tochter derart experimentellen medizinischen Prozeduren auszusetzen.«

»Das muß für Sie sehr schwierig gewesen sein.«

»Allerdings. Adam meinte, es läge nur an meiner europäischen Ausbildung, wo ich bei Ketzern studiert hätte.«

»Und wie reagierten Sie?«

»Es tut mir leid sagen zu müssen, daß ich nicht sehr mutig auftrat. Ich ging auf ihn ein und gefährdete so genau den Menschen, dem ich helfen wollte. Halbherzig warf ich Adam vor, er wäre engstirnig und zu dumm, um die Fakten anzuerkennen.«

»Ihre arme Frau! Mußte sie das alles mit anhören?«

»Sie hatte Wehen. Es war ihr erstes Kind. Sie litt furchtbar und war voller Angst. Und durch unsere Streitereien wurden ihre Ängste nicht gerade weniger. Schließlich kam es dazu, daß sie zwischen ihrem Vater und ihrem Mann wählen mußte.«

»O nein. Ach, Reed! Also wählte sie ihren Vater.«

Sie sah Tränen in seinen Augen. Wie schwer mußte es für ihn sein, das zu verstehen und zu akzeptieren. Daß eine Frau sich gegen ihren Mann entscheiden konnte, gegen den Mann, den sie geheiratet hatte und der der Vater ihres Kindes war.

»Sie …« Seine Stimme brach. Er hielt inne und atmete tief, bis er sich wieder im Griff hatte. »Es war Ausdruck der einfachen Tatsache, daß sie zu ihrem Vater mehr Vertrauen hatte als zu mir. Sie flehte mich an, Adam das Kind entbinden zu lassen.«

»Und Sie haben sich zurückgezogen?«

»Anfangs nicht, aber als Philippa dann hysterisch wurde, gab ich nach. Ich war verletzt durch ihre Zurückweisung, und so fügte ich mich ihrem Wunsch. Dummerweise überließ ich ihrem Vater die Verantwortung.«

»Es blieb Ihnen doch gar nichts anderes übrig. Und entband ihr Vater dann Ihre Frau?«

»Er versuchte es, aber auch nach Stunden heftiger Wehen

kam das Kind immer noch nicht. Mir war schon nach wenigen Stunden klar, daß wir einen Kaiserschnitt würden machen müssen ...« Er sah Susannah an. »Das heißt, man schneidet den Bauch der Mutter auf, um das Baby herauszuholen.«

Susannah nickte.

»Als ich das vor Adam andeutete, lehnte er ab mit der Bemerkung, das wäre wieder eine meiner weit hergeholten Ideen.«

»Also mußten Sie dastehen und zusehen, wie Ihre Frau und Ihr Baby starben?«

»Nein, es dauerte noch eine Weile. Ich mußte tun, was ich konnte, um sie zu retten. Schließlich, als ich wirklich um Philippas Leben bangte und da ich unbedingt an die Technik des Kaiserschnitts glaubte, schob ich Adam zur Seite und übernahm wieder. Das brachte ihn in Wut. Er warf mir vor, ein Wilder zu sein.«

»O weh, o weh!«

»Ja, schlimm. Ich hätte bemerken müssen, daß es zu spät war, als ich übernahm, und daß Philippa schon zu lange in den Wehen gelegen hatte. Unser Sohn wurde tot geboren, und Adams Wut ging noch einen Schritt weiter. Er warf mir vor, mein eigenes Kind getötet zu haben.«

Susannah legte ihre Hand auf die von Reed, weil ihr einfach keine Trostworte einfielen.

»Ich war verzweifelt wegen des Babys – aber ich verbarg meinen Schmerz, um Philippa zu stützen. Doch ein paar Tage später bekam sie das Kindbettfieber und starb auch.«

»Und ihr Vater gab Ihnen auch für ihren Tod die Schuld.«

»Mehr als das. Er behauptete, ich hätte ihren Tod durch den Gebrauch von magischen Arzneien verschuldet, durch die sie umgekommen wäre. Bei Philippas Beerdigung nannte er mich einen Mörder.«

Jetzt rollten die Tränen ungehemmt über seine Wangen. Er konnte nicht weitersprechen.

Susannah rieb unentwegt seine Hand, als wolle sie mit dieser Geste ihr ganzes Mitgefühl zum Ausdruck bringen.

»Und so«, murmelte sie, »wurden Sie ein einsamer Wanderer, der durchs Land zieht, und hier und da arbeitet, nie irgendwo zu lange bleibt, nie den schmerzlichen Erinnerungen die Chance läßt, ihn zu überwältigen.«

Er wischte sich die Augen und riß sich zusammen.

»Jetzt verstehe ich auch«, murmelte sie, »was Sie damals gemeint haben, als Sie sagten, Sie würden nie wieder jemanden lieben können.«

Er wandte sich ihr zu und küßte sie sacht auf den Mund. »Nein, das verstehen Sie nicht. Es ist nicht, wie Sie denken, liegt nicht daran, daß ich Philippa immer noch liebe. Ihren Tod habe ich längst verwunden. Aber mein Inneres ist leer. Ich habe einer Frau nichts mehr zu bieten.«

Plötzlich schlug Reed einen anderen Ton an: »Ihre Tanten von ihrem Spaziergang zurück. Ich gehe dann wohl besser.« Er erhob sich, ihre Hand immer noch in der seinen.

Sie sah auf, und ihre Blicke trafen sich. Alle falschen Vorspiegelungen schienen von ihnen abzufallen, und sie hatte das Gefühl, ihn gänzlich zu verstehen. Susannah ließ sich von ihm aufhelfen.

»Denken Sie an Ihr Versprechen? Sagen Sie nichts zu Ihren Tanten und auch zu sonst niemandem.«

»Ihr Geheimnis ist bei mir genauso sicher wie meines bei Ihnen.«

»So sind wir jetzt Partner im Schmerz …«

»Richtig, Partner im Schmerz.« Sie drückte seine Hand.

»Was ist das denn?« rief Violette herüber. »Ein Handschlag auf der Veranda?«

»Reed hat mir nur gezeigt, wie man sich in Boston die Hand schüttelt.«

»Sieh bitte zu, daß das alles ist, was er dir zeigt«, empfahl Dahlia säuerlich.

Susannah verbarg ihre Erheiterung. Allerdings machte sie den Fehler, Reed dabei anzusehen, dessen Gesicht erfüllt war von lautlosem Gelächter. Und so verloren beide die Fassung und gackerten los.

»Wer laut lacht, hat nichts im Kopf«, mäkelte Dahlia.

Violette lachte mit, und Reed dachte daran, wie schön es war, daß er und Susannah ihre neue Freundschaft mit einem vergnügten Auftakt einleiteten. Ein schöner Anfang.

Tate Trahern grollte immer noch wegen der Ereignisse bei der Kirche, wo Reed ihn lächerlich gemacht hatte. Und es machte die Sache auch nicht gerade besser, daß er noch keine Antwort auf sein Telegramm an die *Bostoner Post* bekommen hatte. Tate war wirklich wütend. Normalerweise wurde er zur Kenntnis genommen oder bekam, was er wollte.

Und dann, als er schon überhaupt nicht mehr damit rechnete, erhielt er drei Wochen später doch noch eine Antwort auf sein Telegramm. Beim Lesen lächelte er boshaft. Er faltete das Blatt Papier säuberlich und steckte es in seine Tasche. Jetzt hatte er die nötige Munition in Händen, um sich von diesem Mistkerl zu befreien. Nur noch auf den geeigneten Augenblick mußte er warten!

Er stieg auf sein Pferd und verließ Bluebonnet. Tate könnte wirklich ein zufriedener Mann sein, wenn er nicht ein so heftiges Pochen im Kopf hätte und sich nicht jedesmal gedemütigt fühlte, sobald ihn jemand aus der Stadt angaffte. Für beides machte er Reed Garrett verantwortlich.

Der September kam mit den ersten Herbsttagen, doch niemand hatte daran gedacht, das auch dem Himmel mitzuteilen; daher blieb das Wetter, wie es den ganzen Sommer gewesen war: heiß, trocken, staubig und fast unerträglich. Nicht einmal eine gelegentliche Brise, die die trockenen Blätter auf den Maisfeldern bewegte, brachte viel Erleichterung. Wie Violette sagte, war es »zu heiß, um sich zu unterhalten«.

Reed stand am Tor zum Schweinekoben. Miss Lavendel hatte in der vergangenen Nacht vierzehn Ferkel geworfen, und Susannah trug vier davon im Arm – rosa, strampelnd, quiekend und, zu seiner Überraschung, ziemlich süß. Er schüttelte den Kopf. Das Leben nahm schon seltsame Wege. Vor zehn Jahren, als Star der Bostoner Gesellschaft, hätte er bei der Vorstellung kopfgestanden, daß er eines Tages in einer trockenen Stadt in Westtexas stehen und einen Wurf Ferkel bestaunen würde.

Susannah strahlte, ihr Gesicht voller Freude, und ihm kam es vor, als wäre die Sonne hinter einer Wolke hervorgeschlüpft. Einen Augenblick lang standen sie beide unbeweglich da, wie zwei hastig in Wachs gegossene Gestalten, für immer festgehalten. Die Atmosphäre schien zu knistern.

Eins der Ferkel fing an, heftig mit den Hinterfüßen zu rudern. Susannah lachte und gab ihm einen Kuß. »Dich nenne ich Rabauke«, und so bekam Reed noch den weichen Klang ihrer texanischen Stimme zur Vielfalt der sinnlichen Eindrücke. Sie küßte das Ferkel noch einmal, und Reed wurde plötzlich von Begehren überwältigt. Sie sollte ein echtes Baby haben – von ihm …

Einen Augenblick lang packte ihn der Schrecken. Der Gedanke, ein Kind von ihr zu wollen, überraschte ihn. Daran hatte er bisher noch nie gedacht. Aber es stimmte – so hatte er seit Philippas Tod nicht mehr empfunden.

»Und dieses hier heißt Zwerg«, sie hielt das Kleinste hoch. »Das da ist Knubbel. Und dies …« sie wies auf das friedlichste des Quartetts, »nenne ich Stiefmütterchen, weil die Kleine so schüchtern ist.«

»Dann bleiben nur noch zehn nähere Bezeichnungen – am Schluß werden Sie kaum mehr wissen, welcher Name zu welchem Ferkel gehört.«

»Oh, so etwas vergesse ich nie«, entgegnete sie, und ihre Augen wurden rund, weil er ihr soviel Gleichgültigkeit zutraute.

»Wird es denn nicht schwierig für Sie, wenn sie Namen haben und wie Schoßtiere behandelt werden … ich meine dann später beim Schlachten?«

»Wir schlachten nur ein Schwein pro Jahr. Die restlichen behalten wir zur Aufzucht oder zum Verkauf. Aber nein, ich habe keine allzugroßen Schwierigkeiten. Es ist ein natürlicher Teil des Lebens, erst lebt etwas, dann stirbt es. Wir haben dabei alle unsere eigene Rolle zu übernehmen. Und müssen den Platz akzeptieren, den wir bekommen haben.«

Sie setzte die Ferkel zu Lavendel zurück und nahm dann auch die anderen auf den Arm, um sie zu benennen: Clementine, Rosmarin, Flora, Wicke, Lorbeer. Einen Augenblick später hatte sie dann auch Namen für die anderen. Weide, Lilie, Petunie, Süßer William. Sie wandte sich Reed mit gerunzelter Stirn zu und warf schließlich einen Blick auf das letzte Schweinchen in ihren Armen.

»Sie werden doch nicht eine Taufe vergessen haben?«

»Nein … es scheint mir einfach nichts mehr für dieses Exemplar einzufallen. Er ist ein unauffälliger kleiner Kerl, finden Sie nicht?« Sie drehte das Ferkel herum, so daß es sie ansah; seine flache kleine Nase bewegte sich vor und zurück und seine schwarzen Knopfaugen sahen sie mit undurchsichtigem Ausdruck an. Sie seufzte und setzte ihn zu den anderen zurück. »Ich werde warten müssen, bis er sich in irgendeiner Weise hervortut.«

»Und wenn nicht?«

»Dann muß ich mir etwas ausdenken. Er kann ja nicht ohne Namen durchs Leben gehen.«

»Warum nicht?«

»Das wäre einfach nicht fair.«

Wie ihre Tanten hegte auch sie eine Vorliebe für Pflanzennamen bei den Tieren; aber wie jetzt vergab sie dann und wann unerwarteterweise auch einmal einen anderen. Er fragte sich, was sie sich selbst wohl für einen Namen geben würde. Er dachte an die wunderschönen Eisblumen, die im Winter in Boston an den Fensterscheiben blühten, und überlegte, ob ihre gefrorene Seite wohl schmelzen würde, wenn die Sonne der Liebe sie berührte – seiner Liebe.

Miss Lavendel grunzte, stand auf und hoppelte davon, wobei die Ferkel eines nach dem anderen von ihren Zitzen fielen – alle bis auf das eine, das keinen Namen hatte und das sich jetzt mit all seiner Kraft an seiner Mutter festsaugte. Es wurde halb durch den ganzen Schweinekoben gezerrt, bis es schließlich auch herabfiel. Bis dahin lachte Susannah so heftig, daß sie kein Wort herausbrachte. Erst als sie das hartnäckige Geschöpf aufgehoben hatte, fand sie den Atem, um zu prusten: »Trotzkopf! Ich werde es Trotzkopf nennen.« Sie legte das letzte, jetzt auch mit einem Namen versehene Ferkel neben die anderen, wischte sich die Hände an der Schürze ab und ging zu Reed hinüber. Er machte das Tor auf, als sie näher kam und schloß es hinter ihr wieder. Ihr Blick richtete sich auf Miss Lavendel, die sich an einem Zaunpfahl den Rücken rieb.

»Sie wissen nicht viel über Schweine, oder?«

»Bis jetzt sind wir uns eigentlich nur via Frühstücksschinken begegnet.«

Sie lächelte. »Ich kann mir auch kaum vorstellen, daß Sie in Boston je Gelegenheit hatten, einem Schwein von Angesicht zu Angesicht gegenüberzutreten.«

Er dachte an ein paar von den fettgesichtigen Matronen in der Studiengruppe seiner Mutter, deren massige Kiefer und kleine Augen ihm in Erinnerung geblieben waren. »Nicht der vierbeinigen Sorte.«

Als er sie nachdenklich musterte, tanzte ein Lachen in ihren hübschen Augen. Nach einem kurzen Schweigen fragte sie: »Haben Sie Boston gern gehabt?«

»Als ich dort war, sogar sehr. Selbst jetzt gibt es eine Menge Dinge, die mir fehlen – aber genauso viele Dinge, auf die ich gerne verzichte.«

»Ich glaube, mir würde es nicht gefallen, ein Stadtleben zu führen.«

»Mögen Sie es auf dem Land lieber?«

»Ganz bestimmt.«

»Warum?«

»Weil es großen Spaß macht, das Leben in all seinen ungebändigten Formen zu beobachten, was mir in einem zivilisierten Leben verwehrt geblieben wäre.«

»In seinen ungebändigten Formen?«

»Als ich hier eintraf, kam mir das alles völlig fremd vor. Ich war an die Stadt gewöhnt und daran, immer von Menschen umgeben zu sein. Und plötzlich fand ich mich nun am Ende der Welt wieder, zusammen mit zwei alten Frauen, die ich nicht kannte. Ich fühlte mich verloren und schrecklich einsam. Allmählich fing ich an, die Gegend zu erforschen, wanderte wie ein Nomadenkind umher, und bald war mir der Teppich der Prärie, hohle Bäume und vom Regen tief ausgewaschene Bachbette viel lieber als harte, gebohnerte Fußböden und quietschende Betten, die zwischen vier einengenden Wänden standen. Stundenlang wanderte ich durch die Gegend und verbrachte ganze Tage auf dem Rücken im hohen Gras, wo ich die Wolken über mir dahinziehen sah und den Wind in meinen Ohren wispern hörte. Ich buddelte hier und da im Bachbett und fand Pfeilspitzen und Scherben; so merkte ich, daß ich nicht allein war und andere Menschen schon vor mir hier gelebt hatten. Im Sommer stand ich im Hof und sah heftige Gewitter über die Prärie fegen, von Blitz und Donner begleitet, wo ich begriff, daß der Tod ganz unerwartet kommen kann und das Leben manchmal sehr plötzlich vorüber ist.«

»Die Natur war Ihr Schulzimmer.«

»Ja, genau. Auch von den Tieren lernte ich, mit denen ich zu tun hatte. Nicht nur von den Haustieren, die gezähmt zur Farm gehörten, sondern vor allem von den wilden Wesen draußen, mit denen ich mich beschäftigte – Hirsche, Büffel, Kojoten, Präriehunde, dem grauen Wolf. Immer wieder beobachtete ich ihr Verhalten, ihre Gewohnheiten – ihre spielerische Art, ihre stetige Hingabe, ihren scharfen Instinkt. Ich sah, wie sie es schafften, sie selbst zu sein, unabhängig und überlegen, und doch voneinander abhängig, wo es um Überleben und Schutz ging. Ich sah, wie sie sich forschend und vorsichtig verhielten, neugierig und doch wachsam. Als ich einmal ein Stachelschwein gegen den Strich streichelte und die Stacheln in meiner Hand steckenblieben, begriff ich, daß vieles im Leben eine richtige und eine falsche Richtung hat. Bei den roten Ameisen lernte ich die Tugenden der harten Arbeit, bei den Bienen den Lohn dafür. Von den Präriehunden erfuhr ich, wie schön es sein kann, sich gehenzulassen und einfach in der Sonne zu liegen. Bei Geburten lernte ich zu beten; im Angesichts des Todes, daß das Leben einen Sinn gehabt hatte. Neugeborene Wesen, noch wacklig auf den Beinen, die doch immer wieder versuchten, aufzustehen, auch wenn es ihnen ständig mißlang, lehrten mich Beharrlichkeit. Ich sah an ihrem Beispiel, wie man sich auf seine Intuition verlassen kann, wie die Mütter mit aller Kraft die Brut beschützen, wie man seinem Partner nahsein kann und ihm und den Artgenossen treu ergeben.«

»Also allerhand, wovon man in der zivilisierten Welt gar nichts zu sehen bekommt.«

Sie hielt inne und schaute am Schweinekoben vorbei in die Weite. Er sah, daß sie das hoch zu Graspyramiden aufgeschichtete Heu betrachtete, sagte aber nichts, weil er ihre Träumerei nicht unterbrechen wollte.

»Man kann einem Weidegrund nicht vorwerfen, er sei voreingenommen und einem Schwein nicht, es sei ungerecht. Man kann die Glaubensvorstellungen einer Sonnenblume nicht hinterfragen oder die Überzeugungen eines Sommergewitters. Ich bin umgeben von der unendlichen Geduld der Natur, von ihrer leidenschaftlichen Wildheit, und habe gelernt, viele ihrer Sprachen zu entziffern und Freude an Feldern ohne Wege und Glück im Alleinsein zu empfinden. Der Frieden der Natur und die Unschuld ihrer Geschöpfe berührt mich. Hier gibt es Sicherheit, ein Gefühl der Zugehörigkeit, Trost für die unruhige Seele und das Bewußtsein, daß wir in Gottes herrlichem Kunstwerk leben.« Sie drehte sich um und sah ihn an. »Können Sie das irgendwie nachvollziehen?«

»Ja, sehr gut. Sie haben eine seltene Gabe von Verständnis und eine noch seltenere Gabe der Ausdrucksfähigkeit. Bei Ihnen bleiben es nicht bloß Worte, Sie vermitteln Gefühle. In allem, was Sie sagen, liegt Rhythmus und Bewegung. Es ist, als vernähme ich die Stimme einer anderen Ebene des Seins. Das Land lieben Sie nicht nur, sondern sind ein Teil davon.«

»Ja, das ist wahr.«

»Ich glaube, es geht sogar darüber hinaus. Ich sehe Ihr Gesicht und Ihre Seele in den Dingen um Sie her, im Gegenwind, im Geheimnis der Samen, im Spiel der Tiere, in der Schönheit der Blumen – in Ihrem Einverständnis, daß niemals etwas vollendet ist, sondern das Leben immer weitergeht. ›Dies unser Leben, vom Getümmel frei, gibt Bäumen Zungen, findet Schrift im Bach, in Steinen Lehre, Gutes überall.‹«

Als sie zu ihm aufsah, floß sie über vor Bewunderung. »Es sieht ganz so aus, als wenn ich nicht die einzige wäre, die gut mit Worten umgehen kann. Das war wunderschön.«

»Wunderschön, aber nicht von mir; es stammt von Shakespeare.«

Langsam röteten sich ihre Wangen. Er hatte nicht vorgehabt, sie zu beschämen, indem er wie ein Esel herumstand und Shakespeare deklamierte. Nicht bei ihr, deren Gespür so groß war. »Susannah ... es tut mir leid.«

»Macht nichts!«

»O doch, durchaus. Es gibt zwei Arten von Eseln. Die einen haben vier Beine, und die anderen sind anmaßend. Verzeihen Sie mir!«

Sie drehte sich um und begutachtete noch einmal die Ferkel. »Schweine sind im Grunde reinliche Tiere, wissen Sie, und sehr intelligent.«

Er betrachtete Miss Lavendel, die sich in einer Pfütze suhlte, so daß ihre rosige Haut von Schlamm glänzte, und wußte, daß Susannah ihm auf ihre Art verziehen hatte. »Soll ich das so verstehen, daß Miss Lavendel die Ausnahme von dieser Regel bildet?«

»Sie wälzen sich im Schlamm, um kühl zu bleiben und juckende Stellen zu beruhigen.«

»Haben Sie Ihnen das selbst erzählt?«

Sie lachte. »In etwa. Es funktioniert, glauben Sie mir. Schlamm hat eine sehr lindernde Wirkung.«

Er hob die Augenbrauen und sah sie fragend an. »Alles persönlich ausprobiert?«

»Einmal!« grinste sie vielsagend.

Nun stimmte er in ihr Gelächter ein.

Mit ihrer nächsten Bemerkung dämpfte sie das Vergnügen allerdings wieder. »Tante Vi sagte, sie hätte mit Ihnen darüber gesprochen, ob Sie nicht einige der jungen Eber kastrieren würden.«

»Das hat sie erwähnt, ja.«

»Sie klingen eher widerstrebend.«

»Ich bin kein Schweinezüchter und kenne mich mit Schweinen überhaupt nicht aus... überhaupt wenig mit Tieren. Und was das Kastrieren eines Ferkels betrifft...«

»Aber Sie waren doch Arzt.«

»Hm – allerdings nicht auf Kastrationen spezialisiert.«

Wieder lachte sie. »Ist das überhaupt jemand?«

»Haben Sie Ihrer Tante davon erzählt?«

»Von Ihnen?«

Er nickte.

»Nein, ich habe doch gesagt, daß ich das nicht tun würde, oder?«

»Warum hat sie mich dann gefragt?«

»Sie sind unser Helfer, und das gehört zu deren Aufgaben.«

Er runzelte die Stirn über diese Entwicklung, die er gar nicht wollte. »Wenn ich schon medizinisch tätig sein muß, würde ich lieber mit Menschen anfangen.«

»Vielleicht bekommen Sie die Gelegenheit später.«

»Das bezweifle ich, auch wenn es eigentlich egal ist. Jenes Leben habe ich hinter mir gelassen. Ich kann nicht mehr zurück.«

»Natürlich nicht – aber falls es sich ergibt, könnten Sie neu anfangen.«

»Niemals.«

»Seien Sie da mal nicht so sicher. Gelegenheiten sind oft verführerisch.«

»Gelegenheit«, sagte er und wußte, daß er zynisch klang, ohne es sich verkneifen zu können. »Gelegenheit in Form von Schweinekastration?«

»Richten Sie sich auf Überraschungen ein. Manchmal werden die hellsten Feuer von unerwarteten Funken entzündet.«

»Ewige Optimistin!«

»Bin ich nicht, sondern ich glaube einfach an Wunder.«

18

Am Sonntag predigte Reverend Pettigrew über die Folgen von Gut und Böse: Das Leben sei eine Kette von Ereignissen, von denen jedes wie ein Glied ins andere greife.

»Es gibt nie einen Augenblick, der nicht mit einem anderen in der Zukunft verbunden ist. Gutes kann«, verkündete er, »irgendwann in der Zukunft Böses gebären, ebenso wie Böses bisweilen Gutes schafft, und beides kommt gleich unerwartet.«

Eine Woche später traf das Böse in Form einer Epidemie ein, ein wütender Ausbruch von Krankheitsfällen mit Schüttelfrost und hohem Fieber. Und niemand sah auch nur das geringste Gute daran.

Am Donnerstag, der auf Reverend Pettigrews Predigt folgte, kam Sheriff Carter auf dem Rückweg von den Carmichaels vorbei. Es war schon später Nachmittag und Susannah arbeitete mit ihren Tanten im Garten. Sie zogen die letzten Zwiebeln, um sie im Wurzelkeller zu lagern.

Die drei Frauen sahen den Sheriff herbeireiten und gingen ihm zum Zaun entgegen. »Guten Tag, Sheriff«, sagte Violette. »Was bringt Sie an unser Ende der Welt?«

»Ein ziemliches Übel macht die Runde. Ich habe gerade Doc Bailey geholt.«

»Meinen Sie eine Krankheit?« fragte Dahlia.

Jonah nickte. »Drei der älteren Kinder sind krank, Will Carmichael hat schon seit drei Tagen hohes Fieber. Heute morgen ist auch seine Frau mit Kopfschmerzen und Fieber aufgewacht.«

»Hegt Doc Bailey eine Vermutung, was sie haben könnten?« erkundigte sich Violette.

»Nein, er meint, es ist noch zu früh, um etwas dazu zu sagen. Seiner Erfahrung nach fängt eine Menge Krankheiten mit Kopfschmerzen und Fieber an. Er muß erst weitere Symptome abwarten.«

»Brauchen sie vielleicht irgend etwas?« meldete sich nun auch Susannah zu Wort. »Ich könnte ihnen ein bißchen Essen bringen. Soll ich hinübergehen und helfen?«

»Das wäre nicht gut, meint wenigstens der Doc. Er rät den Leuten, zu bleiben, wo sie sind. Deshalb soll ich die Runde machen und die Leute warnen, daß dies vielleicht der Anfang einer Epidemie sein könnte. Es ist schon die dritte Familie mit Fieber, zu der er in zwei Tagen gerufen wurde. Und wenn es etwas Ansteckendes ist, bleibt es das beste, nicht mit anderen zusammenzukommen.«

Susannah hob die Hand, um ihre Augen zu beschatten. »Wenn die Carmichaels krank sind, brauchen sie aber zu essen und jemanden, der für sie sorgt.«

»Ich weiß, daß Sie helfen wollen, Susannah – aber Sie wollen sich doch nicht leichtfertig infizieren? Sie müssen auch an Ihre Tanten denken.«

Die junge Frau warf einen Blick auf die besorgten Gesichter von Violette und Dahlia und fühlte sich unbehaglich. »Ja, natürlich.«

Jonah spürte ihr Unbehagen wohl, denn er schlug vor: »Wenn Sie ein paar Sachen zusammenstellen wollen: Ich gehe morgen Nachmittag wieder hin und komme unterwegs hier vorbei. Dann bringe ich es ihnen in Ihrem Namen. Der Herr weiß, daß sie es bestimmt gebrauchen können, bei all den Mäulern, die sie zu stopfen haben, und beide Eltern selber krank sind.«

»Vielen Dank, Sheriff. Ich werde einen Korb vorbereiten.«

Jonah tippte sich an den Hut und wendete sein Pferd. Die Blicke der Frauen folgten ihm schweigend.

In der Dämmerung, als sie das Geschirr vom Abendessen schon gespült hatten und zusammen draußen auf der Veranda saßen, sagte Dahlia: »Also, glaubt's mir oder nicht, aber in meinen Augen sieht es ganz so aus, als wenn Reed Garrett im Anzug ist, um Susannah den Hof zu machen. Ich glaube, er hat sogar einen Blumenstrauß dabei.«

»Vielleicht sind die für dich, Tante Dahlia«, wandte Susannah ein.

Dahlia benahm sich plötzlich wie ein kleiner Vogel mit glänzenden Augen und aufgeplusterten Federn, während sie eingebildete Stäubchen von ihrem Rock sammelte und ihre dicken Locken zurechtzupfte. »Vergebliche Liebesmüh! Ich warte auf jemand Besseren.«

»Besseren?« Violette schnaubte. »In unserem Alter sind Männer wie auf Plakaten von Gesuchten: tot oder lebendig. Etwas dazwischen gibt es nicht. Wenn du einen findest, der sich noch rührt, sieh besser zu, daß du ihn dir schnappst.«

Reed blieb vor ihnen stehen und teilte für jede der Damen einen Blumenstrauß aus. »Die habe ich unten am Bach gepflückt, wo sich niemand daran erfreut. Ich dachte, Sie hätten vielleicht einen besseren Platz dafür.«

»Oh, vielen Dank, Reed!« Violette war entzückt. »Ich werde sie in eine Vase direkt an mein Bett stellen – auf diese Weise kann ich den Sommer noch ein wenig verlängern.«

»Warum denn das auf einmal?« bemerkte Dahlia. »Du hast dich doch bisher dauernd über die Hitze beschwert, und jetzt willst du sie noch verlängern?« Sie blickte auf ihren Blumenstrauß. »Sie sehen schon etwas welk aus.«

»Sie haben prima ausgesehen bis zu dem Moment, als du sie angeschaut hast«, sagte Violette. »Also ehrlich, Dally, deine saure Art könnte ja ausreichen, um eine gußeiserne Pfanne zum Welken zu bringen.«

Susannah stand auf. »Kommt, gebt sie mir. Ich bringe sie ins Haus und stelle sie ins Wasser.«

Violette reichte ihr ihre Blumen. Susannah wandte sich an ihre Tante Dally: »Ich bin sicher, mit etwas Wasser richten sie sich wieder auf, Tante. Soll ich dir deine auch ans Bett stellen?«

»Nein, von Blumen muß ich immer niesen. Stell sie irgendwo hin. Wenn sie in meiner Nähe sind, sterben sie vielleicht angesichts meiner sauren Art, wie Violette prophezeit.« Dahlia stand auf und machte sich auf den Weg ins Haus. »Ich habe Kopfschmerzen und Fieber. Wahrscheinlich kriege ich auch die Pest.« Sie blieb stehen und sah Reed an. »Haben Sie schon gehört, daß die Carmichaels alle an der Pest sterben? Sheriff Carter ist heute nachmittag vorbeigekommen mit der Nachricht von Doc Bailey, wir hätten eine Pestepidemie, die sich gerade ausbreitet und alle ansteckt.« Mit diesen Worten trippelte sie davon.

»Die Pest?« Reed warf einen schnellen Blick in Susannahs Richtung.

»Sie schwindelt schon wieder«, winkte Violette ab, bevor Susannah reagieren konnte.

»Aber die Carmichaels sind wirklich krank«, berichtete Susannah. »Und Sheriff Carter ist auch vorbeigekommen, weil Doc Bailey meint, es könnte der Anfang einer Epidemie sein.«

»Was für eine?«

»Er meinte, es wäre zu früh, Genaueres zu sagen«, erwiderte Susannah.

»Komm, gib mir die Blumen!« Violette nahm Susannah die Sträuße ab. »Laß mich sie ins Wasser stellen. Warum macht ihr beide nicht einen Spaziergang an diesem schönen Abend? Ich liebe diese Jahreszeit, wenn es zum ersten Mal nicht mehr ganz so heiß ist. Jetzt wird es erst richtig angenehm.«

Nachdem Violette im Haus war, wandte sich Reed an Susannah und fragte: »Kommen Sie mit?«

»Wie könnte ich widerstehen? Wie Tante Vi schon sagte: Draußen ist es um diese Zeit herrlich.«

Er streckte seine Hand aus, die Handfläche nach oben, in der Erwartung, sie würde ihre Hand in die seine legen. Es war eine unschuldige Geste; er benahm sich wie üblich als Gentleman.

Offenbar hatte er keine Ahnung, wie sie mit sich rang. Seine Hand wirkte warm, einladend, sicher – was sie bestimmt auch tatsächlich war. Aber Susannah konnte einfach das scharlachrote Satinkleid nicht vergessen. Ihr Herz schlug schneller; sie versuchte zu schlucken, weil ihr Hals plötzlich knochentrocken war. Niemand konnte sich vorstellen, wie schwer es ihr fiel – auch nicht, was für einen heftigen Konflikt eine so einfache Handlung in ihr auslöste: ihre Hand in die seine zu legen. Davon hatte sie oft geträumt, immer wieder daran gedacht, und jetzt war die Situation da. Würde sie es tun? Konnte sie es wagen?

Sie warf einen Blick auf sein Gesicht und sah die unendliche Geduld in seinen Augen. Ob er wußte, daß sie noch nie vorher die Hand eines Mannes gehalten hatte? Machte das etwas aus?

Seine Worte klangen beruhigend: »Es ist nur meine Hand. Sie verpflichtet nicht zu einer langen Liste von Folgen. Mittlerweile sollten Sie wissen, daß Sie mir vertrauen können.«

»Ich ...«

»Kommen Sie.« Er nahm ihr die Entscheidung ab und ergriff kurz entschlossen ihre Linke. Die einfache Berührung von Haut mit Haut, warmem Fleisch auf warmem Fleisch, vermittelte Geborgenheit, war angenehm – und sehr beunruhigend.

Doch entzog sie ihm ihre Hand nicht.

Er stieg mit ihr die Stufen hinab und ließ sie dann los; aber das Gefühl von seiner Wärme blieb noch lange an ihr haften, während sie den am Rand mit Steinen belegten Gartenweg entlangwanderten. Sie waren schon ein ganzes Stück jenseits des Tores, als Reed begann: »Erzählen Sie mir von dieser Epidemie.«

Susannah berichtete, was sie wußte, und erwähnte auch, daß Doc schon eine ungewöhnliche Anzahl von Leuten mit Kopfschmerzen und Fieber behandelt hatte.

»Erwähnte er noch andere Symptome?«

»Nein, nichts. Haben Sie irgendeine Vorstellung, was das sein könnte?«

Er schüttelte den Kopf. »An diesem Punkt gibt es mehrere Diagnosen. Doc Bailey tut gut daran, abzuwarten und weitere Symptome zu beobachten.«

»Aber zu warten ... das ist doch, als säßen wir auf einem Pulverfaß mit angebrannter Lunte.«

»Unglücklicherweise können wir nichts anderes tun als hoffen, daß die Lunte erlischt.«

»Und wenn nicht?«

»Dann helfe uns Gott«, seufzte er, »– wenn sich herausstellt, daß es etwas Ernstes ist.«

»Und sollte sich das bewahrheiten, werden Sie helfen?«

Sein Ausdruck war voll Schmerz. »Wenn jemand Hilfe braucht...«

»Ich meine als Arzt.«

Er verzog den Mund und atmete langsam aus, dann hob er den Kopf und schaute über sie hinaus in die Ferne. Ziemlich lange schwieg er, und sie war schon kurz davor, ihre Frage zu wiederholen, da gab er ihr zu verstehen: »Wie ich Ihnen schon sagte: Ich kann nicht mehr zurück.«

»Sie wollen also Menschen sterben lassen?«

»Nein – Sie machen sich unnötigerweise Sorgen. Wir wissen doch gar nicht, ob irgendwelche Leute in Lebensgefahr sind.«

»Und wenn doch?«

»Wir werden jene Brücke überqueren, wenn wir sie erreicht haben.«

»Sie sind Arzt. Sie können sich doch nicht einfach als jemand durchmogeln, der Sie gar nicht sind.«

»Das ist ein seltsamer Satz aus Ihrem Munde, wenn man bedenkt, daß Sie sich ja genauso verstecken.«

»Was meinen Sie damit?«

»Sie haben bisher im dunkeln gelebt, als wären Sie ein Schatten Ihrer selbst. Ihr eigentliches Leben, das, was Sie wirklich sind, haben Sie in eine kleine Kiste ganz innen zusammengedrängt, einen Deckel daraufgedrückt und ein hübsches, buntes Band darumgewickelt, so daß es ein verschlossenes Päckchen darstellt.«

»So lange ich glücklich bin damit...«

»Sind Sie aber nicht! Nicht wirklich. Sie stecken nur den Kopf in den Sand. Es ist eine Frage der Zeit, bis Sie hochkommen müssen zum Atmen – oder ersticken.«

»Ich möchte nicht über mich sprechen.«

»Natürlich nicht. Es ist beschwerlich, aufzuwachen und die

Verantwortung für sich selbst zu übernehmen. Sie konnten nichts dafür, in welche Umstände Sie hineingeboren wurden, Susannah, genausowenig wie Sie verhindern konnten, was aus Ihrer Mutter wurde. Doch dort muß es für Sie nicht enden. Aus diesem Gefängnis sind Sie vor langer Zeit befreit worden, als Ihre Tanten Sie hierherbrachten. Die Tür Ihres Käfigs wurde geöffnet; aber Sie ziehen es vor drinnenzubleiben.« Er machte halt, wandte sich ihr zu und nahm sie in die Arme. »Es ist Zeit«, murmelte er, »Zeit, herauszukommen und das zu sein, was Sie wirklich sind.«

Sie wollte sich ihm entziehen, zum Haus zurückrennen, aber irgend etwas in ihrem Inneren wehrte sich. Tränen rannen über ihre Wangen. Er rührte sich nicht. Entschlossenheit schien aus all seinen Poren zu dringen. Sie war ängstlich, verwirrt – ratlos, was sie tun sollte.

»Neulich erzählten Sie mir, daß Sie viel von den Tieren in der Wildnis gelernt haben. Was täten Sie zum Beispiel, wenn Sie einen jungen Wolf fänden, dessen Fuß in einer Falle steckt. Würden Sie einfach weitergehen und ihn dortlassen, bis er verhungert ist?«

»Sie wissen doch, daß ich das nicht zuließe.«

Mit dem Daumenballen wischte er ihr die Tränen vom Gesicht. »Wenn diese Tränen Ihre Seele reinigen, lassen Sie sie fließen. Wenn sie nur aus Selbstmitleid kommen, haben sie keinen Sinn. Tränen werden Sie nicht retten, denn was ich für Sie empfinde, ist alles andere als Mitleid.«

»Also wollen Sie mich hier festhalten, in Ihren Armen gefangen wie der Wolf in der Falle?«

»Sie sagten doch, Sie würden ihn nicht in der Falle sitzenlassen. Was würden Sie also tun, ihn mit einem gebrochenen Bein in die Freiheit entlassen?«

»Nein.«

»Mit nach Hause nehmen, um ihn als Schmusetier aufzuziehen?«

»Natürlich nicht! Ich würde nie versuchen, aus einem wilden Tier ein Sofakissen zu machen, schon gar nicht aus einem Wolf.«

»Warum nicht?«

»Wölfe sind ungeeignet als Haustiere.«

»Interessant, aber darauf kommen wir später zurück. In diesem Augenblick möchte ich vor allem, daß Sie meine Frage beantworten. Was würden Sie mit ihm tun?«

Fast giftig antwortete sie ihm. »Ich würde ihn mit nach Hause nehmen und ihn pflegen, bis er gesund ist. Sind Sie jetzt zufrieden?«

»Fast. Und dann? Was würden Sie tun, wenn er wieder gesund ist?«

»Ihn freilassen.«

»Warum?«

»Weil es keinen Grund gibt, ihn in der Gefangenschaft zu halten. Wenn alles verheilt wäre, könnte er sich wieder um sich selbst kümmern.«

»Würde es Ihnen nicht schwerfallen, ihn fortgehen zu lassen. Nachdem Sie ihn in Ihrer Nähe gehabt und sich an ihn gewöhnt hätten?«

»Mag sein.«

»Dann könnten Sie ihn ja noch eine Weile lang behalten. Es gäbe keinen Grund zur Eile.«

Sie dachte eine Weile nach. »Nein«, sagte sie schließlich. »Es wäre nicht fair, ihn länger als nötig zu hätscheln. Dann würde er zahm werden und seine wilde Seele verlieren.«

Er ließ sie los. »Genau das ist es, was Sie mit sich selbst anstellen. Sie sind ein Wolf, der zahm gehalten wurde und sich angewöhnte, sich wie ein Hund zu verhalten.«

Susannah versetzte ihm eine Ohrfeige.

»Tun Sie es ruhig noch einmal, wenn Sie sich dann besser fühlen, aber vergessen Sie eines nicht. Mich zu ohrfeigen wird Sie persönlich nicht ändern. Sie können einen Hund in ein Seidenkleid stecken, aber der Schwanz wird stets herausschauen.«

Damit handelte er sich noch eine Ohrfeige ein, und sie brach in Tränen aus. Sie bedeckte ihr Gesicht mit den Händen und drehte ihm den Rücken zu, begann dann jämmerlich zu schluchzen. Sie hatte noch nie einen Menschen geschlagen – bis Reed kam. Es tat ihr leid, aber sie wünschte sich von ganzem Herzen, er würde sie in Ruhe lassen. Ihr Leben war ein einziger Aufruhr geworden seit seiner Ankunft.

Es war ihr nicht klar, wie lange sie weinte; aber es schien eine ganze Weile vergangen zu sein, als sie seine Hände auf ihren Armen spürte und er sie zu sich herumdrehte. Sie sah ihn nicht an, und er sagte nichts. Er zog sie näher und ließ seine Hand zu ihrem Hinterkopf gleiten. So hielt er sie fest, ihren Kopf an seine Brust gepreßt, und sie spürte, wie ihre Tränen erneut hervorsprudelten.

Obwohl ihr Kummer nicht versiegen wollte, sagte er kein Wort – weder um sie zu trösten, noch um sie zu ermutigen. Nur eines tat er: Er blieb ruhig und gelassen stehen wie ein Stützpfeiler.

Als sie sich ganz ausgeweint hatte, nahm er sein Taschentuch und trocknete ihre Tränen. »Meine Mutter hat immer gesagt, es gibt kaum eine Medizin, die so gut hilft wie richtiges Weinen. Schneuzen«, befahl er und hielt das Taschentuch an ihre Nase.

Sie tat, wie ihr geheißen, weil sie sich einfach zu matt und leer fühlte für irgendeinen Widerstand.

»Das nennen Sie schneuzen?« Er stupste sie leicht mit dem Taschentuch. »Versuchen Sie's noch mal.«

Diesmal schneuzte sie sich fester. Offensichtlich war er jetzt zufrieden, denn er wischte ihr die Nase ab und steckte das Hilfsmittel in die Tasche.

In ihrem ganzen Leben hatte sie sich noch nie so leergewaschen gefühlt, aber auch noch nie einem anderen Menschen so nah.

»Besser?«

Sie nickte und sah sich um, bemerkte nun erst, wo sie eigentlich waren, und wunderte sich, wie weit ihr Spaziergang sie vom Haus weggeführt hatte. Es war nichts mehr von den Gebäuden des Hofes zu sehen; aber sie erkannte den alten Futtertrog einer Weide, die sie nicht mehr für Kühe verwendeten. Hier ließ sie sich nieder und baumelte mit den Beinen.

Reed setzte sich zu ihr, plazierte seine eindrucksvolle Gestalt direkt neben sie auf die Kante. Er sah sie kurz an, hielt ihr dann die Hand hin und fragte: »Freunde?«

Sie hob den Kopf und küßte ihn auf die Wange. »Freunde«, echote sie, dann überwältigte sie die Schüchternheit, und sie wandte den Kopf ab.

Er nahm eine Handvoll kleiner Steine vom Boden und begann, sie auf ein dickes Grasbüschel zu werfen, das er allerdings meistens verfehlte.

Sie machte es genauso und zeigte ihm, wie es richtig ging.

»Du bist besser als ich.«

»Ich hatte mehr Übung.«

Er lachte und warf noch einen Stein. Diesmal traf er sein Ziel.

»Tut mir leid, daß ich dich geohrfeigt habe.«

»Ich hatte es kommen sehen.«

»Das geht mir ganz schön nach, was du gesagt hast… mit dem Wolf. Ich verstehe, was du meinst. Als ich zu meinen Tanten kam, war ich wirklich zutiefst verletzt.«

»Und die Erinnerung an Fallen, die Schmerzen bereiten, haben dich dazu veranlaßt, als Haustier weiterzuleben, anstatt deinen wahren Charakter anzuerkennen und das zu sein, was du eigentlich bist.«

»Es ist aber leichter, das Problem des Wolfs zu lösen als meines.«

»Freilich gewinnt man den Instinkt schwer zurück, wenn er verloren oder geschwächt ist – aber es geht! Du mußt lernen, ein normales Leben zu führen. Zum Beispiel, indem du beobachtest, wie sich diejenigen verhalten, die so ein normales Leben führen, und dabei deinem Instinkt freie Bahn läßt.« Er seufzte. »Deine Tante Dally sitzt immer noch in der Falle; daher schnappt und knurrt sie ihre Umgebung an, verharrt in der Welt ihrer Einbildung, die von Täuschungen und Lügen durchwachsen ist. Vi hat gelernt, die Freuden des Lebens zu ergreifen und ihrem Geist reichlich Bewegungsfreiheit zu lassen; notfalls also auch einmal einen roten Unterrock außen zu tragen, wenn sie Lust dazu hat.«

»Ich will nicht wie Tante Dally werden.«

Er lachte leise. »Das kann dir niemand verdenken. Sie könnte eine bemerkenswerte Frau sein. Was für eine Vergeudung von Persönlichkeit.«

»Und meine Persönlichkeit?«

»Wenn du zurückkehren willst in die Wildnis und dort dein Rudel wiederfinden, dann solltest du besser Heulen lernen.«

»Heulen?«

»Laut und oft.«

»Und du? Wann wirst du dich freilassen?«

Sie spürte, wie er seine Arme um sie legte und sein Mund den ihren verschloß. Ihr erster Impuls war, sich ihm zu entziehen und davonzulaufen; aber gerade noch rechtzeigig beherzigte sie seine Worte und erlaubte es ihrem Instinkt zu entscheiden. Und ihrem Instinkt folgend ließ sie den Kopf nach hinten fallen und entspannte sich. Sie öffnete den Mund für seinen Kuß und begriff, daß er gar nicht lange genug dauern konnte und sie gar nicht so nah an Reed herankommen konnte, um je genug von ihm zu bekommen. Ihr Atem stockte, wie gefangen von dem heftigen Herzschlag in ihrer Brust. Und so bereit sie sich für diesen Kuß geglaubt hatte, so unvorbereitet war sie gleichzeitig auf die Wogen von Gefühl, die Atemlosigkeit, das überwältigende Vergnügen, von ihm berührt zu werden.

»Du hast soviel Leben vor dir, soviel zu lernen. Es gibt eine Menge Dinge, die ich dich lehren könnte, Susannah, köstliche Freuden, die zwischen einem Mann und einer Frau möglich sind. Ich *werde* sie dich lehren.«

»Wann?« Ihre Stimme war nicht mehr als ein Hauch.

»Sobald du frei bist«, versprach er. »Wenn du gelernt hast zu heulen.«

Wie konnte sie ihm erklären, daß ihr gerade jetzt nach Heulen zumute war?

Jonah machte eine paar Tage später, am Montag, halt bei ihnen. Susannah war draußen im Hof beim Wäscheaufhängen. Als sie ihn kommen sah, nahm sie die Klammern aus dem Mund und warf sie in den Korb. Sie ging hinüber zum Zaun und wartete, bis er bei ihr angekommen war.

Als er vor ihr stand, erkannte sie seine Müdigkeit und Besorgnis. »Guten Morgen, Sheriff Carter. Ich hoffe, Sie bringen nicht noch mehr schlechte Nachrichten.«

»Doc Bailey glaubt, daß es Typhus ist.«

»Oh, mein Gott! Nein! Doch nicht Typhus!«

»Zwei von den Carmichael-Kindern sind tot. Und Doc glaubt, daß Mrs. Carmichael die Nacht wohl auch nicht überleben wird.«

Plötzlich sah sie die entzückenden Kinder der Carmichaels vor sich. Ein scharfer, durchdringender Schmerz ergriff ihr Herz. »Ach nein! Die Kinder. Welche denn?«

»Die Zwillinge.«

»Himmel, Matt und John!« Susannah hatte das Gefühl, als durchbohre sie ein Pfeil. Sie sah die Carmichael-Zwillinge vor sich, wie sie sonntags morgens immer ein paar Reihen vor ihnen in der Kirche saßen und die Sonne ihre hellen Schöpfe in gleißendes Weiß verwandelte. »Sie waren so liebe Jungen. Warum durften sie nicht groß werden? Was für eine schreckliche Tragödie! Mein Herz ist voller Kummer für die Familie. Können wir nicht irgend etwas tun?«

»Zu Hause bleiben.«

Gequält nickte sie. »Ja, ich denke, das muß wohl sein. Sie sehen müde aus, Sheriff. Wollen Sie hereinkommen auf eine Tasse Kaffee?«

»Nein. Ich habe noch eine lange Strecke vor mir, um allen zu sagen, sie sollen zu Hause bleiben. Gehen Sie nirgendwo hin. Fahren Sie auch nicht in die Stadt, wenn es nicht dringend nötig ist.«

»Nein, machen wir nicht. Danke, daß Sie gekommen sind.« Sie wollte sich abwenden, hielt aber inne. »Wie geht es denn dem Rest der Carmichaels? Sind noch irgendwelche anderen Kinder in Gefahr?«

»Nein, die anderen zeigen keine Symptome bisher. Und Doc meint, Mr. Carmichael wird vielleicht durchkommen.«

»Das ist wengistens eine gute Nachricht.«

»Behalten Sie sie in Erinnerung«, empfahl Jonah ernst. »Das könnte für eine ganze Weile die letzte sein.«

»Ich werde es versuchen«, gab sie zurück. »Ganz sicher.«

»Tja, dann gehe ich jetzt wohl besser. Der Tag wird nicht länger, aber die Liste von Erledigungen bestimmt.« Er ließ sein

Pferd einen großen Halbkreis beschreiben, um zu wenden. »Ich hoffe, daß ich beim nächsten Mal etwas Erfreulicheres berichten kann. Wiedersehen!«

»Das hoffe ich auch. Passen Sie gut auf sich auf. Wir können uns nicht leisten, Sie auch noch zu verlieren.«

»Ich bin zu zäh, um krank zu werden«, versicherte er ihr.

»Leben Sie wohl, Sheriff!«

Susannah machte sich auf den Weg, Reed zu suchen.

Reed pferchte die letzte Gruppe brüllender Rinder ein, stieg dann auf sein Pferd und ritt zurück zur Scheune. Kaum war er abgestiegen, da kam Susannah auf ihn zugeeilt, eine Reihe Wäscheklammern ans Oberteil ihres Kleides geklemmt, die im gleichen Rhythmus wie ihr militärischer Schritt hin und her klatschten. An ihrer Hast erkannte er, daß etwas nicht stimmte. Er blieb stehen und wartete, den Blick auf sie gerichtet, bis sie ihn erreicht und ihre Hand auf die Kruppe des Pferdes gelegt hatte.

»Der Sheriff war da. Er ist gerade wieder weg.«

»Schlechte Nachrichten, oder?«

»Ach Reed, es ist Typhus!«

»O verdammt«, fluchte er und ließ die Zügel fallen. Alarmiert zog er los und trat kräftig gegen die Erdklumpen auf dem Weg, dann blieb er stehen. Er versenkte seine Hände in die hinteren Hosentaschen, lehnte den Kopf in den Nacken und schloß die Augen. Typhus, Herr im Himmel! Das konnte er wirklich nicht gebrauchen. Nicht hier. Nicht jetzt.

»Es ist schlimm, oder? Wirklich böse.«

»Kann kaum noch schlimmer werden!« Er schnappte sich das Pferd an einem seitlichen Riemen unter dem Hals und führte es hinüber zur Koppel, wo er es anband. Eine Minute lang starrte er seine Hände an – die Hände, mit denen er früher

Menschen geheilt hatte. Selbstverständlich wußte er, was eine Typhusepidemie bedeutete. Er wußte auch, daß ein Arzt allein in einer Stadt nicht fertig werden konnte mit allen Kranken, wenn die Epidemie erst richtig um sich griff. Der Heiler in seinem Inneren erwachte. Der Rebell in ihm schob ihn zurück. Schon einmal war er diesem Ruf gefolgt, bei seiner eigenen Frau, und hatte einen allzu hohen Preis dafür bezahlt. Die ganze Ärzteschaft hatte ihm den Rücken gekehrt und ihm fünf Jahre seines Lebens gestohlen. Er war ihnen absolut nichts schuldig.

»Ärztliche Verordnungen werde ich treffen zum Nutzen der Kranken nach meiner Fähigkeit und meinem Urteil; hüten aber werde ich mich davor, sie zum Schaden und in unrechter Weise anzuwenden...

Wenn ich diesen Eid erfülle und nicht breche, so sei mir beschieden, in meinem Leben und in meiner Kunst voranzukommen, indem ich Ansehen bei allen Menschen für alle Zeit gewinne; wenn ich ihn aber übertrete und breche, so geschehe mir das Gegenteil.«

Die Worte des hippokratischen Eides.

»Reed?«

»Was?«

»Woran denkst du?«

»Nichts. Mir tun nur all die armen Kerle leid.«

»Meinst du, wir sind in Sicherheit, so lange wir zu Hause bleiben?«

Er zuckte mit den Schultern. »Das wird zweifellos die Chancen einer Ansteckung verringern, aber wer weiß? Du hättest schon kontaminiert sein können, bevor der Sheriff hier war. Die Inkubationszeit beträgt etwa drei Wochen.«

»Was kann sich außerdem einstellen, abgesehen von Kopfschmerzen und Fieber?«

»Husten, Darmblutungen, rote Flecken auf der Haut.«

»Und woher kommen die?«

»Die Ursache ist noch nicht gefunden worden. In den meisten Fällen trifft es Kinder und Erwachsene, häufiger im Spätsommer und Frühherbst und ganz besonders dann, wenn der Sommer heiß und trocken war.«

»Wie weiß man, ob man es hat?«

»Am Anfang fühlt man sich müde, zerschlagen, das kann mehrere Tage andauern. Dann befallen einen schlimme Kopf- und Gliederschmerzen, allgemeine Dumpfheit und Desinteresse, irgend etwas zu tun. Manchmal kommt es zu Übelkeit und Durchfall oder Nasenbluten, manchmal sogar zu Taubheit. Wenn das Fieber anfängt, werden alle anderen Symptome schlimmer, oft verbunden mit druckempfindlichem Bauch. Keine zwei Fälle sind gleich. Das Fieber steigt ständig an, ohne Unterbrechung. Im allgemeinen geht das Ganze ungefähr einundzwanzig Tage so.«

Sie stellte sich neben ihn und legte ihren Kopf an seinen Ärmel. »Du mußt helfen, das weißt du doch, oder?«

Er entzog sich ihr. »Nicht!«

»Reed, du bist Arzt.«

»Du hast mir dein Wort gegeben, daß du es niemandem verrätst.«

»Menschen sterben. Mrs. Carmichael ist schon fast tot. Ihre Zwillinge sind schon gestorben. Die beiden Jungs waren erst zehn.«

»Ich weiß, was Typhus anrichtet.«

»Wie kannst du dann ruhig dastehen und keinen Finger rühren?«

»Weil ich kein Arzt mehr bin. Ich bin nicht in der Lage, für sie etwas zu tun.«

»Mir erscheint es ein Rätsel, wie du nachts schlafen kannst.«

»Die Schlaflosigkeit ist eine alte Freundin von mir.«

»Ich dachte, ich kenne dich, und hielt dich für einen guten, vernünftigen Mann. Jetzt sieht es so aus, als hätte ich mich getäuscht.«

Sie wandte sich ab, und er schloß die Augen, hörte zu, wie das Geräusch ihrer Schritte verklang. Eindeutig wußte sie nicht, was sie von ihm verlangte. Genausowenig ahnte sie, daß er alles für sie tun würde, worum auch immer sie ihn bat.

Alles, nur dieses nicht.

19

Drei Wochen später starb Dr. Bailey an Typhus, und die Stadt geriet in heillose Panik.

Jonah kam eines Abends spät, als alle im Wohnzimmer versammelt waren, und überbrachte ihnen die Hiobsbotschaft.

In dem Augenblick, als die Worte Jonahs Mund verlassen hatten, entdeckte Reed Susannahs schnellen Blick in seine Richtung. Er schaute weg, tat so, als sehe er aus dem Fenster und starrte auf die dunkle Silhouette der Scheune, während seine Gedanken wilde Kreise zogen.

»Was wird jetzt geschehen?« fragte Violette.

»Das weiß ich nicht«, knurrte Jonah. »Wir können nur beten.«

»Scheint wirklich die einzige Möglichkeit zu sein«, jammerte Dahlia.

»Der nächste Arzt ist über hundert Meilen entfernt, und jeden Tag treten neue Fälle auf«, fuhr Jonah fort. »Die, die derzeit die Kranken versorgen, sind völlig erschöpft. Ich weiß nicht, wie lange wir das noch durchhalten.«

»Ich schätze, wir sollten auch mithelfen.« Violette sah ihn fragend an.

»Ich weiß Ihr Angebot zu schätzen«, entgegnete Jonah, »aber dabei fühle ich mich gar nicht wohl. Ältere Leute sind besonders anfällig.«

»Da brauchen Sie sich keine Sorgen zu machen«, beruhigte Violette ihn. »Dally und ich hatten Typhus, als wir jünger waren. Unser kleiner Bruder Robert ist daran gestorben.«

»Ich wäre auch fast gestorben«, mischte Dahlia sich ein. »Zwei Wochen lang war ich dem Tode nahe.«

»Du hattest es weniger heftig als alle anderen«, korrigierte Violette. »Und das weißt du ganz genau.«

»Ich kann helfen«, bot Susannah an und stand aus ihrem Schaukelstuhl auf.

»Das nehme ich gern an, Susannah. Wirklich!«

»Soll ich morgen in die Stadt kommen, oder brauchen Sie mich woanders?«

»Nein, in der Stadt wäre besser. Doc Baileys Frau und Tochter versorgen immer noch so viele Patienten, wie sie können. Obendrein haben wir die Bänke aus der Methodistenkirche geräumt und benutzen sie als Krankenhaus.«

»Ich werde morgen früh dasein.«

»Mit mir!«

»Wir alle werden pünktlich erscheinen«, faßte Dahlia tapfer zusammen.

Wieder sah Reed nicht auf, aber er fühlte sich, als wäre jeder Blick im Raum auf ihn gerichtet. Er schaute keinen an, als sie Sheriff Carter verabschiedeten, doch direkt danach entschuldigte sich Reed und ging, wobei er erklärte, er müsse die Milchkuh noch von der Weide holen – eine schlappe Ausrede, aber es fiel ihm nichts Besseres ein.

In dieser Nacht schlief er nicht sehr viel, und wenn, dann kamen immer die alten, lästigen Träume zurück, die ihm in lebhaften Einzelheiten all das vor Augen führten, was er hatte vergessen wollen: das wächserne Gesicht seiner Frau, ihr totgeborenes Kind, der wahnsinnige Rachedurst in den Augen von Adam Copley ... die zusätzlichen Schrecken der Zeit danach.

Als er schließlich doch einschlummerte, träumte er wieder, diesmal nichts Persönliches, sondern von Semmelweis und Oliver Wendell Holmes sowie der Wichtigkeit von strenger Sauberkeit und Asepsis bei der Geburtshilfe, für die er sich eingesetzt hatte. Als er erwachte, war ihm der Traum noch sehr gegenwärtig; aber er kümmerte sich nicht weiter darum und zog sich an. Er hatte allerhand zu erledigen und keinen Platz für Träume. Nicht mehr.

Susannah war damit beschäftigt, Pfingstrose zu melken, als er den Stallt betrat. Sie sagte nichts.

»Guten Morgen«, wünschte er.

Sie schwieg, nickte aber kurz zu ihm herüber.

»Du bist aber schon früh auf den Beinen.«

»Wir wollen bald los«, sagte sie und klang sehr kühl.

»Habt ihr tatsächlich vor, in die Stadt zu fahren?«

Ihre Hände hielten inne, und sie richtete die ganze Kraft ihres goldenen Blickes auf ihn. »Für mich gibt es da keinerlei Zweifel. Ich glaube, du legst genug Zurückhaltung für uns alle an den Tag.«

»Und deine Tanten?«

»Sie sind angezogen und sitzen beim Frühstück.«

»Susannah, ich finde das keine gute Idee.«

»Das weiß ich, aber irgend jemand muß ja helfen. Wir können dem Leiden unserer Mitmenschen nicht einfach den Rücken kehren, wie manche Leute das offensichtlich vorziehen.«

Bei diesem Seitenhieb sah sie ihn nicht an, sondern setzte

ihre Arbeit fort, und das Geräusch der Milch, die in den fast leeren Eimer spritzte, war ein fataler Hinweis darauf, wie leer auch sein Leben seit Philippas Tod war. »Ich spanne den Wagen an.« Damit machte er auf dem Absatz kehrt.

Einige Zeit später stand Reed im Schatten der Scheune und sah Susannah und ihre Tanten einsteigen. Er sah, wie Susannah die Stute antrieb, sah auch, was für einen langen Blick sie in Richtung Stall warf, als wisse sie, daß er sich dort irgendwo aufhielt.

Unglückseligerweise gab es keine Möglichkeit, seine Hilfe anzubieten, ohne seine Vergangenheit bloßlegen zu müssen. Keiner würde besonders lange brauchen, um zu bemerken, daß er ärztliche Fähigkeiten besaß, die weit über die eines üblichen Vagabunden hinausgingen. Entweder müßte er seinen medizinischen Hintergrund enthüllen und erklären, warum er ihn aufgegeben hatte; oder er würde untätig danebenstehen, während die Menschen starben.

Reed holte seine graue Stute und ritt in gestrecktem Galopp los.

Als er sich Bluebonnet näherte, erwartete er schon, einige Veränderungen aufgrund der Epidemie vorzufinden. Was er nicht erwartet hatte, war die völlige Verwahrlosung, die er antraf. Am Rand der Stadt kam er an Haufen von Müll vorüber, die sich zwischen den stinkenden Kadavern toter Tiere ausbreiteten. Ihm graute, wenn er daran dachte, was ihm dort begegnen würde, wo er hinwollte.

Susannah und ihre Tanten arbeiteten bis weit in die Mittagszeit hinein. Als sie schließlich eine Pause machten, um zu essen, wollte Susannah eigentlich lieber hinaus an die frische Luft und weg von all dem Elend. Sie wusch sich Hände und Gesicht, knöpfte den hohen Kragen ihres Kleides auf und spritzte sich etwas Wasser an den Hals; dann ging sie hinaus auf den hölzernen Bürgersteig, der die Straße säumte. Sie lehnte sich an einen Pfosten und lauschte Jonahs Rede vor einer Ansammlung von Menschen auf der anderen Seite.

Er stand auf der obersten Stufe am Eingang von Adolph Gunters Drogerie und versuchte, die Menge zu beschwichtigen. Beim Zuhören ließ Susannah ihren Blick über die verschiedenen Ankündigungen am Ladenfenster streifen. Hinter Jonah hing das große Schild mit den Worten: DROGEN & MEDIKAMENTE. Auf der Wand links von der Tür stand: SIRUP, HERZSTÄRKER, EIS, SODAWASSER. Rechts stand ECHTES KÖLNISCH WASSER, PARFÜMS, TOILETTENARTIKEL, SCHWÄMME.

Ihr Blick kehrte zum Sheriff zurück, der gerade sagte: »Ich habe in einem Telegramm nach Austin um Hilfe gebeten. Heute morgen traf die Antwort ein.« Er nahm ein gelbes Formular aus der Tasche, doch jetzt wurde Susannah durch das Auftauchen von Reed abgelenkt. Ihr Herz begann immer heftiger zu schlagen, während sie zusah, wie er in der Nähe der Menge sein Pferd anhielt.

Jonah entfaltete das Blatt. »Das Büro des Gouverneurs schreibt, die Typhusepidemie greife nun auch auf andere Städte über. Er wird uns keine Hilfe schicken, weil ihm keine zur Verfügung steht.«

Die Menge unterbrach ihn mit heftigen Diskussionen. Nach ein paar Minuten fragte John Drysdale: »Was ist mit einem Arzt? Schicken sie uns wenigstens einen solchen?«

Jonah schüttelte den Kopf. »Nein. Es gab schon zu wenig Ärzte, bevor die Epidemie ausbrach. Jetzt ist es noch schlimmer.«

»Aber wir müssen einen Arzt haben«, sagte Pearlene Mapes. »Heute morgen sind sechzehn neue Fälle in die Kirche gebracht worden. Der Himmel allein weiß, wie viele sonst noch krank geworden sind, die aber nicht genug Kraft haben, ihr Haus zu verlassen. Das ist Ihre Arbeit, Jonah. Sie sind der Sheriff. Sie müssen einen Arzt für uns auftreiben.«

Jonah machte ein hilfloses Gesicht. »Pearlene, ihr wißt, daß ich alles tue, was in meiner Macht steht; aber ich kann ja keinen Doktor aus dem Hut zaubern.«

Alle begannen, durcheinanderzureden und zu fordern, Jonah müsse einen Arzt für die Stadt finden. Der Sheriff hielt die Hände hoch. »Glaubt ihr nicht, ich würde alles Menschenmögliche tun, um einen Mediziner zu bekommen, wenn es irgendwie möglich wäre?«

»Wir brauchen einen Arzt, und zwar jetzt«, rief Ben Boggs, und die Menge schrie laut ihre Zustimmung.

Jonah antwortete sofort: »Aber wo, zum Kuckuck, glaubt ihr, läuft da einer durch die Gegend?«

»Gleich hier«, sagte Reed. »Ich bin Arzt.«

Die Menge verstummte auf der Stelle, nur die Köpfe drehten sich alle in seine Richtung. Susannah hielt den Atem an, weil sie wußte, was Reed diese drei Worte gekostet hatten, wie schwer es ihm fiel, sie auszusprechen. Und sie wußte, daß ihm seine nächsten Worte das Herz zu brechen drohten.

»Bevor ihr anfangt zu glauben, eure Gebete wären erhört worden, möchte ich erklären, warum ich dem Leben, das ich einmal gewählt hatte, den Rücken zugekehrt habe und es jetzt vorziehe, mich herumzutreiben anstatt Kranke zu heilen. Vor neun Jahren habe ich meine Frau bei der Geburt meines Kindes verloren. Trotz meiner hervorragenden Ausbildung und Kenntnisse bleibt die einfache Tatsache, daß ich ihnen nicht helfen konnte.«

Susannah holte tief Atem und hob ihre Hand, um sie auf ihr Herz zu legen; mit dieser einfachen Geste wollte sie das wilde Pochen beruhigen, das so laut zu sein schien, als dränge es bis zur anderen Straßenseite hinüber. Sie fragte sich, ob die Zuhörenden ihm verzeihen und annehmen würden, was er bot, oder ob sie auf Kosten ihrer Angehörigen hart und hochnäsig blieben.

Sie sah sich um zwischen den bleichen, müden Bewohnern dieser Stadt, die nur wenig Reaktion zeigten. Alle schienen einer Art Betäubtheit zu erliegen – ein Zustand, den Susannah bei ihrer augenblicklichen Erschöpfung gut nachvollziehen konnte.

Sie schaute den Sheriff an, um seine Reaktion zu prüfen, denn natürlich würde er den Ton in der Sache angeben.

Jonah zögerte nicht, seine Gefühle zu der Angelegenheit zum Ausdruck zu bringen. »Vielen Dank für das Angebot, Doktor. Ich glaube, ich kann für uns alle hier sprechen, wenn ich sage, daß wir uns glücklich schätzen, Ihre Hilfe anzunehmen.«

Irene, die Frau des erst gestern gestorbenen Dr. Bailey, eine sanfte, ruhige Seele, ergriff das Wort: »Ich weiß, daß mein Mann einverstanden wäre, wenn Sie zum Wohle der Stadt seine Praxis benutzten.«

»Das ist sehr großzügig von Ihnen.« Reed verbeugte sich. »Angesichts der Lage glaube ich, wird es wohl das beste sein, wenn ich mich gleich dorthin begebe.«

Beim ersten Schritt in Dr. Baileys Praxis fühlte sich Reed zurückversetzt in Zeiten, als seine Tage erfüllt waren mit dem Kampf gegen Schußwunden, Cholera, Skrofeln, Diphterie, Pocken, Malaria und Gelbfieber – all jene Plagen, gegen die es kaum andere Medikamente gab als die vielen Patentmittelchen und Allheilmischungen, die er hier in Dr. Baileys Regalen stehen sah.

Er verschaffte sich einen Überblick über die Ausstattung

und Arzneien, die zur Verfügung standen; dann machte er sich auf den Weg zur Kirche, in der das Hospital eingerichtet woden war – wohl wissend, daß es selbst die seelischen und körperlichen Kräfte des härtesten Mannes strapazieren würde, die Kranken dort zu versorgen. Trotzdem war er nicht vorbereitet auf das, was ihn erwartete.

In der Kirche herrschten Überfüllung und Gestank. Die Fenster waren geschlossen, die Luft heiß und schwer von den Gerüchen der Kranken und Sterbenden. Nur ein paar Lampen an der Wand glimmten und gaben zu wenig Licht, um die Patienten richtig untersuchen zu können, aber genug, um das Grauen ringsum wahrzunehmen. Der Raum war von Fiebernden überfüllt, die sich wanden und stöhnten; manche lagen auf schmutzigen Decken und Pritschen, andere auf dem nackten Fußboden. Zwischen den erst kürzlich Eingetroffenen lagen die Toten, gruselige Leichen mit glasigen Augen, die ins Leere starrten, während Fliegen um ihre offenen Münder schwirrten.

»Heilige Mutter Gottes! Warum sind die Toten nicht entfernt worden?«

»Es gibt nicht genug Leute, die bereit sind, sie anzufassen«, erklärte Violette. »Sie haben Angst, sich anzustecken.«

»Du da!« wandte sich Reed an einen Jungen von etwa fünfzehn, der einen Eimer Wasser und eine Schale herumtrug. »Wie heißt du?«

»Albert Russell, Sir.«

»Geh bitte und suche Sheriff Carter für mich. Sag ihm, er möge sich beeilen!«

»Ja, Sir!« Albert stellte den Wassereimer ab und rannte davon.

Reed wandte sich an Violette. »Woher kommt das Wasser?«

»Aus der Zisterne am Rand der Stadt.«

»Gehe ich recht in der Annahme, daß es nicht abgekocht wurde?«

»So ist es.«

Reed schüttelte angewidert den Kopf. »Nehmen Sie den Eimer und schütten Sie das Wasser weg. Sobald ich kann, bereite ich eine Karbolsäurelösung zu. Ich möchte, daß alle Decken und sämtliche Sachen, die in Berührung mit den Kranken kommen, vor und nach dem Kontakt gereinigt werden. Alles Trinkwasser muß abgekocht werden. Wo ist die nächstgelegene Küche?«

»Im Hotel.«

»Ich werde sehen, ob der Sheriff jemanden hinschicken kann, um für das Trinkwasser zu sorgen. Inzwischen haben wir ohne auszukommen!«

Ein paar Minuten später erschien Jonah auf der Bildfläche.

»Wir müssen die Leichen hinausschaffen«, ordnete Reed an. »Verdonnern Sie jemanden dazu, und wenn Sie ihm eine Flinte an den Kopf setzen, die Toten gehören hier raus und so schnell wie möglich unter die Erde!«

»Wir haben zu wenig Särge.«

»Dann beerdigen Sie sie ohne Särge.« Reed sah sich um. »Gibt es irgend jemanden, den Sie zur Unterstützung mitnehmen könnten?«

»Ich helfe ihm«, meldete sich Dahlia.

Es gab so wenige, die arbeiten wollten, daß Jonah das Angebot annahm. Innerhalb weniger Stunden hatte Dahlia die drei Pastoren der Stadt organisiert und damit beauftragt, neue Plätze für Gräber zu beschaffen, Material für Särge ausfindig zu machen und Gruppen von Männern zum Grubenschaufeln einzusetzen.

Inzwischen überwachte Violette die Reinigung des Nothospitals, und alles wurde mit Seife und heißem Wasser geschrubbt. Wie Reed angeordnet hatte, landete alles, was die Kranken oder ihre Pfleger berührt hatten, in riesigen Karbolsäurebottichen.

Reed fand Susannah in einer dunklen Ecke der Kirche damit beschäftigt, einen dorthin geschafften Billardtisch zu reinigen, um ein Bett daraus zu machen. »Kannst du mitkommen?« fragte er.

Susannah begleitete Reed, der die Runde machte, die Kranken untersuchte und dabei als Medikation ausgab, was immer an Whiskey, Opium und Morphin zur Verfügung stand, um die Schmerzen der Kranken zu lindern.

»Können wir denn sonst gar nichts für sie tun?« klagte Susannah.

»Wir können nichts tun, als es ihnen so bequem wie möglich zu machen. Im Moment versuchen wir, das Fieber zu dämpfen, bis die heftigsten Attacken vorüber sind, und geben die Hoffnung nicht auf.«

»Das klingt nicht nach viel bei dieser Tragödie.«

»Ist es auch nicht, aber das einzige, was uns übrigbleibt. Wenn wir nur die Ursache kennen würden, könnten wir sie auch behandeln. Das ist das Dilemma.«

Später am Abend entdeckte Reed eine große Portion von Echinaceapulver in der Drogerie. Sofort ordnete er an, daß jeder Patient zweimal am Tag eine Dosis Echinacea bekommen sollte.

Jefferson Holt, der Herausgeber des *Bluebonneter Wochenblatts,* druckte Reeds Anordnungen zum Thema Hygiene, Sauberkeit, Wasserabkochen und dem Gebrauch von Echinacea ab, und Jonah und seine Leute verteilten das Papier. Gleichzeitig unterrichtete Reed Susannah und die Damen der Stadt darin, wie Karbolsäure zu gebrauchen sei und wie man pulverisierte Echinacea auflöste, damit die Kranken sie einnehmen konnten.

Danach machte er wieder die Runde von einem der improvisierten Lagerstätten zur nächsten und versorgte diejenigen, die nach ärztlicher Hilfe verlangten, bis er die wachsende Menge der Kranken kontrolliert hatte. Da war zum Beispiel die zwei Jahre alte Melly Brewster, die vor Fieber phantasierte und nicht so aussah, als würde sie die Nacht überstehen. Reed erinnerte sich daran, wie heftig Typhus immer unter den Kleinsten wütete.

Er hatte auch den zwanzigjährigen William Bell untersucht, bei dem das Fieber schon fiel und der eine Chance hatte, zu überleben. Dann kam er zu dem schwatzhaften Mr. McGeary, der so gern mit den Kindern scherzte, wenn sie sonntags morgens auf dem Kirchplatz spielten.

Daneben lagen die beiden kleinen Töchter von Joseph Brothers, und Reed fiel ein, sie vor ein paar Wochen mit Lakritzstangen in den Händen bei Buck & Smith's gesehen zu haben, als sie mit ihrer Mutter beim Einkaufen waren. Er zog das Laken über ihre Köpfe. Für sie kam jede Hilfe zu spät.

Eine Woche, nachdem Reed es übernommen hatte, sich um die Kranken der Epidemie zu kümmern, wurde Tate Trahern von Cowboys der Doppel-T-Ranch ins Krankenhaus getragen. Er befand sich in Begleitung seines Vaters Thad Trahern.

»Mein Junge ist verdammt krank«, bellte Thad. »Wenn Sie ihn durchbringen, gebe ich Ihnen alles, was Sie wollen.«

»Es wird für ihn das Mögliche getan«, erklärte Reed.

»Ich will, daß mein Sohn bei Ihnen erste Priorität bekommt«, forderte Thad.

»Bei mir hat jeder erste Priorität«, fertigte Reed ihn ab. »Ihr Sohn wird nicht besser oder schlechter behandelt als alle anderen.«

»Ich glaube, Sie verstehen mich nicht...«

»Nein, ich glaube, Sie verstehen mich nicht«, verbesserte ihn Reed. »Und jetzt lassen Sie Ihren Sohn hier und gehen Sie nach Hause.«

»Wird es dir nicht schwerfallen, dich seiner anzunehmen?« fragte Susannah später mit einem Blick auf Tate Traherns bleiches Gesicht.

Reed hob Tates Augenlid. »Unsere Differenzen habe ich beiseite gelegt in dem Moment, als er durch die Tür dort getragen wurde.« Er knöpfte Tates Hemd auf und fand die verräterischen roten Flecken an seinem Rumpf.

»Typhus?« fragte Susannah.

»Typho-Pneumonie.«

»Typho-Pneumonie? Was ist das.«

»Typhus kompliziert durch Lungenentzündung. Er liegt im Delirium. Wir müssen sein Fieber senken.«

»Es gibt schon seit einiger Zeit kein Eis mehr bei der Drogerie. Und wir haben nur noch Zisternenwasser, um die Patienten damit zu waschen.«

»Dann sieh zu, daß das Wasser aus der Zisterne auch wirklich nur zum Waschen benutzt wird.«

Einen Monat später schien das schlimmste Wüten der Epidemie gebannt. Immer weniger Fälle wurden diagnostiziert, und ein höherer Anteil der Betroffenen befand sich auf dem Weg der Besserung. Tate Trahern gehörte zu jenen, die langsam gesund wurden, obwohl er offensichtlich nicht zu schätzen wußte, was Reed und die anderen für ihn taten. Mehr als einmal beobachtete ihn Reed mit einem tückischen Ausdruck auf dem Gesicht und einer beißenden Bemerkung für jeden, der nichtsahnend in seine Nähe kam.

An einem späten Nachmittag war diese nichtsahnende Person zufällig Susannah. Er schlug ihr eine Schüssel aus der

Hand. Sie flog durch den Raum, Suppe ergoß sich auf die Kranken neben ihm, und die Schüssel zerschellte, als sie auf dem Boden auftraf. »Ich will keine wässrige Suppe und auch keine kalten Lumpen auf dem Kopf. Eure Gebete und eure fromme Masche mit der brüderlichen Liebe kann mir gestohlen bleiben. Holen Sie mir eine Medizin, damit ich aus diesem Höllenloch herauskomme.«

Susannah blieb ruhig, obwohl sie ihn am liebsten geohrfeigt hätte. »Es gibt keine Medizin gegen Typhus. Wir tun alles, was wir können.«

»Ha! Ich weiß, daß dieser Bastard, der sich Arzt nennt, mir nicht einmal seine Spucke gönnte, wenn ich lichterloh brennen würde. Dem gefällt es doch, mich leiden zu sehen!«

»Das ist nicht wahr!«

»Jetzt hat er einen Weg gefunden, es mir heimzuzahlen; er wird mich hier liegen und verrotten lassen, bevor er auch nur einen Finger rührt, um mir zu helfen. Ich erwarte ja gar nicht, daß Sie irgend etwas zugeben. Ganz offensichtlich ist er ja unter Ihre Röcke gekrochen, also müssen Sie ihn ja wohl verteidigen!«

Susannah starrte ihn einen Moment lang mit weiten, erstaunt aufgerissenen Augen an. Alles Blut wich aus ihren Wangen. »Ich...« Sie wandte sich ab, offensichtlich nicht in der Lage, irgend etwas zu erwidern; dann ging sie hinüber zu Dahlia und Hallie Fos, die die Teile der zerbrochenen Schüssel aufsammelten.

»Warum gehst du nicht ein bißchen hinaus an die frische Luft?« fragte Dahlia.

»Ja. Frische Luft. Entschuldigt mich«, murmelte sie. Sie bahnte sich ihren Weg zwischen den Lagern auf dem Boden hindurch. »Ich werde etwas an die Luft gehen. Bitte entschuldigen Sie mich.« Sie eilte immer weiter, bis die Bahn frei war, dann fing sie an zu rennen.

Reed hatte das Ganze von der anderen Seite des Raums aus beobachtet und versuchte, sie zu erreichen; aber er kam nur langsam zwischen den Lagern voran. Bis er Tates Bett erreicht hatte, war Susannah schon an der Tür. Einen Augenblick später sah er sie hinaus auf den Kirchhof stolpern.

Reed blieb nur einen Augenblick an Tates Bett stehen. Er ballte seine Hände an den Seiten zu Fäusten und verbiß sich seinen Zorn; denn er konnte auf keinen Fall nach ein paar Worten wieder aufhören, hätte er doch Tate am liebsten hochgerissen und dafür gesorgt, daß es ihm leid tat, den Namen Susannah je gekannt zu haben. Statt dessen folgte er ihr nach draußen.

Er fand sie, wie sie reglos hinter der Kirche stand und hinunterstarrte auf die von der Zeit verwaschenen Grabsteine. Ihre Hände waren bleich, da sie sich so fest um zwei der Zaunpfähle krampften, die den Friedhof begrenzten. Der goldene Schein der Lampen, der durch die Kirchenfenster fiel, brachte einen lebendigen Schimmer in die rehbraunen Flechten, die in ihrem Nacken einen Knoten bildeten; er hatte noch nie in seinem Leben so sehr das Bedürfnis gespürt, jemanden zu trösten, wie jetzt.

Er trat näher, stellte sich hinter sie, gerade einen halben Meter entfernt, und sah zum ersten Mal, wie schmal ihre Schultern wirkten, wie zerbrechlich sie wirklich war.

»Es tut mir leid, Susannah.«

»Ich weiß.«

»Das hätte ich gern verhindert, wenn ich gekonnt hätte.«

»Es macht nichts.«

»Für mich schon.« Er war sich ihrer verletzten Seele, ihres gedemütigten Stolzes durchaus bewußt. Nie zuvor hatte sie so hilflos oder fern gewirkt. In diesem Zustand konnte er sie unmöglich allein lassen, nicht, wenn es eine Möglichkeit gab, ihren Kummer zu lindern. Er trat noch näher und küßte ihren Hals, berührte die weiche Haut mit seinem Zuspruch, der Tate Traherns Haß überdecken sollte.

Und noch während er seine Arme um sie legte und sie festhielt, wußte er, daß das völliger Wahnsinn war. Er sagte sich, daß er sie nur halten wollte. Nur halten, sonst nichts.

Vielleicht hätte er auch genau das tun können, wenn sie so geblieben wäre wie sie war: den Rücken zu ihm gekehrt. Aber aus irgendeinem Grund drehte sie sich zu ihm um, den Mund geöffnet, als wollte sie etwas sagen.

»Mein Gott, Susannah, weißt du nicht, was mit mir passiert, wenn du mich so ansiehst?«

Begehren überspülte ihn in wachsenden Wellen, jede noch wärmer und mächtiger als die zuvor. »Das Leben ist seltsam. Ich habe schon tausendmal daran gedacht, wie es wäre, dich so hier bei mir zu haben, und jetzt, wo sich mein Traum bewahrheitet, sind wir nicht allein.«

»Ich will nicht über die Vergangenheit nachdenken und mir auch nicht den Kopf zerbrechen über den richtigen oder falschen Augenblick. Küß mich, Reed! Küß mich, und küß mich so lange, bis ich dir sage, du sollst aufhören.«

Seine Arme legten sich ganz um sie, rissen sie an sich, während er sich zu ihr beugte, voller Hoffnung und Verlangen, sie ganz in sich aufzunehmen. Er spürte ihr Herz an seiner Brust schlagen, spürte ihre zarte Wirbelsäule durch die dünne Baumwolle ihres Kleides, die warme Samthaut darunter. Er hörte sie tief Luft holen, als seine Hände weiter abwärts wanderten, über die Neigung ihrer Taille und noch tiefer, um sie aufwärts und an sich zu drücken.

Sein Atem ging schnell, vermischte sich mit dem ihren, und sein Mund versuchte verzweifelt, überall zu sein, ihre Mundwinkel zu berühren, suchend, drückend, drängend.

Er spürte sie erschauern und hörte als nächstes ihr Flüstern zwischen weichen Küssen an seinem Hals. »Ich weiß jetzt, wie es sich anfühlt, vom Blitz getroffen zu sein.« Sie zog sich zurück. »Warum kommen die Dinge, die wir am meisten begehren im Leben, immer zum ungünstigsten Zeitpunkt?«

Noch einmal zog er sie an sich und küßte ihren Hals. »Ich weiß es nicht«, flüsterte er. »Aber ich habe noch nie etwas so Schwieriges vollbracht, wie zum drängendsten Zeitpunkt Verzicht zu üben.«

Schließlich trat er zurück und nahm ihre Hand. Sie sah ihn mit einem Ausdruck von Überraschung und voller Fragen an. »Komm mit«, sagte er und zog sie fort.

»Wohin? Wo willst du mich hinbringen?«

»Ich schicke dich nach Hause. Du bist müde. Du brauchst Ruhe.«

»Und du brauchst Hilfe!«

»Du nützt mir gar nichts, wenn du plötzlich vor Erschöpfung umfällst.«

»Ich habe genausoviel geschlafen wie du.«

»Aber ich bin der Arzt, und ich entscheide.« Er sah sie lächeln und fragte sich, was an seinen Worten wohl so komisch sein mochte.

»Zu Befehl, Herr Doktor«, sagte sie und ließ sich von ihm fortziehen.

»Ich hatte keine Ahnung, daß du so gehorsam sein kannst. Eigentlich war ich sogar auf ziemlichen Widerstand gefaßt. Du mußt wirklich am Ende sein.«

»Nein, mir hat nur einfach gefallen, wie das eben klang.«

»Wie was klang?«

»Die Erklärung, daß du entscheidest.«

20

Die Zeit verging, der Typhus leider nicht ganz so schnell. Die wenigen, die der furchtbaren Krankheit entronnen waren, arbeiteten unermüdlich, bis Reed sich um ihre Gesundheit fast genauso große Sorgen machte wie um die der Patienten.

»Was glauben Sie, Doc, wie lange das noch so weitergehen wird?«

Reed gestand Jonah nur sehr ungern, daß er es nicht wußte. »Das kann ich nicht sagen. Lassen Sie uns hoffen, daß das Schlimmste vorüber ist und die Anzahl der Ansteckungen langsam weniger wird. Erst dann sind wir endlich über den Berg.«

Jonah nickte. »Ich bete, daß das bald geschieht. Alle hier tun, was sie können. Sie sehen verdammt mitgenommen aus, Doc. Vielleicht sollten Sie sich auch mal etwas hinlegen. Wenn Sie jetzt schlappmachen, weiß ich wirklich nicht mehr, was wir tun sollen.«

Er hatte natürlich recht. Jeder in der Gemeinde, der auch nur igendwie dazu in der Lage war, half, wo immer er konnte. Sie alle arbeiteten Tag und Nacht, ohne zu schlafen und mit wenig zu essen, doch keinem schien es etwas auszumachen. Es gab kaum eine Familie, die nicht irgendeinen ihrer Lieben verloren hatte.

Und wie der Sheriff fragten sich alle, ob die Epidemie wohl je enden würde.

Und dann, als Leiden, Verlust und Tod fast schon zum Alltag gehörten, war die Epidemie vorüber. Plötzlich kam die Erlösung. Als Reed das ahnte, ging er zum Sheriff.

Jonah saß hinter seinem Schreibtisch, als Reed hereinkam und ihm die gute Nachricht überbrachte.

»Vorüber?« fragte Jonah, als könne er es einfach nicht glauben. »Vorüber«, wiederholte er immer und immer wieder. »Ich kann es nicht fassen, daß wir es hinter uns haben. Sind Sie sicher?«

Reed rieb sich müde den Nacken und betete, daß seine Annahme stimmte. »Seit über zwei Wochen sind keine Neuzugänge mehr gekommen. Es ist wohl überstanden.«

»Mein Gott«, sagte Jonah, dann legte er seinen Kopf auf den Schreibtisch und weinte.

Reed klopfte ihm beruhigend auf den Rücken, und Jonah wischte sich die Augen mit dem Ärmel. »Ich fühle mich wirklich wie ein absoluter Narr«, schniefte er, »einfach zu weinen wie ein Baby. Ich weiß gar nicht, was in mich gefahren ist.« Seine Stimme wurde spröde, und ein trauriger Ausdruck glitt über seine Züge. »Es hat so viele Tote gegeben. So viele nette, liebe Leute sind dahin – viele davon die allerbesten Freunde. Wie kann man etwas Derartiges überwinden, Doc? Ich weiß nicht, ob sich die Stadt davon je erholen wird oder ob es je wieder so wird wie früher. Wir haben soviel verloren. Wie kann ich die Leute ermutigen zum Weitermachen?«

»Sie schaffen es, auch ohne amtliche Unterstützung, irgendwie über die Runden zu kommen; sie bauen alles wieder auf, nachdem ein Wirbelsturm ihre Häuser zerstört hat, sie pflanzen wieder neu an, wenn ihre Ernte verregnet ist. Sie werden weitermachen, und das erstaunlich couragiert.«

Jonah stand auf und nahm seinen Hut vom Haken neben dem Schreibtisch. Er hielt ihn in der Hand und knetete ihn nach Leibeskräften, brachte ihn wieder und wieder umständlich in Form, als überlege er sich, was er jetzt als erstes tun solle. »Das ist wirklich eine gute Nachricht... die erste gute, die ich überhaupt seit drei Monaten verbreiten kann. In der Tat das schönste Weihnachtsgeschenk, daß ich mir hätte wünschen können!«

Nach seinem Besuch bei Jonah ritt Reed nach Hause, um Susannah zu suchen.

Sie saß am Küchentisch und schrieb etwas in die Familienbibel. Als er hereinkam, blickte sie auf. »Ich hatte nicht erwartet, daß du zum Abendessen heimkommst.«

»Das hatte ich auch ursprünglich nicht vor, aber es gibt Neuigkeiten...«

Sie wurde blaß, und er sah, wie Tränen in ihre Augen traten. »Es ist vorbei, Susannah. Alles vorbei.«

»Was ist vorbei?«

»Die Epidemie. Der Typhus hat kapituliert.«

Ihre Reaktion war ganz ähnlich wie die von Jonah. Erst konnte sie es nicht glauben, dann weinte sie, dann kam die Leere. Als sie ihn nach ein paar Minuten voller Unglauben ansah, entdeckte Reed den Tränenfleck auf ihrem Ärmel.

Als Susannah ihre Fassung zurückgewonnen hatte, sagte sie zu Reed: »Es tut mir leid. Ich wollte nicht zerfließen wie ein zu nasser Zuckerkuchen. Aber darauf haben wir so lange gewartet. Und jetzt, wenn ich zurückschaue, scheint das alles ein unerhört schrecklicher, sinnloser Verlust zu sein.«

Er wischte mit seinen Daumen ihre Wangen trocken. »Sieh nicht zurück, Susannah. Es ist vorbei! Schau in die Zukunft, der Freude entgegen, die wiederkommen wird.«

»Freude!« Sie schüttelte den Kopf. »Jetzt war der Tod so lange unser täglicher Begleiter. Ich kann mich gar nicht mehr erinnern, wie sich Freude anfühlt.« Sie holte ganz tief Luft und atmete langsam wieder aus. »Irgendwie habe ich vergessen, wie es sein könnte, wieder glücklich zu sein.«

»Nur die Natur hat das Recht weiterzutrauern. Doch die Kälte wird bald verschwunden sein, dann singen die Spottdrosseln wieder am Bach, wie sie es immer getan haben, und der Klang ihrer Stimmen erfreut unsere Herzen.«

»›Vater unser im Himmel … dein Reich komme.‹«

»Das werde ich auch wieder richtig verstehen, wenn ich erst mal gründlich ausgeschlafen habe.«

Schnell und zärtlich küßte er sie auf die Nase.

»Warum hast du das getan?«

»Weil ich es wollte.«

»Du bist ein guter Mensch, Reed Garrett. Laß dir nur nie von irgend jemandem einreden, daß es anders wäre.«

Er zerzauste ihr Haar. »Ich kann mir genausowenig wie du vorstellen, wie es sich anfühlt, wieder glücklich zu sein.«

Eine Woche später schickte Reed den letzten Patienten aus dem improvisierten Krankenhaus heim und sagte dann zu Reverend Pettigrew: »Sieht so aus, als könnten Sie wieder eine Kirche daraus machen, Pastor!«

Nachdem er die Kirche verlassen hatte, ging Reed zu Dr. Baileys Praxis und brachte alles in Ordnung, dann ritt er nach Hause. Er konnte sich nicht erinnern, je so müde gewesen zu sein; es gab keine Zeitspanne in seinem Leben, wo er bis auf die Knochen erschöpft gewesen wäre. Am liebsten hätte er eine Woche lang geschlafen.

»Jetzt schläft er schon seit zwei Tagen«, sagte Susannah nach dem Abendessen zu ihren Tanten. »Meint ihr, wir sollten mal nach ihm sehen?«

»Ich glaube auch, daß es nicht schlecht wäre, ihm etwas zu essen zu bringen«, meinte Violette.

»Das Huhn mit den Klößchen heute abend war ganz besonders köstlich«, fügte Dahlia hinzu. »Warum bringst du ihm nicht eine Schüssel mit Klößchen hinüber? Ich denke, daß sie sich mächtig gut anfühlen würden im Bauch eines Mannes, besonders an einem derart kalten Abend.«

Als wollte er Dahlias Bemerkung zum Wetter bestärken,

heulte ein kalter Windstoß um die Hausecke und fuhr unter der Traufe entlang, so daß die Zugluft sogar durch die Ritzen ins Haus drang. Dahlia zog sich ihr wollenes Umschlagtuch fest um die Schultern: »Tja, ich glaube, ich mache mich am besten wieder an die Arbeit. Ich habe noch eine Menge zu tun.« Sie ging in den Lagerraum, den sie zu ihrem eigenen Gebrauch ausgeräumt hatte, und blieb nur so lange in der Tür stehen, bis sie das Schild umdrehen konnte, das dort hing. BITTE NICHT STÖREN!

Susannah sah Violette an und lächelte. Irgendwann, während der Typhus wütete, hatte Dahlia zu sich gefunden. Es geschah eigentlich ganz unauffällig, eines Nachmittags, als Reed mehr pulverisierte Echinacea brauchte, die dann in flüssige Form gebracht werden mußte. Als er Dahlia sah, die verloren und hilflos herumstand, übertrug er ihr diese Aufgabe. Und das war der Augenblick gewesen, als sie Dahlia an das Sammeln von Heilkräutern verloren hatten.

Jetzt stand überall im Haus Grünzeug in Töpfen herum und Bündel mit trockenen Pflanzen hingen an jedem verfügbaren Balken oder Nagel. Ihre Tage waren erfüllt mit der Herstellung von unheimlich aussehenden Gebräuen aus den Pflanzen, die sie gesammelt hatte. Wenn sie dann fertig waren, versuchte Dahlia, sie an irgend jemanden loszuwerden, der sie vielleicht gebrauchen könnte. Bisher war – noch – niemand an ihren Mischungen verendet!

»So hat sie etwas zu tun, wodurch sie das Gefühl bekommt, eine sinnvolle Aufgabe zu erfüllen«, kommentierte Reed es, und Susannah nahm an, daß das wohl das Wichtigste dabei war.

Susannah schöpfte eine Schüssel voll mit Klößchen und Fleisch, stellte alles in einen Korb zusammen mit einem Krug frischer Milch sowie einem halben Laib Brot. Als sie schon die

Tür aufmachen wollte, kam Violette zu ihr herüber und ließ die Schachtel mit den Dominos in den Korb fallen. Susannah sah sie verständnislos an. »Kein Grund, allzu überstürzt wiederzukommen«, murmelte sie. »Wenn du dir schon die Zeit nimmst, hinüberzugehen, dann bleib doch ruhig ein wenig.«

»Domino?«

Violette zwinkerte ihr zu. »Vielleicht findet ihr auch ein anderes Spiel, das ihr spielen könnt«, flüsterte sie, und Susannah preßte sich die Hand auf den Mund, um ein Lachen zu unterdrücken.

Sie nahm ihren Umhang vom Haken an der Hintertür, legte ihn sich um die Schultern und zog die Kapuze über den Kopf. Als sie den Korb am Arm hängen hatte, trat sie nach draußen und spürte, wie ein kalter Luftzug unter ihre Röcke drang.

»Du brauchst dich nicht zu beeilen«, wiederholte Violette, als sie die Tür hinter sich schloß.

»Werde ich auch nicht«, versprach Susannah frohgemut.

Sie ging hinüber zu Reeds Haus, einigermaßen hurtig wegen der Kälte. Die Nacht war klar und eisig, und der Himmel bedeckt von Millionen von Sternen, denen es Freude zu machen schien, ihr Licht auf Susannahs Weg zu werfen. Irgendwo in der Nähe muhte eine Kuh, und etwas kam mit großen Flügelschlägen aus einem Baum am Wegrand geflogen.

Als sie den Obstgarten durchquerte, fiel ihr das erste Mal ein, als Reed sie geküßt hatte und wie schrecklich lange das schon her zu sein schien. Kurz blieb sie stehen und hielt nach dem Baum Ausschau, in welchen er ihre Initialen geschnitzt hatte. Sie fühlte sich versucht hinzugehen, wie sie es schon so oft getan hatte, nur um ihre Finger auf die Buchstaben in der Rinde zu legen, als könnte sie dadurch seine Wärme und Kraft und Liebe in sich aufnehmen.

Aber sie verfolgte weiter den Pfad durch den Obstgarten,

bis sie die Umrisse seiner Unterkunft erkennen konnte – auch den schwachen Schimmer des bernsteinfarbenen Lichtes, das durch das Fenster nach draußen fiel. Ihr Herz setzte einen Schlag lang aus.

Als sie seinen Eingang erreichte, klopfte sie zweimal, aber niemand antwortete. Ganz durchgefroren machte sie die Tür auf und steckte den Kopf hinein. Der Raum war verlassen, also trat sie ein und machte die Tür hinter sich zu. Dann trug sie den Korb zum Tisch.

In dem kugeligen Bullerofen brannte ein helles Feuer, das das Zimmer enorm aufheizte. Ihr Herz hämmerte plötzlich heftig, als ihr der Gedanke kam, daß Reed vielleicht krank war und Fieber hatte. Dann hätte er die Hitze gebraucht, um den Schüttelfrost zu ertragen.

Susannah warf ihren Umhang über eine Stuhllehne und eilte in die hintere Schlafkammer, wobei sie sich darauf gefaßt machte, Reed mit schmerzverzerrtem Gesicht im Bett vorzufinden. Statt dessen spielte sich dort so ungefähr das Gegenteil ab.

Reed nahm gerade ein Bad, oder besser gesagt, er stieg soeben in die Wanne, um unterzutauchen. Jetzt stand er aufrecht im Wasser, und auf seinem Gesicht lag ein Ausdruck, der sicher genauso erstaunt war wie der ihre.

»Susannah!« brachte er mit Müh und Not heraus.

Ihrer trockenen Kehle allerdings entrang sich nicht einmal sein Name, so sehr überraschte seine Nacktheit sie. Es machte ihr nichts aus, einen nackten Mann zu sehen – der Herrgott wußte, daß sie als Kind in New Orleans genug davon gesehen hatte. Und es erstaunte sie auch nicht, daß Reeds nackter Körper im wesentlichen alle normalen anatomischen Einzelheiten aufwies. Die Überraschung entstammte eher ihrem heftigen Begehren, das sie für ihn verspürte. Sie empfand seinen Körper nicht als Instrument häßlicher und schmutziger Absichten, sondern als ein Stück Leben voller Schönheit, das sie liebend gern genauer kennengelernt hätte.

Sie schien wie angewurzelt dazustehen und konnte den Blick nicht von ihm wenden. Wie fest und schlank sein Körper war, wie vollendet geformt, mit schmalen Hüften und unglaublich langen Beinen. Doch der Teil zwischen diesen Beinen faszinierte sie geradezu und erweckte in ihr eine Mischung aus Furcht und Bewunderung; denn er war an jener Stelle ebenso schön wie überall am Körper, und selbst in entspanntem Zustand strahlte er eine Art von Pracht aus, die sie sowohl als kraftvoll wie auch verletzlich empfand. Niemals hätte sie sich vorstellen können, daß sie einen Mann ansehen und Begehren empfinden würde, das aus Liebe und Zärtlichkeit erwuchs. Plötzlich wurde ihr klar, daß nichts von der Abgebrühtheit und dem Überdruß ihrer Kindheit sie mehr blokkierte; denn das, was sie hier sah, war ein Mann, nicht besser und nicht schlechter als sie selbst – der sich ihr nicht aufdrängte, aber seine Gefühle für sie auch nicht verleugnete.

»Susannah … Liebes, was tust du hier um diese nachtschlafene Zeit?«

»Wir haben uns Sorgen um dich gemacht. Ich kam, um nachzusehen, ob alles in Ordnung ist. Und ich hatte Angst, du könntest vielleicht Fieber haben. Außerdem wußte ich, daß du hungrig sein mußt.«

»Ich wollte lieber schlafen als essen – aber jetzt, wo ich dich sehe, spüre ich einen ganz gewaltigen Appetit.«

Ihr Blick senkte sich auf den Beweis seiner Worte; sie hörte ihn lachen und dann das Wasser plätschern, als er sich niederließ. Als sie genauer hinschaute, in was für einem Behältnis er da saß, schmunzelte sie; denn das war keine normale Badewanne, sondern ein Futtertrog.

»Hast du genug Platz?«

Er kicherte. »Für mich und Miss Lavendel.«

»Du mußt ja schon seit Stunden Wasser warm gemacht haben.«

»Stimmt! Und jetzt, wo ich den Luxus einer Wanne genieße, aus der meine Knie nicht herausragen, muß ich sagen, daß es die Mühe wirklich wert war.« Er fischte im Wasser herum und holte einen Schwamm heraus. Den streckte er ihr entgegen und sagte: »Wäschst du mir den Rücken?«

»Wenn du mir versprichst, mich nicht naßzuspritzen!«

»Niemals!«

Sie kam zu ihm herüber, nahm den Schwamm, kniete sich neben ihn und begann, ihm den Rücken zu schrubben und seine Haut mit dem großen Stück Seife einzuschäumen, das er ihr gereicht hatte. Als sie fertig war, sagte sie: »So, jetzt kannst du dich abspülen.«

Nachdem er zweimal untergetaucht war, bedeckte sie auch seinen Kopf mit Schaum und goß dann klares Wasser aus dem Krug nach, der neben ihr auf dem Boden stand. Kaum hatte sie den Krug abgestellt, da spürte sie seine Hand um ihr Handgelenk. Und bevor sie Zeit hatte, nachzudenken, fand sie sich mit sämtlichen Kleidern neben ihm in der Wanne wieder.

Sie tauchte prustend und schimpfend wieder auf, was er jedoch schnell unterband, indem er sie tief und lange küßte. »Du hast gesagt, daß du mich nicht naßmachen würdest!«

»Nein, habe ich nicht. Du hast gesagt, ich sollte es dir versprechen, und ich sagte ›niemals‹.« Er küßte sie erneut.

Als er sie losließ, begann er ihre Schuhe aufzubinden. »Könnte eine Weile dauern, bis die hier trocknen werden, also gehören sie in die Ecke.«

»Meine Kleider sind völlig durchweicht.«

Erst warf er den einen und dann den anderen Schuh über

Bord. »Zieh alles aus, dann hänge ich die Sachen an den Ofen. Die sind schnell wieder trocken.«

»Hier drin ist es so heiß, daß sie in Flammen aufgehen könnten.«

Er fing mit den Knöpfen an ihrem Kleid an, und als er sie geöffnet hatte, sagte er: »Du mußt aufstehen. Im Sitzen schaffen wir das nicht.«

»Ich glaube nicht, daß ich aufstehen werde, und selbst wenn ich es täte, von Ausziehen kann überhaupt keine Rede sein. Es ist eine Sache, hier bei dir drinzusitzen mit Kleidern, aber etwas völlig anderes, wenn ich nichts anhabe.«

»Ich habe dich ja nicht nach deiner Meinung gefragt. Du bist nicht in der Lage, zu wissen, was dir wirklich guttut; als dein Arzt erkläre ich dir, daß es schlecht für die Gesundheit ist, in Kleidern zu baden.«

Er stand auf und zerrte an ihrer Hand, bis sie neben ihm stand. Dann zog er ihr das Kleid über den Kopf.

»Reed, ich habe heute nachmittag schon ein Bad genommen und brauche kein zweites.«

»Das erste war für dich.«

»Und wofür ist dieses?«

»Für mich.«

Mit schnellen Bewegungen befreite er sie von ihrer Unterwäsche. Er stieg aus der Wanne, sammelte die Textilien ein und trug das Bündel ins Vorderzimmer, um die Sachen an den Ofen zu hängen. Sie setzte sich in die Wanne und begann, sich zu waschen.

»O nein, das ist meine Aufgabe«, sagte er, als er wieder in die Wanne stieg. Sie stand auf, mit dem Rücken zu ihm, und spürte, wie seine Hände um sie herumreichten. Sie bewegten sich fast quälend langsam über ihre Haut, streichelten sie zärtlich, bis sie nichts anderes mehr im Sinn hatte, als sich näher an ihn zu drängen, um sich dem warmen Druck seiner Finger noch mehr hinzugeben. In Ergänzung zu seinem Streicheln begann er, ihren Hals und ihre Schultern zu küssen. Sie spürte, wie ihr Atem immer heftiger wurde und ihre Knie immer weicher, bis sie schließlich Angst hatte, alles könnte sich auflösen bei der nächsten Berührung seiner Lippen. Gerade jetzt drehte er sie um und küßte ihren Bauch mit den Händen auf ihrem Hinterteil, zog sie noch härter an sich, während sein Mund langsam abwärts wanderte.

»Reed, bitte...«

Er sagte nichts, sondern faßte sie nur noch fester. Sein Mund wanderte unbeirrt weiter, bis er sie an einer Stelle küßte, von der sie nie geglaubt hätte, daß ein Mann sie dort je küssen würde. Sie hätte nie geahnt, daß sich etwas derart köstlich anfühlen oder in ihr sogar Verlangen nach mehr erwecken könnte. Von ganz allein öffneten sich ihre Schenkel, und sie hörte ihn ächzen. Jetzt spürte sie ihn noch deutlicher, und die Berührung seines Mundes machte sie fast wahnsinnig. Sie schien zu vergehen. Anders konnte es nicht sein. Wie bekam sie sich nur wieder in den Griff – wo ihr Atem doch schon jetzt kaum mehr funktionierte? Ihr Körper drängte sich ohne ihren Willen weiter nach vorn, wollte ihn noch näher bei sich spüren.

»Reed«, flüsterte sie rauh, »bitte, ich kann nicht mehr aufrecht stehen.«

Ihr Körper bebte angesichts der wachsenden Erregung, die sich in ihrem Innern ansammelte. Sie schrie auf, als die Schwäche zu groß wurde. Genau in dem Augenblick, als ihre Knie nachgaben, spürte sie, wie er sie mit seinen Armen umfing und aus der Wanne hob. Er legte sie auf den Teppich am Boden und bedeckte sie mit seinem Körper. Instinktiv öffnete sie die Beine für ihn.

»Ich begehre dich schon so lange, Susannah. Es gibt keinen

Grund, warum wir auch nur noch eine einzige Minute länger warten sollten.«

»Nein, gibt es nicht...«

Er küßte sie, und sie erwiderte den Kuß; sie wußte, was als nächstes kommen würde, wußte auch, daß es beim ersten Mal weh tun und bluten würde und daß sie dann keine Jungfrau mehr war – obwohl sie ihre Jungfräulichkeit sowieso nicht hatte hüten und ihr Leben lang tragen wollen wie ein goldenes Medaillon. Lange genug trug sie bereits daran, das bleierne Gewicht schien ihr sowieso schwerer am Leib, als sie glaubte ertragen zu können. Das Gewicht, mit dem er auf ihr ruhte, war ihr willkommen, selbst als gleich darauf ein scharfer, kurzer Schmerz folgte.

»Ich liebe dich«, hauchte er und erfüllte sie.

Sie hatte geglaubt, sie wüßte alles, was man über die Paarung zwischen Männern und Frauen wissen mußte. Jetzt erfuhr sie, daß ihr sozusagen die Hauptsache gefehlt hatte – nämlich dieser unglaubliche Übergang von Schmerz in einem Augenblick zu höchster Lust im nächsten.

»Ich liebe dich, Reed. Ich liebe dich«, stammelte sie. Sie schloß ihre Arme fest um ihn, als könnte sie dadurch diese Seligkeit noch vertiefen und Reed für immer bei sich behalten. Aber er hatte ihre Freudentränen wohl anders verstanden.

»Was ist? Hast du Schmerzen?«

Sie legte ihre Hände um sein Gesicht und zog ihn zu sich herunter, um ihn zu küssen. »Nein. Noch nie habe ich mich so wunderbar und so geliebt gefühlt.«

Seine Lippen strichen sacht über ihre feuchten Wangen. »Tränen haben immer einen Grund. Sag es mir. Warum weinst du?«

»Ich weiß es nicht.«

Er sah so verwirrt aus, daß nun sie beinah wieder lachen mußte. »Du weißt es nicht?«

Sie schüttelte den Kopf und atmete stöhnend aus. »Es hat viele Gründe.«

Seine Lippen bewegten sich in ihrem Haar. »Zum Beispiel?«

»Weil…« Sie schniefte und versuchte es noch einmal. »Weil ich normal bin, Reed! Zum ersten Mal in meinem Leben fühle ich mich auch so. Ich bin normal und kann dir gar nicht sagen, wieviel mir das bedeutet. Endlos lange habe ich geglaubt, daß ich nie erfahren würde, wie es sich anfühlt, normal zu sein.«

Er lächelte und küßte ihre Augen. »Das ist nur ein Grund. Gibt es noch andere?«

»Weil ich Angst habe, daß dieses Entzücken verlöschen wird oder ich plötzlich aufwache und feststelle, daß alles nur ein Traum war.«

»Es ist kein Traum. Und was das andere betrifft: Das haben wir selbst in der Hand!«

Liebe durchströmte sie, warm und dauerhaft. Ganz sicherlich hatte es noch nie jemanden gegeben, der so glücklich gewesen war, und sicherlich verdiente man es auch kaum.

Fest umfing er sie mit seinen Armen, und Susannah lag still, ihr Herz pochte an seiner Brust. War dies die Art und Weise, wie zwei Menschen zu einem verschmolzen? Wenn man sich dem anderen so nah fühlte, daß beide das gleiche zu denken begannen und die Gedanken und den Schmerz des anderen fühlten, bis es irgendwann nicht mehr möglich war, auseinanderzuhalten, wo der eine begann und der andere aufhörte?

Sie lag da und horchte auf den Wind draußen in den kahlen Bäumen, der die Zweige oben über das Blechdach kratzen ließ. Langsam kehrte die materielle Wirklichkeit der Dinge um sie her wieder zurück: der harte Boden und wie dünn der Teppich unter ihr war, die Hitze im Raum, die überraschende Weichheit seines Haars. Sie wünschte, sie wäre eine Künstlerin, um diesen Augenblick irgendwie festhalten zu können, denn wie sollte ihr kümmerliches Gedächtnis das schaffen?

Sie spürte das Streicheln seiner Hand in ihrem Haar, fast unsicher, ungeschickt – und gerade deshalb unendlich liebenswert. »Bedauerst du irgend etwas?«

»Nein, nichts.«

»Wie mich das erleichtert! Ich hatte schon Angst…«

»Außer…« Sie spürte, wie er plötzlich den Atem anhielt, die Muskeln anspannte. »Außer daß ich wünschte, es wäre schon früher geschehen.«

Mit einem tiefen Seufzer atmete er aus. Sie lachte, küßte ihn und fand es unglaublich befriedigend, in seinen Armen zu liegen und seinem Liebesgeflüster zuzuhören, das sie mit herrlichem Frieden erfüllte.

Beinah wäre sie eingenickt, da spürte sie, wie er seine Stellung veränderte, gefolgt von einem Ächzen. Die kalte, harte Wirklichkeit dessen, worauf sie lagen, kam ihr zu Bewußtsein. Sie richtete sich auf zum Sitzen. Er folgte ihrem Beispiel, allerdings nicht ganz so rasch.

»Wie alt bist du?«

Er runzelte die Stirn und rieb sich den Rücken. »Es geht nicht um die Zeit, die man für einen Lauf braucht, sondern um die Entfernung, die man zurücklegt.«

Sie runzelte die Stirn und betrachtete ihn von oben bis unten. »Du siehst so aus, als hättest du eine ganze Menge von beidem gebraucht.«

»Wie wäre es, wenn wir dein Fell kochen, bis du zart bist, und dann sehen, wie du damit klarkommst!« Er ging zum Ofen, kam mit einem Eimer heißen Wassers zurück und schüttete es in den Trog. Dann stellte er den Eimer auf den Boden und hob Susannah in seine Arme. Er trug sie zum Bad, stieg hinein und stellte sie auf ihre Füße. »Bleib du stehen, ich setze mich zuerst hin.«

Kaum hatte er sich niedergelassen, da packte Susannah seine Hand und zerrte ihn wieder hoch. »O nein«, protestierte sie. »Jetzt bist du dran mit Stehen und ich mache es mir bequem.«

Reed stand auf und wartete, daß sie sich hinsetzen würde; aber Susannah tat das nicht, sondern kniete sich statt dessen vor ihn.

»O Maria, Joseph und die heiligen drei Könige, ich bin so schwach wie ein Neugeborenes.«

Und das entsprach wohl den Tatsachen, stellte Susannah fest – denn er rutschte regelrecht hinunter in die warme Seifenlauge.

»Es ist nur fair, den Spieß umzudrehen«, sagte sie. »Jetzt weißt du, wie es sich anfühlt, auf Beinen zu stehen, die einen nicht mehr halten wollen.«

»Ich glaube schon, daß ich es weiß«, meinte er und küßte sie. »Aber sicher bin ich nicht. Vielleicht käme die endgültige Erleuchtung, wenn du es noch einmal versuchen würdest.«

»Nicht so gierig«, sagte sie. Sie nahm den vollen Eimer neben der Wanne und goß ihm das Wasser über den Kopf.

»Jauuul!« schrie er und sprang auf. »Das ist kalt!«

Sie lachte und kippte den Rest des Wassers aus dem Eimer über ihn.

Er zuckte zusammen.

»Du brauchst eine kleine Abkühlung.« Sie hielt ihre Hand hoch und sagte: »So, und jetzt hilf mir hier heraus. Ich muß dir dein Essen bringen und dann ins Haus zurück. Meine Tanten werden sich fragen, wo ich mich so lange herumtreibe.«

»Vielleicht solltest du dich nicht weiter um mein Essen kümmern.«

Sie sah seinen besorgten Blick. »Warum? Hast du Angst wegen dem, was sie vielleicht mit dir anstellen?«

»Nein, deinetwegen mache ich mir keine Sorgen. Mir werden sie das Fell abziehen wollen.«

»Ich werde ihnen sagen, sie sollen dabei sanft mit dir umgehen.«

Er lachte leise und zog sie mit einer Hand hoch, küßte ihre Nasenspitze. »Ich würde mir keine Sorgen machen, was deine Tanten denken. Sie werden hoffentlich ungefähr wissen, was los ist.« Er nahm ein Handtuch vom Stuhl neben der Wanne.

Nur zu gerne ließ sie sich von ihm abtrocknen, genoß jeden Augenblick, den seine starken, sicheren Hände sie berührten, in dem er ihr nah und zärtlich zu ihr war. »Oh, ich bin sicher, daß sie es sich zusammenreimen.«

Er legte den Kopf schief, während er sich auf seine Hände konzentrierte. »Wahrscheinlich sind sie inzwischen schon schlafen gegangen.«

»Falls Tante Vi Tante Dally aus ihrem Lagerraum hat schweißen können. Sie hat vorhin noch an einer Mixtur gearbeitet, die ich Pfingstrose verabreichen soll, damit sie mehr Milch gibt.«

»Und dann wird sie schwankend davontrotten«, frotzelte er, und beide lachten aus vollem Halse.

Während Reed seine Mahlzeit einnahm, zog sich Susannah an und packte die Schlüssel wieder in ihren Korb. Er nahm die Schachtel heraus, die er darin liegen sah.

»Was ist das?« Er hob sie an sein Ohr und schüttelte. »Noch etwas zu essen?«

Susannah hatte das Domino ganz vergessen, und verzog die Mundwinkel. »Das ist eine Schachtel mit Dominosteinen.«

»Dominosteine? Du hast für einen Verhungernden Domino mitgebracht? Warum denn das?«

Sie hielt ihre Hände hoch in einer Geste der Unschuld. »Das war Tante Vis Idee, nicht meine. Sie hat das Spiel in den Korb gelegt, als ich gehen wollte, und mir geraten, ich solle mich nicht unnötig beeilen, zurückzukommen. Sie meinte, ich könnte ja ein Weilchen bei dir bleiben und mit dir Domino spielen.«

Reed warf den Kopf in den Nacken und wieherte. »Deine Tante ist eine gescheite alte Frau.«

»Die gescheiteste und die liebste!«

»Ein Jammer, daß sie dir nicht etwas mitgegeben hat für die Dauer der ganzen Nacht«, feixte er. Er legte seine Arme um sie und zog sie an sich. »Ich möchte gern mit dir an meiner Seite schlafen – nur mit dir an meiner Seite, bis ans Ende meines Lebens.«

»Nichts als schlafen?« Sie runzelte die Stirn und maulte: »Also ich weiß nicht, das klingt nicht besonders verlockend.«

Nun umfaßte er ihr Kinn und hob ihr Gesicht, so daß sie ihn ansah. »Susannah Jane Dowell, ich will dich. Jetzt. Morgen. Für immer! Ich will dir alles auf der Welt geben, wovon du je geträumt hast – auch ein paar Sachen, an die du noch nicht einmal gedacht hast, vielleicht sogar einige, die du gar nicht willst. Das schließt mein Herz, meine Liebe, meinen Namen, meine Kinder ein – sollte uns dieses Glück beschieden sein – und meinen heiligen Schwur, dich zu lieben bis an mein Lebensende – auch länger, wenn das möglich ist.«

Aufmerksam hörte sie zu und erklärte sich dann einverstanden – na ja, nicht genau, aber im großen und ganzen. Wortwörtlich sagte sie: »Das ließe sich wirklich machen, denn meine Klugheit sollte ich deiner Yankee-Geduld und Ausdauer vielleicht unterordnen. Wenn ich in letzter Zeit irgend etwas gelernt habe, dann die Tatsache, daß Geduld und Ausdauer zweimal soviel wert sind wie ihre Entsprechung in Verstand – und Yankees wissen genau, sie zu ihrem Vorteil einzusetzen.«

Er lächelte und drückte sie an sich. »Susannah, willst du mich heiraten und an meiner Seite ausharren bis ans Ende unserer Tage, wenn ich verspreche, daß ich gelegentlich nett zu dir bin?«

»Wenn ich mir die Gelegenheiten aussuchen kann«, bedingte sie sich aus und stellte sich auf die Zehenspitzen, um ihn zu küssen.

»Heißt das ja oder vielleicht?«

»Das heißt, vielleicht ist ein Leben nicht lang genug.«

»Es tut mir leid, daß ich dir nicht früher begegnet bin.«

»Früher hättest du mich nicht gemocht.«

»Woher weißt du das?«

»Weil ich ziemlich unleidlich war.«

»Vielleicht hätte ich daran etwas ändern können.«

»Oder wir sollten zufrieden sein mit dem, was wir jetzt haben.«

»Das mag richtig sein. Wann sollen wir es deinen Tanten sagen? Und wie steht es mit dem Heiraten?«

»Beides möglichst bald, würde ich sagen. Ich weiß, wie es sich anfühlt, ohne Vater aufzuwachsen, Reed. Was wir heute gemacht haben, könnte mir schon ein Baby bescheren. Es soll unbedingt ehelich geboren werden.«

»Das wird es, meine Liebste, das verspreche ich dir.«

Reed begleitete sie zurück zum Haus und küßte sie noch einmal. »Ich finde es verdammt schwierig, dich gehen zu lassen. Am liebsten möchte ich dich immerzu in den Armen halten.«

»Wenn das Tante Dally hört, könntest du es als nächstes

schwierig finden, auch nur eine Tasse Kaffee zu halten… weil sie dir alle Arme gebrochen hat.«

Mit einem leisen Lachen ließ er sie los und küßte sie. »Wir sehen uns morgen früh. Und jetzt geh hinein, hier draußen ist es eisig.«

Er machte die Tür auf, und sie warf ihm noch ein schmelzendes Lächeln zu, bevor sie verschwand.

Reed zog seinen Mantel zusammen und knöpfte ihn zu, dann klappte er den Kragen hoch und schob seine Hände tief in die Taschen. So wanderte er zurück zu seiner Unterkunft mit den Gedanken bei Susannah und dem, was geschehen war. Ihm wurde klar, daß er der Aufhebung einiger Entschlüsse des vorigen Kapitels entgegensah.

In seinem Haus fiel ihm auf, daß das Licht irgendwie heller schien als vordem. Einzelheiten zogen an seinem inneren Auge vorüber. Er erkannte Susannahs Duft, der noch unbestimmt im Raum hing, und spürte wieder eine außerordentliche Klarheit in sich.

Als er im Bett lag, faltete er die Hände hinter dem Kopf und starrte die vagen Schatten an, die über ihm an der Decke hingen. Er erinnerte sich an jenen Tag, als er Susannah und ihre Tanten zur Kirche gefahren hatte – der Tag, an dem Violette ihm eine Bibel überreicht und ihm geraten hatte, Hiob zu lesen. Ebenfalls kam es ihm in den Sinn, wie die Worte ihn in einer Weise gerührt hatten, als träte Gott nach einer langen Unterbrechung während seiner finsteren Jahre wieder in sein Leben.

Er sah das als einen Wendepunkt an, den Beginn seines Weges heraus aus dem Tal tiefer Verzweiflung, in der er so lange gelebt hatte. Erneut lag seine medizinische Laufbahn vor ihm; aber, was noch wichtiger war, er hatte eine Frau, die er liebte und die seine Liebe erwiderte.

Es gab wieder einen Anschluß. Sein Leben war gut. Susannah würde bald seine Frau sein.

Was sollte ihnen noch im Wege stehen?

21

Am nächsten Tag war es ein wenig wärmer, doch der Wind blies noch recht kräftig. Die Bäume hatten jetzt alle kahle Äste, und Blätter lagen in einem hohen Haufen vor der Scheune. Mit jedem Windstoß stieß raschelnd das trockene Herbstlaub aneinander, und die Blätter an einem immergrünen Busch stimmten flatternd mit ein. Alles war so grau wie das Himmelsgewölbe – nur hier und da mit ein wenig stoppeligen Einsprengseln, wo trockene Grasbüschel vom letzten Jahr das Weidengrün unterbrachen.

Reed flickte in der Sattelkammer an den abgenutzten, alten Halftern und Geschirren das brüchige Leder. Als er damit fertig war, ging er zum Haus hinüber, um die Abfälle für Miss Lavendel und ihre Ferkel zu holen. In der Küche traf er Violette, die gerade an einem Berg von Gemüse aus dem Wurzelkeller schnipselte, das Susannah für die Suppe zum Abendessen heraufgeschafft hatte.

»Ich stecke bis zu den Ellenbogen in der Bescherung«, seufzte sie. »Irgendwie soll ich das ganze Gemüse in einem Topf unterbringen, aber ich habe Schwierigkeiten damit.«

Es fiel ihm schwer, nicht zu lachen, als er sich in der Küche umsah und sieben Töpfe nebst Deckeln zählte, die auf der Spüle und dem Tisch herumstanden. »Und worin bestehen die Schwierigkeiten?«

»Ich finde irgendwie nicht die richtige Größe«, grollte sie.

»Dieser Topf ist zu klein, der da zu groß – ein schier unlösbares Dilemma.«

Sie wandte sich ihm zu, und er sah, daß sie sich wirklich ärgerte.

»Das ist eines von den Dingen, die ich am Altwerden so hasse. Mein Verstand funktioniert mal oder mal nicht. Heute funktioniert er fast nicht. Ich scheine die Größe von diesen Töpfen einfach nicht richtig einzuschätzen. Gieße ich die Brühe in den einen, läuft er über. Gieße ich sie in einen andern, bedeckt sie kaum den Boden.«

Er studierte die Gefäße und ging dann zum Tisch. »Vielleicht klappt es damit.«

Sie goß die Brühe aus einem Topf in den größeren, den er vorschlug. »So weit, so gut«, sagte sie und begann, das Gemüse auf den Deckel zu schieben, den sie direkt unter den Rand der Arbeitsplatte hielt. Wenn der Deckel voll war, schüttete sie das Grünzeug in den Topf. Drei Deckelvoll später erklärte sie ihre Aufgabe für abgeschlossen.

»Paßt genau«, sagte sie. »Ich weiß nicht, was ich getan hätte, wenn Sie nicht gekommen wären.«

»Das ist das Schöne an Familien«, leitete er ein. »Oft hält sich jemand in der Nähe auf, um zu helfen, wenn man mal Schwierigkeiten hat. Ich bin ein hervorragender Einschätzer von Topfgrößen. Sie können jederzeit auf mich zählen.«

Ihre Augen strahlten, und sie sah ihn mit echter Zuneigung an. »Das tue ich bestimmt.« Dann machte sie eine Pause. »Es ist schön, zu einer Familie zu gehören, nicht wahr? Ich kann Ihnen gar nicht sagen, wie es mich freut zu hören, daß Sie sich als Teil unseres kleinen Clans empfinden.«

Plötzlich kam ihm zu Bewußtsein, daß er sich tatsächlich als Teil dieser Familie fühlte, und er fand es seltsam, daß ihm das bisher noch nie aufgefallen war. »Ein schönes Gefühl«, bestätigte er. »Ich bin vorbeigekommen, um zu sehen, ob Sie Hilfe brauchen. Und dann dachte ich, ich könnte auch gleich die Küchenabfälle mitnehmen und Miss Lavendel füttern.«

»Im Moment haben Sie Susannah verpaßt. Sie ist mit den Resten auf dem Weg zu den Hühnern. Aber inzwischen wird sie wohl Pfingstrose melken.«

»Also gehe ich dort vorbei.«

Er fand Susannah im Stall. »Guten Morgen«, sagte er und bückte sich zu ihr, um sie auf den Scheitel zu küssen.

»Guten Morgen!« Sie warf ihm ein warmes Lächeln zu und molk weiter.

Neben ihr stand ein Korb mit frischen Eiern und der leere Eimer des Schweinefutters. Er drehte ihn um und setzte sich darauf, um auf sie zu warten. Schweigend saß er dort und war es zufrieden, nur dem Rhythmus der in den Melkeimer spritzenden Milch zu lauschen und dabei ihren Händen zuzusehen. Am Ende bot er ihr an, den Eimer zu tragen.

Das kühle Wetter machte ihnen nichts, als sie still zum Haus zurückgingen. Erstaunlicherweise hatte er Freude daran, nur mit ihr zusammenzusein, auch ohne sich zu unterhalten. Reed ging summend mit dem Milcheimer neben ihr her, während Susannah den Eierkorb trug.

Als sie in die Küche kamen, brodelte der Topf mit der Suppe gemütlich auf dem Herd, und ihr herzhafter Duft erinnerte auf angenehme Weise daran, daß zum Mittagessen etwas Kräftiges aufgetischt wurde. Allerdings war da noch ein seltsamer rauchiger Geruch...

Violette saß am Küchentisch und sah zu, wie die trockenen Blätter vor dem Fenster vorüberwirbelten, während sie darauf wartete, daß das Wasser im Teekessel kochte. Dahlia schmolz Paraffin auf dem Herd, und dichte Schwaden stiegen aus dem Gefäß auf.

Reed und Susannah tauschten einvernehmliche Blicke aus.

Susannah stellte die Eimer auf den Schrank, Reed den Melkeimer daneben. Dann sahen sie ihre Tanten an.

»Wir haben euch etwas mitzuteilen«, erklärte sie.

»Vergangene Nacht habe ich Susannah gebeten, meine Frau zu werden.«

»Und ich habe ja gesagt.«

Violette sprang von ihrem Stuhl auf und eilte zu ihnen hinüber, um beide stürmisch zu umarmen. »Ich wußte es doch«, frohlockte sie. »Es lag in der Luft! Natürlich habt ihr meinen Segen.«

»Und meinen auch«, schloß Dahlia sich eifrig an. »Eine Hochzeit, wie aufregend! Ich glaube, dafür sollten wir Mutters Silber hervorholen. Die kleine silberne Bonbondose wird wunderschön aussehen auf dem Spitzentischtuch, wenn wir sie mit kandierten Pekannüssen füllen. Und natürlich müssen wir den Hochzeitskuchen auf der kristallenen Kuchenplatte präsentieren.« Dann schlug sie die Hände vors Gesicht und meinte zagend: »Schwester, du glaubst doch nicht, daß die Sachen zu angelaufen sind, oder?«

»Mit ein wenig Poliermittel bekommen wir sie leicht auf Hochglanz«, beruhigte Violette sie.

»Vielleicht könnte ich auch irgendeine Substanz mischen, mit der es noch bessergeht«, überlegte Dahlia laut und wandte sich wieder dem Paraffin zu, das inzwischen heftig rauchte. »Ich glaube, es würde mir gefallen, das Fest zu organisieren, Schwester. Du solltest dich nicht überarbeiten. Ja, genau das werde ich tun, ich werde das alles in die Hand nehmen.«

Violette betrachtete das rauchende Gefäß. »Nimm doch das Zeug endlich vom Ofen. Was machst du da eigentlich, Dally? Willst du das Haus anzünden? Das riecht ja scheußlicher als angesengte Hühnerfedern. Wird das eine Hexentinktur?«

»Es ist ein Geheimnis«, wisperte Dahlia. Sie trug das Gefäß zur Spüle und goß das Paraffin in eine Kupferschüssel. Auf der Arbeitsplatte neben ihr standen zwei Krüge mit Kräutern und eine Porzellanschale mit Lavendel. Daneben befanden sich noch ein Topf mit getrockneten Kroatzbeeren und ein Röhrchen Vanilleextrakt.

»Entweder ist es etwas zu Trinken oder um sich damit einzureiben«, riet Violette. »Wenn es zum Trinken ist, bin ich nicht wild darauf, es zu probieren.«

Reed fiel auf, daß Susannah nachdenklich wirkte, und das verwunderte ihn. Dies hätte doch der wichtigste Tag ihres Lebens sein sollen; aber sie starrte nur mit offenem Mund ihre Tante an, während sie mit den Gedanken scheinbar weit entfernt war. Er warf einen Blick auf Dahlia, etwas an ihr war anders.

»Tante Dally, was ist denn mit dir los?« fragte Susannah endlich.

Dally sah abwesend an sich herunter. »Mit mir los? Was meinst du damit, Liebes?« Sie zog eine Knoblauchzwiebel aus der Schürzentasche und begann, sie zu schälen und die Schalen in die andere Schürzentasche fallen zu lassen, wobei aber die meisten leider auf den Boden segelten. »Ihr solltet auch anfangen, Knoblauch zu nehmen«, ermunterte sie sie. »Alle beide! Der Knoblauch verhindert Krankheiten, und angesichts der Hochzeit und überhaupt werdet ihr eure Gesundheit wirklich brauchen.« Sie sah sich um. »Also wo habe ich bloß meinen Mörser und den Stößel gelassen?«

Reed und Susannah schauten zu, wie Dahlia in den Küchenschränken kramte, und konnten ihren Augen einfach nicht trauen. Wo Dahlia einst ein Bild der Vollendung abgegeben hatte, stand nun eine Frau, die sich wie ihre Schwester sozusagen im Dunkeln angezogen hatte. Sie trug keine makellose

Ausstattung mehr, die in Farben und Muster genau aufeinander abgestimmt war. Kräftige Töne, die alle überhaupt nicht zusammenpaßten, zierten hier und da ihre Erscheinung. Ihre Bluse wies ein nicht erkennbares Muster auf schwarzem Grund auf mit leuchtend grünen, roten und gelben Punkten, die sie noch mit lila Bändchen und goldenen Troddeln verziert hatte. Ihr Rock war hellblau mit gelben Lilienblüten darauf, die eine alarmierende Ähnlichkeit mit den letzte Woche fürs Wohnzimmer genähten Kissen aufwies. Und dabei fiel Susannah ein, daß an denen auch goldene Troddeln baumelten. Allein der Gedanke, was sie aus der Hochzeit machen könnte, jagte Reed Entsetzensschauer über den Rücken.

»Ich glaube, ich überlasse den Damen die Vorbereitungen.« Reed nahm seinen Hut vom Haken. »Ich muß in die Stadt und mich ein paar Stunden in der Praxis sehen lassen. Sicherlich gibt es bei diesem Wetter eine Menge Leute mit Husten, Halsweh und Erkältungen, um die ich mich kümmern sollte – außerdem dürfte Mary Madison jeden Tag ihr Baby bekommen.«

»Deserteur«, flüsterte Susannah.

Reed lachte und warf ihr eine Kußhand zu.

»Oh, ich hoffe wirklich, daß Mary ihr Baby nicht bei diesem scheußlichen Wetter bekommt«, lamentierte Dahlia. »Wenn Sie noch ganz kurz warten, gebe ich Ihnen einen Tiegel von der schönen Sonnenblumenkernsalbe für sie mit, die ich letzte Woche angefertigt habe.«

Reed wartete, bis sie ihm die Salbe gebracht hatte, und steckte sie in die Tasche. »Zum Abendessen bin ich rechtzeitig wieder da.«

»Grüße Mary, wenn du sie siehst«, trug Susannah ihm auf und fügte noch hinzu: »Ach Reed, vielleicht kannst du auch beim Reverend vorbeischauen und ihm Bescheid geben wegen der Hochzeit.«

»Das mache ich.« Wie üblich küßte er Susannah auf die Nasenspitze und verschwand.

Die jüngere Frau sah ihm durchs Küchenfenster nach. »Hoffentlich ist er auch warm genug angezogen. Ich will nicht, daß er sich irgend etwas einfängt.«

»Er hat sich dich eingefangen«, bemerkte Violette. »Das wird vermutlich das Ansteckendste sein, das ihm heute begegnen konnte.«

»Das hoffe ich«, sagte Susannah. »Aber irgendwie mache ich mir Sorgen. Was ist, wenn etwas schiefgeht? Wenn wir noch eine Epidemie bekommen oder sonst ein Unglück, und wir können doch nicht heiraten?«

»Herr im Himmel! Hör dir nur an, sie zetert wie eine alte Jungfer«, schnaubte Violette. »Und selbst wenn er sich erkältet, von so was würde ein Reed Garrett sich doch nicht abhalten lassen.«

»Ich glaube, da hast du recht«, stimmte Susannah ihr zögernd zu.

»Gut, da wir das also jetzt geklärt hätten, was könnte noch alles verhindern, daß ihr zwei ein Paar werdet?«

Am gleichen Nachmittag betrat Tate Trahern den Laden von Buck & Smith's. Er bemerkte Mr. Truesdale, der hinter dem Postschalter stand, und verspürte eine flüchtige Wehmut, daß es nicht mehr Daisys fröhliches Gesicht war, das ihn erwartete. Er wäre ja auch zu ihrer Beerdigung gegangen, wenn er nicht selbst so typhuskrank gewesen wäre; aber als er schließlich wieder auf die Beine kam, lag Daisy schon über einen Monat unterm Rasen.

Er wußte noch, daß sie ihm einmal erzählt hatte, sie wäre die einzige in ihrer Familie gewesen, die Geld verdiente, und fragte sich kurz, wie die Leute jetzt wohl zurechtkamen – obwohl es ihn eigentlich nicht interessierte. Ihm war nur darum zu tun, ob es irgendwelche Post für ihn gab.

»Ich hatte mich schon gefragt, ob Sie wohl bald in die Stadt kommen würden«, sagte Mr. Truesdale. »Denn seit einiger Zeit liegt hier ein Brief für Sie. Natürlich wußte ich, daß Sie krank gewesen sind. Ein Glück, dieser Garrett – Doktor! Sonst wären Sie jetzt vielleicht auch da draußen mit den vielen anderen armen Seelen, die es nicht geschafft haben.«

»Ja, Garrett ist ein richtiger Gnadenengel.«

»Wahr und wahrhaftig«, nickte Mr. Truesdale.

»Was ist jetzt mit der Post«, drängte Tate. »Ich habe heute noch einiges zu tun, und es wird Zeit, daß ich mich auf den Weg mache.«

Mr. Truesdale händigte ihm den Brief aus. »Er ist aus Boston«, sagte er vertraulich. »Zuerst dachte ich, es gäbe da irgendeine Verwechslung, weil ja Dr. Garrett der einzige war, der sonst Post aus Boston bekam; aber da steht unmißverständlich Ihr Name auf dem Umschlag! Schon ein seltsamer Zufall, daß Sie auch Post aus Boston kriegen.«

»Ja, allerdings.«

Tate nahm den Brief und verließ den Laden. Er kletterte über Otis Crowder und Lee Roy Harper, die auf dem Bürgersteig ihr Trinkgelage vom vergangenen Abend ausschliefen; dann steuerte er über die Straße in den Roadrunner Saloon. Dort bestellte er sich einen Whiskey und verkrümelte sich damit an einen abgelegenen Tisch hinten im Raum, womit allen klar war, daß er nicht gestört werden wollte.

Er genehmigte sich die erste Portion und bestellte sich noch eine. Nach einem weiteren Schluck öffnete er den Brief aus Boston. Als er ihn gelesen hatte, faltetet er ihn wieder zusammen, kippte den Rest des Whiskeys hinunter, stand auf und rieb sich die Hände.

»Gib allen hier eine Runde aus und setze es auf meine Rechnung«, bestellte er bei Frank Weatherby, dem Barmann.

Frank nickte und begann, eine Reihe von kurzen Gläsern zu füllen; aber Tate blieb nicht, um ihm weiter zuzusehen.

Als Muriel Emenhizer hörte, daß Susannah und Reed sich verlobt hatten, ging sie zu ihrem Mann Loy und befahl ihm, sie sofort hinaus zu den Wakefields zu fahren. Loy Emenhizer war Präsident der Ersten Nationalbank, und er erachtete sich als beschäftigsten Mann der Stadt; daher nahm er das Ansinnen seiner Frau nicht gerade wohlwollend auf.

»Also, Lämmchen, ich bin im Augenblick wirklich sehr überlastet; aber ich fahre dich zu den Wakefields hinaus, sobald wir geschlossen haben.«

»Loy Emenhizer, ich kann nicht glauben, daß du so undankbar bist – wo du doch genau weißt, daß wenn dieser aufopfernde Dr. Garrett nicht gewesen wäre, ich jetzt nicht hier stehen und dir wichtige Befehle erteilen könnte!«

Schließlich fuhr Loy Muriel doch zu den Wakefields und saß geduldig mit glänzender Glatze in ihrem Wohnzimmer, während seine rundliche bessere Hälfte ihre Pläne darlegte, wie die Verlobungsparty aussehen sollte, die sie für das junge Paar zu geben gedachte.

»Es wird ein Fest werden, wie es die Leute von Bluebonnet noch niemals gesehen haben. Loy und ich möchten unsere ewige Dankbarkeit dafür zeigen, daß Sie mich durch jene dunkle und harte Typhus-Zeit gebracht haben.«

Dann fügte Muriel noch hinzu: »Ich werde nicht sparsam sein«, und ein Geräusch ertönte, das verdächtig nach einem Ächzen klang. Susannah und Tante Vi warfen einen Blick auf Loy, der allerdings aus dem Fenster schaute, als würde er von der ganzen Unterhaltung kein Wort kapieren.

Sein Frauchen sprach weiter. »Ich habe mir die Freiheit genommen und mit Sam Slater vereinbart, daß wir den Roadrunner Saloon für das Ereignis herrichten.«

»Muriel, hast du denn völlig den Verstand verloren? Du kannst doch nicht erwarten, daß anständige Leute – besonders Damen – zu einem Fest in den Roadrunner Saloon kommen«, wandte Loy ein. »Er wird voller Landstreicher und Trunkenbolde sein und ganz sicher nicht der Ort, wo irgendeine Respektsperson gern wird hingehen wollen.«

»Loy, wenn du mir zuhören würdest, könnte ich dir das genau erklären. Sam Slater war so freundlich, sich damit einverstanden zu erklären, daß der Saloon an diesem Abend geschlossen wird – gegen ein Entgelt, natürlich. Er hat mir versichert, dafür zu sorgen, daß der Abschaum von dort ferngehalten wird.«

»Ich wette, Reverend Pettigrew wird die ganze Gemeinde auffordern, dein Fest zu boykottieren, wenn es im Saloon stattfindet«, versuchte Loy immer noch, die Sache abzubiegen.

»Mit dem Reverend habe ich schon alles geregelt. Er versteht mein Problem. Es gibt keinen anderen Ort in der Stadt, der groß genug ist für all die Leute, die ich einladen möchte. Der Pastor meinte, so lange die Bar geschlossen bliebe und keine alkoholischen Getränke ausgeschenkt würden, sähe er keinerlei Hinderungsgrund, den Roadrunner Saloon zu benutzen.«

»Aber wie viele Leute willst du denn genau einladen, Liebes?« fragte Mr. Emenhizer matt.

»Nun, die ganze Stadt, Loy. Die ganze Stadt!«

Am Tag der Party der Emenhizers wurde es deutlich kälter. Ein Nordwind fegte die letzten trockenen Blätter aus dem Garten und gefror die Pfützen, die vom vergangenen Regen übriggeblieben waren. Alle in Bluebonnet gingen in ihren dicksten Mänteln an ihr Tagwerk, ließen die Kragen hochgestellt, zogen sich die Kapuzen über die Köpfe und steckten die Hände in dicke gestrickte Fäustlinge.

Reed blieb noch etwas länger als gewöhnlich in der Praxis, da das kalte Wetter bei den Älteren Rheumatismus bewirkte und die Kinder wegen Ohrenschmerzen weinten. Der Drogist gegenüber mischte ununterbrochen schmerzstillende Salben und Hustensäfte; gleichzeitig war Dahlia eifrig damit beschäftigt, ihre Mittelchen allen anzubieten, die Lust hatten, es damit einmal zu versuchen.

Es sah ganz so aus, als hätte der Winter richtig angefangen, und alle in der Stadt freuten sich auf das große Fest, zu dem die Emenhizers im Roadrunner Saloon geladen hatten. Ja, es hieß sogar, daß eine Kapelle den ganzen Weg von Dallas hierher machen würde; alle Leute schenkten den Gerüchten Glauben, denn am gleichen Morgen war eine Gruppe von Fremden angekommen und im Pfirsichgarten-Hotel abgestiegen.

Als Reed zu Hause eintraf, hatten sich Susannah und ihre Tanten bereits ausgehfertig gemacht und warteten auf ihn. Er zog sich eilig um und spannte den Wagen an, um die Damen zu kutschieren. Er fand, Susannah sah hübscher aus denn je in einem Kleid aus altgoldenem Samt, das die Farbe ihrer Augen betonte, und das Licht der Lampen schimmerte auf ihrem Haar.

Susannah flüsterte, Violette und Dahlia wären wie ein Paar nicht zueinanderpassender Buchdeckel, und Reed stimmte ihr da ohne Einschränkung zu. Dahlia sah aus, als hätte sie günstig eine große Portion von gelben Ballfransen eingekauft und sie dann alle an ihr knallrotes Kleid genäht. Violette machte eine etwas weniger dramatische Figur – allerdings nur etwas – in einem schwarzkarierten Wollkleid, das mit Jettperlen bestickt war. Die Federn in ihrem Haar hatten eine frappante Ähnlichkeit mit denen des Staubwedels.

Als sie beim Fest der Emenhizers ankamen, schien niemand die exotischen Kleider von Susannahs Tanten zu bemerken; sondern alle starrten Susannah an, als hätten sie sie noch nie zuvor gesehen. Tate Trahern sah besonders grün aus vor Neid.

Und das Grün von Tates Gesicht paßte wirklich überhaupt nicht zu dem goldenen Schimmer von Susannahs Samtkleid. Ganz anders die Anbetung in Reeds Blick. Er sah immer schon ihre Schönheit, doch so gekleidet hatte er sie noch nie erlebt.

»Das liegt daran, daß ich noch nie ein solches Kleid *besessen* habe«, erklärte sie ihm, als er ihr ein Kompliment machte. »Meine lieben Tanten haben es für mich genäht, ein echter Liebesdienst!«

»Und du siehst darin aus wie das Bild der Liebe«, sagte er und küßte sie sanft. »Meine Liebe! Meine einzige, wahre Liebe!«

Fast wünschte er, nicht so dicht neben ihr zu stehen, beneidete regelrecht diejenigen, die etwas mehr Abstand hatten; denn sie kamen in den Genuß, ihre ganze hübsche Erscheinung vor Augen zu haben: die Art, in der das Kleid ihre Taille schmeichelnd umfing und dann in eine weich fallende Schleppe auslief, die zarte Stickerei am Saum mit Goldfaden und der Ausschnitt. »Der ist diesmal«, so schwor Susannah, »viel tiefer als alle meine vorigen.«

Dies war das erste gesellschaftliche Ereignis nach der Typhusepidemie, und alle schienen sich mehr als je zuvor zu amüsieren. Als sich mehr oder weniger die ganze Stadt im Roadrunner Saloon versammelt hatte, stellten sich Muriel und Loy Emenhizer auf die unteren Stufen der Treppe zum ersten Stock und baten Reed und Susannah zu sich.

»Ich weiß, daß Ihr, liebe Einwohner von Bluebonnet, meine

große Dankbarkeit teilt dafür, wie selbstlos Dr. Garrett und Susannah sich während der vergangenen Schreckenszeit um uns gekümmert haben. Und ich weiß auch, daß es viele von Ihnen gibt, die so wie auch ich Ihre Anwesenheit hier und heute Dr. Garrett verdanken. Man braucht nicht allzuviel Phantasie, um sich vorzustellen, wie es um diese Stadt jetzt bestellt wäre, wenn uns nicht das Glück einen Mann wie Dr. Garrett beschert hätte.«

Die Anwesenden brachen in Beifall, Pfiffe und »Hört!-Hört!«-Rufe aus.

»Aus diesem Grund möchten Loy und ich unsere Verbundenheit im Namen aller Stadtbewohner von Bluebonnet aussprechen«, fuhr Muriel, an Reed und Susannah gewandt, fort. »Und als Zeichen unserer Anerkennung möchten wir Ihnen gern das hier überreichen.« Sie gab Reed einen Umschlag.

»Na los doch«, ermunterte sie ihn. »Machen Sie ihn auf!«

Reed gab Susannah den Umschlag. Sie öffnete ihn und stellte fest, daß er voller Geld war.

»Tausend Dollar sind nicht viel, wenn man bedenkt, wie viele Menschenleben Sie gerettet haben – aber wir möchten Ihnen gern in dieser Form unsere Reverenz erweisen. Hoffentlich nehmen Sie das Geld an und statten damit Dr. Baileys Praxis Ihren Bedürfnissen gemäß aus, die seine Witwe Ihnen überschrieben hat. Es ist Mrs. Baileys Wunsch, daß Sie die Arbeit fortsetzen, die ihr Mann hier begonnen hat.«

Susannah und Reed waren zutiefst gerührt, aber Muriel ließ sich nicht aus der Ruhe bringen.

»Und jetzt möchte ich zu dem wahren Grund kommen, warum ich Sie alle heute abend hierher eingeladen habe. Jetzt erfolgt eine Ankündigung, die Ihnen eine Träne in die Augen und ein Lächeln auf die Lippen locken wird. Es ist mir eine große Ehre, Ihnen nun verkünden zu dürfen, daß unsere geliebte Susannah Jane Dowell sich einverstanden erklärt hat, die Ehefrau unseres verehrten, bewunderten Dr. Garrett zu werden.«

Allgemeine Rufe, Beifall und Wohlwollensäußerungen wurden laut, während viele der Gäste sich nach vorn drängten, um Reed und Susannah zu gratulieren. Mitten in all die Begeisterung platzte plötzlich ein Schuß.

Der Raum wurde totenstill, als sich die Leute erschrocken umsahen.

Tate Trahern stand auf der Bar. Er schwenkte einen sechsschüssigen Revolver mit ungeschickten, taumelnden Bewegungen über seinem Kopf, und man konnte deutlich erkennen, daß er betrunken war.

Dieser Anblick erweckte in Reed ein unangenehmes Vorgefühl. Eine elende Furcht bemächtigte sich seiner. Tate hatte irgend etwas vor, von dem er wußte, daß es mit ihm zu tun haben würde. Er ballte die Hände zu Fäusten und stand stocksteif da, konzentriert darauf, was gleich geschehen würde, und doch unfähig, es aufzuhalten.

»Ich wollte nur alle auf mich aufmerksam machen«, nuschelte Tate. »Das glückliche Paar soll wissen, wie wichtig es meiner Meinung nach ist, ein gemeinsames Leben ohne Geheimnisse voreinander anzufangen. Nur deshalb sollen alle Bluebonneter erfahren, daß unser neuer Heiliger, Dr. Reed Alexander Garrett, fünf Jahre im Staatsgefängnis von Massachusetts verbracht hat wegen Mordes an seiner Frau und seinem Kind.«

Entsetzt verstummte der ganze Raum. Reeds Inneres schien sich zu Klumpen zusammenzuziehen. Sein Körper wurde von Angst erfüllt, in seinen Händen und Füßen staute sich die Hitze. Während auf einmal alle im Raum durcheinanderriefen, drängte sich eine Vielzahl von Erinnerungen und Gefühlen in seine Gedanken.

Tate feuerte noch einmal seine Pistole ab. »Und falls einer von euch braven Bürgern mir nicht glauben sollte, kann er ja diesen Brief prüfen, den ich von der *Bostoner Post* bekommen habe. Dies ist ein kompletter Bericht nebst Kopien der Artikel, die während seines Prozesses in ihrer Zeitung erschienen sind.«

Reed war starr wie eine Salzsäule. In diesem Augenblick wußte er, daß er seine Vergangenheit niemals abschütteln konnte. Sie würde ihm folgen wie ein bissiger Hund, immer dicht auf den Fersen. Niemals käme für ihn ein normales Leben in Frage. Der Gedanke, Susannah zu verlieren, jetzt, wo er sie gerade gefunden hatte, war ihm unerträglich. Mein Gott, würde diese Last je von ihm genommen werden? Wie oft mußte ein Mann für seine Vergangenheit bezahlen? Er dachte an eine Stelle in der Bibel, wo es hieß, es sei dem Menschen bestimmt, nur einmal zu sterben. Und doch schien ihm jetzt, als ginge er zum zweiten Mal zugrunde. Was für eine Farce, daß er seine fünf Jahre abgesessen hatte, nur um im nachhinein feststellen zu müssen, daß seine Schuld der Gesellschaft gegenüber immer noch nicht getilgt war. Zorn und Verzweiflung schüttelten ihn. Am liebsten hätte er den Kopf in den Nacken gelegt und aufgejault. Er hätte gerne etwas zertrümmert, mit den Fäusten um sich geschlagen, bis er nicht mehr stehen könnte.

Doch er zeigte nichts von dem inneren Aufruhr. Sein Gesicht blieb eine Maske, während er darüber nachdachte, wie er sich jetzt verhalten sollte. Er wandte sich Susannah zu, wußte, daß sie mit wachsendem Grauen zugehört hatte, wie eine Viper namens Tate Trahern ihr Gift verspritzte.

Sie schloß die Augen, und als sie sie öffnete, sah er den Schrecken und den Schmerz darin. Da erkannte er, daß alles verloren war. Ihm wurde klar, daß es nie wieder ein anderes

Leben für ihn geben konnte, er nie wieder irgendwo hingehörte. Susannah war für ihn genausowenig bestimmt, wie er von ihr erwarten konnte, daß sie sein Leben mit ihm verbrachte – auf der Flucht vor seiner Vergangenheit.

Er sah, wie sie dastand, mit einem wilden Gesichtsausdruck um sich schaute, als wäre sie nicht bei Verstand. Sie streckte die Hand aus, als wollte sie ihn berühren, mußte es sich aber wohl anders überlegt haben – denn sie zog die Hand wieder zurück. Reed fürchtete, als nächstes drehe sie sich um und liefe davon. Doch der bewölkte Ausdruck des Zweifels in ihren Augen versetzte ihm gleichsam den Todesstoß. Als sie prüfend sein Gesicht betrachtete, zerriß es ihm das Herz.

Ach, Susannah, nicht du! Von allen kann ich das ertragen, aber nicht von dir. Wende dich jetzt nicht ab von mir, jetzt, wo ich dich am meisten brauche. Du bist die einzige, von der ich erwarten könnte, daß du mir beistehst…

Nichts – nicht der Tod seiner Frau und seines Kindes, nicht die fünf Jahre seines Lebens, die er in einem furchtbaren Kerker verbracht hatte, hatten ihn auf diese bittere Erfahrung vorbereiten können. Sie war die Frau, die er liebte, die er hatte heiraten wollen, und nun stellte sie sich genauso gegen ihn wie Philippa. Sein Leben war nichts als eine Kette von Enttäuschungen. Es sollte ihn nicht derart treffen, daß sie an ihm zweifelte…

Er fühlte sich erschöpft, besiegt, wünschte inbrünstig, das Gericht in Boston hätte ihn damals zum Tode verurteilt. Das wäre wenigstens ein schnelles Ende gewesen, nicht so ein langsamer, qualvoller Tod, der ihn jetzt würgte.

Reed wandte sich ab. Ohne Susannah war ihm alles gleichgültig. Er fragte sich, wie er sich hatte in Sicherheit wiegen können. Arzt durfte er nicht mehr sein, man hatte ihm das genauso genommen wie die fünf Jahre seines Lebens. Es war dumm gewesen zu glauben, er könnte alles wieder zurückbekommen – eine Frau, Familie, Praxis, Respekt.

In dem Moment, als er sich anschickte, fortzugehen, spürte er Susannahs schlanken Arm unter dem seinen und ihre Hand beruhigend auf ihm. Die Geste kam mehr als überraschend für ihn. Sie begann zu reden, und er hob den Blick, um in ihren Zügen nach der Wahrheit zu suchen.

»Was immer Tate da herausgefunden haben will, ist mir nicht neu«, teilte Susannah den Versammelten mit, die Worte kamen nur stoßweise. »Mein zukünftiger Ehemann hat seine Schuld der Gesellschaft gegenüber zweimal abgetragen – einmal in Massachusetts, und noch einmal hier in Bluebonnet, als er sich als Arzt zu erkennen gab, um sich dann aufopfernd für uns alle einzusetzen. Wie Muriel schon sagte, brauche ich nicht aufzuzählen, wie viele Menschenleben er bei uns gerettet hat.«

Während sie sich im Raum umsah, strafte ihr Gesichtsausdruck das Selbstvertrauen ihrer Worte Lügen. Reed war müde. War es müde, zu lügen. Müde, davonzulaufen. Müde, jemand zu sein, der er nicht war. Es schien, als hätte jener einzige Blick von Susannah alles verändert. Es war ihm nicht bestimmt, in dieser Welt Glück zu finden... weder mit ihr noch mit sonst jemandem.

Susannah mochte mit ihren Worten den Eindruck erweckt haben, als halte sie unerschütterlich zu ihm; aber Reed sah in ihren Augen, was in ihrem Herzen vorging. Er hatte sie verloren, und der Schmerz war unerträglich. Es gab keinen Anlaß mehr zu kämpfen. Stumm wandte er sich ab und zog davon.

Der Anblick seines Rückens in der Tür wirkte wie eine Ohrfeige auf sie, die ihr Gutes hatte: Der Nebel lichtete sich über Susannahs Verstand. Ihr wurde klar, daß sie einen schrecklichen Fehler gemacht und dem Mann, den sie liebte, wirklich alles andere als einen Gefallen erwiesen hatte. Sie würde sterben mit der Erinnerung jener Leere und Ferne in Reeds Augen, bevor er ging. Sie spürte deutlich, wie er litt, wie verzweifelt und verlassen er sich fühlte, weil er dachte, sie verloren zu haben.

Verdammt noch mal, Reed, was erwartest du denn? argumentierte sie innerlich. *Ich war schockiert und überrascht. Es ist nicht so, als zweifelte ich wirklich an dir – ich war nur einen Augenblick aus dem Gleichgewicht gebracht. Menschenskind! Hättest du mir nur kurz Zeit gelassen, hättest du es verstanden. Warum bist du fortgegangen? Warum gibst du so leicht auf?*

Reed Garrett hatte womöglich kapituliert, aber nicht so Susannah! Sie hatte etwas, für das es sich zu kämpfen lohnte, und war bereit, notfalls gegen die ganze Stadt anzutreten. Eigentlich hätte Reed ihr schon erzählen müssen, daß er im Gefängnis gewesen war. Sie verstand ja seine Beweggründe; aber wenn sie es gewußt hätte, hätte sie ihn spontaner verteidigen können. Noch einmal blickte sie hinüber zu der Tür, durch die Reed verschwunden war, und wünschte, sie könnte hinter ihm herlaufen und auf die Leute pfeifen. Aber irgend jemand mußte jetzt etwas sagen. Tate durfte in diesem Drama nicht triumphieren.

Sie nahm eine aufrechte Haltung an und wollte gerade anfangen zu sprechen, da erlebte sie die Überraschung des Jahrhunderts.

»Laßt mich durch! Aus dem Weg! Platz da!«

Susannah starrte mit offenem Mund ihre Tante an, die sich durch die Menge drängte und jene, die nicht schnell genug auswichen, mit ihrem Schirm vertrieb.

Als sie vorne angelangt war, stellte sich Dahlia in einer Weise der Menge entgegen, die Susannah nur phantastisch nennen konnte. »Ich schäme mich zu bekennen, daß ich Teil dieser

Gemeinde bin, ein Ort, wo man derartigem Ungeziefer« – mit spitzem Finger deutete sie auf Tate – »durchgehen läßt, den Namen eines gerechten und guten Mannes in den Schmutz zu treten. Niemand befindet sich in diesem Raum, der Dr. Garrett nicht zu Dankbarkeit verpflichtet ist. Darüber solltet ihr mal nachdenken! Was wäre aus euch geworden, wenn er nicht vorgetreten wäre und seine Seele verleugnet hätte, um uns zu helfen? Er hätte uns einfach der Epidemie überlassen können.« Sie drehte sich zu Tate um und schlug ihm mit ihrem Schirm gegen das Schienbein. »Reed hat eine Menge Leute vor dem sicheren Tod bewahrt, einschließlich Ihrer persönlichen Nichtswürdigkeit!«

Jonah trat vor und brachte die aufgeregte Menge zum Schweigen. »Ich glaube, ein Mann verdient die Chance, sich gegen seine Ankläger zu verteidigen. Wenn Reed Garrett im Gefängnis war, hat er, glaube ich, ein Recht, uns das näher zu erklären!«

»Das kann er gar nicht erklären«, krächzte Tate, »weil er ein zu schlechtes Gewissen hat, um zu dem zu stehen, was ihm da passiert ist.«

Dahlia versetzte ihm einen weiteren Schlag. »Sagen Sie nur noch ein einziges Wort gegen Dr. Garrett, und ich wische den Boden mit Ihnen auf, Sie wertloser Schreihals! Ich bin sicher, daß Reed seine Erklärung dafür hat, was geschehen ist; aber ich bin nicht ganz so sicher, ob uns das wirklich etwas angeht oder wir überhaupt das Recht haben, ihn anzuprangern. Er hat sich hier an der Front bewährt, und ich sage, das beste, was wir tun können, ist, sowohl Verzeihung zu üben als auch Gerechtigkeit walten zu lassen.«

Alle begannen zu applaudieren und ihre Zustimmung zu zeigen; aber Susannah wußte, daß diese Sache immer über seinem Kopf schweben, daß irgendwann eine Zeit kommen, wo erst der eine und dann der andere dieser wohlmeinenden Bürger wieder Mißtrauen säen würde. Sie wußte auch, daß die Kinder, die sie eines Tages hätten, womöglich seltsamen Bemerkungen ausgesetzt und ihr Leben ständig von seiner Vergangenheit überschattet wäre. Also hob sie die Hand, um auf sich aufmerksam zu machen, und es wurde still in der Runde.

»Ich danke euch für eure Unterstützung und den Glauben an den Mann, den ich liebe, ebenso wie für euren guten Willen, das Vergangene ruhen zu lassen – aber ich weiß auch, daß Reed kein Mann ist, der Almosen annimmt. Wenn er im Gefängnis war, gab es dafür sicher einen Grund. Ich glaube, er hat unseren Respekt verdient. Es ist Zeit, ihm unser Vertrauen auszusprechen.« Sie warf einen bösen Blick auf Trahern, der vom Bartresen springen wollte, sich verschätzte und der Länge nach zu Boden ging.

Als er aufzustehen versuchte, keifte Dally: »Bleiben Sie nur da unten im Dreck, wo Sie hingehören, Sie Schuft!« und versetzte ihm einen Schlag auf den Kopf. Tate fiel zurück und blieb mit dem Gesicht nach unten liegen.

Susannah war so sehr damit beschäftigt, Dahlia zu bewundern und sich zu fragen, wo diese Frau sich so viele Jahre lang verborgen hatte, daß sie Violette auf den Stufen völlig übersah.

Als der Tumult plötzlich verstummte, wandte sich auch Susannah in die Richtung, in die alle schauten. Da stand Violette, die Hand hoch erhoben.

In höchster Verblüffung hörte Susannah Violette berichten, was zur Zeit der Geburt seines Kindes in Reed Garretts Leben ablief. Es war keine Frau im Raum, der nicht Tränen in die Augen traten, angesichts dieser Tragödie: wie Reeds Frau sich von ihrem Mann abgewandt hatte zugunsten ihres Vaters und wie diese tragische Entscheidung sowohl sie selbst als auch ihrer beider Kind das Leben kostete.

»Doch das ist noch nicht alles. Reed Garretts Schwiegervater, Dr. Adam Copley, litt natürlich sehr unter dem Verlust seiner Tochter und seines Enkels, aber damit ließ er es nicht bewenden. Da Dr. Garrett die neuesten Methoden angewandt hatte, die Dr. Semmelweis in Österreich-Ungarn entwickelt hatte, wurde er der Magie bezichtigt, und man warf ihm vor, Methoden angewandt zu haben, die das Leben der Gattin und seines Kindes gefährden mußten. Zwei Wochen später wurde er des Mordes angeklagt.«

Die Menge im Raum ächzte.

»Dr. Adam Copley wollte ihm an den Kragen – doch auch heute noch verteidigt Reed ihn, es wäre eine Wirkung seines Kummers gewesen, die ihn zum Wüterich machte. Natürlich glaubte Reed, der alte Mann würde wieder zu Verstand kommen. Selbst als sein eigener Vater ihn zu warnen versuchte, und erklärte, sein ehemaliger Schwiegervater würde nicht ruhen, bis er ihn vernichtet hätte, achtete Reed nicht weiter darauf. Er wies die Hilfsangebote seines Vaters zurück, selbst den Vorschlag, wenigstens den besten Anwalt zu nehmen, den es in Boston gab.«

Violette hielt kurz inne und sandte bohrende Blicke aus. »Waren Sie je so voller Kummer, daß es Sie nicht mehr scherte, was weiter mit Ihnen geschehen würde?«

Nach den vielen Todesfällen der letzten Zeit gab es keinen, der diese Frage nicht verstand und zustimmend nickte.

»Natürlich war Dr. Garrett wie erstarrt. Als man ihn zum ersten Mal vor den Richter brachte, um die Anschuldigungen gegen ihn zu hören, war sein Leiden noch so groß, daß er nicht einmal versuchte, sich zu verteidigen. Seine Familie tat alles, um ihm verständlich zu machen, wie wichtig es wäre, sich zu fassen und zu sich zu kommen; aber er lehnte es sogar ab, daß sie überhaupt einen Anwalt für ihn bemühten. Auch als das Verfahren schon längere Zeit lief, hatte er den Tod seiner Frau nicht überwunden. Er unternahm nicht das geringste, um sich zu wehren. Es mußte erst zu einer heftigen Auseinandersetzung zwischen ihm und seinem Vater kommen, bevor er endlich begriff, was mit ihm geschah... und noch weiter geschehen konnte. Aber da war es schon zu spät.«

Abermals hielt sie inne und schaute hinüber zu Tate, dessen Kopf immer noch von Dahlias Schirmspitze niedergehalten wurde. »Sie haben gehört, wie Tate einen Artikel aus der *Bostoner Post* erwähnte. Nun, es war fast am Ende einer Angelegenheit, die die *Bostoner Post* ›das längste und berüchtigste Verfahren des Jahrhunderts‹ nannte, als Reed seinen Verlust ansatzweise verkraftet hatte und versuchte, den Fall genau aufzurollen. Er erklärte, daß die Infektion, die seine Frau getötet hatte, von ihrem Vater und nicht von ihm ausgelöst worden war.«

Grimmig sah sie sich im Raum um.

»Sie können sich nicht vorstellen, wie schockiert das Gericht war. Man glaubte ihm nicht. Auch nicht, als er erklärte, daß Dr. Copley Medizinstudenten in Harvard unterrichtete und an jenem Tag direkt von einer Autopsie an das Bett seiner Tochter geeilt war, um sie zu entbinden – ohne sich die Hände zu desinfizieren. Wegen Dr. Copleys Ruf und des Ansehens, das er in der Stadt und der Medizinischen Fakultät von Harvard genoß, glaubte man Dr. Garrett nicht. Selbst als sein Vater einen bekannten Verteidiger einsetzte, der zahlreiche wohlbekannte Männer als Sachverständige aufrief, die die Glaubwürdigkeit von Dr. Semmelweis' bahnbrechender Arbeit bestätigten, hörte niemand mehr zu. Längst hatte eine Vorverurteilung stattgefunden.«

Violette kam von den Stufen herunter und schritt langsam durch den Raum. »Sie fragen wahrscheinlich, wie man nur so dumm sein kann. Nun, Sie müssen verstehen, daß selbst nachdem in Europa das Prinzip der Antisepsis schon anerkannt war, amerikanische Chirurgenjournale immer noch mit der Glaubwürdigkeit dieser neuen Erregertheorie haderten. Es gab Wissenschaft auf der einen und Dummheit auf der anderen Seite. Amerikanische Ärzte glaubten, daß die Ergebnisse aus den Labors möglicherweise von ausländischen Interessen gelenkt waren. Als Lister nach Amerika kam, um vor der Medizinischen Kommission von Philadelphia seinen dreistündigen Vortrag zu halten, schrieb das *Bostoner Medizinische und Chirurgische Journal* mehr über seine Persönlichkeit und sein ruppiges Auftreten als über seine neue Botschaft.« Sie blieb stehen und sah die Leute eindringlich an. »Meine Freunde, Reed Garrett hatte keine Chance!«

Wieder begann sie herumzustapfen. »Um das zu verstehen, muß man natürlich bedenken, daß Adam Copley ein mächtiger und anerkannter Arzt war. Aus Zuneigung und Respekt vor ihm konnte die juristische und medizinische Gesellschaft von Boston Reed eigentlich kaum Glauben schenken. Das stand zusammen mit der Tatsache, daß er so lange gezögert hatte, sich zu verteidigen, gegen ihn.«

»Sie wollen doch wohl nicht behaupten, daß sie ihn für schuldig befunden haben?« hakte jemand nach.

»Doch, so war es aber.«

»Was geschah? Was wurde entschieden?« erkundigte sich Loy Emenhizer eilig.

»Das Gericht entschied einstimmig, daß Dr. Reed Garrett fünf Jahre Gefängnisstrafe abzusitzen habe dafür, daß er am Tod seiner Frau und seines Kindes mitverantwortlich gewesen war.« Susannah bemerkte, daß Violette sich die größte Mühe gab, nicht zynisch zu klingen – was ihr unwahrscheinlich schwerfiel.

»Wissen Sie, es ist seltsam, aber selbst als Reed mir damals seine Geschichte erzählte, sagte er noch, er habe wenig Reaktion gezeigt, als man ihm das Urteil verkündete. Was ihn betraf, hatte sein Leben mit demjenigen seiner Frau und seines Kindes aufgehört. Er dachte sich unwillkürlich, noch mehr Schmerzen, als er sowieso schon empfand, könne ihm nichts mehr zufügen.«

»Was geschah, nachdem er das Gefängnis verlassen hatte?« fragte Sheriff Carter.

»Er ging nach Hause … zurück nach Boston. Dort versuchte er, sich wieder einzugliedern, aber seine Vergangenheit stand ihm immer im Weg, kam ihm grundsätzlich zuvor. Ungefähr nach einem Jahr wurde ihm klar, daß auch seine Angehörigen darunter litten. Er konnte einfach nicht zusehen, was seine Mutter und sein Vater jeden Tag durchmachten. Deswegen verließ er Boston und die Medizin für immer!«

Violette war mit ihrem Bericht am Ende. Susannah schlug das Herz im Hals, während sie wartete, wie die Leute von Bluebonnet reagieren würden.

Alle im Raum begannen zu klatschen und sich nach vorn zu drängen, umringten Violette und Susannah und wünschten ihr eine lange, glückliche Ehe. Die Nichte warf einen Blick auf den am Boden liegenden Tate, den Tante Dahlia mit dem Schirm in Schach hielt. »Wenn überhaupt jemand in dieser Stadt verdient, bestraft und vertrieben zu werden, dann ist es so ein Subjekt«, bellte sie und deutete auf Tate.

»Sperren Sie ihn ein, Sheriff!«

»Jagen Sie ihn davon!«

»Unsere Stadt ist nicht groß genug für einen guten Mann wie Dr. Garrett und solche Lumpen wie Trahern!«

Während die Leute ihren Ärger dort zum Ausdruck brachten, wo er wirklich hingehörte, nämlich in Richtung Tate Trahern, huschte Susannah hinaus.

Sie hastete nach Hause und wünschte nur, sie würde nicht zu spät kommen; denn sie wußte, daß Reed vorhatte, fortzugehen, wieder vor seiner Vergangenheit wegzulaufen, wie er es auch getan hatte, als er in ihrer aller Leben getreten war.

Als sie Reeds Unterkunft mit Hilfe eines geliehenen Pferdes erreichte, kam er ihr gerade entgegen, die Satteltaschen bereits geschultert. »Gehst du irgendwo hin?«

Er sah sie nicht an, sondern marschierte einfach weiter. »Könnte man so sagen.«

Sie stellte sich ihm in den Weg. »Aber du hast mich gebeten, dich zu heiraten, schon vergessen?«

»Nein, aber du scheinbar.«

»Reed, es tut mir leid. Du darfst nicht glauben, ich würde an dir zweifeln oder hätte kein Vertrauen mehr. Du mußt verstehen, daß ich schockiert war … erschüttert. Ich konnte meiner Überraschung kaum Herr werden. Mit ein wenig mehr Geduld hättest du das feststellen können.«

»Tja, dann werde ich es ja wohl nie erfahren, oder?« Er wollte um sie herumgehen, und Susannah spürte, wie plötzlich Verzweiflung und Ärger sie packten. Sie konnte ihn nicht gehen lassen, unter gar keinen Umständen.

Gehetzt sah sie sich um. Ihr Blick fiel auf einen Holzprügel. Ohne weiter nachzudenken, schnappte sie ihn sich und schlug ihn Reed über den Kopf. Sie traute ihren Augen nicht, als er dann langsam nach vorn kippte. Auf der Stelle ließ sie den Prügel fallen, als glühte er, und starrte entgeistert hinunter auf ihren Geliebten, der jetzt reglos zu ihren Füßen lag.

Voller Entsetzen hoffte sie, daß sie nicht zu fest zugeschlagen hatte. Während sie mit ihrem Schrecken rang, trafen ihre Tanten ein, und der Wagen blieb ein paar Meter weiter stehen.

»Was ist denn hier los?« fragte Violette, als sie näher kam und Reeds hingestreckte Gestalt erblickte.

»Ich glaube, ich habe ihn niedergeschlagen.«

»Das sehe ich. Aber was ist passiert, daß du zu solchen Maßnahmen greifen mußtest? Du warst doch sonst immer von der friedlicheren Art.«

»Stille Wasser sind eben tief.«

Violette lächelte. »Das habe ich auch schon mal gehört.«

»Er wollte absolut nicht vernünftig sein, Tante Vi, sondern wollte weggehen. Ich wußte nicht, was ich tun sollte. Einfach verschwinden – das geht doch nicht!« Susannah ließ sich neben Reed auf den Boden sinken. Sie drehte ihn um, bis sein Kopf in ihrem Schoß lag. »Glaubt ihr, ich habe ihn umgebracht?«

»Nein, aber das wäre dir vielleicht lieber, wenn er später mit brüllenden Kopfschmerzen aufwacht.«

»Sollen wir dir helfen?« bot Dahlia an. »Wir könnten ihn hineintragen und in sein Bett bringen...«

»O danke, das machen wir«, griff Susannah die Idee gerne auf.

Die drei schafften es, Reed in seine Unterkunft zu zerren. Ins Bett hieven konnten sie ihn allerdings nicht, also machten sie ein Lager auf dem Boden und rollten ihn darauf. »Bin gleich wieder da«, verhieß Susannah.

Kurz darauf kam sie mit einem Stück Seil wieder.

»Was hast du denn damit vor?« fragte Dally. »Ihn aufknüpfen?«

»Ach was, nur fesseln!«

Dahlias Augen blinkten vor Vergnügen. »Ja, und laß ihn gefesselt, bis er wieder zu sich kommt.«

Als Reeds Füße und Hände sicher zusammengebunden waren, zogen Dahlia und Violette sich ins Haupthaus zurück, aber Susannah blieb bei ihm.

Sie saß neben ihm, als er etwas später zu sich kam.

»Was ist passiert?«

»Ich habe dich niedergehauen...«

»Womit?« Für einen Moment schloß er die Augen, als versuche er, einen scharfen Schmerz zu verkraften.

»Mit einem Holzprügel.«

»Warum?«

»Es war unvermeidlich. Reed, du hast dich dumm und bokkig benommen. Ich konnte dich doch nicht einfach fortgehen lassen.«

Er schaute auf das Seil, mit dem er gefesselt war. »Wie lange hast du vor, mich gefangen zu halten?«

»So lange es nötig ist«, gab sie Auskunft und ließ ihre Stimme so entschlossen wie möglich klingen. »Jetzt bin ich schon so weit gegangen, daß ich die Sache geradesogut zu Ende bringen kann.«

»Und wenn ich dumm und bockig bleibe? Was tust du dann? Willst du mich so hierbehalten, bis ich ein Nöckergreis bin?«

Sie rang die Hände. »Oder dich wieder fliehen lassen?«

»Binde mich los, dann sage ich es dir.«

Sie runzelte die Stirn. »Ich traue dir nicht weiter als bis zum Zaun, Reed Garrett.«

»Ha! Du verlangst von mir, daß ich dich verstehe und dir vertraue – aber auf mich willst du dich nicht verlassen?«

»Manchmal hasse ich es, eine Frau zu sein. Warum müssen wir immer verlieren? Ich bin das unendlich leid! Ab und zu sollte man uns zugestehen, auch mal zu gewinnen.«

»Dann tue etwas dafür.«

»Zum Beispiel?«

»Binde mich los, damit ich's dir zeigen kann.«

»Schon wieder dasselbe, wie?«

»Susannah...«

»Es tut mir leid, daß du nicht in der Stadt geblieben bist. Du wärest wirklich stolz auf Dally gewesen!«

Überraschung malte sich auf seinen Zügen, schließlich fragte er: »Also gut, was hat sie gemacht?«

»Sie hat sich mit ihrem Schirm auf Tate Trahern gestürzt. Als ich ihn zuletzt sah, lag er mit dem Gesicht nach unten platt auf dem Boden.«

Reed kicherte bei dieser Bemerkung.

»Tante Vi hat ihnen alles berichtet.«

»Wem?«

»Den Leuten aus der Stadt. Sie hat ihnen erklärt, warum du ins Gefängnis gekommen bist und wie...«

»Das hat sie ihnen erzählt?«

»Genau.«

»Bist du mir böse, daß ich es Violette anvertraut habe und nicht dir?«

»War ich zuerst – aber jetzt kann ich verstehen, warum du so vorgegangen bist.«

»Nämlich?«

»Weil du mich liebst und mir die schmerzlichen Einzelheiten ersparen wolltest.« Sie hielt einen Augenblick inne. »Es könnte natürlich auch sein, daß du Angst hattest, mich vielleicht zu verlieren.« Wieder schwieg sie. »Andererseits wäre es auch möglich, daß du...«

»Susannah, Liebste, kannst du nicht endlich still sein und mich losbinden?«

»Warum? Damit du dich endgültig absetzt?«

»Damit ich dir in gebührender Form mitteilen kann, wie sehr ich dich liebe.«

»Warum hast du das nicht gleich gesagt?« Sie band seine Füße los, dann seine Hände und stand auf, wobei sie die Hände in die Hüften stemmte. »Bitte! Sprich!«

Er lachte, rappelte sich hoch, legte seine Arme um sie und küßte sie sanft auf den Mund. Als er sich zurückzog und hinunterschaute in ihr Gesicht, schüttelte er den Kopf und sagte: »Und für so was habe ich eine einwandfreie Rippe geopfert!«

Susannah und Reed verwandten das Geschenk ihres Hochzeitsgeldes dazu, Dr. Baileys Praxis zu erneuern und eine kleine Farm zu kaufen, die an Violettes Land angrenzte. Es gab ein Gebäude dort, das allerdings halb zusammengestürzt war; also verbrachten sie ihre ganze freie Zeit damit, ihr künftiges Heim in Ordnung zu bringen.

Eine Woche vor ihrer Hochzeit war das Haus schließlich fertig, und Susannah nahm ihre Tanten mit hinüber, um sich bei den letzten Arbeiten helfen zu lassen wie dem Aufhängen der Vorhänge an den neuverglasten Fenstern. Anschließend schleppten Susannah und Reed ihre Kleider hinüber. Am gleichen Abend erklärte Reed, er werde in der Scheune schlafen, um alles im Auge zu behalten.

»Du kannst nicht in der Scheune schlafen«, wandte Susannah ein. »Das ist lächerlich. Schlaf doch im Haus. Das Bett ist bezogen und alles fertig.«

»Liebste, ich komme wirklich nicht im Traum auf die Idee, ohne dich unser Haus oder Bett einzuweihen. Ich bleibe in der Scheune, bis wir verheiratet sind, und danach werden mich keine zehn Pferde mehr von deiner Seite bringen.«

»Ich wünschte, deine Eltern könnten zu unserer Hochzeit kommen.«

»Das wäre wirklich schön, aber mein Vater ist einer solchen Reise nicht gewachsen. Mutter hat Angst, daß sie zu anstrengend für ihn sein könnte.«

»Glaubst du, wir reisen später einmal nach Boston und besuchen sie?«

»Warum denn nicht? Nichts würde ich lieber tun, als meine schöne Frau herumzuzeigen. Übrigens werden dich meine Eltern anbeten.«

»Und ich weiß, daß ich sie lieben werde.«

»Woher weißt du das?«

Sie stellte sich auf die Zehenspitzen und legte ihm die Arme um den Hals. »Weil sie dich erzogen und dazu beigetragen haben, daß du bist, wer du bist; also bin ich ihnen dankbar für deine *guten* Eigenschaften.«

»Und meine schlechten?«

»Für die bist du leider selbst verantwortlich!«

»Ich liebe dich. Weißt du das?«

»Ja, und falls es dich interessiert: Die Sympathie ist ganz meinerseits.«

In der ersten Methodistenkirche wurden sie von Reverend Pettigrew getraut, der der Gemeinde verkündete: »Ich glaube, es ist nur recht und billig, daß diese beiden genau in dem Gotteshaus in den heiligen Stand der Ehe treten, wo sie sich unermüdlich eingesetzt haben, Menschenleben zu retten. Und wenn sie hier begannen, einander zu lieben, wird dieser Ort dadurch noch mehr geehrt. So ist es mir eine besonders große Freude, die beiden heute zu Mann und Frau zu erklären.«

»Tja, lange genug brauchte er immerhin, bis er endlich zugeschlagen hat«, sagte Dahlia zu Violette in etwas zu lautem Flüstern. Die ganze Gemeinde brach in fröhliches Gelächter aus. Und warum auch nicht? Lachen war kein schlechter Anfang für eine Ehe.

Die Neuvermählten richteten sich in ihrer Bauernkate ein, und, ganz wie er angekündigt hatte, verbrachte Reed keine einzige Nacht mehr in der Scheune. In der ganzen Stadt sprach man darüber, wie glücklich die beiden wirkten; doch keiner ahnte, daß ihr junges Glück nicht von langer Dauer sein sollte.

22

Zwei Monate nach ihrer Hochzeit begann Susannah, sich ein wenig Sorgen zu machen. Irgend etwas stimmte nicht und brachte sie auf die Idee, sich zu fragen, ob es Reed womöglich leid tat, sie zur Frau genommen zu haben. Sie wußte nicht genau, wo eigentlich das Problem lag, aber irgend etwas machte Reed Sorgen – etwas, das ihn unruhig und distanziert wirken ließ, immer wenn sie sich liebten.

An diesem besonders schönen Morgen, als das Wetter klar und überraschend warm war, winkte Susannah Reed, als er nach dem Frühstück in die Stadt fuhr. Dann begab sie sich daran, das Haus sauberzumachen und alles in beste Ordnung zu bringen.

Während sie sich mit dem Staubwedel über die Möbel im Wohnzimmer hermachte, ging ihr alles mögliche durch den Kopf. *Vielleicht tut es Reed leid, daß er mich geheiratet hat. Oder er findet mich nicht mehr begehrenswert. Womöglich mag er nicht mehr mit mir ins Bett gehen. Oder er kann nicht mehr so recht. Das letzte Mal ist schon so lange her, am Ende hat er vergessen, wie es geht.*

Sie schüttelte den Kopf und klatschte den Staubwedel an die Lampe. Nein, nichts davon konnte wirklich das Problem sein. Oder Reed war einfach furchtbar müde, wenn er abends nach Hause kam und hatte deswegen keine Lust mehr auf sie. Das brachte sie auf eine Idee.

Es war schon fast die Zeit, zu der er immer zum Mittagessen

nach Hause kam. Vielleicht, wenn sie sich früher am Tag liebten – zum Beispiel nach dem Mittagessen –, gelänge es besser.

Gelingen oder nicht, als Susannah den Tisch deckte, beschloß sie, einen Versuch zu wagen.

Sie kochte Reeds Lieblingsessen, gebratenes Huhn, und gönnte ihm eine große Portion Kohlspitzen und Kartoffelbrei. Ihr Sauerteigbrot kam heiß aus dem Ofen, und die Butter war die frischeste, die Pfingstrose anzubieten hatte.

Reed aß, als hätte er seit einer Woche gehungert. Als er den Stuhl vom Tisch schob, sich den Bauch rieb und ächzte, setzte sich ihm Susannah auf den Schoß und küßte seinen Mund. »Soviel hast du auch wieder nicht gegessen, Reed Garrett, hör auf zu stöhnen.«

Er küßte sie auf die Nase. »Ich werde auf die Dauer noch fett wie Miss Lavendel, wenn du nicht aufpaßt. Warum fütterst du mich so gut? Wenn du so weitermachst, wirst du mich kaum noch aus der Küche kriegen.«

»Du weißt doch, daß man sagt, der Weg zum Herzen eines Mannes führt durch seinen Magen.«

Er gab ihr einen langen, ausgiebigen Kuß. »Sagt man das?«

»Ja. Und weißt du, was man sagt, wo sich der beste Weg zum Herzen einer Frau befindet?«

»Nein, wo ist denn der beste Weg zum Herzen einer Frau?«

Susannah stand auf und zog ihn hoch. »Man muß versuchen, sie aus der Küche zu kriegen.« Sie führte den lachenden Reed hinaus ins Schlafzimmer.

Während Susannah begann, ihn aus den Kleidern zu schälen, schnurrte er: »Und wie nennt man das hier?«

»Nachtisch.« Sie war fertig mit seinen Kleidern, schubste ihn ins Bett, zog sich selbst aus und legte sich zu ihm. Dann rollte sie sich über ihn und küßte ihn innig. »Ich habe beschlossen, die Sache selbst in die Hand zu nehmen«, begann sie. »Und ich empfehle dir, ja nicht zu versuchen, dich mir zu widersetzen.«

»So gemein würde ich nie sein.«

Sie setzte sich auf ihn, und er fuhr zusammen.

»Liebste, ich glaube, mit einem derart vollen Magen sollte doch besser ich die Initiative ergreifen.« Er rollte herum und bettete sie unter sich. Susannah widersprach ihm nicht, sondern hieß ihn willkommen, als er sich sehnsüchtig an sie drückte. Einen Augenblick später spürte sie, wie er in sie eindrang, und dann dachte sie an nichts mehr, außer daran, daß sie jedesmal wieder aufs neue hingerissen war wie beim ersten Mal.

Sie bewegte sich mit ihm, spürte, daß er kurz davor war, die Kontrolle zu verlieren, betete, daß es diesmal anders werden würde und er sich nicht zurückziehen und seinen Samen auf ihren Bauch ergießen würde.

Sie wollte ein Kind. Sein Kind. Ihrer beider Kind.

Die Traurigkeit, die sie empfand, mußte er wahrgenommen haben, denn er fragte. »Susannah? Meine Liebste, was ist denn?«

»Ach, Reed«, sagte sie und schlug ihm heftig die Arme um den Hals.

»Hast du etwas auf dem Herzen, Liebes?«

»Ich weiß jetzt. Gerade habe ich es verstanden.« Sie spürte, wie bei jedem Wort noch mehr Tränen in ihre Augen stiegen. Gleich würde sie sie überhaupt nicht mehr zurückhalten können, und bei Lichte besehen wollte sie das auch gar nicht.

»Was weißt du? Was hast du verstanden, das dich so traurig macht?«

»Ich weiß, was du denkst – auch wenn du glaubst, ich wüßte es nicht. Es ist mir jetzt endlich aufgegangen, wirklich.«

»Was denn? Sag's mir, Susannah, bitte!«

»Du möchtest nicht, daß ich ein Baby bekomme, weil du das Gefühl hast, niemals das eine ersetzen zu können, das du verloren hast – weil ich dir kein Kind schenken könnte, das du wirklich liebst. Ist es, weil du deine erste Frau so sehr geliebt hast oder wegen meiner Vergangenheit?«

Zuerst machte er ein ratloses Gesicht, doch dann begannen seine Augen erleichtert zu glitzern.

Susannah konnte seine Heiterkeit allerdings nicht ganz nachvollziehen. *Wenn er jetzt lacht, erwürge ich ihn!*

»Ach, meine Liebste, es ist keiner von den beiden Gründen, glaub mir.« Er küßte ihr Gesicht, ihren Hals, ihre Augen. »Ich liebe dich, Susannah. Nur dich. Alles andere liegt hinter uns. Du bist meine Gegenwart, meine Wirklichkeit, mein Leben. Du bist alles, woran ich denke, alles, was ich will.«

»Warum ziehst du dich dann immer zurück, bevor wir uns wirklich vereinigen? Was stimmt nicht mit mir?«

Er stieß einen langen, schweren Seufzer aus. »Es hat überhaupt nichts mit dir zu tun, Susannah. Nur mit mir.«

»Aber was ist es denn?«

»Ich habe Angst.«

»Angst? Wovor?«

»Ich habe schon einmal eine Frau im Kindbett verloren. Dich zu verlieren könnte ich nicht ertragen. Niemals will ich das riskieren! Nicht einmal für Kinder. Du bist mein Leben. Ohne dich könnte ich nicht weitermachen.«

Susannah fing wieder an zu weinen. »Ach Reed, du wirst mich nicht verlieren, denn ich werde mich nicht gegen dich entscheiden so wie Philippa. Ich will, daß du unser Kind entbindest… alle unsere Kleinen; und für mich wird was immer du jeweils entscheidest, Gültigkeit haben. Ich vertraue dir.«

»Eigentlich habe ich dich nicht verdient«, sagte er und küßte sie noch einmal. »Und du verdienst nicht, daß ich dich so grausam behandle.«

»Richtig, aber das ist wieder ein anderes Thema, und ich würde lieber noch bei diesem bleiben.«

Sie kümmerte sich nicht darum, daß er ganz schlaff war vor Lachen und boxte ihn in den Bauch. »Du verdienst dann nämlich die Grausamkeit, die ich dir antun werde, wenn du diesmal wieder aufhörst, bevor wir fertig sind. Die Stunde der Wahrheit ist gekommen, Reed.«

Reed lachte so heftig, daß Susannah sich fragte, ob er überhaupt in der Lage sein würde, seine ehelichen Pflichten fortzusetzen. Aber sie hätte sich keine Sorgen zu machen brauchen. Diesmal erfuhr sie einmal mehr, daß ihr Mann niemals Dinge unvollendet ließ, die er einmal begonnen hatte. Und diesmal blieb Reed bei ihr, als sie sich liebten. Als er schließlich in ihr kam, wußte Susannah irgendwie, daß er ihr die größte aller Freuden geschenkt hatte: ein Baby.

»Das ist ungerecht«, beschwerte Susannah sich.

»Was ist ungerecht?«

»Daß du es schon vor mir weißt.«

»Das Wichtigste ist nicht, wer es zuerst wußte, sondern daß wir Nachwuchs erwarten.«

Als sie diese Worte hörte, drückten ihr ein Dutzend verschiedene Gefühle die Kehle zu. Was sie allerdings am heftigsten empfand, war das Bedauern, daß ihre Mutter nicht dasein konnte, um ihr Glück mitzuerleben. Als sie Reed erzählte, was sie fühlte, legte er seine Arme um sie. »Ich glaube irgendwie, daß sie es doch weiß«, tröstete er sie.

»Meinst du wirklich?«

»Glaub mir, sie weiß es.«

Und plötzlich erkannte Susannah, daß Reed recht hatte.

Sie setzte sich mit einem zufriedenen Seufzen in ihrem Sessel zurück und dachte an ihre Mutter. Wie eine Schlange, die ihre Haut abstreift und in neuem Gewand herausschlüpft, wurde sie ein neues Wesen. Sie öffnete ihr Herz der Frau, die vor ihr dagewesen war, und staunte über die Kraft der Heilung.

Als ihm klar wurde, daß Susannah ein Kind unter dem Herzen trug, jubelte Reed vor Begeisterung; aber in derselben Nacht, als die Träume von Philippa und ihrem toten Baby zurückkamen und ihn verfolgten, wachte er in kalten Schweiß gebadet auf. So sehr er sich auch bemühte, er wurde der Erinnerung an das, was geschehen war, einfach nicht Herr. Er konnte den Augenblick nicht vergessen, das leblose Gesicht seiner ersten Frau, das Gewicht seines totgeborenen Sohnes, den er nur einmal an sich gedrückt hatte. Die Träume nahmen ihren Lauf.

Susannah hielt ihn in den Armen, wenn er aus so einem Horror erwachte, bis er wieder einschlafen konnte. Jetzt war sie die Stärkere, doch selbst sie konnte nicht ganz die vergangenen Schrecken vertreiben.

Eines Nachmittags, nachdem Reed mit seinen Patienten fertig war, ritt er bei Buck & Smith's vorbei, um seine Post abzuholen. Mr. Truesdale händigte ihm ein paar Briefe aus und sagte: »Warten Sie einen Moment, Reed. Ich glaube, ich habe hinten noch ein Päckchen, daß ich letzte Woche vergaß, Ihnen zu geben.«

Reed nahm das Päckchen mit nach Hause und öffnete es. Als er sah, daß es von Dr. Ledbetter aus Boston kam, fiel ihm wieder ein, daß er damals im Gespräch mit Violette über Susannahs Mutter einen langen Brief an seinen Vater geschrieben hatte. Seitdem war so viel geschehen, daß es ihm völlig entfallen war.

In dem Päckchen fand er die persönliche Habe von Captain J. D. Carpenter – eine Bibel, ein paar Militärmedaillen und einige alte Briefe. Dabei lag auch ein Schreiben von Dr. Ledbetter.

Lieber Reed,
Stell Dir meine Überraschung vor, als ich Deinen Brief bekam! Sie nahm noch zu, als ich von Deiner Nachfrage nach Captain Carpenter erfuhr. Obwohl der Krieg ja jetzt schon eine ganze Weile vorüber ist, bin ich froh, Dir berichten zu können, daß ich mich an Captain Carpenter selbstverständlich noch sehr lebhaft erinnere.

Ich habe Dir seine persönliche Habe, die man zum Zeitpunkt seines Todes bei ihm fand, mit in dieses Päckchen gelegt. Kurz bevor er starb, bat er mich darum, dafür zu sorgen, daß seine Sachen seiner Frau geschickt würden. Ich kann Dir gar nicht sagen, wie froh ich bin, sie Dir jetzt übermitteln zu können und damit endlich mein Versprechen zu erfüllen. Nach so vielen Jahren, in denen ich immer ohne Antwort an Captain Carpenters Frau Rachel geschrieben hatte, befürchtete ich längst das Schlimmste. Während des Krieges hatte ich keinen Moment die Zeit – und nahm sie mir auch nicht –, soviel Interesse für das persönliche Schicksal eines einzelnen Soldaten aufzubringen, und schon gar nicht für einen Angehörigen der feindlichen Armee. Doch Captain Carpenter rettete mir das Leben und verlor dabei sein eigenes. Nach seinem Tod hatte ich das Gefühl, es seiner Familie schuldig zu sein, daß ich mich um seine persönliche Habe weitmöglichst kümmerte. Selbst als ich nichts von seiner Frau hörte, wollte ich Captain Carpenters Sachen nicht einfach verschwinden lassen, und so habe ich sie während all der Wirrnisse bei mir behalten und nach Kriegsende mit nach Boston genommen. Allerdings muß ich gestehen, daß ich sie mittlerweile vergessen hatte, bis Dein Brief kam.

Captain Carpenter wurde von einer Kugel getroffen, die mir zugedacht gewesen war. Er starb an Wundbrand, weil sich alles infizierte. Während er im Lazarett lag, hatten wir Gelegenheit, recht gute Freunde zu werden. Als J. D. merkte, daß er sterben würde, erzählte er mir alles über seine junge Frau und das Kind, das sie erwarteten. Er erzählte mir auch von seiner Angst um ihre Sicherheit, denn er wußte, daß, falls ihm etwas zustieße, sein jüngerer Bruder, »ein gieriger Schuft namens Warren«, vor nichts zurückschrecken würde, um sich die Plantage der Familie und das große Erbe, das dazugehörte, anzueignen. Die Schwierigkeit bestand darin, daß seine Frau und sein Kind seine gesetzlichen Erben waren und sie Warren natürlich im Weg stehen würden bei seinen Machenschaften.

Captain Carpenter erzählte mir, er stamme aus einer reichen Familie in Mississippi. Für den Fall des Todes seiner Eltern war er zum Alleinerben eingesetzt worden, weil sein Vater seinen Bruder offensichtlich für unfähig hielt. Warren focht wohl das Testament an, als die Eltern starben, wurde aber vor Gericht zurückgewiesen. Einige Zeit später machte J. D. selbst ein Testament, in dem er gegebenenfalls alles seiner Frau und seinem ungeborenen Erben hinterließ, dann ging er in den Krieg. Kurz vor seiner Abreise gab es mit seinem Bruder eine heftige Auseinandersetzung dahingehend, daß Warren eines Tages die Plantage bekommen würde, und sollte er dafür die ganze Familie ausrotten müssen! Immer wieder brachte J. D. die Sorge zum Ausdruck, daß sein Bruder wirklich zu allem fähig sei.

Ich hoffe inständig, daß es Dir irgendwie von Nutzen ist und Dir bei deinen Nachforschungen hilft, was ich hier notiere. Deine Familie besuche ich oft und habe durch sie immer wieder Neuigkeiten über Dich erfahren. Du wirst dich sicher freuen zu hören, daß die Einstellung der Bostoner Mediziner sich zu wandeln beginnt. Immer mehr allseits geschätzte Ärzte vertreten jetzt dieselben Ansichten wie Du und Oliver Wendell Holmes seinerzeit. Ich glaube, daß es nur noch eine Frage der Zeit ist, bis Du wieder nach Boston zurückkehren kannst und zu dem vielversprechenden Leben, das Du vor jener Tragödie begonnen hattest.

Hoffentlich trifft Dich dieser Brief bei guter Gesundheit an, und ich bin, wie immer, Dein Freund

John Ledbetter.

Reed legte den Brief weg und nahm die Bibel zur Hand.

Er öffnete sie und blätterte nach der Seite, auf der die Familienereignisse eingetragen wurden. Dort fand er die Bestätigung der Heirat von Rachel Jane Bradford mit James Dowell Carpenter.

Dowell... Jetzt wurde ihm klar, woher Susannahs Mutter den Namen hatte, den sie an ihre Tochter weitergab.

Reed schloß die Bibel und sah sich Rachels Briefe an ihren Mann an. Drei davon las er flüchtig und fand darin nur das Übliche, was eine Frau ihrem Mann in die Ferne zu schreiben pflegte. Doch der vierte war bedeutsamer, denn in ihm verkündete Rachel ihrem Mann, daß sie sein Kind erwartete.

Reed sah nach dem Datum auf dem Brief und verglich es mit dem von Susannahs Geburt. Es gab keinen Zweifel: Susannah war die legitime Tochter von James Dowell Carpenter. Außerdem wurde ihm jetzt klar, daß Rachel wohl aus Sorge um ihre und ihres ungeborenen Kindes Sicherheit nach New Orleans geflüchtet war.

Nachdem Reed Dr. Ledbetters Brief noch einmal überprüft hatte, machte er sich auf den Weg, Susannah zu suchen. Sie saß im Wohnzimmer und stickte an einem Tuch für das Kinderzimmer.

»Liebes, ich habe hier etwas, das du dir unbedingt ansehen solltest.«

Sie schaute auf. »Was denn?«

Er setzte sich neben sie. »Leg deine Nähsachen weg, denn wenn ich dir das hier gezeigt habe, hast du bestimmt keine Lust mehr zum Handarbeiten.«

Susannah legte den Stoff neben sich auf den Tisch. »Also schön! Zeig mir, was in dem Päckchen ist, wenn es denn sein muß.«

Er gab ihr Dr. Ledbetters Brief und betrachtete ihr Gesicht, während sie ihn studierte. Ein paar Minuten später zog er sein Taschentuch hervor und begann, die großen Tränen wegzutupfen, die über ihre Wangen rollten.

Als Susannah fertig gelesen hatte, knetete sie das Papier in ihren Händen. »Carpenter. Glaubst du, mein Vater war J. D. Carpenter?«

»Ich bin sicher. Wenn du dir das Datum des Briefes ansiehst und ein paar Monate dazuzählst, kommst du genau auf deinen Geburtstag.«

Reed zeigte ihr noch die anderen Briefe und die Bibel. Dann begannen sie zu diskutieren, was wohl damals geschehen sein mochte … was ihre Mutter wohl dazu gebracht haben mochte, so zu handeln, wie sie es getan hatte. Er erzählte ihr vom Bruder ihres Vaters, der nach James Dowells Tod auf der Suche nach ihrer Mutter in Bluebonnet aufgetaucht war.

»Denkst du, daß sie Angst vor ihm hatte, Angst um unser beider Leben?«

»Ich bin sicher, daß sie ungefähr so dachte, und offensichtlich mit gutem Grund. Dein Onkel hat sie wohl kaum gesucht, um sie zu trösten.«

»Sie ging nach New Orleans, weil sie um unser Leben fürchtete«, sinnierte Susannah. »Das leuchtet mir wirklich ein. Ich glaube, sie muß Angst gehabt haben, zurück nach Hause nach Mississippi zu gehen, weil sie fürchtete, daß Warren ihr etwas antun würde.«

»Sie verlor sich und ihre Seele in einem Bordell in New Orleans, weil er ihrer Meinung nach nie auf die Idee kommen würde, sie dort zu suchen.«

»Ach Reed, sie hat mich wirklich geliebt!«

»Sie muß dich sogar sehr geliebt haben, wenn man bedenkt, was sie für dich auf sich nahm.«

Bei dieser Erkenntnis brach Susannah wieder in Tränen aus. Zwar konnte nichts die schrecklichen Jahre ungeschehen machen, die sie und ihre Mutter in New Orleans verbracht hatten, aber es wurde alles verständlicher. »Jetzt weiß ich«, schluchzte sie, »daß ich ihr wirklich verzeihen darf. Endlich kann ich meiner Mutter vergeben. Es tut mir so leid, daß ich das alles nicht wußte – daß ich ihr so viele Jahre lang böse war.«

»Warum sollte es das? Du hast doch die Wahrheit nicht gekannt.«

»Verstehst du denn nicht, Reed? Die Frau, der ich immer vorgeworfen habe, mich als Störenfried zu sehen, hat sich in Wahrheit bis zur Selbstaufgabe dafür eingesetzt, mich zu beschützen.«

Reed nahm sie in die Arme. »Weine nicht soviel, Liebes.«

»Ach Reed, wie kann ich dir je danken? Du hast mir meine Vergangenheit erschlossen.«

»Vielleicht kommt sogar noch mehr auf dich zu«, stellte er in Aussicht. »Morgen werde ich den Richter in der Stadt treffen. Ich möchte mich informieren über diese Plantage und deinen Onkel Warren Carpenter.«

Susannah verzog einen Moment lang nachdenklich das Gesicht. Dann sagte sie: »Das möchte ich lieber nicht, Reed. Ich habe doch das Allerwichtigste in Händen, daß nämlich J. D. Carpenter mein Vater war und ich ehelich geboren bin. Jetzt liegt der Beweis vor, daß meine Mutter mich mehr als sich selbst geliebt hat. Der Rest ist nichts als Vergangenheit. Dort wollen wir es auch belassen.«

»Willst du es denn nicht herausfinden? Willst du nicht dahinterkommen, warum deine Mutter ein Leben in der Prostitution gewählt hat und nicht eines als Hausmädchen oder Ladenangestellte?«

»Es hat einmal eine Zeit gegeben, da habe ich mir über all das den Kopf zerbrochen, aber die ist vorbei. Ich möchte nicht den Rest meines Lebens damit verbringen, Antworten auf die alten Fragen zu suchen. Meine Mutter hat so gehandelt, weil sie es für den einzig sicheren oder machbaren Weg gehalten hat. Laß uns von jetzt an nach vorn schauen, nicht mehr zurück auf das, was vorbei ist.«

»Du bist nicht einmal neugierig?«

»Nein. Wir können spekulieren, soviel wir wollen; aber eigentlich müssen wir doch am Ende immer akzeptieren, daß wir niemals erfahren, warum meine Mutter so verzweifelt war, daß ihr nur ein Bordell als Ausweg blieb.«

»Wenn du sicher bist, daß du es so halten willst…«

»Du bist meine Zukunft!« Sie legte eine Hand auf ihren Bauch. »Du und unser Baby!« Dann griff sie nach seiner Hand. »Ich bin glücklich über unseren Neubeginn.«

»Ohne jeden Zweifel?«

»Absolut ohne Nebengedanken. Weißt du, die besten Jahre unseres Lebens liegen noch vor uns!«

23

Als die Zeit der Entbindung heranrückte, lebte Reed in ständiger, verzehrender Angst, daß Susannah etwas passieren könnte. Er war kein geborener Pessimist; aber die Erfahrung hatte ihn gelehrt, sich auf das Schlimmste gefaßt zu machen. Und das Schlimmste waren in diesem Falle Komplikationen bei der Geburt ihres Kindes. So etwas würde er nicht noch einmal ertragen. Er konnte sich nicht vorstellen, ohne sie zu leben.

Freilich wollte er ihr keine Angst einjagen, aber es ließ sich nicht vermeiden. Er wurde immer in sich gekehrter. Nur ihre unendliche Geduld und ihr Mitgefühl ermöglichten es ihm, jeden Tag wieder ins Auge zu fassen, daß dies der Tag der Geburt werden könnte. Und nur ihre Liebe und ihr tiefes Verständnis brachten ihm jede Nacht wieder Trost, wenn er mit einem Dankgebet auf den Lippen einschlief – Dank dafür, daß er diesen Tag noch verschont geblieben war, sich der schwierigsten Wiederholung seines Lebens zu stellen.

Susannah, optimistisch wie sie war, verstand das offensichtlich, denn sie sagte öfters zu ihm: »Reed, du brauchst dir keine Sorgen zu machen. Es wird schon alles gutgehen. Das spüre ich regelrecht in den Knochen. Ich weiß einfach, daß mir – und unserem Kind – nichts geschehen wird.«

Wie oft hatte er schon gehört, Optimismus sei ansteckend, und er wünschte von Herzen, dem wäre so; aber trotz allen stillen Flehens färbte ihre positive Art nicht auf ihn ab.

Er wollte ihr ja gern glauben. Wirklich. Aber die Frage ließ ihm keine Ruhe: Was, wenn …?

Die Antwort kam mit Susannahs erstem schmerzlichen Stöhnen.

Schon seit einer Woche gebärdete Susannah sich zusehends unruhig. Eines Morgens wachte sie auf und sagte: »Mir ist seltsam wacklig und leicht im Kopf zumute. Glaubst du, das Baby will raus?«

Bei diesen Worten wurde Reed mit einem Schlag hellwach. Nach seinen Berechnungen fehlten noch ungefähr drei oder vier Wochen, was er aber für sich behielt. Zärtlich beugte er sich über sie, gab ihr einen Kuß und sagte: »Das werden wir bald merken. Babys halten sich nicht unbedingt an die Kalenderberechnungen von Ärzten.«

Sie legte ihre Hände auf ihren gewölbten Bauch und rief laut: »Also, ich bin auf jeden Fall bereit zur Geburt!«

»Mit wem redest du – mit mir oder mit diesen Leuten in der Stadt?«

»Ich spreche mit unserem Sohn.«

»Aha, und woher weißt du, daß es ein Junge ist?«

»Ich weiß es einfach. Weibliche Intuition oder so.«

Glücklicherweise begann die Geburt nicht an diesem Tag, und Reed schloß abends wieder die Augen mit einem Dankgebet. Doch ein paar Stunden später wurde klar, daß das voreilig gewesen war.

Um halb drei in der Nacht erwachte Reed, weil Susannah sich hin und her wälzte. In dem Augenblick, als er ihr erstes Stöhnen hörte, lenkte er seine gesamte Aufmerksamkeit auf sie und ihre schweren Stunden.

Nachdem eine besonders heftige Wehe vorüber war, redete Reed Susannah gut zu und erinnerte sie daran, daß er immer bei ihr bleiben würde. Kurz darauf ging er für einen Moment nach oben, um ihre Tanten zu wecken, die schon seit einer Woche bei ihnen ausharrten, damit sie sie im entscheidenden Augenblick unterstützen konnten. Erstaunlicherweise fand Reed ihre Anwesenheit für sich selbst auch beruhigend.

»Kommt jetzt das Würmchen?« fragte Violette in dem Moment, als er die Schlafzimmertür öffnete. Ihr langer grauer Zopf hing über ihre Schulter, und ihre Augen waren erstaunlich glänzend für jemanden, der eben aus dem Schlaf gerissen worden war.

»Ja, aber es wird schon noch eine Weile dauern.«

»Wir sind gleich unten«, versprach sie.

Reed ging zurück zu Susannah und konnte kaum glauben, daß der Tag, auf den sie so lange gewartet hatten, endlich gekommen war. Susannahs Wehen kamen jetzt in immer kürzeren Abständen. Bald würde die Geburt richtig im Gange sein.

Reed blieb ständig bei ihr, wich auch nicht eine Sekunde von ihrer Seite; nach mehreren Stunden schmerzhafter Wehen untersuchte er sie noch einmal. Das Baby lag falsch herum, mit einem Fuß im Geburtskanal. Reed wurde klar, daß eingetreten war, was er am meisten gefürchtet hatte. Egal wieviel Geduld sie hatte oder wie lange die Wehen andauern würden, Susannah stand keine normale Geburt bevor. Die einzige Chance, die sie und das Kind hatten, war ein Kaiserschnitt.

Die alten Erinnerungen stürmten wieder auf ihn ein, und er sah sich erneut in das Fleisch einer Frau schneiden, die er liebte. Seine Hände begannen zu schwitzen, und sein Herzschlag wurde schneller, trotz all seiner Bemühungen, seine Fassung zu bewahren. Die Tatsache stand fest, daß er mit Hilfe eines Schnittes in die Bauchdecke sein Kind aus Susannah würde entfernen müssen.

Konnte er das schaffen? *Nein! Bitte, Herr im Himmel, nicht noch einmal!*

Erinnerungen an Philippa vernebelten seinen Verstand. Das ist zuviel, zu ähnlich wie beim letzten Mal, dachte er. *Ich kann es nicht tun – Ich kann nicht riskieren, auch noch Susannah zu verlieren. Dann ist es mit unser aller Leben aus…*

Er betrachtete Susannahs blasses Gesicht und ihre schönen, vom Schmerz verzerrten Züge.

»Was ist los?« fragte Dahlia.

»Das Baby liegt falsch herum – mit den Füßen nach unten.« Seine Hände zitterten. Die Angst schüttelte ihn.

»Kannst du es umdrehen?«

Susannah begann wieder zu stöhnen und sich im Bett hin und her zu werfen. »Bitte... bitte... Hilf mir, Reed. Es tut so weh!«

Er würde die Qualen der Hölle, die Schmerzen einer Folter ertragen für sie, ja – für sie sterben. Alles, nur das nicht! Ihm war übel. Seine Hände zitterten jetzt so heftig, daß er Zweifel hatte, ob er das Baby überhaupt würde entbinden können unter diesem Umständen.

»Sie verläßt sich auf dich«, drängte Dahlia. »Wir verlassen uns alle auf dich.«

»Ich kann nicht.«

Susannah atmete schwer und krallte sich in die Kissen. Als sie zur Seite kippte, sah er hellrotes Blut unter ihr. Er rollte sie auf den Rücken und untersuchte sie noch einmal.

Gott... Nein... Bitte nicht. Nicht diesmal. Nicht noch einmal. Verlange das nicht von mir!

»Du darfst sie nicht sterben lassen«, appellierte Violette an seine Tatkraft.

»Oh Gott!« sagte Dahlia. »Nicht so!«

Diese Worte zerrissen ihm das Herz. Die Wirklichkeit, daß er Susannah gerade auf diese Art verlieren würde, wirkte wie ein Felsen im Genick. Ihr Schmerz war sein eigener! Das Baby lag in Beckenendlage, und sie würde verbluten. Sie würde sterben, wenn er nicht schnell handelte. Er warf einen Blick auf seine Arzttasche, dann auf die Instrumente auf dem Tablett neben dem Bett. *Gott, gib mir Mut. Ich darf sie nicht sterben lassen, ohne es versucht zu haben. Hilf mir. Stärke mich... bitte!*

Endlich fand er den Mut, und genaugenommen war es Susannah, die ihm dazu verhalf.

Schwach und trotz der Schmerzen, die sie hatte, mußte sie gespürt haben, wie ihm zumute war; denn in diesem Augenblick legte sie ihre bleiche, zitternde Hand auf seinen Arm und flüsterte: »Du mußt tun, was nötig ist. Denke nicht daran, was in der Vergangenheit geschah. Ich liebe dich und weiß, daß es diesmal anders sein wird. Ich vertraue dir, Reed. Alles, was du jetzt tust, ist richtig!«

Er sah Dahlia an. »Gib mir die Flasche mit dem Äther und Watte.«

Dahlia gab ihm das Verlangte, und Reed tränkte den Wattebausch, legte ihn auf Susannahs Nase.

Susannah lag still, ihre Unruhe und das Ächzen hörten auf. Im Angedenken an ihre Worte der Liebe und des Vertrauens griff er nach dem Skalpell. Nach ein paar quälenden Augenblicken schnitt er in das Fleisch der Frau, die er mehr als alles auf der Welt liebte. Er wußte, daß er sie im Tod begleiten würde, wenn ihr irgend etwas zustieße. Niemals würde er ohne sie weiterleben. Es war ihre Liebe, die ihn jetzt leitete, ihr Glaube an ihn, der ihm die Kraft gab, weiterzumachen.

Fünfzehn Minuten später hob Reed triumphierend einen lebenden, strampelnden Jungen ans Tageslicht.

Er hielt das Baby im Arm und drehte sich zu Violette, um es ihr zu überreichen. Aber Violette war nicht da.

»Hier, ich halte ihn«, sagte Dahlia und trat schnell herbei, um das Kind entgegenzunehmen.

»Wo ist Vi?«

Dahlia deutete mit einem Kopfnicken nach unten.

Violette lag flach auf dem Boden. »Was ist passiert?«

»Äther!«

Reed sah einen Wattebausch in ihrer schlaffen Hand. »War sie einfach zu neugierig?«

»Nein, das nicht«, korrigierte Dally. »Sie konnte einfach den Anblick von all dem Blut nicht mehr ertragen.«

Als Susannah wieder zu sich kam, sorgte Reed dafür, daß sie ihn als erster sah. »Ich liebe dich«, krächzte er.

»Ich hab's dir doch gesagt«, erwiderte sie schwach.

Er beugte sich näher zu ihr und fragte: »Was hast du gesagt?«

»Daß alles gutgehen würde. Du hättest mir vertrauen sollen.«

Er küßte sie. »Werde ich beim nächsten Mal tun!«

Dahlia kam zu ihnen mit ihrem Sohn auf den Armen. »Ich denke, du willst bestimmt dein Baby begrüßen.«

Susannah strahlte. »Ja«, sagte sie. »O ja!«

Reed nahm seinen Sohn und gab ihn ihr. Susannah küßte das weiche, flaumzarte Köpfchen und schaute dann von Reed zu ihren Tanten, die feierlich neben ihm standen.

»Endlich«, sagte sie, »habe ich eine richtige Familie.« Tränen rollten über ihre Wangen.

Reed lächelte. »Du hast den *Anfang* einer Familie. Es kommt noch mehr.«

»Ich werde tun, was ich kann«, hauchte sie.

Vergnügt blinzelte er ihr zu. »Ich auch.« Er legte eine Hand auf ihre Stirn. »Wie fühlst du dich?«

»Wie eine Mutter.«

Nun nahm er auf der Bettkante Platz.

»Wir sollten uns einen Namen überlegen.«

»Du hast die ganze Arbeit gehabt, ihn auf die Welt zu bringen«, sagte er und küßte sie sanft. »Also darfst du auch seinen Namen bestimmen.«

»Tja, wir könnten ihn nach dir oder deinem Vater nennen. Oder auch nach meinem!« Susannah lächelte, und Reed erkannte an dem Leuchten in ihrem Blick, daß ihr soeben eine Idee gekommen war.

Plötzlich hatte er eine schreckliche Ahnung. Sie würde doch nicht etwa ... das würde sie nicht wagen, oder?

Er durchforschte ihre Miene und dachte daran, daß dies auch die Frau war, die ihn bewußtlos geschlagen und gefesselt hatte. Sie würde es tun. Mein Gott, sie würde es tun!

»Susannah«, hob er warnend seine Stimme.

Gewinnend schaute sie ihn an. »Ja, Liebster?«

»Keine Blume«, flehte er.

Sie gab sich geduldig. »Aber das ist Tradition in unserer Familie.«

»Ich weiß, aber ...«

»Reed Garrett! Willst du etwas zurücknehmen, was du vorher gesagt hast? Daß ich ihm seinen Namen geben darf?«

Reed schluckte. Er saß fest, nickte schicksalsergeben. Er schloß die Augen vor dem Grauen, seinen Sohn mit einem Namen wie Löwenzahn oder Oleander behaftet zu sehen.

»Wie wäre es mit Süßer William, so wie die Birne?« meinte Violette. »Das klingt doch nett.«

Der neugebackene Vater ächzte. Sie konnte doch ihren Sohn nicht mit einem Vornamen wie Süßer herumlaufen lassen, oder? Und überhaupt, hörte nicht schon eines von diesen Ferkeln auf diesen Namen? *Bitte, lieber Gott. Bitte, laß sie nicht unseren Sohn nach einem Frischling benennen!*

Susannah lächelte und küßte die winzigen Fingerchen. »Süßer William. Das ist hübsch.«

»Mir gefällt Johnny Springkraut besser«, warf Dahlia ein.

Susannah überlegte eine Weile: »Johnny Springkraut ...«

Reed fand diesen Namen auch nicht allzu begeisternd, aber

immerhin noch besser als einen Zuckerjungen aus ihm zu machen.

»Ich weiß nicht«, zögerte Susannah dann doch. »Johnny Springkraut klingt nett, aber süßer William gefällt mir besser.«

Reed wollte gerade nach der Ätherflasche greifen, da sah Susannah ihn an. Irgend etwas an seinem Gesichtsausdruck fand sie wohl komisch, denn sie lachte und sagte: »Ich mag beide. Wie wäre es, wenn wir ihn John William nennen?«

»Wie herrlich.« Reed fiel ein Stein vom Herzen. Gott war doch gnädig! »Ja … ja … ja …« In seiner Begeisterung wurde er etwas laut, und der kleine John William begann zu weinen.

Violette nahm das Baby und wiegte es in den Armen, bis es still wurde. Dann legten sie und Dahlia es in die Wiege neben dem Bett. Die zwei warfen noch einen Blick auf die jungen Eltern, nickten und verließen auf Zehenspitzen das Zimmer.

Reed hörte die Tür ins Schloß fallen. Er sah hinunter auf seinen schlafenden Sohn. Das Glück überflutete ihn. Er nahm Susannahs Hand und küßte sie, erklärte ihr, wie sehr er sie liebte und wie glücklich sie ihn gemacht hatte. »Ich habe das Gefühl, als hätte ich dich schon mein ganzes Leben lang geliebt, aber doch noch nie so wie jetzt!«

»Wann hast du es zum ersten Mal gemerkt?« fragte sie. »Wann hast du gewußt, daß du mich liebst?«

Er küßte ihre Finger einzeln. »Ich kann mich nicht erinnern. Es war nicht etwas, das plötzlich eingetreten ist, sondern allmählich aufging.«

Die Enttäuschung auf ihrem Gesicht zeigte ihm, wie wichtig seine Antwort für sie war. Er versuchte, sich zu erinnern. »Ich glaube, die erste Ahnung hatte ich bereits, als ich dir erstmals beim Hacken zuschaute und du nicht wußtest, daß ich aufgekreuzt war. Ich weiß noch, wie ich gedacht habe, ich würde vielleicht meine Vergangenheit hinter mir lassen können und den Mut finden, der Zukunft entgegenzutreten, wenn ich nur jemanden hätte ...«

»... Jemanden wie dich«, übernahm sie das Wort.

Reed nahm sie in die Arme. Plötzlich ertönte das heftige Schnattern von Närrchen.

John William begann wieder zu weinen.

»Ich weiß ja, daß deine Tanten es gut gemeint haben – aber manchmal wünschte ich, sie wären nicht so nett gewesen, uns Narzisse zur Hochzeit zu schenken.« Er hob den kreischenden Säugling aus der Wiege und gab ihn seiner Mutter.

»Aber sie ist doch so eine liebenswerte Gans. Ich bin sicher, unser Sohn wird sie genauso gern haben wie ich.«

»Das ist es ja, was ich fürchte«, bestätigte er und küßte sie innig. »Ich danke dir«, flüsterte er. »Ich danke dir dafür, daß du mir mein Leben zurückgegeben hast und mehr Glück, als ich überhaupt verdiene.«

Susannah küßte den Kopf des Babys und begann es zu wiegen. John William wurde wieder ruhig.

»Die zarte Hand der Mutter!«

»Und die Liebe des Vaters!« Sie tätschelte ihn, und dort, über ihrem schlummernden Sohn, begannen zwei Menschen zu lachen – die so viele Jahre nichts weiter als zwei leere Hälften waren –, die endgültig begriffen, daß sie jetzt ein lebendiges Kleeblatt waren.

Draußen ging die Sonne auf, und ein Hahn krähte. Sie hörten heftiges Flügelschlagen, dann ein lautes Gänsequaken, gefolgt von einem dumpfen Krach, schließlich noch eine Weile lang benommenen Protest.

Susannah und Reed gackerten mit.